青少年插图版

红楼梦

（清）曹雪芹 著
高建瓴 改编

北京理工大学出版社
BEIJING INSTITUTE OF TECHNOLOGY PRESS

版权专有 侵权必究

图书在版编目（CIP）数据

红楼梦：青少年插图版/（清）曹雪芹著；高建瓴改编．—北京：北京理工大学出版社，2022.1
（写给孩子的四大名著）
ISBN 978-7-5682-9567-3

Ⅰ.①红… Ⅱ.①曹…②高… Ⅲ.①章回小说-中国-清代 Ⅳ.①I242.4

中国版本图书馆CIP数据核字（2021）第027155号

出版发行 / 北京理工大学出版社有限责任公司
社　　址 / 北京市海淀区中关村南大街5号
邮　　编 / 100081
电　　话 / （010）68914775（总编室）
　　　　　（010）82562903（教材售后服务热线）
　　　　　（010）68944723（其他图书服务热线）
网　　址 / http://www.bitpress.com.cn
经　　销 / 全国各地新华书店
印　　刷 / 三河市华骏印务包装有限公司
开　　本 / 880毫米×1230毫米　1/32
印　　张 / 9.5
插　　页 / 1　　　　　　　　　　　　责任编辑 / 王晓莉
字　　数 / 288千字　　　　　　　　　文案编辑 / 王晓莉
版　　次 / 2022年1月第1版　2022年1月第1次印刷　责任校对 / 刘亚男
定　　价 / 36.00元　　　　　　　　　责任印制 / 施胜娟

图书出现印装质量问题，请拨打售后服务热线，本社负责调换

序

"花谢花飞花满天,红消香断有谁怜?"黛玉一首葬花曲,既谱写了个人爱情和命运的辗转离合,又为我们拉开了一个旧时代的序幕。

《红楼梦》是曹雪芹先生的心血之作,讲述了林黛玉在母亲去世后,到外祖母家借住,由此和表哥贾宝玉相识、相知,最后有情人不成眷属、用眼泪偿还一生的故事。作者以宝黛二人的感情为主线,着重描写了那个时代女性的高洁才情和悲惨命运,以此揭示当时社会对女性的压迫和束缚。因为某些原因,曹雪芹先生只写到前八十回,八十回之后的故事由高鹗续写,我们看到的版本,即高鹗整理续写的版本。

作为公认的四大名著之首,《红楼梦》不仅仅在中国影响深远,即便是在世界上,也有着巨大的影响力。作者着眼于大家族的日常生活,着眼于人与人之间的点点滴滴,通过对这些日常生活的描写,表现"世事洞明皆学问,人情练达即文章"。据统计,《红楼梦》一共出场975个人物,其中有名有姓的732人,没有称谓的243人,上至高门贵胄,下至农夫优伶,身处不同阶级、性格也各自迥异的人,在书中均有涉及,并且每一个都被作者塑造得有血有肉。不管

红楼梦

是宝玉的痴憨顽愚、黛玉的高傲痴怨、宝钗的大度圆滑还是凤姐的泼辣，都让我们印象深刻、难以忘怀。

《红楼梦》的价值，不仅仅局限于其故事本身，书中对封建时代建筑、服装、美食、民土风俗等的描写，为我们研究那个时代提供了丰富的素材和资料，更是进一步展现了当时的社会架构，有极大的现实意义。

曹雪芹先生自云："满纸荒唐言，一把辛酸泪。都云作者痴，谁解其中味。"他借此书，抒发心中的郁垒，隐晦地表达自己的思想，故"假语村言"，书中的故事乃"大梦一场"，真真假假，假假真真，由虚假映射现实，既是控诉，也可能只是想在茫茫人海中，找一两个能读懂自己想法的知己。

我们这次改写出版的这部《红楼梦》，在尽可能保存原著思想性的前提下，以现代白话进行改写，既降低了阅读难度，也尽最大能力保留了故事的原汁原味。为方便读者更好地阅读，我们立足于一般读者的实际需要，给生僻的字、词、对难懂的词语配以注释，特别是对方言、术语、名物等专用名词我们更是进行重点解释，希望能使读者更好地领略原著的精彩之处，轻松阅读，无障碍亲近经典。

目　录

第一回	大荒山顽石落人间	荣国府宝黛初相见……	1
第二回	薄命女偏逢薄命郎	葫芦僧乱判葫芦案……	8
第三回	游幻境指迷十二钗	饮仙醪曲演红楼梦……	12
第四回	刘姥姥一进荣国府	王熙凤周济穷义亲……	17
第五回	送宫花黛玉半含酸	比通灵金莺微露意……	22
第六回	庆寿辰宁府排家宴	王熙凤毒设相思局……	26
第七回	秦可卿死封龙禁尉	王熙凤协理宁国府……	31
第八回	大观园试才题对额	贾宝玉机敏显才情……	36
第九回	贾元春省亲叙天伦	亲骨肉团聚庆元宵……	41
第十回	潇湘馆兄妹诌典故	大观园宝黛读西厢……	46
第十一回	为争宠姊弟遭魔魇	通灵玉蒙尘遇双真……	52
第十二回	怡红院顽奴惹事端	埋香冢飞燕泣残红……	58
第十三回	因金玉惹兄妹起隙	撕扇子作千金一笑……	66
第十四回	手足耽耽小动唇舌	不肖种种大承笞挞……	73
第十五回	贤袭人进言得嘉许	呆霸王因旧受冤枉……	80

第十六回	秋爽斋偶结海棠社	蘅芜苑夜拟菊花题………………	85
第十七回	史太君设宴请村姬	刘姥姥嬉游大观园………………	90
第十八回	闲取乐偶攒金庆寿	变生不测凤姐泼醋………………	98
第十九回	金兰契互剖金兰语	风雨夕闷制风雨词………………	103
第二十回	尴尬人难免尴尬事	鸳鸯女誓绝鸳鸯偶………………	108

第二十一回	呆霸王犯浑遭痛打	慕雅女雅集苦吟诗………………	113
第二十二回	群闺秀雪中连诗句	勇晴雯病补雀金裘………………	118
第二十三回	宁国府除夕祭宗祠	荣国府元宵开夜宴………………	123
第二十四回	敏探春兴利除宿弊	贤宝钗小惠全大体………………	128
第二十五回	慧紫鹃情辞试忙玉	慈姨妈爱语慰痴颦………………	133

第二十六回	茉莉粉替去蔷薇硝	玫瑰露引来茯苓霜………………	138
第二十七回	憨湘云醉眠芍药裀	寿怡红群芳开夜宴………………	144
第二十八回	死金丹独艳理亲丧	琏二爷偷娶尤二姨………………	149
第二十九回	尤三姐思嫁柳二郎	滑小厮细述荣府事………………	154
第三十回	痴情女殉情表清白	冷二郎一冷入空门………………	159

第三十一回	苦尤娘赚入大观园	酸凤姐大闹宁国府………………	163
第三十二回	弄小巧用借剑杀人	觉大限吞生金自逝………………	171
第三十三回	林黛玉重建桃花社	史湘云偶填柳絮词………………	177
第三十四回	傻大姐误拾绣春囊	王夫人抄检大观园………………	182
第三十五回	开夜宴异兆发悲音	赏中秋笛声感凄清………………	189

第三十六回	病晴雯含冤遭逐出　情宝玉无力难挽留	195
第三十七回	俏丫鬟香消彩云散　痴公子杜撰芙蓉诔	201
第三十八回	薛文起悔娶河东狮　贾迎春误嫁中山狼	206
第三十九回	痴怡红两番入家塾　病潇湘痴魂惊噩梦	213
第四十回	省宫闱元妃染微恙　试文字宝玉始提亲	220

第四十一回	探惊风贾环重结怨　争闲气薛蟠惹流刑	226
第四十二回	人亡物在公子填词　蛇影杯弓颦卿绝粒	231
第四十三回	宴海棠贾母赏花妖　失宝玉通灵知奇祸	239
第四十四回	因讹成实元妃薨逝　以假混真宝玉疯颠	244
第四十五回	瞒消息凤姐设奇谋　泄机关颦儿迷本性	249

第四十六回	林黛玉焚稿断痴情　薛宝钗出闺成大礼	255
第四十七回	苦绛珠魂归离恨天　病神瑛泪洒相思地	262
第四十八回	悲远嫁宝玉感离情　施毒计金桂自焚身	267
第四十九回	锦衣军查抄宁国府　复世职政老沐天恩	272
第五十回	史太君寿终归地府　鸳鸯女殉主登太虚	277

| 第五十一回 | 忏宿冤凤姐托村妪　惑偏私惜春誓出家 | 283 |
| 第五十二回 | 中乡魁宝玉却尘缘　沐皇恩贾家延世泽 | 289 |

第一回
大荒山顽石落人间
荣国府宝黛初相见

传说中，女娲①曾于大荒山无稽崖炼石补天，总共炼了三万六千五百零一块，最后单单剩了一块未用。女娲将它弃在了大荒山的青埂峰下。这块已经通了灵性的石头，看到其他石头都已补天，唯独自己被闲置，心中颇为惭愧，整日自怨自嗟②，哀叹不已。有一日，青梗峰下来了一个僧人和一个道士，他们坐在这块石头旁边高谈阔论。这块石头听了之后，动了心思，央求二人带自己去见见世面。在石头的百般央求下，二人只好答应。僧人还将这块大石变成了一块鲜明莹洁、扇坠大小的美玉。石头开心地问那二人准备将自己带往何处，僧人笑着说："你日后便会明白。"说完之后，便带着那块石头，和道士一起飘然离开大荒山。

姑苏城阊门外，有个十里街仁清巷，巷内有一座唤作葫芦庙的古庙。古庙边上住着一家姓甄的乡宦③。这人名叫甄士隐，有一日他在书房闲坐看书，不知不觉地睡着了。在睡梦中，他看到了一僧一道，并从他们口中听到了一个故事。

据说西方灵河岸，有一块三生石，这块石头旁边长了一棵绛珠草。赤瑕宫的神瑛侍者每天用甘露浇灌这株绛珠草。时间一长，绛珠草便修炼成

---

① 女娲（nǚ wā）：中国上古神话中的女神，相传是她用泥土创造了人类。后来天地坍塌，女娲炼五彩石来补天，又砍断鳌足分立四方，支撑田地，使得世界重归和平。
② 自怨自嗟（zì yuàn zì jiē）：自己发愁、哀叹，是伤心的意思。
③ 宦（huàn）：官员。

红楼梦

人,化为一女子。绛珠仙子为了报答神瑛侍者的灌溉①之德,便发了誓言。如果神瑛侍者下世为人,她就跟着投胎凡间,用自己一生的眼泪去回报神瑛侍者。而僧道二人也想借着此事,送大荒山下的顽石去人间投胎。

后来,京城里发生了一件奇事。贾家荣国府这支的贾政得了一个男孩,这个孩子一生下来嘴里就含着一块宝玉,上面还有许多字迹。于是,这个孩子就取名叫作宝玉。

贾政的妹妹,就是宝玉的姑姑贾敏,嫁到了苏州城林家,生了一个女儿叫林黛玉。

林黛玉的母亲贾敏因病过世后,她的外祖母,贾府的史太君,也是贾宝玉的奶奶贾母,因为疼惜外孙女,所以派人前往苏州打算接林黛玉到自己身边照顾。尽管林黛玉不愿离开自己的父亲,但碍于外祖母的坚持,且林如海也说:"我已年近半百,而你年纪小又体弱多病,在我身边上无母亲教养,下无兄弟姐妹扶持。还不如去你外祖母家和舅舅家的孩子一同生活。这样一来,对你也好,而我也放心许多。"林黛玉听了父亲这番话,这才哭着拜别了老父亲,带着奶娘和小丫鬟雪雁随着贾府来人一起,登船前往京城投靠外祖母。林黛玉以前的老师贾雨村因事上京,正好一路随行。

到了京城,黛玉离船上岸时,荣国府安排来接她的轿子和拉行李的车,早早就已等候在岸边。黛玉从前就曾听自己母亲说过,自己外祖母家与别家不同。今日一看,果然如此。就是眼前这几个普通仆妇的衣着打扮就已不一般。因此,黛玉在心中暗暗打定了主意,从此要步步留心、时时在意,绝对不能行差踏错被人耻笑。进入城中后,黛玉从轿子纱窗内往外瞧了一路,发现京城里街市繁华、人烟阜盛②。走了一阵之后,街北边出现了一间大宅子,宅子有三间兽头大门,门前蹲着两个大石狮子,还有十来个衣着光鲜之人列坐门前。三间兽头大门中的正门并没打开,只有东西两角门开着供人出入。正门之上有一匾额,上书五个大字"敕造宁国府"。黛玉心里暗想:这里应该就是外祖家的长房了。继续往西走了没多远,照样也是三间大门,才是荣国府。两座府邸隔街相望,占了大半条街。

到荣国府前,轿夫没有走正门,而从西边角门进了府。进府之后,原

---

① 灌溉(guàn gài):给予植物或者农作物足够的水分,即用水浇。
② 阜(fù):盛。

来的轿夫就退了出去，另换了三四个十七八岁的小厮上来重新抬起轿子往里走。直到到了一座垂花门前才停下。众小厮退出去后，婆子们才上来打起轿帘，扶黛玉下轿。

林黛玉扶着婆子的手，在众人的引导下，来到了后面的正房大院。正面五间上房，皆雕梁画栋①，两边穿山游廊厢房，挂着各色鹦鹉、画眉等鸟雀。台阶上坐着几个穿红着绿的丫头，一见她们来了，都笑着迎了上来，说："老太太刚才还在念叨呢，这么巧就来了。"三四个人争着撩起了门帘，朝屋里说道："林姑娘到了。"

黛玉一进入屋，就看到一位鬓（bìn）发如银的老夫人被两个人搀着迎了上来。黛玉知道这便是她的外祖母贾母了。她刚要行礼，就已经被贾母一把搂入怀中，一边叫着心肝宝贝一边大哭起来。屋里站着的人见了，纷纷掩面落泪，黛玉也哭个不停。

在众人的劝解下，贾母和黛玉渐渐止住了泪。于是黛玉才行礼拜见了外祖母。贾母指着屋里的人一一介绍给黛玉："这是你大舅母，这是你二舅母，这是你已经去世的贾珠大哥的媳妇珠大嫂子李纨。"黛玉一一行礼。贾母又吩咐下人："去把姑娘们请来。今天家里有客人远道而来，就先不用上学了。"

不一会，一群嬷嬷和丫鬟，簇拥着三个姊妹进来了，三人穿着打扮都一样。

第一个肌肤微丰，身材适中，温柔沉默，让人觉得很亲切，那是黛玉大舅贾赦庶出②的女儿迎春。

第二个削肩细腰，长挑身材，鸭蛋脸，神采飞扬，那是黛玉二舅贾政庶出的女儿探春。

第三个年龄最小，是宁国府贾珍的亲妹子惜春。

黛玉赶紧起身迎上向三位姐妹行礼，大家彼此问候之后，才又坐下。

众人边喝茶边聊了些家常。难免又说起黛玉母亲的事情，说着说着贾母再次难过起来。在所有子女中，贾母最疼爱黛玉母亲，却没想到她比自己先离世。白发人送黑发人的锥心之痛，让贾母不禁又搂着黛玉哭了起来。

---

① 雕梁画栋（diāo liáng huà dòng）：在栋梁等木结构上雕刻花纹并加上彩绘，指代建筑恢宏华丽。

② 庶出（shù chū）：在古代，非正妻的嫔妃或者姬妾所生的孩子叫庶出。

众人赶紧多加宽慰，贾母才渐渐没那么难过。

众人看到黛玉年纪虽小，但言谈得体、举止不俗，只是身体看起来不是太好，应该是有些先天不足，就问她常吃什么药，为什么不找大夫好好治疗。黛玉说自己从小就开始吃药，请了许多大夫诊脉配药，却一直没什么效果，现在吃着人参养荣丸。贾母便说："正好，我这里正配丸药呢。叫她们多配一份就好了。"

贾母话音刚落，后院就传来阵阵笑声，有人说："我来迟了，没能迎接远客！"黛玉心中觉得有些纳闷：屋里的这些人个个敛声屏气，恭肃严整，现在来的这人是谁，竟然能如此放肆？

只见一群媳妇丫鬟围拥着一个人从后房门进来。这个人打扮与众姑娘不同，衣裙鲜艳，宛若仙子，一双丹凤眼，两弯柳叶眉，身材苗条，满脸笑意却不怒自威。黛玉连忙站起身迎接。

贾母笑着说："你不认得她，她可是我们这里有名的泼辣①角色，你叫她'凤辣子'就好了。"黛玉正不知该如何称呼时，众姊妹已经连忙告诉她道："这是琏嫂子。"

黛玉虽不认识，但也曾听母亲说过，大舅贾赦之子贾琏，娶的就是二舅母王氏的侄女王熙凤。黛玉赶紧笑着施礼叫嫂嫂。

王熙凤拉着黛玉的手，上下仔细打量了一回，又把她拉到贾母身边坐下，笑着说："天下真有这样标致的人物，我今儿总算见到了！看看这气质，哪里像老祖宗的外孙女，简直就是亲孙女。难怪老祖宗天天念叨，就盼着来。只可怜我这妹妹命苦，姑妈偏就去世了！"说着，便用手帕开始擦眼泪。

贾母笑着说："我才刚好了，你又来招我。你妹妹身体弱，又走了远路，你别再惹她难过。"王熙凤一听，立刻转悲为喜道："我一见了妹妹，一心都在她身上，既开心又难过，竟忘了老祖宗。该打，该打！"又忙拉着黛玉之手问："妹妹几岁了？可否上过学？现在吃什么药？在这里不要想家，想吃什么、玩什么的，只管跟我说。丫头婆子们对你不好，也要跟我说。"

众人一起喝了茶后，贾母让两个老嬷嬷带了黛玉去见两位舅舅。贾赦

---

① 泼辣（pō là）：既可形容不讲道理，又可形容胆子大、有勇气，做事干净利落。多用于女性。

的妻子邢夫人赶紧起身笑着说道:"我带外甥女过去吧,倒也方便。"贾母笑着同意了。

邢夫人带着黛玉回了自己住的院子,让人去外书房请贾赦回来相见。贾赦自己没回来,只是派人回来传话说:"最近身体不舒服,见了姑娘难免彼此伤心,所以忍着暂时不见。姑娘在这里不要伤心想家,跟着老太太和舅母,就和在自己家里一样。有了委屈尽管说出来,不要太见外。"黛玉站着一一听完了,然后又和邢夫人坐了会才告辞。

从邢夫人院子出来后,黛玉又去拜见二舅贾政,还是没见着。二舅母王夫人说:"你舅舅今日斋戒去了,以后再见吧。你三个姊妹倒都很好,唯独我那个'混世魔王'的儿子难缠些。他今日到庙里还愿去了,还没回来。以后你见了他,不要理睬他就行。"

黛玉常听得母亲提到,二舅母家有个表兄,出生时嘴里含了块美玉,非常顽皮,厌恶读书,最喜欢和姐妹们一起玩。因为外祖母极其溺爱他,所以也无人敢管。

黛玉笑着说:"舅母说的是不是那位含着宝玉而生的哥哥?在家时常听母亲提到,这位哥哥比我大一岁,小名就唤宝玉。"王夫人笑着说:"因老太太疼爱,你哥哥自幼和姊妹们一处长大。如果姊妹们不理他,那他倒还能安静些;若姊妹们和他多说了一句话,他心里一乐,又不知道惹出多少事来。所以嘱咐你一句,少搭理他就好。"

黛玉一一都答应了。这时,一个丫鬟过来说:"老太太那里准备吃晚饭了。"王夫人赶紧带着黛玉去贾母房中。

上桌吃饭时,王熙凤把黛玉安排到贾母左边第一张椅上坐,黛玉连忙推辞。贾母笑道:"你舅母嫂子们都不在这里吃饭。你是客人,就该如此坐。"黛玉这才坐下。王夫人也坐下后,迎春三姊妹才依次坐下。

吃了饭,众人用茶漱了口,又喝了茶。等王夫人她们离开后,贾母问黛玉读过什么书。黛玉说:"现在只读过《四书》。"黛玉又问姊妹们都念过什么书。贾母说:"哪里是念书,只不过是认得两个字,不做睁眼的瞎子罢了!"

就在这时,外面传来一阵脚步声,丫鬟进来笑着说:"宝玉来了!"话还没说完,一位年轻的公子已经走了进来。黛玉一见,不由大吃一惊,心下想道:"好奇怪呀,我怎么觉得他如此眼熟,就好像在哪里见过一样。"

红楼梦

宝玉给贾母请了安,贾母让他先去见过王夫人再过来,他便转身出去了。不一会宝玉又回来了,身上已经换了一套家居常服。

贾母笑着说:"外客未见,就换了衣裳,还不去见你妹妹!"宝玉早就发现多了一个妹妹,就知道是林姑妈之女,忙来上前向黛玉作揖①,笑着说:"这个妹妹我曾见过的。"

贾母笑他胡说。宝玉却笑着回:"虽然以前没有见过她,但我看着眼熟,当她是久别重逢的旧相识,也没有什么不可以呀。"

宝玉走到黛玉身边坐下,细细打量一番后问:"妹妹读过书吗?"黛玉说:"只上了一年学,认得几个字而已。"

宝玉又问了黛玉一些问题,突然问了句:"你有没有玉?"黛玉心想:可能是他有玉,所以问我有没有。便回道:"我没有。你那块玉想必是一件稀罕(hǎn)物,岂能人人都有。"

宝玉听了,立刻摘下自己那块玉,狠狠摔在地上,骂道:"什么稀罕玩意,我也不要了。"

众人吓得一窝蜂去捡。贾母也急得搂着宝玉说:"你生气,要打人骂人都可以,何苦去摔那命根子!"宝玉哭着说:"家里的姐姐妹妹都没有,单我有。如今来了这么一个神仙似的妹妹也没有,可见这不是个好东西。"贾母赶紧哄他道:"你这个妹妹原来也是有玉的,你姑妈去世时,舍不得你妹妹,就把她的玉带了去。所以她才说没有。还不赶紧戴好你的玉,小心你娘知道了。"说着,便从丫鬟手中接过了玉,亲自给宝玉带上。

晚上准备就寝时,贾母安排黛玉暂时在她院子里住下,等到了春天再给黛玉另挑住处。贾母又见黛玉从家乡带来的奶娘太老、丫鬟太小,就另外安排了一个名叫紫鹃的丫鬟伺候黛玉。

众人都睡了,黛玉却睡不着,想着自己初来乍到就惹得宝玉差点摔坏那块玉,忍不住一个人偷偷伤心落泪,后来还是在紫鹃和袭人的安慰下才慢慢释然。

袭人原来是伺候贾母的丫鬟,因为为人善良、做事尽责,就被贾母指派去伺候宝玉。她的本名叫珍珠,因为姓花,宝玉就根据一句古诗"花气袭人知昼暖"给她改了名字叫袭人。

---

① 作揖(zuò yī):古代的一种礼仪,两手抱拳高拱,身子略弯,以示尊敬。

第二回
薄命女偏逢薄命郎
葫芦僧乱判葫芦案

早上醒来，黛玉向贾母请了安，就去了王夫人那里。当时，王夫人与王熙凤正在看一封金陵来的书信，边上还有两个从王夫人兄长王子腾家来的仆妇在回话。黛玉起初不知道原委，后来从探春她们私下议论中才知道。原来，金陵城中薛家姨母的儿子薛蟠，依仗家中财势，打死了人。现在应天府正审理此案。他舅舅王子腾听到了消息，特意派人前来告知王夫人，打算让薛蟠进京躲一躲。

> **金 陵**
> jīn líng：即现在的南京。公元229年，吴大帝孙权在此建都，金陵从此崛起，此后长期成为中国南方的政治、经济、文化中心。东吴、东晋、南朝宋、南朝齐、南朝梁、南朝陈都曾将金陵作为都城，因此又有"六朝古都"的美称。

应天府现任的知府，正是林黛玉以前的老师贾雨村。他之前也曾做过地方官，因得罪权贵而被革职。后来遇到朝廷重新启用革职官员的机会，他便借机去求了林黛玉的父亲林如海，希望林如海能帮忙。林如海给黛玉舅舅贾政写了一封信推荐贾雨村。最后在贾政的帮助下，贾雨村才做了应天府知府。

贾雨村刚刚到任，就遇上了一件人命官司。两家争着买一名婢女，各不相让，以至于大打出手，伤及人命。贾雨村立刻将原告传来询问。原告道："被打死的是小人的主人。前些日子他买了一个丫头，没想到是人贩子拐来卖的。那个人贩子先拿了我家小爷的银子，和我家小爷约定三日后去接人。可这人贩子背地里又偷偷将那丫头卖给了薛家。我家小爷知道后，就去找人贩子要人。谁知那薛家本是金陵一霸，倚财仗势，一群恶奴就将我家小爷活活打死了。主犯现已全部逃得无影无踪，只剩了几个局外之人。

小人告了一年的状，竟无人做主。求大老爷拘拿凶犯，伸张正义，小人必定感恩不尽！"

贾雨村听了后勃然大怒道："还有这等事情！打死了人，居然还能远走高飞！"说完，他就准备发签派衙役去将薛家族人抓来拷问。正在这时，他看见站在案边的一个门子朝他使眼色，意思是让他暂且别发。贾雨村心下觉得奇怪，就停了手，退堂进了密室，让身边侍从都退去，只留下了那名门子。

众人退下后，门子忙上来请安，笑问："老爷一向加官进禄，八九年不见，想必是忘了我吧？"贾雨村看了看他，说道："看着是有些眼熟，但是一时又想不起来了。"那门子笑着说道："老爷您是贵人多忘事，可还记得当年的葫芦庙？"

贾雨村听了，恍然大悟，这才想起了往事。贾雨村当年进京赶考时，因为盘缠不够，曾经借住在葫芦庙里。这门子就是葫芦庙里的一个小沙弥，葫芦庙被火烧没了之后，无处安身，便趁年轻蓄了发，当了衙门的门子。

贾雨村认出他后，连忙笑着让他坐下好好聊聊。一开始，门子不敢坐。雨村笑道："贫贱之交不可忘。你我故人相见，不用这么客套。"门子这才敢坐下。

贾雨村问门子刚才为什么要阻止自己发签提人。门子问道："老爷既然来此上任，难道就没抄一张本省'护官符'吗？"雨村听了，诧异地问道："什么是'护官符'？我从来没听说过。"门子忙说道："那还了得！但凡担任地方官的，手里都会有一个单子，上面写的是本省最有权有势，极富极贵的大乡绅姓名，各省都一样。如果不清楚，一时得罪了这样的人家，别说乌纱帽了，就怕性命都保不住！所以叫作'护官符'。那件案子提到的薛家，老爷怎么得罪得起！"

门子一边说，一边从口袋中取出一张抄写的"护官符"，递给贾雨村。

纸上写着：贾不假，白玉为堂金作马。阿房宫，三百里，住不下金陵一个史。东海缺少白玉床，龙王来请金陵王。丰年好大雪，珍珠如土金如铁。

门子向贾雨村解释道："这四家都有亲戚关系，一损皆损，一荣皆荣，彼此扶持，互相照应。这次打死人的薛家，就是丰年大雪之'雪'。除了其他三家，他的世交亲友有权有势的也不少。老爷如今要抓谁去？"

雨村听了之后，便笑问门子道："照你这么说，那该如何了结此案？你大约也知道凶犯跑到哪里去了吧。"

门子也笑着回道:"不瞒老爷说,我不但知道凶犯去了哪里,就连被打死的买主我也清楚。被打死的买主,是本地一个小乡绅之子,叫冯渊,自幼父母早亡,又无兄弟,就他一个人守着些薄产过日子。也不知他前生做了什么孽,一眼看上了人贩子要卖的那个丫头,打算买来作妾,也不再娶第二个了,所以才会郑重其事挑了日子接人。谁知道,人贩子又偷偷卖给了薛家,他是想卷了两家银子后就逃走。结果没走成,被两家抓住,打了半死。可两家都要人不要银子。薛家公子一贯蛮横,直接让手下人将冯公子一顿暴打。可怜冯公子被抬回家后没几天就死了。薛公子本就定好了日子准备上京,动身前看上了那丫头,想买了一起带走。后来,他打死了冯公子,带着丫头,就跟没事人一样,直接携家眷去了京城。其余的事情,自有别人会帮他处理。"

说到这里,门子又问贾雨村知不知道被卖的丫头是谁。贾雨村说自己怎么可能知道。门子冷笑道:"那个丫头的父亲,算来还是老爷的大恩人呢!她就是在葫芦庙旁住的甄老爷家小姐,小名叫英莲的。"雨村一听大惊失色道:"竟然是她!她不是五岁时被人拐走了吗,怎么现在才来卖?"

门子说:"有一种拐子专门拐带五六岁的小孩,养到十一二岁,再卖到别的地方。以前我们每天都会哄英莲玩,所以对她印象很深,再加上她眉心中有一颗米粒大小的胭脂痣,我一直记得。事情就这么巧,人贩子租了我的房子住。有一天我趁他不在家,悄悄问过英莲,她说不记得小时候的事情了。我便更加肯定。本以为她能嫁给冯公子,也算个好姻缘,不用再受苦。可天下就是有这样不如意之事,最后她竟然落到了薛公子手里。这个薛公子外号人称'呆霸王',平日里横行霸道,挥金如土。也不知道英莲现在是死是活。可怜那冯公子空欢喜一场,花了钱,还送了命,岂不可叹!"

贾雨村听了,也很感慨:"听你这么一说,英莲这些年应该吃了不少苦,如果能和冯公子在一起,倒是件美事。薛家虽然比冯家富贵,但以你口中薛公子的为人,必定姬妾众多,不会只钟情于一人。真是一对苦命的孩子。先不讨论这个了,如今这个官司该怎么判才好?"

门子笑道:"老爷当年如此英明,今天怎么反倒成了个没主意的人!小的听说老爷这次升任到此,是贾府和王府出了力。薛蟠又是贾府的亲戚,老爷为何不做个顺水人情?了结了此案,以后也好去见贾王两家。"

雨村垂头想了想，问道："你说怎么办？"

门子建议道："小人已想了一个极好的主意。老爷明日坐堂，只管虚张声势，动文书发签拿人。真凶自然是抓不到了，原告也是想让大人抓几个薛家族人及奴仆来拷问。小的在暗中调停，让薛家谎称薛蟠已经暴病身亡。薛家有的是钱，老爷断些丧葬费给冯家就好。冯家早已没什么人了，不过是为了钱。他们拿了银子后，就不会再生事。老爷觉得此计如何？"

雨村笑道："不妥，不妥。等我再斟酌（zhēn zhuó）斟酌。"

第二天坐堂时，贾雨村详加审问，发现冯家果然是人丁稀薄，不过想借此多要点银子罢了。而薛家又倚仗权势，不肯让步，才使得这桩官司一拖再拖。明白此中玄机之后，贾雨村也就徇情枉法，胡乱判了此案。

冯家人拿了钱，也不再闹事。这件案子就算了结了。办完此案后，贾雨村立刻写了两封信，分别送去给贾政和王子腾，告诉说"令甥之事已完，不必过虑"。

此事全赖葫芦庙的沙弥门子指点，贾雨村又担心他会向别人说出自己贫贱时的事，最后还是找了个机会寻了门子的错处，将他远远充军了事。

那位买了英莲打死冯渊的薛公子，名叫薛蟠，字文起，金陵人氏，本是书香世家。只因他是家中独苗，幼年丧父，寡母对他溺爱纵容。所以才会长大一事无成。

他的母亲王氏是现任京营节度使王子腾之妹，与荣国府贾政的夫人王氏，是一母所生的姊妹，四十岁左右，只有薛蟠一子，还有一个女，比薛蟠小两岁，乳名宝钗，生得肌骨莹润，举止娴雅。宝钗父亲还在世时，特别疼爱这个女儿，教她读书识字。自父亲死后，见哥哥不能体贴母亲，她便开始专心针黹家计等事，好为母亲分忧解劳。

近日，朝廷想要选取仕宦名家之女，陪公主郡主入学读书。薛家有意送宝钗上京待选，再加上薛蟠听说京都是第一繁华之地，早就想去游玩一番。于是，薛家这才举家入京。

虽然薛家在京城里也有房产，但薛蟠之母薛姨妈，与姐姐王夫人多年没见，想要好好团聚一番，便暂时住在了贾府东南角的梨香院。

薛蟠起初不愿意去贾府居住，但后来与贾府一干纨绔[①]子弟混熟之后，反而觉得脾气相投，索性再也不提要搬出来住。

---

① 纨绔（wán kù）：指富贵或者官员的孩子、后代。

第三回
游幻境指迷十二钗
饮仙露曲演红楼梦

林黛玉进了荣国府后，贾母对她百般疼爱，饮食起居都和宝玉一样，迎春、探春、惜春三个亲孙女都得往后站。宝玉和黛玉同吃同住，形影不离，比起和其他姐妹，他两人之间更为亲密些。

没想到，如今又来了一个薛宝钗，容貌美丽，年纪只比他俩略大，性格却端庄稳重，待人接物更是豁达，不像黛玉那样孤傲，要随和得多。下人们常常在背地里说黛玉比不上宝钗，就连小丫鬟们都喜欢和宝钗玩在一起。因此，黛玉心中难免会有些不愉快，宝钗却浑然不觉。而宝玉还是孩子心性，对兄弟姐妹都一视同仁，没有亲疏远近之分。

和黛玉同住在贾母房里，宝玉便会觉得跟黛玉更熟悉。正是因为觉得两人更熟，就觉得更为亲密些，所以宝玉对黛玉说话时也少了许多顾忌。有时他们一语不合起了冲突，黛玉会气得在房中暗自落泪，宝玉见后又会后悔自己出言冲撞了她。于是，宝玉便会去向黛玉认错求她原谅，黛玉才会慢慢停止哭泣。

最近东边宁国府中花园的梅花开了，贾珍的妻子尤氏，打算备一桌酒席，请贾母、邢夫人、王夫人她们去赏花。这天，尤氏带了贾蓉的妻子秦可卿，亲自去荣国府请众人。贾母她们就在早饭后过宁国府赴宴。众人在会芳园里赏花游玩，先喝茶后饮酒。不过就是宁荣二府女眷的家宴聚会，并没有什么新鲜事。

宝玉觉得有些倦怠，想要睡午觉，贾母就让人好生哄着，休息会再过来。贾蓉妻子秦可卿忙笑着说："我们这里为宝叔收拾好了房间，老祖宗放心，只管交给我就是了。"贾母知道秦可卿是个做事妥当的人，生得纤巧婀娜①,为人温柔平和,是所有重孙媳中最出众的一个,见她去安置宝玉,自然放心。

秦可卿带了宝玉和一群人到了上房内间。宝玉抬头看见墙上贴着一幅画,画中人物倒是画得挺好,可惜说的故事却是《燃藜图》。宝玉最不喜欢这种劝人勤学苦读的东西,所以也懒得看是谁的作品。《燃藜图》旁边有一副对联,写的是"世事洞明皆学问,人情练达即文章"。宝玉一看,更加反感,就算屋里装饰精美、陈设华丽,他也不肯多待,一直嚷着要走。

秦可卿听了,只能笑着道:"这里都不喜欢,还有哪里能合心意呢?要不然就睡我屋里去吧。"宝玉听了微笑点头同意。有一个嬷嬷说道:"这可不行,哪里有叔叔往侄儿媳妇房里睡觉的道理?"

秦氏笑着说:"哎哟哟,他才多大呀,就忌讳这个!你是没看见,我上个月过来的那个兄弟,虽然与宝叔同年,但两人要是并排站,只怕我兄弟要比宝叔还高些呢。"宝玉问道:"我怎么没见过?你带他来给我瞧瞧。"众人笑道:"隔着二三十里,去哪里给你带去,以后会有见面的日子。"

大家说着话就到了秦可卿房中。刚一进门,就闻到一股细细的甜香袭来。宝玉连声说"好香"。只见屋里墙上挂着唐伯虎画的《海棠春睡图》,两边是宋朝秦观写的一副对联"嫩寒锁梦因春冷,芳气笼人是酒香"。

宝玉打量了一番屋里的陈设后,笑着连连说"这里好"。秦可卿也笑道:"我这屋子大概连神仙都可以住。"众人伺候宝玉睡下,除了他的几个贴身丫鬟留下陪着,其余的都离开了。

宝玉刚合上眼,便迷迷糊糊地睡着了。在梦里,他感觉自己晃晃悠悠跟在秦可卿后头,来到了一个地方。只见那里朱栏白石,绿树清溪,真是个人迹罕至的世外桃源。宝玉不

世外桃源

出自陶渊明《桃花源记》。讲的是东晋时期,一个渔夫在打鱼的时候偶然间穿过一大片桃花林,进入一个村子。村子里面风景优美,安静平和,没有争端。村民热情地招待了渔夫,告诉渔夫他们的祖先在秦朝时因为躲避战乱,搬到了这个与世隔绝的村子,从此之后村子里的人就住在这里,不与外界接触。渔夫在村子里住了几天便离开了,之后他带人再沿着这条路寻找村子,却迷失了方向再也找不到了。世外桃源比喻没有战乱和纷争的美好地方,也指代心中的理想地方。

---

① 婀娜(ē nuó):形容柳枝等较为纤细的植物体态优美或女子身姿优雅,亭亭玉立;也形容女子轻盈柔美。

由觉得欢喜，想道：这个地方真好，我想在这里过日子，就算一辈子不回家都行，胜过天天在家被父母、师傅责罚。正胡思乱想时，他听到山后有人在唱歌，听声音像是一个女子。伴着歌声，从山后走出一个婀娜多姿的仙姑。

宝玉一见是个仙姑，高兴得赶紧作揖问道："神仙姐姐从哪里来，现在要往那里去？请问这里是什么地方，还望能帮我指引指引。"

那仙姑笑道："我住在离恨天之上，灌愁海之中，是太虚幻境的警幻仙姑，掌管人间的风月情事。最近这里有风流冤孽缠绵，所以前来查看。今日与你相遇，也不是偶然。我住的地方离此处不远，我那没有别的东西，只有一杯自己摘的茶叶所泡的仙茶、一瓮亲手酿造的美酒、数位技艺娴熟的歌姬、十二支新做的《红楼梦》仙曲，你可愿意随我一游？"

宝玉听了之后，也不管秦可卿去了哪里，跟着仙姑去了她的住所。

只见那里，有一座高大的石牌坊，正中写着"太虚幻境"四个大字，两边一副对联"假作真时真亦假，无为有处有还无"。

转过牌坊，进了宫门，宝玉跟着仙姑一直往里走。一路上，两旁有很多房间，门上匾额写着不同的名字。宝玉心中好奇，央求仙姑让他到各处看看。仙姑起初不同意，后来经宝玉再三央求，才允许他进一间房里看看。宝玉很高兴，抬头一看，那间房的匾额上写着"薄命司"三个字。

进入房里后，只见有十几个大柜子，柜子上每个抽屉都有封条，封条上写着各省的地名。宝玉找到贴了自己家乡封条的大柜子，只见第一个抽屉的封条上写着七个大字"金陵十二钗正册"。宝玉问道："'金陵十二钗正册'是什么东西？"警幻仙姑回道："就是贵省中排在前十二名女子的书册，所以叫'正册'。"宝玉不相信："常听人说，金陵很大，怎么会只有十二个女子呢？就拿我家里来说，上上下下，就有几百女孩子呢。"警幻仙姑听了，冷笑道："贵省女子固然多，但只有比较重要的才会被收录进来。下边两个抽屉里装的又次一等。剩下那些平庸之辈，是不会收入书册的。"宝玉听后，看了看下面两个抽屉，果然一个写着"金陵十二钗副册"，另一个写着"金陵十二钗又副册"。

宝玉伸手先将贴着"又副册"的抽屉拉开，拿出一本书册来，打开一看，只见上面画着一幅画，既非人物，也无山水，感觉是用水墨晕染出来的一片乌云浊雾。画上还有几行诗句"霁月难逢，彩云易散。心比天高，身为下贱。风流灵巧招人怨。寿夭多因毁谤生，多情公子空牵念"。后面那页则是画着一簇鲜花、一床破席，也有几句言词："枉自温柔和顺，空云似桂如兰。堪羡优伶有福，谁知公子无缘。"

宝玉看不懂，便将书册放下，又去拉开贴了副册封条的抽屉，里面也有一本书册。宝玉随手揭开一页，只见画着一株桂花，下面有一池沼，池中早已水涸泥干，莲枯藕败，后面的诗是："根并荷花一茎香，平生遭际实堪伤。自从两地生孤木，致使香魂返故乡。"

宝玉还是觉得看不懂，又放了回去，去取"正册"来看。

正册头一页上画着两株枯树，树上悬着一条玉带，树下有一堆雪，雪里埋着一股金簪。也有四句言词："可叹停机德，堪怜咏絮才。玉带林中挂，金簪雪里埋。"

宝玉看了还是不知所云。他想问警幻仙姑，但猜她肯定不愿意透露天机；想放下，又不舍得，便又一页一页地翻了起来。一连翻了十二页，宝玉还想往下看时，书册就被警幻仙姑拿走了。原来警幻仙姑知道宝玉天资聪明，怕他泄露了天机。

警幻仙姑放好书册后，笑着让宝玉随自己到别处走走。宝玉又跟着警幻仙姑到了后院。只听警幻仙姑笑着说："你们快出来迎接贵客！"话音刚落，又有几个仙子走了出来。可她们一见宝玉，就埋怨道："我们还以为是哪里的贵客，赶紧迎了出来。姐姐说绛珠妹子的生魂今日此时会来游玩，我们特意等候。你为何带着如此浊物来污染这清净女儿之境？"

宝玉听众人这么说，吓得想走又不敢走，非常自惭形秽①。警幻仙子赶紧拉住宝玉的手，向众仙子说道："你们不知道，我今日本想去荣国府接绛珠，从宁国府路过时，偶遇宁荣二公，他们对我说，他家的功名富贵都已传了百年，子孙虽多，却没有可以继承家业的。唯有嫡孙宝玉，虽然性情乖张，但聪明灵慧，可以稍微寄托希望。无奈他家运数将尽，怕没人能够将他引入正途。于是，他们想拜托我规劝宝玉不要纵情于声色，走出迷津，重回正途。我才会把他带到这里，给他看了他家上中下三等女子的终身册籍，希望他能幡然悔悟。可惜他没有醒悟，所以才把他带到了这里。"

说完，警幻仙姑带着宝玉进到堂中。宝玉闻到了一缕幽香，问了警幻

---

① 自惭形秽（zì cán xíng huì）：因为自己不如别人而感到惭愧。

红楼梦

仙姑才知道，此香名叫"群芳髓"，人间是没有的。大家入座后，警幻仙姑又让小丫鬟给宝玉捧上了一杯名叫"千红一窟"的茶水。宝玉喝了后觉得清香异常。警幻仙姑还邀请宝玉一起喝酒，那酒清香甘冽、不比寻常，据说叫作"万艳同杯"。

饮酒时，有十二个歌姬上来，演奏了十二支新制的《红楼梦》曲子。宝玉听了之后，并不明白曲中歌词的深意，因而觉得非常乏味。其实，这十二首曲子暗示了金陵十二钗的命运。

十二支曲子唱完后，警幻仙姑见宝玉不感兴趣，不由感叹道："这傻子竟然还没有领悟。"宝玉觉得晕乎乎，便让歌姬不必再继续，他和警幻仙姑说自己醉了，想找个地方躺一躺。警幻仙姑让人撤去酒席，将宝玉送到了一间闺阁绣房里，让宝玉休息。

宝玉躺下后，没多久又开始做起了梦。在梦中，他来到一个荆棘满地、虎狼成群的地方，被一条黑水河拦住了去路，河上又没有桥。正在他不知该如何是好时，警幻仙姑从后面追了上来，让他赶紧回来，千万不能再继续往前走。因为这条黑水河叫迷津，深万丈，绵延千里。河上没有船，只有一个木筏。而划木筏的人，只会渡有缘人过河。现在他偶然走到这里，如果一不小心坠入迷津之中，警幻仙姑之前的谆谆教导就全白费了。

警幻仙姑的话音未落，迷津里忽然水响如雷，冒出很多夜叉、海鬼，其要将宝玉拉到水里，吓得宝玉汗如雨下，失声大叫，惊醒了过来。

袭人她们听到宝玉的叫喊之后，赶紧上前安慰。许久之后，宝玉才回了神彻底清醒过来。

第四回
刘姥姥一进荣国府
王熙凤周济穷义亲

王夫人的父亲,有一个旧相识。当年因为贪慕王家的权势,便借着同姓,和王家认了亲连了宗,认了王夫人父亲做叔叔。当时只有王夫人和她大哥,也就是王熙凤父亲跟在王夫人父亲身边生活,所以知道家里有这样一门义亲,但是从来没见过面。

认了王夫人父亲做叔叔那人,已经过世,他只有一个儿子叫王成。因为家道中落,王成搬到城外乡下去生活。王成最近刚刚过世,他也只有一个儿子,小名叫狗儿。狗儿娶了个姓刘的老婆,两个人有一儿一女,平日里以务农为生。因为夫妻白天都要外出干活,所以将狗儿岳母刘姥姥接了过去,让她帮照看孩子。刘姥姥是个老寡妇,膝下无子,只靠两亩薄田度日,自然也愿意过去帮忙。

这年秋尽冬初,天气渐渐冷了,家里过冬的东西还没有置办齐全。狗儿难免心中烦虑,喝了几杯闷酒,就在家里发脾气。妻子刘氏也不敢说他。

刘姥姥看不过眼,劝说道:"姑爷,你别怪我多嘴。我们乡下人,谁不是老老实实,有多大碗吃多少饭。你小时候,托祖上的福,好吃好喝惯了,现在自然不习惯。有了钱就可劲花,没了钱就瞎生气,算什么男子汉大丈夫呢!如今咱们在城外住着,可终究是在天子脚下,遍地都是钱,就看你会不会捡了。光在家生闲气是没有用的。"

狗儿听说,反驳道:"您老只会在炕头上张嘴一说,难道叫我去打劫、去偷不成?"刘姥姥道:"谁让你偷去呀!你得想办法呀。银子又不能自己跑到咱家。"狗儿冷笑着说:"要是有办法还能等到现在!我也没有富贵的亲朋好友,就算有,他们也未必愿意搭理我们!"

刘姥姥不以为然地说："那倒未必。谋事在人，成事在天。我替你们想出了一个机会。二十年前，你家原和金陵王家连过宗，那时关系还不错。现在你家落魄了，不愿意和他家多走动，所以才渐渐没了来往。之前，我和女儿都还去过一次。王家的二小姐，是个爽快人，会待人，没架子。如今她已经是荣国府贾二老爷的夫人。听别人说，二小姐上了年纪之后，更加怜贫恤老。你怎么不去走动走动，说不定她念旧情呢？但凡她发一点好心，拔一根汗毛都比咱们的腰还粗呢。"刘姥姥这番话，说得狗儿也有点动心。一家人商量了一番后，决定让刘姥姥带着外孙板儿先去找王夫人嫁到贾府时带的仆人周瑞。因为早年间狗儿和周瑞还算有些交情。

第二天一早，刘姥姥就起来梳洗打扮，又教了板儿几句吉利话。板儿才五六岁，听说要去城里玩，高兴极了，自然叫他做什么就做什么。

刘姥姥带着板儿进城，来到了宁荣街荣国府大门的石狮子前。看到大门前马车轿子攒聚，刘姥姥不敢过去，先掸了掸衣服，又教了板儿几句话，这才小心翼翼走到角门前。那里正有几个仆役坐在大板凳上，指手画脚地聊天。刘姥姥凑上去向众人问好，麻烦他们替自己找一下王夫人的陪房周瑞家的。那些人一听，都不理睬，只让她到对面的墙角等着，待会周家的人就出来了。后来还是其中一个年纪大的发了善心，给刘姥姥指了周瑞家住的地方。

刘姥姥谢过那人之后，按着指示找了过去，又问了一个在附近玩耍的孩子，那孩子才把她带到了周瑞家门外。

周瑞家的在屋里听说有人来找，迎了出来。刘姥姥赶紧上前问好。周瑞家的打量了好久，才认出刘姥姥，笑着让她进屋坐，还让小丫头给她倒茶吃。

两人边吃茶边闲话了些家常，刘姥姥才对周瑞家的说："这次过来，一是特意来看看嫂子你，二则也请请姑太太的安。若能领我见一见姑太太更好，若不能，就麻烦嫂子帮我们转达一下问候。"

周瑞家的一听，心里已经猜到了刘姥姥此次来的目的。前些年她丈夫争买田地之事，多亏了狗儿出力，现在上门求到了，她一时不好推辞；瞧着刘姥姥的打扮也知道他们确实过得艰难；再一个，也想显示显示自己的能耐。于是，周瑞家的笑着说："本来呢，你这事轮不着我管，但你是太太家的亲戚，又求到了我，我就破个例，替你去传个信。不过有件事要提前跟姥姥你说下，如今不比五年前了，太太已经不太管事，都是太太的侄女琏二奶奶当家。她就是大舅老爷的女儿，小名叫凤哥的。现在有客人来拜访，多半都是凤姑娘替太太出面。你这次来，宁可不见太太，也要见她一面，才不算白来一趟。"刘姥姥听了，自然千恩万谢。

周瑞家的先派小丫头去府里打听消息，得知凤姐现在正在王夫人的屋里准备吃饭，周瑞家的赶紧带着刘姥姥到了贾琏的住处。周瑞家的先去找了凤姐的一个心腹大丫头平儿说了原委，平儿就让她们进屋等凤姐回来。周瑞家的这才敢带着刘姥姥进了屋。

刘姥姥一进屋，还把遍身绫罗、穿金戴银的平儿误以为是凤姐，开口就要请安，后来听到周瑞家的介绍，才知道自己误会了。

刘姥姥屏声静气地和板儿坐在炕上静静等着，刚想问些事时，听到小丫头子们一起乱跑，说："奶奶下来了。"周瑞家的与平儿赶紧起身，让刘姥姥先坐着，到时候了再过来叫她。

远处传来阵阵笑声，十几个妇人，进了堂屋，往另一边屋里去了；另外有两三个捧着红漆大捧盒的妇人，进这边来等候。听到有人说了声"摆饭"，人才渐渐散出，只留下端菜的那几个人。安静了一会之后，又看见二人抬了一张炕桌来，放在这边炕上，桌上摆满了菜肴，不过都没怎么动过。板儿一见了肉便吵着要吃，被刘姥姥打了一巴掌。这时周瑞家的笑嘻嘻地走过来，招呼刘姥姥带着板儿跟她过去。

只见门外铜钩上悬着大红撒花软帘，南窗下是炕，炕上铺着大红毡条，粉光脂艳的凤姐，端端正正地坐在那里，低着头拨手炉里的灰，慢慢问道："怎么还不请进来？"说完想抬手要茶时，才看到周瑞家的已带了两个人在那站着。

凤姐作势要起身，边满面春风地问好，边怪周瑞家的不早说。刘姥姥哪敢等凤姐起身，早就跪在地下拜了数拜，问姑奶奶安。凤姐忙说："周姐姐，快搀起来，请坐。我年轻，不大认得，也不知是什么辈数，不敢乱称呼。"周瑞家的忙回道："这就是我才提的那姥姥。"凤姐点了点头，让刘姥姥在炕沿上坐了。板儿躲在刘姥姥背后，怎么哄都不愿意出来作揖。

凤姐笑着说："亲戚们不大走动，都疏远了。知道的，说你们嫌弃我们不肯常来，不知道的那些小人，还以为我们瞧不起人。"刘姥姥忙道："我们家道艰难，走不起，来了这里也不能给姑奶奶带些礼物，让下人们看笑话。"凤姐笑道:"这话就说差了。我们也就是借着祖父虚名,做了穷官罢了。俗语说,'朝廷还有三门子穷亲戚',何况你我。"说着,又让周瑞家的去请示王夫人一下。

不一会,周瑞家的回来,向凤姐道:"太太说了,今日不得闲,二奶奶陪着也一样。多谢惦记了,如果只是过来走动走动就算了,若是有什么别的事,告诉二奶奶也是一样的。"刘姥姥说:"也没什么,就是来瞧瞧姑太太,姑奶奶,毕竟也是亲戚们。"周瑞家的边向她使眼色边说道:"没什么说的就算了,若有话,只管和二奶奶说,是和太太一样的。"

刘姥姥明白她的意思,还没开口脸先红了,只得忍着难堪说道:"按理说,今个是初次见姑奶奶,不该说的;只是大老远地奔了你这里来,还是得……"

刚说到这里,门外有人说:"东府里的小大爷进来了。"凤姐忙拦住刘姥姥道:"不必说了。"一面问:"你蓉大爷在哪里呢?"只听一路靴子脚响,进来了一个十七八岁的少年,面目清秀,身材俊俏,轻裘宝带,美服华冠。刘姥姥此时坐不是,站不是,藏也没处藏。凤姐笑说:"你只管坐着,这是我侄儿。"

贾蓉笑着对凤姐说:"我父亲打发我来求婶婶,说上回老舅太太给婶婶的那架玻璃炕屏,能否借我们用一日?"凤姐道:"说迟了一日,昨儿已经给人了。"贾蓉听着,笑嘻嘻地半跪在炕沿上求道,"婶婶如果不借,父亲又要说我不会说话了,免不了挨一顿好打呢。婶婶只当可怜侄儿罢。"凤姐才笑道:"莫非王家的东西就有这么好?你们那放着一堆好东西,都看不见,就看见我这里好的了。"贾蓉又笑求了求凤姐,凤姐才让平儿拿了钥匙,带几个人把东西抬出来。贾蓉高兴得眉开眼笑,连忙说:"我亲自带了人去拿,别让他们碰坏了。"说着便起身出去了。

刘姥姥见贾蓉离开了,才继续说道:"今日我带了你侄儿来,也不为别的,只因他老子、娘在家里连吃的都没有。如今天又冷了,只得带了你侄儿奔了你老来。"凤姐一听,早已明白了,笑着拦住了话:"不必说了,我知道了。姥姥吃过了早饭吗?"刘姥姥忙说道:"一早就往这里赶,哪来得及吃饭。"凤姐听说,赶紧让人准备一桌饭菜,让周瑞家的领刘姥姥和板儿先去吃饭。

刘姥姥在吃饭时,凤姐把周瑞家的叫到一旁,细细问了原委。周瑞家的便把两家的渊源说了一遍，又说了王夫人的意思：虽然这几年没有了来往，但是今天过来看望也是好意，不要怠慢了，若是有什么求到的，就让凤姐看着办。凤姐听了说道："我说呢，若是一家子，我怎么从来就没听说过。"

两人说话的功夫，刘姥姥已吃完了饭，拉了板儿过来道谢。凤姐笑着说："老人家，你先坐下。方才的意思，我都知道了。亲戚之间，本来就该多多照应才对。但如今家内杂事太多，太太又慢慢上了年纪，难免一时想不到。我呢，又是刚刚接管，有些亲戚都还不认识。再说，大户人家也有大户人家的艰难，说给旁人听，也未必会信。今儿你既大老远的来了，又是头一次向我张口，也不好叫你空手回去。正巧昨天太太给了我二十两银子，是准备给丫头们做衣裳，我还没动呢，你若不嫌少，就先拿了去罢。"

刘姥姥一听，心里早就乐开了花，笑着说道："嗳，我也是知道你们有难处。但俗语说得好，'瘦死的骆驼比马大'，不管怎样，你老拔根汗毛比我们的腰还粗呢！"周瑞家的见她话说得粗鄙，赶紧给她使眼色。

凤姐笑着只当没听见，让平儿拿来了一包银子和一吊钱，都送到刘姥姥的跟前，说道："这是二十两银子，先给这孩子做件冬衣。若不拿着，就是怪我了。这钱给你拿去雇车坐。改日无事，就来逛逛，都是自家亲戚。天也晚了，我就不留你们了，到家里替我问个好儿罢。"

刘姥姥千恩万谢地拿了银子，跟着周瑞家的离开了。走到外面时，周瑞家的埋怨刘姥姥说话也不先过过脑子，尽说些昏话。刘姥姥笑着说她一看到凤姐都忘了怎么说话。二人说着，又到周瑞家坐了一会。刘姥姥要留下一块银子给周瑞家的孩子们买果子吃，周瑞家的哪里会看得上眼，执意不肯。刘姥姥感谢不尽，带着板儿回去了。

第五回
送宫花黛玉半含酸
比通灵金莺微露意

周瑞家的送了刘姥姥去后,便去给王夫人回话。谁知王夫人不在房里,去梨香院找薛姨妈聊天去了。

周瑞家的赶紧又去了梨香院,一进屋,便看见王夫人和薛姨妈正在聊家常,也不敢惊动她们,只能进了里屋。

薛宝钗正和她的丫鬟莺儿在里屋的炕桌上描花样子。见到周瑞家的进来,宝钗放下笔笑着招呼她坐。周瑞家的也忙赔笑问了好后在炕沿上坐下,又问:"这有两三天怎么没见姑娘过我们那去逛逛,是不是你宝兄弟惹你不高兴了?"宝钗笑着说:"没有的事。是我的老毛病又犯了,这两天在家休养呢。"周瑞家的听了忙问:"姑娘是哪里不舒服?得趁早请个大夫好好看看,除了病根才行。小小年纪,就落下病根可不是小事。"宝钗听了便笑道:"再不要提吃药了。为这病请大夫吃药,也不知花了多少冤枉钱。一直都没什么效果,后来多亏遇到一个号称专治无名之症的秃头和尚。他说我这是从胎里带来的一股热毒,寻常的药,是起不了作用的。后来他给我开了一个方子,吃了之后的确灵验。"

周瑞家的听了,好奇地追问是什么方子这么有效。宝钗告诉她叫"冷香丸",用的药材和东西都不算特别,就是制作过程比较烦琐。

需要将春天开的白牡丹花蕊、夏天的白荷花蕊、秋天的白芙蓉蕊、冬天的白梅花蕊各取十二两,在次年春分这日晒干,与和尚给的药末子一齐研好。再用雨水这日的雨水,白露这日的露水,霜降这日的霜,小雪这日的雪各十二钱调匀,和了药。最后再用十二钱蜂蜜、十二钱白糖,丸成龙眼大的丸子,盛在旧瓷坛内,埋在花根底下。若发了病时,拿出来吃一丸,用十二分黄柏煎汤送下。

两人正聊着时，就听见王夫人问道："谁在房里呢？"周瑞家的赶紧出去答应了，趁机回了刘姥姥之事。略等了一会，她见王夫人没有什么交代，就准备退下了。

薛姨妈忽然笑着说："你等一下，我有样东西给你带回去。"然后便叫香菱捧出个小锦匣。薛姨妈说道："这是宫里头的新鲜花样，拿纱做的花儿，一共有十二支。放在我这里也是白放着，不如给她们姐妹戴。你家的三位姑娘，每人一对，剩下的六枝，送林姑娘两枝，那四枝给了凤哥罢。"王夫人说："留着给宝丫头戴罢，别给她们了。"薛姨妈说："姐姐还不知道呀，宝丫头脾气古怪着呢，从来不爱这些花儿粉儿。"

于是，周瑞家的就拿了匣子走了出去。她看见金钏还在外面晒太阳，便问："那香菱，是不是临上京时买的，还为她打人命官司的那个小丫头？"金钏道："可不就是她。"正说着，就见香菱笑嘻嘻地走来。周瑞家的便拉了她的手，细细地看了一会，向金钏儿笑道："长得真是招人疼。"金钏儿也笑着点了点头。周瑞家的又问香菱关于她家的事情，香菱统统摇头说不记得了，周瑞家的和金钏儿听了，更加替她觉得可怜。

贾家三姐妹，最近和李纨住在一块，周瑞家的就顺路把她们三人的花先送了过去，然后再去了凤姐那里。一进门，她就遇上了平儿，便说了薛姨妈让她给凤姐送花这件事情。平儿听了，便打开匣子，拿了四枝，转身进了屋。没一会，平儿又拿了两枝出来让人送到宁国府给贾蓉妻子秦可卿。这之后才让周瑞家的离开。

周瑞家的到黛玉房中时，黛玉不在自己房中，正在宝玉房中和大家一起玩九连环。周瑞家的进来笑着对她说："林姑娘，姨太太让我给姑娘送花来了。"宝玉听说，先开口问："什么花儿？拿来给我看看。"还没说完就已经伸手接匣子。

匣子打开后，里面是宫里做的堆纱假花。黛玉就着宝玉手中看了一看，问道："是单单送我一人的，还是别的姑娘们都有呢？"周瑞家的道："各位都有了，这两枝是姑娘的。"黛玉冷笑说："我就知道，别人挑剩下的才给我。"周瑞家的听了，一时也不知道该接什么话好。

宝玉继续问道："宝姐姐在家做什么呢？怎么这几日也不过这边来玩？"周瑞家的回道："宝姑娘这几天不太舒服。"宝玉听了之后，赶紧打发丫头去梨香院看看宝钗情况如何。

过了几日,宝玉得了空,想起薛宝钗这段时间一直在家养病,就打算亲自去探望一番。

宝玉来到梨香院中,先去给薛姨妈请安。薛姨妈正在和丫鬟们做针线活,看见宝玉来了,忙一把将他搂入怀内,笑说:"这么冷的天,难为你想着来,快上炕来坐着。"又让人去倒热茶给宝玉喝。宝玉问:"哥哥不在家?"薛姨妈抱怨道:"他就是没笼头的马,天天都要往外跑。"宝玉又问:"姐姐身体可好些了?"薛姨妈道:"好多了,她在里屋,你去看她吧,里间比这里暖和,你先去那里坐着,我收拾收拾就进去和你说话。"宝玉听了,赶紧下了炕去了里屋。

薛宝钗正坐在里屋的炕上做针线,头上挽着漆黑油光发髻,穿着蜜合色棉袄、玫瑰紫二色的坎肩、葱黄绫棉裙。一身半新不旧的衣服,看上去也不觉得奢华。唇不点而红,眉不画而翠,脸若银盆,眼如水杏。宝玉一面看,一面问:"姐姐身体可好些了?"宝钗抬头见是宝玉进来,连忙起身含笑答说:"已经好多了,多谢记挂着。"说着,让宝玉在炕沿上坐着,又命莺儿斟茶来。一边问老太太姨娘和其他姐妹们好,一边上下打量了宝玉一番。薛宝钗看到宝玉出生时含在嘴里的那块宝玉,不由笑着说:"早就听说你这玉,一直没有机会细细赏鉴,我今儿倒要仔细瞧瞧。"说着便凑上前去。

于是宝玉把玉摘了下来,递在宝钗手内。宝钗把玉托于掌上细细观看,只见那块玉大如雀卵,晶莹剔透,非常润泽,上面还有五色花纹。

宝钗看完,又重新翻过正面仔细看上面的字,嘴里念道:"莫失莫忘,仙寿恒昌。"一连念了两遍。一回头,宝钗发现莺儿还没去倒茶,就问她发什么呆呢。莺儿笑嘻嘻地回答:"我听这两句话,和姑娘的项圈上的两句话是一对儿。"宝玉一听,忙笑着问:"姐姐项圈上也有八个字,那我也要看看。"

宝钗起初不肯,宝玉一直央求她,她实在被缠不过,才说道:"有个人给了两句吉利话,让刻到项圈上,天天带着。"一面说,一面解了排扣,从里面大红袄上将那黄金灿烂的璎珞掏了出来。宝玉忙托着看,果然一面有四个篆字,两面八字,共成两句吉祥话"不离不弃,芳龄永继"。

宝玉看了,念了两遍,又念自己的两遍,笑着说:"姐姐这八个字倒真与我的是一对。"莺儿笑道："是个癞头和尚送的，他说必须刻在金器上……"宝钗不等她说完，就让她赶紧去倒茶。

宝玉此时与宝钗挨得近，闻到一阵凉森森、甜丝丝的幽香，一时想不起是什么香气，便问宝钗衣服上熏的是什么香，他竟从未闻过。宝钗笑着说自己从来不喜欢用香薰衣服，宝玉闻到的大概是她吃的药丸的香气。

两人正说着话，外面有人说："林姑娘来了。"话音刚落，林黛玉已摇摇地走了进来，一见宝玉，便笑道："哎哟，我来得不巧了！早知他来，我就不来了。"宝钗笑着问："这话是什么意思？"黛玉笑着回道："一来就来一群，一不来就一个也不来。若是今儿他来了，明儿我再来，如此错开了，岂不天天有人来了？既不会太冷清，也不至于太热闹了。姐姐怎么反而不理解了呢？"

薛姨妈已经准备好了几样点心，请她们吃茶。宝玉说起前天在宁国府里吃了珍大嫂子做的糟鹅掌，薛姨妈听了，忙把自己糟的取了些来给宝玉吃。宝玉笑道："这个要配着酒吃。"薛姨妈就让人去备酒。

在薛姨妈这，喝了酒、吃过饭之后，想着也出来一天了，宝玉和黛玉就向薛姨妈告辞，准备回贾母的住处。薛姨妈不放心他们，还特意派了两个年纪大的下人送他们兄妹回去。

回到贾母住处时，贾母还没有用晚饭。贾母看见宝玉喝了酒，就让他回房去好好歇着，又让人好好伺候着。

第六回
庆寿辰宁府排家宴
王熙凤毒设相思局

　　宁国府贾珍的父亲贾敬,平时喜欢学道修行,所以一直住在城外的玄真观。到了他寿辰那日,贾珍派自己的儿子贾蓉带着下人拿了十六个大捧盒,装着可口食物、稀奇果品,送到了玄真观以表孝心。

　　虽然贾敬不回宁国府过寿,但是贾珍还是在家里摆了酒席请亲戚朋友聚聚。

　　席间,王夫人问贾珍的夫人尤氏:"前日听见凤姐说,蓉哥媳妇身上有些不大好,到底是怎么样?"尤氏说道:"她这个病得的也奇怪。上月中秋还跟着老太太、太太们玩了半夜,回家时还是好好的。到了八月二十后,一天比一天觉得没精神,也不想吃东西。有大半个月了都这样。初三那天凤姐过来看她,就是因为她们关系好,她才一直强撑着见凤姐。"凤姐听了,眼圈都红了。这时,贾蓉进来给各位长辈请安,凤姐叫住了他,问秦可卿今天情况怎么样。贾蓉皱了皱眉说:"还是不好,婶婶有空去瞧瞧她吧。"

　　饭菜上齐后,众人开始吃饭。邢夫人、王夫人说道:"我们本来是过来给大老爷拜寿的,现在寿星不在家,我们倒吃了起来,倒像是我们自己过生日了吗?"凤姐说:"大老爷本来就喜欢静,现在又在学道修行,也算得是神仙了。太太们这么一说,大老爷就能知道我们的心意了。"一句话说得满屋里的人都笑起来了。

　　吃过了饭后,众人漱了口、净了手,就说一起去园子里逛逛。凤姐就和王夫人说自己想先去瞧瞧秦可卿。尤氏说:"好妹妹,我媳妇听你的话,你去开导开导她,我也放心。你就快些过园子里来。"宝玉也跟了凤姐一起去看秦可卿。

刚进了房门，秦可卿见了就要站起来，凤姐赶紧说："快别起来，小心起猛了头晕。"凤姐快步走过去，拉住秦可卿的手，问："我的天呀，怎么几日不见，瘦成这样！"宝玉也问了好，坐到对面椅子上。

秦氏拉着凤姐的手，强颜欢笑道："这都是我没福气。嫁到这样好的人家，公公婆婆把我当亲生女儿一样对待。婶婶的侄儿虽说年轻，和我却也是相敬如宾，从来没有红过脸。一家子的长辈、同辈之中，婶婶对我自不用说，别人也都疼爱我，对我很好。如今得了这个病，把我那要强的心全磨没了。公公婆婆没来得及孝敬，就连婶婶这样疼我，我再有孝心，恐怕也来不及了。我自己寻思，我恐怕熬不到过年。"

宝玉一听秦可卿说这些话，眼泪不知不觉就流下来了。凤姐心中也十分难过，但担心病人见了她们这样心里反而更难受，赶紧打发贾蓉带着宝玉去园子里找王夫人。

宝玉、贾蓉走了之后，凤姐又好好劝解秦可卿一番，说了许多安慰的话。后来尤氏打发人请了两三遍，凤姐才向秦氏说道："你好生养着，我一有空就会再来看你的。"

从秦可卿房里出来后，凤姐带领跟来的婆子丫头并宁国府的媳妇婆子们进园子里去找尤氏。

凤姐发现园中景致不错，便放慢脚步慢慢欣赏。突然，假山石后走过一个人来，向凤姐请安。凤姐定睛一看，原来是贾府私塾先生贾代儒的孙子贾瑞。贾瑞跟凤姐说道："也是我与嫂子有缘。我刚才偷出了席，想找个地方清净会，恰巧就在这里遇见嫂子。真是太有缘了。"贾瑞一面说着，一面拿眼睛不住偷瞄凤姐。

凤姐是个聪明人，见贾瑞这个模样，早就猜到了他的心思，知道他对自己起了坏心，便向贾瑞假意含笑道："怪不得你哥哥时常提你，说你很好。今日见了，听你说这几句话儿，就知道你是个聪明和气的人了。这会我要到太太们那里去，就不和你聊了，有空时咱们再聊。"贾瑞道："我要到嫂子家里去请安，又恐怕嫂子年轻，不肯轻易见人。"凤姐又假意笑道："大家都是亲戚，说什么年轻不年轻的话。"贾瑞听了这话，还以为凤姐也对自己有意思，脸上更加藏不住心思了。凤姐催他："你快入席去，小心他们罚你喝酒。"贾瑞听了，身子顿时木了半边，一边慢慢往前走，一边还不停回过头来看。

凤姐故意放慢脚步，直到贾瑞走远了，心里暗想：真是知人知面不知心，怎么会有这样禽兽不如的人。他如果还敢动歪心思，什么时候死在我手里，就知道我的手段了！

寿宴过了之后，凤姐天天派人去探望秦可卿，自己有空时也会过去陪她说说话。只可惜，秦可卿的身体还是一日不如一日。尤氏悄悄地和凤姐商量，要做好办后事的准备了。

没想到过了一段时间，贾瑞还是贼心不死。一天，凤姐见过王夫人后回到了自己院子。平儿给她倒了茶，告诉她贾瑞刚才派人过来打听凤姐在不在家，说是要过来请安。凤姐听了，哼了一声，说道："这畜生活该作死，看他到底想怎么样。"平儿见状就问贾瑞是要过来谈什么事。凤姐就将九月去给贾敬贺寿在宁府园子里遇见贾瑞的事情给平儿说了一遍。平儿听了便骂道："癞蛤蟆想吃天鹅肉吃，没人伦的混账东西，有这种歹念，准不得好死。"凤姐说："等他来了，我自有办法。"

凤姐正与平儿说话时，外面有人回报说贾瑞来了。凤姐让人把贾瑞请进来。贾瑞一听，心里乐开了花，急忙进屋，见了凤姐，满面赔笑，连连问好。凤姐也假意殷勤，看座让茶。

贾瑞见到凤姐今日打扮，更觉得意乱情迷，眼睛都看直了，问道："琏二哥哥怎么还不回来？"凤姐道："我也不知什么原因。"贾瑞笑着说："怕是被路上什么人绊住了脚，不舍得回来了。"凤姐道："谁知道呢，你们男人见一个爱一个是常有的事。"贾瑞笑道："嫂子这话就说错了，我就不这样。"凤姐笑道："像你这样的人能有几个呢，十个里也挑不出一个来。"贾瑞听了这个话，高兴得抓耳挠腮，又说："嫂子天天一个人在家也是闷得很吧。"凤姐道："正是呢，就盼着有个人来说话解解闷儿。"贾瑞笑道："我倒天天闲着，天天过来给嫂子解解闲闷，好不好？"凤姐笑道："你哄我吧，你哪里肯天天到我这里来。"贾瑞赶紧发誓："我在嫂子跟前，如有一点谎话，天打雷劈！以前总听别人说嫂子是个厉害人，我才不敢过来。"凤姐笑道："你果然是个明白人，比贾蓉他们强多了。我看他们那样清秀，只当他们心里会明白，谁知竟是两个糊涂虫，一点不知人心。"

凤姐这番话，实在说到了贾瑞心坎。贾瑞不由得又往前凑了一凑，眯着眼看着凤姐带的荷包，又问她带什么样的戒指。凤姐压低声音说："放尊重点，让丫头们看到要笑话的。"贾瑞听了，赶紧往后退。凤姐笑道："你该走了。"贾瑞说："好狠心的嫂子，让我再坐一坐嘛。"凤姐又悄悄地说："大白天的人来人往，你在这里也不方便。你先去，等着晚上开始打更后，你再悄悄到西边穿堂等我。"贾瑞听了，如得珍宝，忙问道："你别骗我。可那里经过的人多，怎么好躲？"凤姐道："你放心。我把那里负责值班守夜的小厮们都放了假，两边门一关，就没别人会路过了。"贾瑞听了，以为自己已经得手了，满心欢喜地告辞而去。

　　天一黑，贾瑞就悄悄摸进了荣国府，趁着关门前，钻进了穿堂。那里果然漆黑一片，没有一个人。那个时候，往贾母那边去的门已经锁了，只有向东的门未关。贾瑞等了半天也不见凤姐来，忽然听到咯噔一声，东边的门也关了。贾瑞着急，但也不敢出声，只得悄悄走过去，推了推门，谁知那门关得跟铁桶一般。贾瑞现在想离开都没办法离开，南北两面都是高大的房墙，爬也爬不上去。如今是腊月，穿堂里空荡荡的，除了穿堂风什么都没有。腊月里夜又长，北风呼呼，寒冷刺骨。贾瑞在那待了一个晚上，差点没被冻死。好不容易盼到了早晨，才有一个老婆子先把东门开了。贾瑞趁着她转过身时，一溜烟跑了出来。幸亏当时天色还早，人都还没起来，也没人看到他。贾瑞就从后门一路跑回家去。

　　贾瑞父母早亡，是由祖父贾代儒抚养成人的。贾代儒平时对他管教很严，不许贾瑞私自出去，生怕他在外喝酒赌钱，耽误学业。今日见贾瑞一夜不归，认定她在外非饮即赌，嫖娼宿妓去了，因此生了一晚上气。贾瑞回去之后，心里也捏了一把汗，撒谎说去舅舅家了。贾代儒不相信，更加觉得他是在撒谎。因为往日贾瑞去哪里都会经过贾代儒同意才出门。于是，贾代儒狠狠打了他三四十板，打完之后也不许他吃饭，让他跪在院内读文章。贾瑞刚被冻了一夜，回家又挨了一顿暴打，还饿着肚子跪在风地里读文章，真是有苦说不出。

　　经过这件事后，贾瑞还是贼心不死，也没想到是凤姐捉弄他。过了两日，得了空，贾瑞又跑去找凤姐。凤姐一见他，就埋怨他失约。贾瑞急忙发誓。凤姐见他又找上门来，只得又寻思别的方法让他知错，故又约他道："今日晚上，你别去那里了，直接到我房后小过道那间空屋里等我。"贾瑞道："当真？"凤姐说："谁有空骗你，你要不信就别来。"贾瑞赶紧说："来，来，来。死了也要来！"

红楼梦

听到贾瑞上钩了，凤姐就让他先离开。等贾瑞走了之后，凤姐就开始安排人手，设下圈套。

贾瑞好不容易才盼到了掌灯时分，又等他祖父睡下后，才偷溜进了荣府，跑到那夹道里的空屋等着。左等右等都不见人，把贾瑞急得如热锅上的蚂蚁般，不停在屋子里瞎转。贾瑞心想：难道又不来了，又害我在这里冻一晚上？

贾瑞正在胡思乱想时，外面进来一人影，他想一定是凤姐，便上前一把抱住。忽然亮光一闪，贾蔷举着个火捻子边照边问："谁在屋里？"贾瑞这才发现，自己抱着的是贾蓉，顿时恨不得地上有条缝能钻进去。羞愧难当的贾瑞转身就想跑，却被贾蔷一把抓住。

贾蔷骗贾瑞说，凤姐去王夫人那告状了，所以王夫人让他和贾蓉两兄弟来抓贾瑞。贾瑞听了，吓得魂不附体，不停地央求贾蔷和贾蓉放自己一马。求了好一阵，贾瑞又给他们一人写了张五十两银子的欠条。这两人才同意放过他。

贾瑞回家的路上，经过一个高台，又被人从上面兜头倒了一桶粪便。他也不敢声张，只能带着一身屎尿，打着冷战跑回了家。

经过这一次，贾瑞终于明白凤姐是故意设计整他，对凤姐是又爱又恨。虽然还是对凤姐念念不忘，但是贾瑞再也不敢去贾府。贾蓉和贾蔷又常常拿着借条来催贾瑞给银子。贾瑞既担心让祖父知道自己的丑事，又常常惦记凤姐，加上功课繁重，再加上接连被狠狠冻了两夜，没多久就生了病。他总觉得胸口发胀，咳嗽带血，双腿绵软无力，白天乏力，晚上发烧，有时还会做噩梦，吓得满口胡言。贾代儒请了好多大夫给他看病，又吃了好几十斤药，都不见好转。

贾瑞病得越来越重，过了大半年后就一命呜呼了。

第七回
秦可卿死封龙禁尉
王熙凤协理宁国府

这年年底,贾府收到了林如海寄来的书信。林如海说自己身染重病,想接林黛玉回去。贾母知道后,只能赶紧打点一番,让贾琏送黛玉回扬州。

自从贾琏送黛玉回扬州后,凤姐每天到了晚上,和平儿聊会天就睡了。

这天晚上,凤姐和平儿睡前闲聊,边聊边算贾蓉他们的行程。不知不觉间已到了后半夜,平儿已经睡熟,凤姐才开始有点困意,迷迷糊糊时,她看到秦可卿从外面走了进来。

秦可卿笑着对凤姐说:"婶婶,我今天就要走了,你也不来送送我。我们一向关系好,我舍不得你,特意过来向你辞行。还有一件未了的心事,想要告诉婶婶听。"

凤姐听了,恍惚问道:"是什么心愿?你只管跟我说。"秦可卿又说:"婶婶,你是个脂粉队里的英雄,连外面的男子也不见得比你厉害。你怎么连那两句俗语都不知道?常言说,'月满则亏,水满则溢',还有就是'登高必跌重'。如今我们家显赫非常。假如有一天乐极生悲,应了那句'树倒猢狲散'的俗语,就枉费了一世的名声了!"

凤姐听了这话,心里不痛快,但也十分敬畏,忙问道:"你担心的也有道理,那有什么法子可以永保富贵呢?"秦可卿冷笑着回道:"婶婶好傻呀。自古以来,荣辱周而复始,岂是人力可以保住的。但若是在繁荣时就开始为以后筹划,就能够常保永全。眼下诸事都妥,只有两件还没办妥。"凤姐忙问是什么。

秦可卿说道:"如今富贵的时候,应该在祖坟附近多买田庄、房舍、土地,以后祭祀供给的费用就可以从这里出了,还可以把家塾建在这里。族里按房轮流掌管这一年的地亩、钱粮、祭祀、供给之事。假如将来获了罪，祭祀产业是不会被充公的。即便家道中落，子孙还可以回家读书务农，也好有条退路。千万不要因现在荣华不绝，就不考虑以后。不久之后，家里又会有一件极大的喜事，真是烈火烹油、鲜花着锦之盛。但要知道，这也不过是瞬间的繁华、一时的欢乐，俗语说得好，'盛筵必散'。现在若不为以后打算，到时恐怕会悔不当初。"凤姐忙问："是有何喜事？"秦可卿说："天机不可泄露。只是我与婶婶好了一场，临别赠你两句话，务必要记着。三春过后诸芳尽，各自须寻各自门……"

  凤姐还想多问问时，忽然有人来报："东府蓉大奶奶没了。"凤姐一听，吓出一身冷汗，出了一会神后，急忙起身穿衣去王夫人那了。

  贾府上下包括仆役，都很喜欢秦可卿，知道她没了的这个消息后，无不伤心落泪。

  宝玉在睡梦中听到有人来报，秦可卿死了，连忙翻身爬起来，只觉心痛难受，直接吐了一口血来。好在没有什么大问题，宝玉换了衣服之后，跑去跟贾母说了一声，便去了宁国府。

  到了宁国府前，只见府门洞开，两边灯笼照如白昼，人来人往乱哄哄的，里面哭声震天。

  宝玉进到里面，只见贾珍哭得像个泪人一般，正和贾代儒等说道："合家大小，远近亲友，谁不知我这儿媳妇要比儿子还强十倍。如今就这样去了。"说着又哭起来。众人赶紧上去好言劝慰。

  贾珍向来喜欢排场，这次的丧事也是竭尽己能，务必办得体体面面、风风光光。贾敬听说长孙媳妇死了，却沉迷学道以图飞升，因此也不在意，让贾珍自己决定就好。

  贾珍见父亲不管，亦发恣意奢华，棺木用的都是薛家店铺里存着的一副稀有棺木，据说是义忠亲王老千岁为自己百年后准备的，后来因为他犯了事，这副棺木才留下了。棺木抬来后，众人看了都惊叹称奇。贾政觉得有些不合适，劝道："此物恐怕不是常人可享用的，挑一副上等杉木就可以了。"如今贾珍恨不能替秦可卿去死，哪里听得进这话。

  之前伺候秦可卿的两个丫头，一个叫瑞珠，看到秦可卿死了，她也撞了柱子殉主；另一个叫宝珠的，看到秦可卿没有孩子，愿意认她为义母，出殡①时为她做孝女。众人对这两件事都很称赞，贾珍马上吩咐大家改口称呼宝珠为小姐，再以孙女之礼下葬瑞珠。

不仅如此，贾珍还觉得贾蓉只是一个黉门监，写在灵幡经榜上时不好看，心里实在不舒服。恰巧头七第四天，大明宫掌宫内相戴权过来吊唁，贾珍趁机跟他说想要为贾蓉捐个前程。戴权明白贾珍是想在丧礼上风光些，便告诉他如今正好有个美缺。贾珍又花了一千二百两银子为贾蓉捐了个五品龙禁尉。

> **黉门监**
> hóng mén jiān：黉指国子监，是古代国家设立的最高学府和教育管理机构，即当时国家最好的学校。黉门监即指在国子监读书的学生。

尤氏犯了旧疾，不能料理事务，贾珍担心各家诰命夫人前来吊唁②时亏了礼数，让人笑话，因此犯了难。宝玉知道后，便向他推荐道："大哥哥，你可以请凤姐姐过来替你料理这个月的事情，保你事事妥当。"贾珍听了，也觉得非常合适，立刻去求了王夫人。

王夫人心里原是担心凤姐没有负责筹办过丧事，怕她做得不好惹人笑话；但又看见贾珍哭着央求自己，便用眼神问凤姐自己的意思。

凤姐平时就是一个喜欢揽事的人，又看见贾珍如此哭求，王夫人也开始有些动摇，赶紧表示自己愿意。王夫人见她主动，便同意了。

凤姐一同意，贾珍就把宁国府供下人领取钱物的对牌拿了出来，递给凤姐，还嘱咐道："妹妹爱怎样就怎样，要什么只管拿这个取去，也不必问我。不必替我省钱，事情办得体面最重要。还有就是，要像在你自己家那样管人才好，不要怕人抱怨就有所保留。"

宁国府总管来升听说请了凤姐来管内府，便和底下人说道："如今请了西府琏二奶奶管理内事，大家都要比往日更小心些。最多辛苦完这一个月，过后再歇着，也不要把老脸丢了。那可是个出了名的泼辣角色，真生气了，可不会给人留面子。"

第二天，凤姐早早就到了宁国府。宁国府中管事的婆娘媳妇聚齐时，正好听到凤姐与宁国府管家来升家的媳妇说道："既然事情交给了我，我也不怕得罪人。我可没有你们奶奶性子好，什么事都由着你们。也不要再说

---

① 出殡（bìn）：指把盛放尸体的棺材从家中运出放到墓穴里的过程。在我国传统的丧葬文化中，出殡是一个重要过程。

② 吊唁（diào yàn）：祭奠死者并慰问其家属。

'府里以前都是这么办'这样的话，如今都要按我说的做。无论是谁，只要不按我吩咐的做，都一样处理。"

凤姐说完之后，便让人念花名册，按名一个一个地唤进来。全都叫进来之后，凤姐吩咐道："这二十个分作两班，一班十个，每日在里头只管给客人倒茶，别的事不用她们管。这二十个也分作两班，每日只管负责本家亲戚的饮食，别的事也不用她们管。这四十个人也分作两班，负责在灵前上香添油，挂幔守灵，供饭供茶，随起举哀，别的事也和她们无关。这四个人负责在内茶房收管杯碟茶器，若少一件，你们负责赔。这四个人负责酒饭器皿，少一件，也是你们负责赔。这八个负责监收祭礼。这八个负责管各处灯油、蜡烛、纸札，我把这几项取出来之后全交给你八个，然后按我分好的配额再往各处去分派。这三十人每日负责轮流各处守夜，照管门户，监察火烛，打扫地方。来升家的每日负责监督查看，有偷懒的、赌钱吃酒的、打架拌嘴的，立刻来告诉我，你若是敢徇情，让我查出来，就别怪我到时不顾你脸面了。如果已经定下了规矩，哪一块乱了，我就找哪一块的人是问。这几天大家辛苦些，差事办得漂亮的话，你们家大爷自然会打赏你们。"

说罢，凤姐又吩咐按数分发各种东西，一边分发，一边提笔登记，某人管某处，某人领某物，写得十分清楚。众人领了去，也就各司其职去了，不像以前人人都挑着轻活做，苦差事都没人肯干。各房中也不会因为忙乱而丢东西了。如今即便是人来人往，也是井然有序，不像之前那样混乱了。

凤姐看到自己的整治起了效果，心中十分得意。她不畏辛劳，每天都准时到宁国府点卯①理事，把所有事情都打理得井井有条。

到了"五七"的第五日，凤姐知道今天来的客人会非常多，先去会芳园中登仙阁灵前烧纸上香，想起往日与秦可卿的情谊，不由放声大哭了一场。祭拜之后，凤姐才开始回去点名。除了一个负责迎送亲客的之外，其余人都到了。凤姐立刻派人去把那人叫了来，那人吓得直哆嗦。凤姐冷笑着对她道："我说是谁呢，原来是你！看你觉得你比别人都有面子，所以也不用听我的话。"那人连连求饶。

凤姐又说道："本来可以饶你一次，只是我开了这个头，以后就难管

---

① 点卯（diǎn mǎo）：点名查看，古代上级用来查看出勤人数的方法。

人,还是不要破例的好。"说完就变了脸,喝道:"带出去,打二十板子!"又扔下宁国府对牌:"出去跟来升说,罚她一个月的钱粮!"众人看凤姐面色不善,知道是真生气了,赶紧照吩咐去办。迟到的那人被拖出去挨了二十大板后,还要进来叩谢。凤姐说:"明日再有误的,打四十,后日六十,不怕挨打的,尽管误!"然后才吩咐各自散了。

这次之后,宁国府的人都知道凤姐的厉害,再也不敢偷闲,从此兢兢业业①,万事不敢出一点差错。

吃了午饭之后,宝玉有事过宁国府找凤姐,两人正在说话时,有人说贾琏打发小厮昭儿来找凤姐。凤姐赶紧把人叫了进来。原来林如海在九月初三日巳时没了,贾琏带着林黛玉送灵回苏州,大约年底才能回来。贾琏派昭儿回来给家里报个信,看看贾母怎么安排,再看看凤姐最近好不好。凤姐问他去回过贾母没有,昭儿说已经都去禀告过了。凤姐就让他下去。等昭儿离开后,凤姐向宝玉笑道:"你林妹妹可要在咱们家长住了。"宝玉道:"这可了不得了,她这几天还不知道得哭成什么样子。"说着,皱眉长叹。

出殡的日子越来越近,事情也越来越多。凤姐一贯要强,每一件事都要求做好,以免落人口舌,所以更加竭心尽力。他整日忙前忙后,废寝忘食,把事事都筹划得十分妥当,宁荣两府没有不称赞她的。

出殡当天,来送殡的王公贵族,数不胜数。与宁荣两家合称"八公"的人家基本都派人过来了,再加上其他官家,大小车轿,不下百余辆。连同前面各色执事、陈设,浩浩荡荡,绵延了三四里远。一路上,彩棚高搭,设席张筵,和音奏乐,都是各家的路祭。

没多久,就看见宁国府出殡的队伍浩浩荡荡,如同压地银山一般从北而来。

---

① 兢(jīng)兢业业:形容做事小心谨慎、认真踏实。

第八回
大观园试才题对额
贾宝玉机敏显才情

这日,正是贾政的生辰,宁荣二府的人都齐集庆贺,热闹非常。门房忽然进来报告说,六宫都太监夏老爷来传旨。贾赦、贾政等一干人都吓了一跳,不知为何原因,赶紧让戏班停止唱戏,撤去酒席,摆了香案,到大门跪接。

只见六宫都太监夏守忠乘马而至,到了檐前下马,满面笑容地宣旨:"立刻宣贾政入朝,在临敬殿陛见。"一说完,连茶也不喝就上马走了。贾政也不知道是福是祸,急忙更衣入朝。

贾母等一大家子心中皆惴(zhuì)惴不安,不停地派人去探听消息。过了四个钟头之后,赖大等三四个管家气喘吁吁地跑进府里报喜,让贾母领着王夫人她们赶紧进宫谢恩。

原来贾元春被晋封为凤藻宫尚书,加封贤德妃。宁荣两府的人听了这个消息后,全都欢天喜地的。贾母等人立刻按品级换了礼服入宫谢恩去了。贾赦、贾珍也换了朝服,领贾蓉、贾蔷,跟着贾母大轿前往。

直到林如海葬入祖坟,所有后事料理妥当之后,贾琏才带着林黛玉回京。在路上听说元春的喜事,贾琏他们便日夜兼程赶了回来。众人见面,难免悲喜交加,先是大哭了一场,然后才又互相恭喜。

宝玉细细打量了一番黛玉之后,觉得一段时间不见,黛玉出落得越发标致了。黛玉这次又带了许多书籍过来。她一边安排人打扫卧室、归置器具;一边又将文房用具分送宝玉和其他姐妹们。

宝玉在秦可卿出殡那日,结识了北静王,两人一见如故,北静王送了宝玉一串鹡鸰香串。宝玉一心想着要转赠给黛玉。谁知，黛玉说："什么臭男人拿过的！我不要。"又扔回给宝玉。宝玉只得自己收起来。

贾琏到家的第二日，就被贾赦和贾珍叫了去。原来当今圣上体恤臣子，想到嫔妃入宫之后便不曾回过家，不能在家中长辈膝下尽孝。此次特意恩准嫔妃可以择日回家省亲，与亲人共叙天伦。因为周贵妃、吴贵妃家都已经开始选地修建省亲别墅，所以贾府也有此打算。

三人商量了一番后，便将修建省亲别墅之事提上了日程。贾府开始堆山凿池、起楼竖阁，种竹栽花，忙得不亦乐乎。

园子竣工后，贾珍去请贾政到园子里参观，好拟定每一处的匾额对联。贾政叫上了自己的门客一起进去看看，希望大家能够帮忙出出主意。

宝玉最近有些闷闷不乐，因此贾母让人带他到新园子里转转好散散心。听说贾政要进新园子来，宝玉吓得赶紧从园子里往外走，谁知道还是在大门口遇到了贾政。

贾政看见宝玉，想起家中私塾老师曾经说过宝玉虽不喜欢读书做八股文章，但有几分作诗联句的歪才，便打算趁此机会考考宝玉，看看他的学问水平到底如何。于是，贾政便让宝玉跟着自己进园子。

一进园中，迎面就是一座假山挡在眼前，众人纷纷称好。贾政夸道："如果没有此山，一进来园中就将所有景致尽收眼底，那就没什么意思了。"

假山中只有一羊肠小道通向前方，众人便沿那条小路往前走。走到山口时，只见山上有一块镜面白，正是留着题字的地方。贾政回头笑着问大家此处该题什么字比较好。众人有的说该用"叠翠"二字，也有的说该题"锦嶂"，还有"赛香炉""小终南"等，不下几十个。贾政都不满意。其实众人心中明白贾政想要考考宝玉的学业，所以都是随便搪塞罢了；宝玉自己也明白过来了。等贾政问他时，宝玉便说："这里不是主山正景，只是为了让人进一步游览罢了。不如就直接写'曲径通幽处'这句旧诗，反而显得还大方气派。"众人听了，都纷纷赞道："极好极好！二公子天分高，才情远，不像我们死读书了。"贾政笑道："不要那么夸他，他年纪小，不过是一知半解用而已。"

说着，穿过了石洞。只见佳木茏葱，奇花闪灼。一条清澈的溪水，从花木深处流到石隙之下。继续往前走，看到有石桥，桥上有座亭子。众人上了亭子，倚栏坐了，贾政问道："此处又该题什么字？"众人有的说"翼然"，也有的说可以用"泻玉"。宝玉倒觉得，与其用"泻玉"，不如用"沁芳"二字，更为新颖雅致。贾政拈着胡子点头不语，众人见状纷纷迎合，称赞宝玉才情不凡。

出亭下桥，走了一段路后，来到一处居所。一带粉垣围着数间房舍，里面种着许多翠竹。一进门就是曲折的游廊，台阶下是用石子铺成的甬路。众人在院子里转了一圈之后，贾政感叹道："月夜在此窗下读书，才不算枉费人生。"说完，他便看着宝玉，吓得宝玉赶紧低下了头。众人赶紧岔开话题，讨论起此处的匾额该题什么才好。众人提了几个建议，贾政都觉得俗气，贾珍便笑着说让宝玉试试。贾政便问宝玉刚才大家的提议有没有合适的。宝玉觉得都不是太妥当。贾政就问他为什么。宝玉说："这是第一处行幸之处，必须用些颂词才好。若用四字的匾，又有古人现成的，何必再重新拟定。'有凤来仪'四字最合适了。"众人又一起叫好。贾政也觉得还行，微微点了头。

众人继续往前走，转过一个山弯，看到一段黄泥筑的矮墙隐隐露了出来，墙头皆用稻秆盖着。墙内有几百株杏花，开得灿若朝霞；还有几间茅屋。茅屋外面用桑树、榆树等围成了一道青篱。篱外山坡之下，还有一口土井。井边的土地分畦列亩，种满了瓜果蔬菜。

贾政笑着说道："来到这里，不免勾起了我回归田园的心思。我们进去歇息歇息。"刚要进去时，贾政看到路旁有一块石头，也为留题准备的。有人提议此处可以用"杏花村"。贾政听了，笑着让贾珍明日做一个酒幌，用竹竿挑在树梢上。不等贾政问他，宝玉已经直接说："可以在石头上刻'杏帘在望'四字。只不过村名不可再用'杏花'二字，古人诗云'柴门临水稻花香'，用'稻香村'岂不更妙？"众人听了，更加齐声鼓掌叫好。贾政看到这个情景，心里暗暗高兴，但是嘴上还是骂道："无知的小子，你知道几个古人，能记得几首诗，就敢在老先生前卖弄！刚才你说的那些，不过是试试你的深浅罢了，你还当真以为自己很厉害！"

众人进了屋内，看见里面纸窗木榻，一洗富贵气象。贾政心中非常喜欢，瞅着宝玉问道："此处如何？"众人赶紧悄悄推宝玉，教他说好。谁知宝玉不听他们的话，应声说道："比不上'有凤来仪'。"于是，又惹得贾政不高兴，被骂了一顿。

众人接着往前走，沿着柳荫中的折带朱栏板桥走过去，就看见一所清凉瓦舍、一色水磨砖墙。贾政刚看见便说道："这所房子，感觉平常得很。"

谁知推门进去后，大家才发现里面别有洞天。许多巨大的玲珑山石竟把里面所有房屋全都遮住，而且一株花木也没有，只有许多奇香异草：有牵藤的，有引蔓的；或垂山巅，或穿石隙；有的果实红得像丹砂，有的花形如金桂，但香味很浓，远非桂花香可比。

贾政看过之后，不禁感叹道："有趣是有趣，就是大多不认识。"有的门客说："发出异香的是薜荔藤萝。"贾政说道："薜荔藤萝没有这么香。"

宝玉说道："的确不是。这些之中的确有藤萝薜荔。但那发出异香的是杜若蘅芜，这一种大约是清葛，红的自然是紫芸，绿的定是青芷。想来这些都是《离骚》《文选》等书上所记载的那些异草。只是时间长了，就没有人能认出来了。"还没说完，贾政就喝道："谁问你了！"吓得宝玉赶紧退后，不敢再说话。

贾政沿着两侧的抄手游廊往里走，只见里面五间清厦连着卷棚，四面出廊，绿窗油壁，比前几处更为清雅。贾政感叹道："在此轩中煮茶操琴，不需要焚香都可以了。诸位觉得此处该题何字？"众人接连说了几个，贾政都觉得不好，正在沉吟思考时，突然发现宝玉躲在一旁不敢出声。贾政不由呵斥道："怎么该你说话时又不说了，难道还等着别人请教你吗？"宝玉听说，便回道："匾上用'蘅芷清芬'四字。就好。"贾政笑了笑，没再骂宝玉。

走了大半日，众人都觉得有些累了，正巧前面又露出一所院落，贾政笑道："我们到此处歇息一会好了。"说着，众人沿着一条两侧种满碧桃花的小路往前，穿过一层竹篱花障编就的月洞门，进了那个院子。

一入门，就见院中堆放着几块山石，一边种着数棵芭蕉，另一边是一棵长得如同一把大伞的西府海棠，开着红艳艳的花。众人赞道："好花，好花！从前也见过海棠，从来没见过如此漂亮的。"贾政道："这叫作'女儿棠'，乃是国外的品种。据说是传自女儿国，在女儿国中盛产这种海棠。估计只是荒唐不经的传说而已。"宝玉道："大概是文人骚客，觉得此花红得如同涂了胭脂，又是一副弱不禁风的模样，就如同大家闺秀一般，所以用

'女儿'来命名。世人又以俗传俗，以讹传讹，便都当真了。"众人都摇身赞妙。

贾政问宝玉此处题何字为好，宝玉道："此处种了芭蕉和海棠，就是暗寓'红''绿'二字在内。所以不能单说一样，依我看，用'红香绿玉'四字，方能两全其美。"贾政还是摇头说道："不好，不好！"

众人从这个院子里出来之后，忽然发现大山拦住了去路，不由纷纷说迷路了。贾珍笑着让大家随他走。众人跟着贾珍走到大山山脚边，再一转，便是条平坦宽阔大路，大门就在前面。众人都道："有趣，有趣，真是心思巧妙！"

出了大观园之后，宝玉见贾政没有开口让自己离开，只得一路跟到了书房。到了书房之后，贾政才突然想起宝玉还跟着，便说道："你还没逛够吗？还不赶紧去给老太太请安。"宝玉这才敢告辞离开。

第九回
贾元春省亲叙天伦
亲骨肉团聚庆元宵

为了贾元春回府省亲一事,贾府上上下下忙碌了好几个月。

供元妃省亲的园子修葺好之后,贾府另找了一处幽静居所给薛姨妈居住,让从姑苏采买的十二个女孩子住进了梨香院,请人教她们唱戏;又请了带发修行的妙玉住进了大观园的栊翠庵,好在元妃省亲时诵经;各处的古董文玩,都已经摆好了;大观园各处景点也已经放养了各种飞禽走兽。

到了十月末,事事处处安排妥当之后,贾政才挑日子写了奏章向皇上请示。皇上便传了圣旨,恩准元妃在次年正月十五上元之日,回家省亲。贾府领了旨意,更加昼夜不闲,连新年都没能好好过。

到了正月初八日,宫里就派了太监到贾府,安排举办仪式的各种地方;又有专人来教贾宅各项礼仪;工部官员和五城兵备道打扫街道,撵逐闲人;贾赦等人则监督匠人扎花灯、烟火之类。到了正月十四日,一切都已经准备妥当,这一夜,贾府上下通宵不眠。

正月十五晚上,贾母等有爵位的,都按品级穿好礼服。大观园内各处,张灯结彩,富丽堂皇。贾赦等男亲在西街门外等候,贾母等女眷则在荣府大门外等候。

远处传来了马蹄声,不久之后,十来个太监都气喘吁吁地跑过来,边跑边拍手。众人知道,元妃快到了。

又过了一会,十几对红衣太监骑马依次缓缓走来,到西街门下了马,之后便垂手面西站住。然后有鼓乐声从远处隐隐传来。伴着乐声,举着贵妃仪仗的太监一对对走了过来,最后才是八个太监抬着一顶金顶金黄绣凤轿子，缓缓走过来。

等候多时的贾母众人赶紧在路旁跪下迎接，立刻有几个太监飞奔过来，将贾母、邢夫人、王夫人扶了起来。轿子抬进大门，入了仪门后，停在了东边的一所院落门前。太监跪请元妃下轿更衣，接着抬轿入门，太监们才散去。

元春由昭容、彩嫔引领下轿子，进到一旁的屋子里更衣。元春换好衣服后又出来上轿进了大观园。

元春在轿内看到大观园内外如此豪华，心里默默感叹太过奢华。后来听到有太监请她下轿乘船，元春又下了轿子乘船游览。

只见两岸石栏上都挂着各种水晶玻璃的风灯；岸边各种树木的树枝上都粘上了绸缎通草做的花叶；河中还有用螺蚌、羽毛做成的荷花水鸟之类的摆设。船上亦挂着各种精致的盆景灯，一时间，船上、岸上灯光辉映，十分好看。

没过多久，船就驶入一石港，港上有一面灯匾，是"蓼汀花溆"四字。

园中各处的字都是上次贾政让宝玉写的。之所以不请名家题名书写，这里头有一个原因。

元春是王夫人所生的女儿，自幼由贾母带大。王夫人生宝玉时，元春已经长大了。她知道母亲老来得子，对宝玉很看重，因此她也特别疼爱宝玉。宝玉两三岁时，元春就开始教他读书；后来进了宫，也常常让人带话给父母，要抚育宝玉成才。因此，他们名为姐弟，但情同母子。

前几日园子竣工时，贾政故意让宝玉拟定各处的门匾对联，就是为了考考宝玉的学问。后来贾政见他所拟的虽不能说是极好，但也有可取之处，所以就让人按着宝玉拟的做了，也是为了让元妃看到，知道弟弟没有辜负她的期望。

元妃看了那四字，笑着说："用'花溆'二字就好，何必再加'蓼汀'？"一旁伺候的太监赶紧报给贾政听。贾政知道后，立刻叫人更换。

船靠岸后，元妃下船坐轿继续往前走。只见前面一处石牌坊写着"天仙宝境"四个字，元妃赶紧让人换成"省亲别墅"四字。

进入行宫后，只见香屑布地，火树琪花，金窗玉槛。元妃发现殿中没有匾额就问为什么，太监说是外臣不敢擅自拟定正殿匾额。元妃点点头没有说话。

　　元妃坐下后,两边开始奏乐,由礼仪太监带着贾赦、贾政等男亲在月台下分列而站,等到元妃免礼的旨意传出后,太监才带着他们退了出去。然后,太监又带着贾府女眷按之前的流程行了礼。

　　元妃进入侧殿更衣后,乘了省亲车驾,来到贾母房中,想要给长辈们行家礼。贾母等人赶紧跪下阻止。元妃仍不住泪流满面,上前一手搀贾母,一手搀王夫人。三人对泣,满肚子的话都不知道从何说起才好。

　　过了好半天,元妃才止住泪,强笑着安慰贾母、王夫人,说好不容易团聚,要好好说说笑笑才对。元妃见过了诸位长辈姐妹后,又特意让人传旨去请薛姨妈、宝钗和黛玉。一众母女姊妹谈起家长里短、思念之情。

　　贾政也在外面隔着帘子向元妃请安,元妃在帘子后面含泪和父亲说:"田舍之家,虽粗茶淡饭,但能想天伦之了。如今我们虽大富大贵,却是骨肉分离,实在没有什么意!"贾政听了这话,难免心酸,可也只能含泪回了些官家套话。元妃听了之后,又嘱咐自己父亲虽要以国事为重,但也要多多保重自己的身体。贾政还特意告诉元妃,大观园每一处的匾额都是宝玉所题。元妃听了,心里觉得很欣慰,便问为什么不见宝玉过来见他。贾母才说:"没有旨意,宝玉不敢擅自入内。"元妃便叫人赶紧带宝玉进来。

　　宝玉一进来,就先向元妃行国礼,然后才走到元妃跟前。元妃拉着他的手将他抱在怀里,用手摸了摸他的头,笑着说:"比以前长高许多……"话还没说完,就已经泪如雨下。

　　这时,尤氏和凤姐过来请元妃去到园中走走。元妃让宝玉在前带路,同众人一起参观大观园。一路看来,各处布置都非常精致,元妃赞赏有加,但也劝道:"以后不要太过奢华,这些已经非常过分。"

　　众人走到正殿后,筵宴已经摆好,贾妃上座,贾母等在下相陪,尤氏、李纨和凤姐等亲自在一旁伺候。

　　用膳之后,元妃让人笔砚伺候,挑了园中自己最喜欢的地方,亲笔题名。

　　元妃给园子赐名"大观园",又亲笔写了正殿的匾联,把挂着"有凤来仪"的院子赐名为"潇湘馆";挂着"蘅芷清芬"的赐名"蘅芜苑";挂着"杏帘在望"的赐名"浣葛山庄";还有一处院子赐名"怡红院",又把院中的匾额由"红香绿玉"改成了"怡红快绿"。

写好之后，元妃对众人说："我一向也不擅长写诗作对。各位姐妹不如都挑一处来拟定匾联。我要考考宝玉，你就写我刚才赐名那四处吧。"

贾家三姐妹中，探春的才华最好，但是她也觉得自己无法与薛、林二人相比。探春都如此，其他二人更加勉强。但元妃开了口，众姐妹只得听从，就连李纨也勉强凑成一律。众姐妹写好之后，元妃挨个看过。看完之后，元妃称赞道："终究是薛、林两位妹妹的作品更为出众，不是我们姐妹能比的。"

其实林黛玉本来想在今晚大展才华，技压众人，没想到元妃只让一人写一匾一咏，只得随便做了一首五言律应景。

姐妹们都写完了，而宝玉刚做好"潇湘馆"和"蘅芜苑"二首，正准备写"怡红院"。宝钗看见他第一句写的是"绿玉春犹卷"，便趁着大家不注意，悄悄推了推宝玉说道："元妃就是不喜欢'红香绿玉'四字，所以才改成了'怡红快绿'，你现在还用'绿玉'二字，岂不是和她作对？再说关于蕉叶的典故有很多，赶紧另想一个改了罢。"

宝玉一听，汗都下来了："我现在怎么都想不起来了。"宝钗笑着指点道："你只把'绿玉'的玉字改作蜡字就可以了。"宝玉赶紧问是什么出处，宝钗悄悄哑哑嘴笑道："你今天就慌成这样，将来金殿对策，你还不得连'赵钱孙李'都忘了。唐朝钱珝咏芭蕉诗的头一句就是'冷烛无烟绿蜡干'，你都忘了吗？"宝玉听了，开心地直呼宝钗是他的"一字师"。

宝钗怕和宝玉说笑耽误他作诗，便转身走到了旁边。宝玉赶紧继续往下写，终于写完了第三首。

黛玉见宝玉要做四首，一副冥思苦想不得的模样，便想帮帮他，于是走过去看看。黛玉看他只写出了三首，便让他先誊①录那三首，自己替他做"杏帘在望"。话刚说完，黛玉已经在心中打好了腹稿，便写在了纸条上，搓成个团子，扔到宝玉跟前。

宝玉打开一看，觉得比自己写的那三首都要好十倍，真是喜出望外，赶紧抄好，递给元妃。元妃看了之后，非常高兴，夸他的确有所长进，还

---

① 誊（téng）：将草稿上的文字清晰而准确地抄写。

说"杏帘在望"那首做得最好,是四首之冠,还根据那首诗将"浣葛山庄"改名为"稻香村"。

元妃又让人将所有的诗都重新誊录好,叫太监传到外面给贾政他们看。一众人看了之后也是称颂不已。贾政又进《归省颂》。元春又命以琼酥金脍等物,赐与宝玉并贾兰。此时贾兰极幼,未达诸事,只不过随母依叔行礼,故无别传。贾环从年内染病未痊愈,自有闲处调养,故亦无传。

作好了诗,众人又一起看了几出戏,然后又去先前没有到的地方走了走。路过山腰寺庙时,元妃还特意净手进庙里焚香拜佛。

最后,元妃让太监按例将给贾府众人的赐物一一分发下去,就连下人杂役优伶等都赐了钱。

众人谢恩已毕,执事太监来请元妃回宫,说是已经到了回銮的时辰了。元妃听了,不由又泪流满面,但很快又强颜欢笑起来,紧紧拉着贾母、王夫人的手不忍放开,再三叮咛道:"不须挂念,好生保养。如今天恩浩荡,一月能进宫探望一次,见面机会还是很多的,不需要难过。如果明年圣上还允许回来省亲,万万不可以再如此奢华浪费了。"

贾母等已哭得哽噎(yē)难言了,元妃虽然不忍离开,无奈皇家规矩不得违逆,只能硬起心肠,强忍悲伤,上轿离开。

第十回
潇湘馆兄妹诌典故
大观园宝黛读西厢

元妃回宫后,第二日见驾谢恩,圣上龙颜大悦,又赐了许多东西给贾府在朝为官者。为了元妃省亲之事,荣宁二府是连日用尽心力。省亲结束后,已经是人人筋疲力尽。收拾好园中又是好几天的事情。

贾府众人中,最忙的是凤姐,她个性要强,不甘人后,管的事情又多,自然没办法偷懒。最闲的就要数宝玉,每天都无所事事,到处闲逛。

一天中午,宝玉又去黛玉房中看望她。当时黛玉正在午休,所以丫鬟们都出去了,屋子里静悄悄的。宝玉走到黛玉床前,轻轻把她推醒,非让她和自己聊天。黛玉拗不过他,只得起身靠着靠枕和他说话。

宝玉左边腮上沾了纽扣大小的一块胭脂渍,黛玉发现后,便拿出自己的手帕替他擦拭干净。宝玉忽然闻到黛玉袖中有一股幽香散出,便问她袖子里藏了什么好东西。黛玉笑道:"大冬天的,谁会在身上带什么香呢。大概是衣服放在柜子里,沾到了柜子里头香袋的香气吧。"宝玉摇了摇头说不是。黛玉冷笑着回了一句:"难道也有什么'罗汉''真人'给我香吗?就算得了奇香,也没有亲哥哥亲兄弟弄些鲜花霜雪替我炮制。我要有,也是些俗气的香罢了。"

宝玉笑道:"我才说一句,你就说上这么一大篇。今天非要教训教训你才行。"说着宝玉就往手上呵了两口,然后伸手去挠黛玉的胳肢窝。黛玉一贯怕痒,被挠得笑到喘不过气。

两人玩笑了一会后,便躺在床上休息。宝玉一直在问黛玉当初上京时的事情,路上看了什么景致古迹,扬州有何遗迹故事,风土人情又如何。

黛玉用手帕子盖着脸，一直不答话。

宝玉见状，便哄她说道："哎哟！你们扬州衙门里有一件大故事，你可知道？"

黛玉见宝玉说得郑重其事的，便问："什么事？"宝玉见黛玉一副好奇的样子，便忍着笑顺口诌道："扬州有一座黛山。山上有个林子洞。"黛玉笑道说："你是瞎编的吧，从来就没听过这山。"宝玉不以为然地反驳道："天下山水多着呢，难道你全听说过？等我说完了，你再批评。"黛玉点点头，让他继续说。

宝玉继续往下胡编："林子洞里原来有群耗子精。那一年腊月初七日，老耗子召集众耗子商量事情。老耗子说腊八就要到了，人类都熬腊八粥，林子洞中一直缺少果品，正好可以趁此机会偷些回来。然后老耗子就拔出一枚令箭，派出一能干的小耗子外出打听消息。不一会，打听消息的小耗子就回来了。它对老耗了说山下庙里的果米最多，粮食满仓，还有五种果品：红枣、栗子、落花生、菱角和香芋。老耗子听了之后大喜，立刻分派耗子去偷粮食，一一安排下去。到了最后，一个非常弱小的小耗子主动请缨去偷香芋。其他耗子见它年小体弱，都担心它办不好差事。小耗子则说，它体力不行，但是脑子好使。它只需要变成个香芋，混在香芋堆里，然后暗暗利用分身术，就可以神不知鬼不觉地把真的香芋运出来了。众耗子听了，觉得办法不错，就让小耗子先变一个让大家看看。小耗子也不推辞，摇身一变，变成了一位标致美貌的小姐。众耗子哄堂大笑，说它变错了，说好要变香芋，怎么变成了一个小姐。小耗子现回原形后反而笑它们没见识，只知道果子是香芋，却不知盐课林老爷的小姐才是真正的香玉呢。"

黛玉听了，立刻翻身坐起，按着宝玉就要拧他的嘴，边拧边笑："我就知道你是在编排我。"宝玉被拧得连连讨饶，说自己再也不敢了，都是因为闻着黛玉衣服上的香气，才想起这个典故来。黛玉笑着继续说："就是捉弄人，还说是典故呢。"

这时，宝钗正好从外面走进来，就笑着问了一句："谁在说典故呢？我也听听。"黛玉忙请宝钗坐："还能有谁，他拐着弯子骂人，还说是典故。"宝钗听了也笑着说："原来是宝兄弟，也难怪，他肚子里的典故的确是多。可惜的是，要用典故时，他偏就一个想不起。既然今天想得起典故，那前儿夜里写芭蕉诗时更该记起来才对呀。大冷的天，你都能急出了汗。"黛玉听了笑着："阿弥陀佛！到底是我的好姐姐，这回他可遇到对手了。"

那日元妃省亲回宫之后，就把众人所写的诗词让人整理好了编辑成册，因此想起了大观园里极佳的景致。元妃知道，自己去过大观园之后，贾政肯定会将园子封上，不再让人进去，这么一来，如此美景也就浪费辜负了；家中几位妹妹都能诗会赋，若让她们进园子居住，正好是佳人配美景两相宜；宝玉从小是和姐妹们一起长大的，如果姐妹都进园子里住了，就他不去，肯定会觉得自己被冷落了。于是，元妃派人下了一道谕令，不许封锁园子，让姐妹们搬进园子里居住，宝玉也可以跟进去居住、读书。

贾政接到谕令后，不敢怠慢，赶紧安排各项事宜，选定了二月二十二那天，让宝玉和姐妹们一起搬进了大观园里居住。

林黛玉觉得种满竹子的潇湘馆很幽静，于是选了那住。这正应了宝玉的心意，他选的是怡红院，也很清幽，离着潇湘馆也近。薛宝钗住了蘅芜苑，李纨住了稻香村。迎春选了缀锦楼，探春挑的是秋爽斋，惜春则是蓼风轩。

众人搬进去之后，大观园里顿时热闹起来，不像之前那样空寂了。

宝玉自从住进大观园后，心满意足。每日他只和姐妹丫鬟混在一起，读书写字，弹琴下棋，吟诗作画，斗草簪花，拆字猜谜，总之过得十分惬意。

宝玉的心腹小厮茗烟为了讨他欢心，在城里书坊里买了许多传奇故事本子给他看。宝玉以前从来没看过这种书，得了之后爱不释手。尽管茗烟再三叮嘱他别带进大观园里，可他还是挑了几本喜欢的带了进去藏在床顶上。

转眼就是三月中旬了，吃过早饭后，宝玉带了一套《西厢记》，躲到沁芳闸桥边找了棵桃花树，坐在树下的大石上仔细阅读。

一阵风刮过，树枝上的桃花被吹下一大半来，撒了一地。宝玉正想将身上的落花抖落，又担心它们被人踩了，干脆就用衣服兜了花瓣，走到池边，抖落进池内。

西厢记

是元代王实甫创作的杂剧，讲述了一个叫作张生的书生在普救寺借宿时，遇到了相国小姐崔莺莺，两人一见倾心，却被崔莺莺的母亲阻拦，张生相思成疾，而后在崔莺莺的侍女红娘的帮助下，张生和崔莺莺偷偷见面，私定终身，张生也考取功名，娶了崔莺莺。

那些桃花瓣浮在水面，飘飘荡荡，顺着水就流出了沁芳闸去。

宝玉一回身，发现地上还有许多落花。正当他在考虑该怎么办时，一个声音响了起来："你在这里做什么？"宝玉回头一看，原来是林黛玉。

只见林黛玉肩上担着花锄，锄上挂着花囊，手内拿着花帚。宝玉不由连声叫好："你来得正好，帮我把这些花扫起来，撂到那水里。我刚才撂了好些进去。"林黛玉说道："撂在水里不好。这里的水是干净，可流了出去之后，还是会和那些脏水混到一起。仍会把花糟蹋了。我那边角落里有一个花冢（zhǒng），我们把这些落花装进绢袋里，拿土埋上，时间久了化在土里，岂不是更好。"

宝玉听了，也觉得不错，笑道："等我放了书，帮你来收拾。"黛玉问："什么书？"宝玉听了，慌忙把书藏在背后，随口说："不过是《中庸》《大学》。"黛玉笑道："你少来骗我。趁早说实话。"宝玉道："好妹妹，我不怕给你看。可你看了，千万别告诉别人。这本可真是本好书！你要看了，怕连饭都不想去吃呢。"一面说，一面递了过去。

林黛玉把花具都放下，接过了书，坐在大石上从头看起，越看越爱看，不到一顿饭工夫，将十六出都看完了。她觉得书中词句警人，耐人寻思，看完之后还在心内默默记诵。

宝玉笑着问："妹妹，这书好不好？"林黛玉笑道："果然有趣。"宝玉笑着说道："我就是个'多愁多病身'，你就是那'倾国倾城貌'。"林黛玉听了，不觉羞红了脸，有些生气地指着宝玉道："你净胡说！好好的，看这种书，还学了这些混话来欺负我。我告诉舅舅舅母去。"说完，转身就走。宝玉着了急，赶紧拦住她，连连告饶。黛玉这才罢休。

看到黛玉不生气了，宝玉就和她一起将落花收拾掩埋。刚刚弄好，袭人就从远处走来，说是老太太找宝玉有事，让他赶紧回去换衣裳过去。宝玉听了，忙拿了书，别了黛玉，和袭人一起走了。

林黛玉见宝玉走了，便自己朝潇湘馆走去，走到梨香院墙角上，听见墙里传来悠扬笛韵，歌声婉转。林黛玉平日并不太喜欢看戏文，所以也不留心，只管往前走。偶然听到一两句，却也让人觉得非常感伤。林黛玉停住脚步，又仔细听了听，正好唱道："良辰美景奈何天，赏心乐事谁家院。"

红楼梦

听了这两句，她不由点头暗叹：原来戏上也有好文章，只可惜世人只知看戏热闹，未必能领略这其中的真正意趣。

想到这，她又侧耳细听："则为你如花美眷，似水流年……"听了这两句，林黛玉不由心动神摇，想起刚才所看的《西厢记》里"花落水流红，闲愁万种"之句，还有一些别的句子，顿时觉得心中酸楚，难过起来。

宝玉回房换好了衣服，就去贾母处。听完贾母的嘱咐后，他便出府准备骑马出去，这时正好贾琏回来，二人便聊了一会。这时，旁边转出一个人来向宝玉请安。宝玉一时想不起是谁，还是贾琏告诉他，那是后廊上住的五嫂子的儿子贾芸。

贾芸已满十八了，年纪比宝玉大，但辈分却比宝玉矮一辈。宝玉对他印象挺好的，让他得闲时去书房找自己聊天。

第十一回
为争宠姊弟遭魇魇
通灵玉蒙尘遇双真

转眼过了一日，王子腾夫人过寿，打发人过来请贾母、王夫人去赴宴。王夫人见贾母身体不舒服，便也不去了。倒是薛姨妈同凤姐并贾家几个姊妹、宝钗、宝玉一齐都去了，至晚方回。待在家里的王夫人，见贾环下了学，便命他来替自己抄个《金刚咒》。贾环坐在王夫人的炕上，命人点灯，拿腔作势地抄写起来。一时叫彩云倒杯茶来，一时又叫玉钏儿来剪剪蜡花，一时又说金钏儿挡了灯影。众丫鬟们素日厌恶他，都不搭理。只有彩霞还和他合得来，倒了一杯茶递与他。瞧着王夫人正和人说话，彩霞便悄悄跟贾环说道："你安分些罢，何苦讨这个厌那个厌的。"贾环道："我也知道了，你别哄我。如今你和宝玉好，把我不搭理，我也看出来了。"彩霞咬着嘴唇，向贾环头上戳了一指头，说道："没良心的！狗咬吕洞宾，不识好人心。"

两人正说着，从王府回来的凤姐便过来拜见王夫人。凤姐正向王夫人说着今日寿宴的情况时，宝玉也过来。一进门见了王夫人，宝玉刚规规矩矩说了几句，便命人除去抹额，脱了袍服，拉了靴子，一头滚在王夫人怀里，边撒娇边同王夫人说话。王夫人用手满身满脸摩挲，抚着宝玉，疼爱道："我的儿，你又吃多了酒，脸上滚热。你还只是揉搓，一会闹上酒来。还不在那里静静地倒一会子呢。"说着，王夫人便叫人拿个枕头来，还叫彩霞过来替宝玉拍着。宝玉听话地在王夫人身后躺下。他想和彩霞说笑，却见彩霞不大搭理自己，反而时不时看向贾环。宝玉便拉她的手笑道："好姐姐，你也理我一理嘛。"彩霞挣脱宝玉，说道："再闹，我就嚷了。"

二人正闹着，素日就嫉妒宝玉的贾环，如今又见他和彩霞闹，心中愈发妒火中烧。以前贾环就曾暗中算计过宝玉，只是每每都不曾得手，今见相离甚近，便想到装作失手，将案桌上那盏油汪汪的蜡灯向宝玉脸上一推，想用热油烫瞎他的眼睛。

宝玉"哎哟"一声痛呼，将满屋里众人都吓了一跳。大家连忙多挪了几盏灯过来查看，只见宝玉满脸满头都是蜡油。王夫人又急又气，一面命人替宝玉擦洗，一面责骂贾环。正替宝玉收拾着的凤姐，突然笑道："老三还是这么慌脚鸡似的，我说你上不得高台盘。赵姨娘时常也该教导教导他。"这句话立刻提醒了王夫人，她也不再骂贾环，倒把贾环的母亲赵姨娘叫来骂道："养出这样黑心不知道理下流种子来，也不管管！以前我总是不计较，你们非但不收敛，反而越发得了意！"

赵姨娘素日就有嫉妒之心，不忿凤姐宝玉两个，却也不敢露出来。如今贾环生了事，自知理亏，她只能吞声承受这场恶骂，赶紧凑上去替宝玉收拾。

宝玉左边脸上烫起了一溜水泡，幸而没伤到眼睛。王夫人看了，又是心疼，又担心明日贾母问起不知如何作答才好，急得又把赵姨娘数落一顿。她边安慰了宝玉，边命人取败毒消肿药来敷上。宝玉倒还好，不住宽慰王夫人道："有些疼，还不妨事。明儿老太太问，就说是我自己烫的罢了。"凤姐笑道："便说是自己烫的，也要骂人，为什么不小心看着，叫你烫了！横竖有一场气生的，到明儿凭你怎么说去罢。"王夫人命人好生送了宝玉回房去后，袭人等见了，都慌得不得了。

因为宝玉出门，自己闷了一天的林黛玉听说见宝玉被烫了，便赶着来瞧，只见宝玉正拿镜子照着。见他左边脸上满满敷了一脸的药，林黛玉还以为他被烫得十分厉害，忙上来想要瞧瞧伤处。宝玉却赶紧把脸遮着，不肯叫她看，因为黛玉生性喜洁，见不得这些东西。林黛玉自己也知道自己有这件癖性，知道宝玉的内心怕她嫌脏，只得自己凑上来，强搬着脖子瞧了一瞧，又安慰了一阵，这才闷闷地回房去了。次日，宝玉见了贾母，虽然他说是自己烫的，与别人无干，但贾母免不了还是骂了一顿跟从的人。

过了一日，宝玉寄名的干娘马道婆进荣国府来请安。见了宝玉时，她吓一大跳，问起缘由，说是烫的，便点头叹息一回，向宝玉脸上用指头画了一画，口内嘟嘟囔囔地又持诵了一回，说道："管保就好了，这不过是一时飞灾。"马道婆又向贾母说，经典佛法里常说，王公卿相人家的子弟，之所以多有长不大的，就因为一打落地，暗里便有许多促狭鬼跟着这些大家子孙，得空便会给她们使绊子。贾母听了之后，赶忙问她可有什么化解之法。马道婆便说可以供奉专管照耀阴暗邪祟的西方大光明普照菩萨，这样可能永佑儿孙康宁安静，再无惊恐邪祟撞客之灾。贾母听了，忙让马道婆在菩萨面前替宝玉点一盏日用五斤灯油的大海灯，还吩咐宝玉的随从以后跟着宝玉出门时，带上几串钱，遇见僧道穷苦人好施舍。

马道婆告辞了贾母后，便又往各院各房问安，闲逛一番后，来到了赵姨娘房内。正在粘鞋面的赵姨娘，忙命小丫头倒了茶来与她吃，两人边吃茶边聊起了天。马道婆因见炕上堆着些零碎绸缎湾角，便向赵姨娘讨两块，赵姨娘听了叹口气，说自己这里也没什么成样的，若马道婆不嫌，就随便挑两块子去。马道婆边挑边安慰赵姨娘，说是等环哥儿大了，得个一官半职，赵姨娘就能熬出头了。赵姨娘听了，不由得大吐苦水，说宝玉乖巧，家里人偏疼也就罢了，最让她不服的是，凤姐也仗着势明着暗着欺负她们娘俩。

马道婆见她如此说，便探她口气说道："不用你说，我也看得出来。也亏你们心里不理论，任凭她去。"赵姨娘道："我的娘，不凭她去，我还能怎样？"马道婆听说，鼻子里一笑，半响说道："我说句造孽的话，是你们没有本事！也难怪别人欺负到头上。明里不敢怎样，暗里也能算计了，还等到这如今！"赵姨娘闻听这话里有道理，心内暗暗欢喜，便问道："怎么暗里算计？我倒有这个意思，只是没这样的能干人。你若教给我这法子，我大大地谢你。"马道婆听说这话打拢了一处，反倒开始故意推脱。赵姨娘见状，赶紧捧了她几句，再三强调会谢她。马道婆见说如此，便笑道："若说我不忍叫你娘儿们受人委屈还犹可，若说谢我的这两个字，可是你错打算盘了。就便是我希图你谢，靠你有些什么东西能打动我？"赵姨娘见她松了口，赶忙拿出自己的体己钱，还叫过一个心腹婆子去找人写了个五百两欠契。马道婆看看白花花的一堆银子，又有欠契，立刻满口应着。收好了银子和欠契。她从裤腰里掏出十个纸铰的青面白发的鬼来，并两个纸人，递与赵姨娘，又悄悄地教她道："把他两个的年庚八字写在这两个纸人身上，一并五个鬼都藏在他们各人的床上就完了。我只在家里做法，自有效验。千万小心，不要害怕！"

宝玉近日烫了脸，总不出门，倒时常能和林黛玉在一处说说话儿。这日，林黛玉饭后觉得无趣烦闷，不由信步出了院门，一路走到了怡红院中。听见房内有笑声，林黛玉进去一看，发现李纨、凤姐、宝钗都在屋里，不由笑道："今儿齐全，谁下帖子请来的？"凤姐道："前儿我打发了丫头送了两瓶茶叶去，你尝了可还好？"没有说完，宝玉便说道："我觉得不大甚好，也不知别人尝着怎么样。"宝钗道："味倒轻，只是颜色不大好些。"凤姐道："那是暹罗进贡来的。我尝着也没什么趣儿，还不如我每日吃的呢。"林黛玉道："我吃着好，不知你们的脾胃是怎样的？"宝玉道："你果然爱吃，把我这个也拿了去吃罢。"凤姐笑道："你要爱吃，我那里还有呢。"林黛玉道："果真的，我就打发丫头取去了。"凤姐道："不用取去，我打发人送来就是了。我明儿还有一件事求你，一同打发人送来。"

林黛玉听了笑道："你们听听，这是吃了她们家一点子茶叶，就来使唤人了。"凤姐笑道："倒求你，你倒说这些闲话。你既吃了我们家的茶，怎么还不给我们家做媳妇？"众人听了一齐都笑起来。林黛玉红了脸，一句话不说，便回过头去了。李纨笑向宝钗道："真真我们二婶婶爱说笑。"林黛玉轻啐了一口道："什么诙谐，不过是贫嘴贱舌讨人厌恶罢了。"凤姐笑着指宝玉道："给我们家做了媳妇，少什么？你瞧瞧，这人物儿，是门第配不上，根基配不上，还是家私配不上？哪一点还玷辱了谁呢？"

林黛玉被笑急了，转身就要走，宝钗赶紧站起身拉住她。这时，赵姨娘和周姨娘也走进屋里来瞧宝玉。几人正在寒暄时，王夫人房内的丫头过来请几位夫人小姐过去，说是王子腾夫人来了。宝玉说自己这模样就不出去见舅母了，又叫住了林黛玉，说有句话要跟她说。凤姐听了，便笑着把林黛玉往里一推，和众人一起出去了。

宝玉拉着林黛玉的袖子，嘻嘻笑着也不说话，正在林黛玉羞怯得涨红了脸想要离开时，他忽然"哎哟"了一声，嚷道："头好疼！"然后将身一纵，离地跳有三四尺高，口内乱嚷乱叫，说起胡话来了。林黛玉并丫头们都慌了，忙去告诉了王夫人及贾母等。众人一齐过来时，只见宝玉拿刀弄杖，寻死觅活的，闹得天翻地覆。贾母、王夫人见了，吓得抖衣而颤，得到消息的其他人都纷纷来园内看视，园内顿时乱作一团。

正在人家慌乱之时，只见凤姐手持一把明晃晃钢刀砍进园来，见鸡杀鸡，见狗杀狗，见人就要杀人。众人越发慌了。周瑞家的赶忙带着几个力气大的胆壮婆娘上去抱住凤姐，夺下了刀来，抬凤姐回房去。平儿、丰儿吓得哭成了泪人。贾政等心中也十分烦难，顾了这里，丢不下那里。

当下百般请医用药、问卜求神，皆无效果。贾赦、贾政此时又恐哭坏了贾母，日夜熬油费火，闹得人口不安，也都没了主意。贾赦还各处去寻僧觅道。贾政见不灵效，着实懊恼，因阻贾赦道："儿女之数，皆由天命，非人力可强者。他二人之病出于不意，百般医治不效，想天意该如此，也只好由他们去罢。"贾赦也不理此话，仍是百般忙乱，却也毫无效果。

一连三日过去，凤姐和宝玉躺在床上，亦发连气都将没了。合家人口无不惊慌，都说没了指望，忙着将她二人的寿衣置备下了。

到了第四日早晨，宝玉突然睁开眼说道："从今以后，我可不在你家了！快收拾了，打发我走罢。"正围着他哭的贾母听了这话，更加伤心得如同被摘了心肝般。心中暗暗高兴的赵姨娘，假惺惺地劝道："老太太也不必过于悲痛。哥儿已是不中用了，不如把哥儿的衣服穿好，让他早些回去，也少受点罪。"这些话没说完，就被贾母照脸吐了一口唾沫，骂道："烂了舌头的混账婆娘，你怎么知道他不中用了？他死了，有你什么好处？素日就是你们逼他写字念书，把胆子唬破了，见了他老子像个避猫鼠儿。他要是死了，我就和你们拼命。"贾母一面骂，一面哭。贾政在旁听见这些话，心里越发难过，便喝退赵姨娘，自己上来委婉解劝。这时，外面又有人来报说是已经做齐了两口棺材，请贾政出去看。贾母听了这话，更是火上浇油，一叠声地哭骂，要将做棺材的拉来打死。

贾府正闹得天翻地覆、不可开交之时，远处传来了隐隐的木鱼声响。有人念道："南无解冤孽菩萨。有那人口不利，家宅颠倾，或逢凶险，或中邪祟者，我们善能医治。"贾母、王夫人听见这些话，哪里还耐得住，便命人去快请进来。贾政虽不信这些，但也不好违拗贾母之言，又想如此深宅，何得听得这样真切，心中亦觉得稀罕，命人请了进来。

众人出门举目四看时，发现一个癞头和尚与一个跛足道人，赶忙请进了府。

贾政见了二人后问道："请问两位大师在何处修行？"癞头和尚笑道："施主不须多话。我们闻得府上有人生病，故特来医治。"贾政听了忙道："的确有两个人中了邪，不知大师们有何灵丹妙药？"那道人笑道："你家现有希世奇珍，如何还问我们求药？"贾政听这话有意思，也知道士说的是宝玉落草时带的那块玉，便从宝玉项上取下那玉来递与他二人。那和尚接了过来，拿在掌上，长叹一声道："青埂峰一别，转眼已过十三载矣！"念毕，又摩弄一回，说了些疯话，才递与贾政道："此物已灵，不可亵渎①，悬于卧室上槛，将他二人安在一室之内，除亲身妻母外，不可让其他女性靠近。三十三日之后，包管痊愈如初。"

和尚说完，和道士转身就走，也没要谢礼。等贾母她们着人去追时，二人早就不见踪影了。大家按和尚所言，将他二人就安放在王夫人卧室之内，将玉悬在门上。王夫人亲身守着，不许别人进来。至晚间他二人竟渐渐醒来，说腹中饥饿。贾母、王夫人见状，真是喜出望外，赶紧吩咐人熬了米汤与他二人吃了。二人吃了米汤后，精神渐长，邪祟稍退，一家子这才把心放了下来。

众姐妹都等在外间听信息。听说他们已经苏醒后，林黛玉立刻念了声"阿弥陀佛"。薛宝钗听了后看着她嗤的一声笑。众人都不会意，贾惜春道："宝姐姐，好好的笑什么？"宝钗笑道："我笑如来佛比人还忙：既要讲经说法，又要普度众生，还要管世间人的姻缘。你说忙不忙？可笑不可笑？"林黛玉不觉红了脸，啐了一口道："你们都不是好人，不跟着人学好，只跟着凤姐学贫嘴去了。"一面说，一面摔帘子出去了。

---

① 亵渎（xiè dú）：冒犯，不恭敬。通常指地位较低的一方冒犯或者侮辱地位较高的一方。

第十二回
怡红院顽奴惹事端
埋香冢飞燕泣残红

宝玉养过了三十三天之后,不但身体强壮,连脸上痕迹都已平复,就仍回大观园内住去了。

宝玉病着的那段日子,贾芸带着家下小厮坐更看守,昼夜守着,也是出了不少力。等宝玉大好之后,他寻了个机会到怡红院与宝玉请安。穿着家常衣服正倚在床上看书的宝玉,看见他进来,早堆着笑立起身来。贾芸忙上前请了安,按着宝玉的示意在下面一张椅子坐下。两人捡了些没要紧的散话聊了起来。聊了一阵后,贾芸见宝玉有些懒懒的了,便起身告辞。宝玉也不多留,只嘱咐他得空了再来。

贾芸离开后,宝玉懒懒地歪在床上,没多久就有些犯困了。这时,袭人走了进来,坐在床沿上推醒他,让他到园子里逛逛,散散心,免得成日昏睡对身体不好。宝玉只得依她,自己晃出了房门,四下看看,一路走到了潇湘馆。

宝玉信步走入,只见湘帘垂地,悄无人声。走至窗前,只觉得一缕幽香从碧纱窗中暗暗透出,他便将脸贴在纱窗上,往里看。这时,耳内忽听得细细的长叹:"每日家情思睡昏昏。"只见黛玉在床上伸着懒腰。宝玉不由在窗外笑问道:"'为什么每日家情思睡昏昏'?"一面说,一面掀帘子进了屋。

刚刚午睡醒来的林黛玉,一面抬手整理鬓发,一面和宝玉聊起了天。二人正说话,只见紫鹃进来。宝玉笑道:"紫鹃,把你们的好茶倒碗我吃。"紫鹃道:"哪里是好的呢?要好的,只是等袭人来。"黛玉道:"别理她,你先给我舀水去吧。"紫鹃笑道:"他是客,自然先倒了茶来再舀水去。"说着就倒茶去了。

紫鹃出去后,宝玉继续和黛玉聊天,一时高兴,胡说了几句玩笑话又把林黛玉惹恼了。林黛玉顿时撂下脸来,说道:"二哥哥,你说什么?如今外头听了混账话,也说给我听;看了混账书,也来拿我取笑。我成了给你解闷的了。"黛玉一面哭着,一面下床来就往外走。宝玉不知她要怎样,心下慌了,忙赶上来赔罪道:"好妹妹,我一时该死,你可别去告我的状。我再敢有下次,就让我嘴上长疮,烂了舌头。"正说着,只见袭人走进来说道:"快回去换衣服,老爷叫你呢。"宝玉一听,不觉晴天霹雳,也顾不得别的,急忙回去换了衣服。

刚出大观园来,就见焙茗在二门前等着,宝玉便问道:"你可知道老爷叫我是为什么?"焙茗边催宝玉边回话道:"爷快出来吧,到那里就知道了。"宝玉心里还自狐疑,刚转过大厅就听墙角边一阵呵呵大笑。回头一看,只见薛蟠拍着手跑了出来,笑道:"要不说姨夫叫你,你哪里出来得这么快。"原来是薛蟠五月初三过生日,今日得了些新鲜瓜藕,便假借贾政之名将宝玉叫了出来,好和其他世家子弟一起提前聚聚,热闹热闹。

宝玉知道原委后,笑骂了几句薛蟠,便跟着去了。众人喝酒聊天,玩闹到很晚才各自散去。

宝玉回至园中,已是醉醺醺。他正在与袭人一一说原委时,只见宝钗走了进来。于是,宝玉命丫鬟倒了茶来,和宝钗一起吃茶聊起了闲话。

林黛玉见宝玉被贾政叫了去之后,一日不见回,心中也替他忧虑。至晚饭后,闻听宝玉回来了,她便想要找他问问情况。快要走到怡红院时,黛玉便看到宝钗进了怡红院中。等她走到怡红院前时,却发现院门关着,黛玉只得伸手叩门。

谁知怡红院里另一个主事的大丫鬟晴雯刚和丫鬟碧痕拌了嘴,还在气头上,正在院子里抱怨宝钗有事没事跑来坐,害得她们三更半夜的也不得睡觉!这时忽听又有人敲门,晴雯愈发生气,也不问是谁,直接说道:"都睡下了,明儿再来罢!"林黛玉素知丫头们的性情,晓得她们彼此玩耍惯了,以为院内丫头没听出是她的声音,只当是别的丫头们,所以不开门,因而又高声说道:"是我,还不开吗?"晴雯偏生就是没听出来,使性子说道:"凭你是谁,二爷吩咐的,一概不许放人进来呢!"林黛玉听了,不由气怔在门外,正要高声质问时,自己又回思一番:虽说是舅舅家如同自己家一样,到底是客居。如今父母双亡,无依无靠,寄居在这里,若是任性闹出了事情,也没什么面子。这么一想,黛玉不由泪如雨下。一时间,回去不是,站着不是。正在进退维谷时,院中又传来一阵笑语之声,细听一听,竟是宝玉、宝钗二人。林黛玉心中愈发气恼,左思右想,忽然想起了早起的事来,心中暗想:毕竟是宝玉恼我要告他的缘故,才不让我进去。我何尝会真的去告你了,你也不打听打听。你今儿不叫我进来,难道明儿就不见面了!黛玉越想越觉得难过,也不顾苍苔露冷,花径风寒,独立墙角边花荫之下,悲悲戚戚呜咽起来。

林黛玉正自悲泣时,忽听院门响处,只见宝玉、袭人一群人将宝钗送了出来。黛玉正要上去质问宝玉,又恐当着众人,宝玉会觉得没面子,只得闪过一旁躲了起来。宝钗走后,宝玉等就进了院子关了门。黛玉犹望着门洒了几点泪,自觉甚为无趣,方转身回了潇湘馆,无精打采地卸了残妆。

紫鹃、雪雁早已了解林黛玉的性情:无事闷坐,不是愁眉,便是长叹,且好端端的不知为了什么,就会哭起来。先时还有人解劝,怕她是思父母、想家乡,受了委屈闷在心里,所以用话宽慰解劝。谁知后来经年累月常常如此,大家习惯了,也就由她去了。今夜见她闷闷不乐,旁人也由她去闷坐,自己只管睡觉去了。那林黛玉倚着床栏杆,两手抱着膝,眼睛含着泪,好似木雕泥塑般,直坐到二更多天方才睡了。

次日乃是四月二十六日,这日未时交芒种节。尚古风俗,凡交芒种节这日,都要设摆各色礼物,祭祀花神。因为芒种一过,便是夏日了,众花皆谢,花神退位,须饯行。

大观园中之人,全部早早起来。那些女孩子,或用花瓣柳枝编成轿马,或用绫锦纱罗叠成干旄旌幢,都用彩线系在每一株花木之上。一时之间,满园里绣带飘舞,花枝招展,非常漂亮。

大观园中的众姐妹自然也是打扮得桃羞杏让、燕妒莺惭,与众丫鬟在园内玩耍,独不见林黛玉。迎春问道:"林妹妹怎么不见?好个懒丫头!还在睡懒觉不成?"宝钗道:"你们等着,我去叫了她来。"说着便丢下了众人，逶迤往潇湘馆去。快到潇湘馆门前时，恰巧抬头见宝玉进去了，宝钗便站住低头想了想：宝玉和林黛玉从小一处长大，兄妹间多有不避嫌疑之处，嘲笑喜怒无常，况且林黛玉素喜猜忌，好弄小性儿。此刻自己也跟了进去，一则宝玉不便，二则黛玉嫌疑。罢了，倒是不去的好。想到此，宝钗便抽身回去寻别的姊妹去。忽见前面一双玉色蝴蝶，大如团扇，一上一下迎风翩跹，十分有趣，宝钗干脆从袖中取出扇子来，向草地下来扑，意欲扑了来玩耍。于是，她便跟着这一双忽起忽落的蝴蝶，一直跟到池中滴翠亭上。觉得有些累的宝钗也无心扑了，刚欲回来，只听滴翠亭里边叽叽喳喳有人说话，正是宝玉房中伺候的丫头红玉跟另一个小丫头。为了不让她们发现自己已经听到了二人的谈话，宝钗故意放重了脚步，嘴里喊着："颦儿，我看你往哪里藏！"颦儿是林黛玉的小字，宝钗喊她的名字，假装是在找黛玉。见着红玉坠儿推开窗看着自己，还笑着质问她二人是不是将黛玉藏了起来。见她二人茫然，宝钗一面说一面故意进去寻了寻，才抽身离去。

　　林黛玉因夜间失眠，次日起来迟了，闻得众姊妹都在园中作饯花会，恐人笑她懒，连忙梳洗了出来。刚到了院中，就见宝玉进门来了，笑道："好妹妹，你昨儿没去告我吧？叫我悬了一夜心。"林黛玉也不搭腔，只是回头吩咐紫鹃："把屋子收拾了，撂下一扇纱屉，看那大燕子回来，把帘子放下来，拿狮子倚住，烧了香就把炉罩上。"一面说一面往外走。宝玉见她这样，还以为是昨日中晌的事，哪里知道晚间的那段公案，还不住打躬作揖的。林黛玉也不正眼瞧他，径直出了院门，找别的姊妹去了。宝玉心中实在纳闷，只得自己猜测：看这个光景，不像是为昨日的事，但昨日我回来晚了，又没有见她，再没有冲撞她的地方了。一面想，一面追了上去。

　　黛玉到了园中，便与正在看鹤舞的宝钗、探春站着说话儿。见宝玉来了，探春便笑着与他打招呼，又将他拉到一旁的石榴树下说些悄悄话。原来探春攒了些闲钱，想托宝玉出门时遇到好字画或有意思的轻巧玩意儿，替她带些回来。宝玉自然满口应承下来。他俩正说些别的事情时，只见宝钗在那边笑着打趣他们："说完了吗？现在看出你们是哥哥妹妹了，丢下别人，且说悄悄话去了。"探春、宝玉二人也都笑了。

　　宝玉发现林黛玉又不见了，便知她躲去了别处。索性决定过两日，等

红楼梦

她的气消一消再去哄她。一低头,宝玉便看见凤仙石榴等各色落花,重重地落了一地,不由叹道:"她这是真生了气,连落花也不收拾了。待我送了去,明儿再问她。"说着,等宝钗二人去远了,他便把那花兜了起来,登山渡水,过树穿花,一直奔了那日同林黛玉葬桃花的去处来。将已到了花冢,犹未转过山坡,就听到山坡那边有呜咽之声,听着很是伤感。宝玉心下想道:这不知是哪房里的丫头,受了委屈,跑到这个地方来哭。一面想,他一面停住脚步,只听那人哭道是:

花谢花飞花满天,红消香断有谁怜?
游丝软系飘春榭,落絮轻沾扑绣帘。
闺中女儿惜春暮,愁绪满怀无释处,
手把花锄出绣闺,忍踏落花来复去。
柳丝榆荚白芳菲,不管桃飘与李飞。
桃李明年能再发,明年闺中知有谁?
三月香巢已垒成,梁间燕子太无情!
明年花发虽可啄,却不道人去梁空巢也倾。
一年三百六十日,风刀霜剑严相逼,
明媚鲜妍能几时,一朝漂泊难寻觅。
花开易见落难寻,阶前闷杀葬花人,
独倚花锄泪暗洒,洒上空枝见血痕。
杜鹃无语正黄昏,荷锄归去掩重门。
青灯照壁人初睡,冷雨敲窗被未温。
怪奴底事倍伤神,半为怜春半恼春:
怜春忽至恼忽去,至又无言去不闻。
昨宵庭外悲歌发,知是花魂与鸟魂?
花魂鸟魂总难留,鸟自无言花自羞。
愿奴胁下生双翼,随花飞到天尽头。
天尽头,何处有香丘?
未若锦囊收艳骨,一抔净土掩风流。
质本洁来还洁去,强于污淖陷渠沟。
尔今死去侬收葬,未卜侬身何日丧?

侬今葬花人笑痴,他年葬侬知是谁?
试看春残花渐落,便是红颜老死时。
一朝春尽红颜老,花落人亡两不知!

宝玉在山坡上听见,先是点头感叹,后听到"侬今葬花人笑痴,他年葬侬知是谁……一朝春尽红颜老,花落人亡两不知"等句,不觉恸倒山坡之上,怀里兜的落花撒了一地。原来那人正是林黛玉。宝玉想到林黛玉的花颜月貌,将来也会有无可寻觅之时,就觉心碎肠断!再推之于他人,如宝钗、香菱、袭人等,还有自己也会有无处可觅之时。则斯处、斯园、斯花、斯柳,又不知会归了谁。宝玉越想越觉得悲伤,不由得也哭了起来。

因伤春愁思而感花伤己的林黛玉,正独自伤感时,忽听山坡上也有悲声,心下想道:人人都笑我有些痴病,难道还有一个痴子不成?抬头一看,见是宝玉,林黛玉不由道:"啐!我道是谁,原来是这个狠心短命的……"刚说到"短命"二字,又把口掩住,长叹了一声,自己抽身离开了。

宝玉兀自悲恸了一回后,抬头发现黛玉不见了,便知黛玉看见他躲开了,自己也觉无味,抖抖土站起来,下山寻归旧路,往怡红院来。可巧看见林黛玉在前头走,连忙赶上去,说道:"你且站住。我知你不想理我,我只说一句话,从今后撂开手。"林黛玉回头看见是宝玉,不理他,听他说"只说一句话,从此撂开手",这话里有文章,少不得站住任说道:"你说吧。"宝玉笑道:"两句话,说了你听不听?"黛玉听说,回头就走。宝玉在身后面叹道:"既有今日,何必当初!"林黛玉听见这话,不由站住,回头道:"当初怎么样?今日怎么样?"宝玉叹道:"当初姑娘来了,那不是我陪着玩笑?凭我心爱的,姑娘要,就拿去;我爱吃的,听见姑娘也爱吃,连忙干干净净收着等姑娘吃。"说着说着不觉滴下眼泪来。黛玉听了这话,也不觉垂泪低头不语。宝玉见她这般形景,遂又说道:"我也知道我如今不好,但再怎么不好,万不敢在妹妹跟前有错处。便有一二分错处,你倒是或教导我,戒我下次;或骂我两句,打我两下,我都不灰心。谁知你总不理我,叫我摸不着头脑,少魂失魄,不知怎么样才好。就便死了,也是个屈死鬼,任凭高僧高道忏悔也不能超生,还得你申明了缘故,我才得托生呢!"

黛玉听了这个话,也就将昨晚的事都忘在九霄云外了,便说道:"你既这么说,昨儿为什么我去了,你不叫丫头开门?"宝玉诧异道:"这话从哪里说起？我要是这样，立刻就死了！"林黛玉啐道："大清早起死呀活的，也不忌讳。你说有就有，没有就没有，起什么誓呢。"宝玉道："实在没有见你去。就是宝姐姐坐了一坐，就出来了。"

林黛玉想了一想，笑道："是了。想必是你的丫头们懒得动。"宝玉道："想必是这个缘故。等我回去问了是谁，教训教训她们就好了。"黛玉道："你的那些姑娘也该教训教训，论理轮不到我说。今儿得罪了我的事小，倘或明儿宝姑娘来，什么贝姑娘来，也得罪了，事情岂不大了。"说着抿着嘴笑。宝玉听了，又是咬牙，又是笑。

二人正说话，只见丫头来请吃饭，遂都一起到了王夫人那。吃过了饭，外头有人进来通报说冯紫英派人来请，宝玉才想起昨日在薛蟠处，神武将军家公子冯紫英说今日请客之事，便换了衣服带上焙茗等四个小厮去了冯紫英家。

众人喝酒行令听曲，玩得非常开心。宝玉和同席里蒋玉菡一见如故，得知他是某戏班的，还向他打听同戏班里一个名叫琪官的，谁知琪官正是蒋玉菡的小名儿。宝玉听说，不觉喜出望外，将自己的玉扇坠送给了蒋玉菡做见面礼。蒋玉菡则将一条茜香国女国王所贡的大红汗巾作为了回礼之物。众人饮酒，至晚方散。

第十三回
因金玉惹兄妹起隙
撕扇子作千金一笑

　　因为快到端午，所以元春派人送了些银子到贾府，让初一到初三在清虚观打三天平安醮，还给众人赏了端午的节礼。宝玉那份是上等宫扇两柄，红麝香珠二串，凤尾罗二端，芙蓉簟一领。宝玉见了，喜不自胜，顺口问了句别人的都是些什么，才知宝钗的同自己的一样，而黛玉的则和贾府三春的一样，只单有扇子同数珠儿。一开始，宝玉还以为是传错了，后来听说都是一份一份写着签子的，便也作罢。他让人把这些节礼送到林黛玉那，让她挑自己喜欢的留下。谁知道，那些东西又让林黛玉原封不动地退了回来，说自己也得了，让宝玉自己留着。

　　到了初一这一日，荣国府门前车辆纷纷，人马簇簇，贾母领着贾府众人浩浩荡荡地前往清虚观打醮①。府里的丫鬟们难得有出门的机会，都高兴坏了，纷纷跟着去。除了贾母、李纨、凤姐、薛姨妈等乘轿，其余贾府小姐和伺候的丫鬟皆乘车，乌压压地占了一街的车。贾母等已经坐轿去了多远，这门前尚未坐完。

　　到了观里，贾母先与观里的张道士寒暄了一阵，才与众人各处游玩了一回，方去上楼坐下准备听戏。先前张道士借了宝玉那块玉出去给道众们开眼，送回来时又带回了一盘子贺物，贾母推迟不过，便就收下了。看戏时，宝玉坐在贾母旁边，用手翻弄寻拨着那盘贺物，一件一件地挑与贾母看。其中有个赤金点翠的麒麟，宝玉听说史湘云有个比之略小的，便特意

---

① 打醮（dǎ jiào）：道士为人们设坛做法式，以祈求无病无灾、平安顺遂的仪式。打醮名目繁多，有祈求平安的"平安醮"；有驱瘟疫、除天灾的"瘟醮"等。

挑了出来揣进怀里。他心里又怕人觉得自己是因为史湘云有就留这件，因此手里揣着，却拿眼睛瞟人。只见众人都倒不大理论，唯有林黛玉瞅着他。宝玉不好意思地向黛玉笑道："这个东西倒好玩，我替你留着，到了家穿上你戴。"林黛玉将头一扭，说道："我不稀罕。"宝玉笑道："你果然不稀罕，我少不得就拿着。"说着又揣了起来。

张道士和贾母寒暄时提起给宝玉说亲的事，让宝玉心中一直不自在，晚上回家后他就生气地说从今以后不再见张道士，大家都不知道他又因为什么生气；而林黛玉回家又中了暑。因此二事，贾母第二日便执意不去了。凤姐就自己带了人再去。

宝玉见林黛玉又病了，心里放不下，饭也懒得去吃，不时来问。林黛玉又怕他太过担心有个好歹，所以让他出门看戏。宝玉本来就因昨日张道士提亲，心中大不舒服，今听见林黛玉如此说，觉得林黛玉也不理解自己，更加觉得生气，不由立刻沉下脸发了几句牢骚。林黛玉见他突然发牢骚，一时不明白缘由，也有点生气，便抢白了他几句。两人你一言我一语互不相让，误会越来越深。吵到后来，宝玉一口气堵着，口里说不出话来，便赌气向颈上抓下通灵宝玉，咬牙往地下一摔。那玉坚硬非常，摔了一下没摔碎，宝玉便回身找东西来砸。林黛玉见他如此，早已哭起来。二人闹着，紫鹃、雪雁等忙来解劝。后来见宝玉下死力砸玉，忙上来夺，又夺不下来，只能派人把袭人叫来。袭人、紫鹃正在分别劝二人时，就见贾母、王夫人一齐进园来瞧这兄妹俩。原来是伺候的老婆子们见林黛玉大哭大吐，宝玉又砸玉，害怕连累自己，所以赶紧往前头回报。贾母、王夫人还以为出了什么大事，赶紧一起过来看看。可到了跟前，见宝玉、黛玉两人只是互相不说话，问起来又没为什么事，贾母她们也只能骂了袭人、紫鹃几句，将宝玉带出去，方才平服此事。

过了一日，至初三日，乃是薛蟠生日，家里摆酒唱戏，来请贾府诸人。宝玉因为惹林黛玉生了气，无精打采的，哪里还有心思去看戏，就推病不去。林黛玉知道宝玉向来喜欢吃酒看戏，肯定是因为昨天的事情闹得不开心所以没心情去，也觉得自己昨天有些过分了，心中暗暗后悔。贾母本来想趁着今日看戏的热闹，他们二人见了面，昨日的小吵闹就过去了，谁知道这两人都不去，也气得直报怨。

宝玉、黛玉二人想通之后，都觉得后悔，可一时也拉不下脸和好，最后还是宝玉先去潇湘馆找了林黛玉。两人敞开说了一阵话，这才又和好了。忽然外面传来一声"好了"，宝林二人不防，都唬了一跳，回头看时，只见凤姐跳了进来。原来是贾母不放心他们二人，让凤姐过来说和说和。凤姐见他二人果然如所料没两日自己又和好了，赶紧拉着他们一起去见贾母，好让贾母放心。去到贾母房里，宝钗正好也在那里。宝玉好奇地问宝钗为何不在家看戏，宝钗说自己怕热，看了两出就过来了。宝玉笑着打趣道："怪不得她们拿姐姐比杨妃，原来也体丰怯热。"宝钗听了之后，心里非常不高兴，趁着小丫鬟问她找扇子之事，含沙射影说了几句宝玉。宝玉自知又造次了，当着许多人，更觉不好意思，便急回身又同别人搭讪去了。

起初林黛玉听见宝玉奚落宝钗，心中着实得意，笑着问宝钗看了两出什么戏。宝钗见林黛玉面上有得意之态，知道方才宝玉之举遂了她的心愿，便没有直说自己所看的戏名，绕了个弯子让宝玉自己说了那出戏叫《负荆请罪》，然后借机奚落了宝玉和黛玉一顿。宝玉和黛玉心里想着昨日发生之事，更觉害羞。

> **负荆请罪**
> 出自《史记·廉颇蔺相如列传》，蔺相如因为立了大功，官位提升，在廉颇之上，惹来廉颇的不满，因此一直针对蔺相如，处处和他作对。蔺相如知道这件事后，不仅没有生气，反而一直忍让，避免和廉颇发生冲突。廉颇被蔺相如感动，脱了上衣背着带刺的荆条去向蔺相如请罪。比喻认识到自己的错误。

不多时，宝钗、凤姐先告辞了。林黛玉笑着说了宝玉几句，宝玉本就因宝钗多了心而自觉没趣，又见林黛玉来调侃自己，越发没好气起来。待要说两句，又恐林黛玉多心，只得自己忍着，告辞了贾母，无精打采地走到了王夫人房中。

王夫人正在里间凉榻上睡着。王夫人的贴身丫鬟金钏儿坐在旁边捶腿，也困得半眯着眼睛乱晃。宝玉便上前推了推她，和她聊起天来。两人聊着聊着说了些玩笑话，被醒来的王夫人听到了。王夫人气得坐起身就打了金钏儿一个嘴巴子，让她妹妹玉钏儿把她们的母亲叫进来，将金钏儿带出府去。

宝玉见王夫人突然醒来又大发脾气，吓了一跳，赶紧跑回了大观园。只见赤日当空，树荫合地，满耳蝉声，静无人语。蔷薇花架却有一个女孩子蹲在花下，手里拿着根绾头的簪子在地下画字。宝玉躲在一旁看了一阵后,发现天上突然下起雨来,他便赶紧提醒那个女孩去避雨,自己也一气跑回怡红院去了。

怡红院里的众丫头见下了大雨,便关上院门,把沟堵上让院里积上水,好捉绿头鸭、彩鸳鸯玩。诸人玩得开心,根本没听到宝玉叫了半日门。最后宝玉把门拍得山响,里面方听见了响动,但估量着宝玉这会子不会回来的,大家都不太想搭理。最后还是袭人说先隔着门缝儿瞧瞧是谁再决定开不开。隔着门缝往外一瞧,袭人发现淋得雨打鸡般的宝玉,尽管笑弯了腰,也赶紧开了门。

憋着一肚子气的宝玉,见人开了门,直接一脚踢了上去,狠狠骂道:"下流东西们!我素日担待你们,你们越发得了意,越发不怕我了。"听到"哎哟"一声时,宝玉才发现自己踢的是袭人,又不由有些后悔:"我长了这么大,今日是头一遭儿生气打人,不想就偏遇见了你!"听了宝玉的话,袭人知道他不是故意针对自己,也就没再说什么,反而宽慰宝玉说就当是给小丫头们做个警示了。晚间,袭人发现自己肋上青了碗大一块,睡到半夜时又吐了口血。宝玉得知后,也慌了神,一交五更,立刻请了大夫来给袭人医治。

这日正是端阳佳节,蒲艾簪门,虎符系臂。午间,王夫人治了酒席,请薛家母女等赏午。宝玉见宝钗淡淡的,也不和他说话,自知是昨儿的缘故。王夫人见宝玉没精打采,也只当是金钏儿昨日之事,他没好意思的,越发不理他。林黛玉见宝玉懒懒的,只当是他因为得罪了宝钗的缘故,心中不自在,形容也就懒懒的。平日里最会活跃气氛的凤姐,昨日晚间王夫人就告诉了她宝玉、金钏的事,知道王夫人不自在,也就随着王夫人的气色行事。贾迎春姊妹见众人无意思,也都无意思了。因此,大家坐了一坐就散了。

林黛玉天性喜散不喜聚。因此,今日之筵,大家无兴散了,林黛玉倒不觉得,倒是宝玉心中闷闷不乐,回至自己房中长吁短叹。偏偏晴雯上来替他换衣服时,一不留神又将他的扇子失手跌在地下,跌折了扇骨。宝玉更加生气,不由叹道:"蠢材,蠢材!明日你自己当家立事,难道也是这么顾前不顾后的?"晴雯冷笑道:"二爷近来气大得很,前儿连袭人都打了,今儿又来寻我们的不是。不过是跌了把扇子,先时连玻璃缸、玛瑙碗不知弄坏了多少,也没见个大气儿,这会子一把扇子就这么着了。何苦来!要嫌我们就打发我们，再挑好的使。"

宝玉听了这些话，气得浑身乱战："你不用忙，将来有散的日子！"早就听到二人争吵的袭人赶紧过来劝架，晴雯听了冷笑道："姐姐该早来，也省了爷生气。自古以来，就是你一个人服侍爷的，我们原没服侍过。因为你服侍得好，昨日才挨窝心脚，我们不会服侍的，到明儿还不知是个什么罪呢！"一番话说得袭人脸上也有些挂不住了，但见宝玉已经气得黄了脸，只得自己忍了性子让晴雯出去逛逛消消气，可她话里有些词更加惹恼了晴雯。晴雯冷笑几声，更加抢白了几句。宝玉看见袭人羞得脸都紫胀起来，不免又替袭人说几句话。这一来二往的，大家都越来越生气，最后宝玉直接向晴雯道："你也不用生气，我也猜着你的心事了。我回太太去，你也大了，打发你出去好不好？"晴雯听了这话，不觉又伤心起来，含泪说道："为什么我出去？要嫌我，变着法儿打发我出去，也不能够。"宝玉道："我何曾经过这样吵闹？一定是你要出去了。不如回太太，打发你去吧。"说着，站起来就要走。袭人忙回身拦住，正在气头上的宝玉坚持一定要去回。袭人见拦不住，只得跪下了。碧痕、秋纹、麝月等众丫鬟见吵闹，都鸦雀无声地在外头听消息，这会子听见袭人跪下央求，便一齐进来都跪下了。宝玉忙把袭人扶起来，叹了一声，在床上坐下，叫众人起来，自己倒开始流泪。袭人见宝玉流下泪来，自己也就哭了。晴雯在旁哭着，方欲说话，看见林黛玉进来，便出去了。

林黛玉见众人模样，打趣道："大节下怎么好好地哭起来？难道是为争粽子吃争恼了不成？"这句玩笑话，才让宝玉和袭人破涕为笑。黛玉不知众人是何原因闹成这样，也不好多问，稍微坐了会便离开了。

黛玉去后，薛蟠又派人过来请宝玉去吃酒，宝玉不能推辞，只得尽席而散。晚间回来，宝玉已带了几分酒意，跟跄来至自己院内，只见院中早把乘凉枕榻设下，榻上有个人睡着。宝玉只当是袭人，一面在榻沿上坐下，一面推她，问道："疼的好些了？"只见那人翻身起来说："何苦来，又招我！"宝玉一看，原是晴雯。宝玉将她拉在身旁坐下，笑道："你的性子越发娇惯了。早起就是跌了扇子，我不过说了那两句，你就说上那些话。说我也罢了，袭人好意来劝，你又拉上她，你自己想想，该不该？"晴雯道："怪热的，拉拉扯扯作什么！叫人来看见像什么！我这身子也不配坐在这里。"宝玉笑道："你既知道不配，为什么睡着呢？"晴雯没的话，嗤的又笑了，说："你不来便使得，你来了就不配了。我舀一盆水来，你洗洗脸通通头。刚才鸳鸯送了好些果子来，都放在那水晶缸里呢，叫她们打发你吃。"宝玉笑道："既这么着，你也不许洗去，只洗洗手拿果子来吃罢。"晴雯笑道："我慌张得很，连扇子还跌折了，哪里还配打发吃果子。倘或再打破了盘子，还更了不得呢。"宝玉笑道："你爱打就打，这些东西原不过是借人所用，你爱这样，我爱那样，各自性情不同。比如那扇子原是扇的，你要撕着玩也可以使得，只是不可生气时拿它出气。就如杯盘，原是盛东西的，你喜听那一声响，就故意地碎了也可以使得，只是别在生气时拿它出气。这就是爱物了。"晴雯听了，笑道："既这么说，你就拿了扇子来我撕。我最喜欢撕的。"宝玉听了，便笑着递与她。

晴雯果然接过来，嗤的一声，撕了两半，接着嗤嗤又听几声。宝玉在旁笑着说："响得好，再撕响些！"正说着，只见麝月走过来，笑道："少作些孽罢。"宝玉赶上来，一把将她手里的扇子也夺了递与晴雯。晴雯接了，也撕了几半子，二人都大笑。麝月道："这是怎么说，拿我的东西开心儿？"宝玉笑道："打开扇子匣子你拣去，什么好东西！"麝月道："既这么说，就把匣子搬了出来，让她尽力地撕，岂不好？"宝玉笑道："你就搬去。"麝月道："我可不造这孽。她也没折了手，叫她自己搬去。"晴雯笑着，倚在床上说道："我也乏了，明儿再撕罢。"宝玉笑道："古人云，'千金难买一笑'，几把扇子能值几何？"

至次日午间，王夫人、薛宝钗、林黛玉众姊妹正在贾母房内坐着，就有人回："史大姑娘来了。"一时果见史湘云带领众多丫鬟媳妇走进院来。宝钗、黛玉等忙迎至阶下相见。青年姊妹间经月不见，一旦相逢，其亲密自不必细说。一时进入房中，请安问好，都见过了。贾母向湘云道："吃了茶歇一歇，瞧瞧你的嫂子们去。园里也凉快，同你姐姐们去逛逛。"湘云答应了，歇了一歇，拿着包了三个绛纹石戒指的手帕包儿，便起身要瞧凤姐等人去。众奶娘丫头跟着，到了凤姐那里，说笑了一回，出来便往大观园去。

宝钗从贾母房中出来之后，在路上遇到了袭人，两人便聊了会天，刚刚说到史湘云在自己家里竟一点儿做不得主，针线上的东西多是她们娘儿们动手。两人忽见一个老婆子匆忙走来，说给她们听王夫人屋里的金钏儿前儿被撵出去后就投了井。袭人听说后，想起平日情谊，不觉流下泪来。

宝钗则忙向王夫人处去。

　　宝钗来至王夫人处，只见鸦雀无声，独有王夫人在里间房内坐着垂泪。宝钗便不好提这事，只得一旁坐了。王夫人便问："你从哪里来？"宝钗道："从园里来。"王夫人道："你从园里来，可见你宝兄弟？"宝钗道："刚才倒看见了。他穿了衣服出去了，不知哪里去。"王夫人点头哭道："你可知道一桩奇事？金钏儿忽然投井死了！"宝钗说道："怎么好好地投井？这也奇了。"王夫人道："原是前儿她把我一件东西弄坏了，我一时生气，打了她几下，撵了她下去。我只说气她两天，还叫她上来，谁知她这么气性大，就投井死了。岂不是我的罪过。"宝钗叹道："姨娘是慈善人，固然这么想。据我看来，她并不是赌气投井。多半她下去住着，或是在井跟前憨玩，失了脚掉下去的。她在上头拘束惯了，这一出去，自然要到各处去玩玩逛逛，岂有这样大气性的理！纵然有这样大的气性，也不过是个糊涂人，也不为可惜。"王夫人点头叹道："这话虽然如此说，到底我心不安。"宝钗叹道："姨娘也不必念念于兹，十分过不去，不过多赏她几两银子发送她，也就尽主仆之情了。"王夫人道："刚才我赏了她娘五十两银子，原要把你妹妹们的新衣服拿两套给她妆裹。谁知凤丫头说可巧都没什么新做的衣服，只有你林妹妹做生日的两套。我想你林妹妹那个孩子素日是个有心的，况且她也三灾八难的，既说了给她过生日，这会子又给人妆裹去，岂不忌讳。因为这样，我现叫裁缝赶两套给她。要是别的丫头，赏她几两银子就完了，只是金钏儿虽然是个丫头，素日在我跟前比我的女儿也差不多。"口里说着，不觉泪下。宝钗忙道："姨娘这会子又何用叫裁缝赶去，我前儿倒做了两套，拿来给她岂不省事。况且她活着的时候也穿过我的旧衣服，身量又相对。"王夫人道："虽然这样，难道你不忌讳？"宝钗笑道："姨娘放心，我从来不计较这些。"一面说，一面起身就走。王夫人忙叫了两个人来跟宝姑娘去。

　　一时宝钗取了衣服回来，只见宝玉在王夫人旁边坐着垂泪。王夫人正才说他，因宝钗来了，却掩了口不说了。宝钗见此光景，察言观色，早知觉了八分，于是将衣服交给王夫人便告辞离开。

第十四回
手足耽耽小动唇舌
不肖种种大承笞挞

王夫人将金钏儿的母亲唤了进来，赏了些衣服首饰，又吩咐请僧人念经超度。她母亲磕头谢了出去。刚外出见过雨村的宝玉回来后，得知金钏儿含羞赌气自尽之事，心中早又五内摧伤，进来又被王夫人数落教训，借着宝钗进来，方得脱身而出。背手低头，一面感叹，一面信步走到外面大厅上。刚转过屏门，便与对面来人撞了个满怀。只听那人喝了一声："站住！"宝玉唬了一跳，抬头一看，正是自己父亲，不觉倒抽了一口气，只得垂手一旁站了。贾政斥责道："好端端的，你垂头丧气干些什么？我看你脸上一团思欲愁闷气色，这会子又唉声叹气。你哪些还不足、还不自在？无故这样，却是为何？"宝玉素日虽是口角伶俐，只是此时正为金钏儿感伤，恨不得跟了去，所以如今面对贾政的呵斥也只是愣怔怔地站着。

贾政见他惶悚①，应对不似往日，本来不生气的，这一来倒生了三分气。方欲说话，忽有回事人来回："忠顺亲王府里有人来，要见老爷。"贾政听了，心下疑惑，暗暗思忖道："素日并不和忠顺府来往，为什么今日打发人来？"一面想一面令"快请"。

忠顺亲王府来了一位长史官，说是府里有一个做小旦的琪官，往日一向好好在府里，如今竟三五日不见回去，各处去找，都找不见。在城内各处访察后，十停人倒有八停人都说，琪官近日和贾府衔玉公子相与甚厚。那琪官聪明伶俐、能言善辩，最得王爷喜欢，所以王爷派长史前来请贾政

---

① 惶悚（huáng sǒng）：惊慌且害怕。

帮忙问问宝玉。如果知道琪官行踪,就请告知;如果是宝玉留下了琪官,就请将琪官放回。

贾政听了长史一番话,又惊又气,马上命人唤宝玉来。一头雾水的宝玉也赶忙过来。贾政一见他便喝问:"该死的奴才!你在家不读书也罢了,怎么又做出这些无法无天的事来!那琪官现是忠顺王爷驾前承奉的人,你是何等草芥,无故引逗他出来,如今祸及于我。"

宝玉听了唬了一跳,直说自己实在不知此事,就连琪官是谁都不认识。谁知那长史官冷笑地问宝玉,若是不知道琪官为何人,为何琪官的红汗巾子会在他的腰间。宝玉听了这话,知道瞒不过去了,只好说琪官在东郊置了几亩田地、几间房舍,让长史他们去那里找找。

气得目瞪口歪的贾政,一面送那长史官,一面回头喝令宝玉:"不许动!回来有话问你!"刚送了长史出门,贾政一回身,又看见贾环带着几个小厮一阵乱跑。气得叫住贾环就骂:"你跑什么?带着你的那些人都不管你,由你野马一般!"贾环见了他父亲,唬得骨软筋酥,忙低头站住,想起件事,便乘机说道:"刚才从井边经过,那井里淹死了一个丫头,我看见人头这样大,身子这样粗,泡得实在可怕,所以才赶着跑了过来。"贾政听了惊疑,问道:"好端端的,谁去跳井?我家从无这样事情,自祖宗以来,皆是宽柔以待下人。若外人知道,祖宗颜面何在?"喝令快叫贾琏、赖大他们过来。

贾环忙上前拉住贾政的袍襟,贴膝跪下道:"父亲不用生气。此事除太太房里的人,别人一点也不知道。我听见我母亲说……"说到这里,便回头四顾一看。贾政知意,将眼一看众小厮,小厮们明白,都往两边后面退去。贾环才悄悄说道:"我母亲告诉我说,宝玉哥哥前日在太太屋里,拉着太太的丫头金钏儿强奸不遂,打了一顿。那金钏儿便赌气投井死了。"话未说完,贾政已气得面如金纸,大喝:"快拿宝玉来!"一面说一面便往里边书房里去:"今日再有人劝我,我把这冠带家私一应交与他与宝玉过去!我将这几根烦恼鬓毛剃去,寻个干净去处,也免得落个上辱先人下生逆子之罪。"众门客仆从见贾政这个形景,便知又是为了宝玉,一个个都是连忙退出。那贾政喘吁吁直挺挺坐在椅子上,满面泪痕,一叠声:"拿宝玉!拿大棍!拿索子捆上!把各门都关上!有人传信往里头去,立刻打死!"众小厮们只得齐声答应，赶紧把宝玉带了过来。

贾政一见宝玉，眼睛都气红了，二话不说，只喝令："堵起嘴来，着实打死！"小厮们不敢违拗，只得将宝玉按在凳上，举起大板打了十来下。贾政犹嫌打轻了，一脚踢开掌板的，自己夺过来，咬着牙狠命盖了三四十下。众门客见贾政动了真怒，忙上前劝阻。贾政哪里肯听，直骂道："素日皆是你们这些人把他惯坏了，到这步田地还来解劝。明日惯到他弑君杀父，你们才不劝不成！"

众人只得觅人进去报信。王夫人不敢惊动贾母，自己赶忙来到。一见王夫人，贾政更如火上浇油一般，那板子越发下去得又狠又快，宝玉早已动弹不得了。贾政还欲打时，早被王夫人抱住板子。贾政道："罢了，罢了！今日必定要气死我才罢！"王夫人哭劝道："宝玉虽然该打，老爷也要自重。况且炎天暑日的，打死宝玉事小，倘或把老太太气出个好歹，岂不事大！"贾政冷笑道："倒休提这话。我养了这不孝的孽障，已不孝，才教训他一番，又有众人护持，不如趁今日一发勒死了，以绝将来之患！"说着，便要绳索来勒死。

王夫人连忙抱住哭道："老爷虽然应当管教儿子，也要看夫妻分上。我如今已将五十岁的人，只有这个孽障。今日越发要他死，岂不是有意绝我。既要勒死他，快拿绳子来先勒死我，再勒死他。我们娘儿们不敢含怨，到底在阴司里得个依靠。"说毕，王夫人趴在宝玉身上大哭起来。贾政听了此话，不觉长叹一声，向椅上坐了，泪如雨下。

王夫人抱着宝玉，只见他面白气弱，底下穿着一条绿纱小衣皆是血渍，禁不住解下汗巾看，从臀部到大腿，皆是青紫，竟无一点好的地方，不由失声大哭起来，哭着哭着又想起自己死去的大儿子，更是哭得伤心："若有贾珠活着，便死一百个宝玉我也不管了。"这时，李纨、凤姐与迎春姊妹早已得了消息赶了过来。听见王夫人哭着贾珠的名字，作为贾珠的遗孀，李纨禁不住也放声哭了。贾政听了，那泪珠更似滚瓜一般滚了下来。

就在不可开交之后，忽听丫鬟来说："老太太来了。"一句话未了，只听窗外颤巍巍的声气说道："先打死我，再打死他，岂不干净了！"贾政见他母亲来了，又急又痛，连忙迎接出来，只见贾母扶着丫头，喘吁吁地走来。贾政上前躬身赔笑道："大暑热天，母亲有何生气亲自走来？有话只该

红楼梦

叫了儿子进去吩咐。"贾母听说，便止住步喘息一回，厉声说道："你原来是和我说话！我倒有话吩咐，只是可怜我一生没养个好儿子，却教我和谁说去！"贾政听这话不像，忙跪下含泪说道："为儿的教训儿子，也为的是光宗耀祖。母亲这话，我做儿的如何禁得起？"贾母听说，更加骂道："我说一句话，你就禁不起，你那样下死手的板子，难道宝玉就禁得起了？你说教训儿子是光宗耀祖，当初你父亲怎么教训你来！"说着，不觉就滚下泪来。贾政又赔笑道："母亲也不必伤感，皆是作儿的一时性起，从此以后再不打他了。"贾母便冷笑道："你也不必和我使性子赌气的。你的儿子，我也不该管你打不打。我猜着你也厌烦我们娘儿们。不如我们赶早儿离了你，大家干净！"说着便令人去看轿马，"我和你太太、宝玉立刻回南京去！"家下人只得干答应着。

贾母又叫王夫人道："你也不必哭了。如今宝玉年纪小，你疼他，他将来长大成人，为官作宰，也未必想着你是他母亲了。你如今倒不要疼他，只怕将来还少生一口气呢。"贾政听说，苦苦叩求认罪。

贾母一面说话，一面又记挂宝玉，忙进来看时，只见今日这顿打不比往日，又是心疼，又是生气，也抱着哭个不停。王夫人与凤姐等解劝了一会儿，方渐渐地止住。早有丫鬟媳妇等上来，要搀宝玉，凤姐便骂道："糊涂东西，也不睁开眼瞧瞧！打的这么个样儿，还要搀着走！还不快进去把那藤屉子春凳抬出来呢。"众人听说连忙进去，果然抬出春凳来，将宝玉抬放凳上，随着贾母、王夫人等进去，送至贾母房中。

贾政见贾母气未全消，不敢自便，也跟了进去。看看宝玉，果然打重了；再看看王夫人，其边哭边数落："不争气的儿，你有个好歹，我以后靠谁呀？"贾政听了，也有些后悔下手太重。先劝贾母，贾母含泪说道："管教儿子是应该的，但也不该打到这个份上。你不出去，还在这里做什么！难道还要眼看着他死了才去不成！"贾母发了话，贾政方才敢退了出来。

此时薛姨妈同宝钗、香菱、袭人、史湘云也都在这里。袭人满心委屈，只是不好表现出来。见众人围着，灌水的灌水，打扇的打扇，自己插不下手去，使越性走出来到二门前，令小厮们找了焙茗来细问："方才好端端的，为什么打起来？你也不早来透个信儿！"焙茗着急地说："偏生我没在跟前，打到半中间我才听见了。忙打听缘故，却是为琪官和金钏儿姐姐的事。"袭人问："老爷怎么知道的？"焙茗道："那琪官的事，多半是薛大爷不知在外头调唆了谁来，在老爷跟前下的火。那金钏儿的事是三爷说的，我也是听见老爷的人说的。"袭人听了这两件事都对景，心中也就信了八九分。然后回来，只见众人都替宝玉疗治。调停完备，贾母令众人把宝玉送入怡红院内。又乱了半日，众人渐渐散去，袭人才走来宝玉身边坐下，含泪问他为什么会被打到这步田地。宝玉叹气说，还不是为了那些事情。宝玉觉得下半截疼得很，让袭人帮看看哪里被打坏了。袭人小心翼翼地试了三四次才能褪下裤子。只见腿上半段青紫，都有四指宽的僵痕高了起来。袭人咬着牙说道："我的娘，怎么下这般的狠手！你但凡听我一句话，也不得到这步地位。幸而没动筋骨，倘或打出个残疾来，那可怎么办？"

　　正说着，宝钗过来送治疗跌打的药丸。宝钗将药丸交给袭人，又细细交代了使用的方法，这才问袭人道："怎么好好的，就打起来了？"袭人便把焙茗的话说了出来。宝玉原来还不知道贾环的话，见袭人说出方才知道。因又拉上薛蟠，唯恐宝钗不快，忙又止住袭人道："薛大哥哥从来不这样的，你们不可混猜度。"

　　宝钗听说，便知道宝玉是怕她多心，用话相拦袭人，因心中暗暗想道：被打成这样了，还是这样细心，怕得罪了人。既能这样用心，何不在外头大事上作功夫，老爷也喜欢了，也不能吃这样亏。想毕，因笑道："如果是我哥哥说话没遮拦，一时说出宝兄弟来，也不是有心调唆。他就是个心里有什么说什么的人，会做出这样的事情也不奇怪。"袭人刚说出薛蟠时，就明白自己说造次了，恐宝钗会生气，听宝钗如此说，更觉羞愧无言。

　　宝钗告辞离去，袭人去送她。宝玉一个人躺在床上，昏昏沉沉，半梦半醒间，又觉有人推他，恍恍惚惚听得有人发出悲戚之声。宝玉从梦中惊醒，睁眼一看，不是别人，正是林黛玉。宝玉犹恐是梦，忙又将身子欠起来，仔细一看，只见那人满脸泪光，两眼肿得如桃儿一般，可不就是林妹妹。宝玉想坐起身来，无奈下半身疼痛难忍，实在支持不住，"哎哟"一声又倒在床上，仍就倒下，叹了一声，说道："你又做什么跑来！虽说太阳落下去，那地上的余气未散，走两趟又要受了暑。我虽然挨了打，并不觉疼痛。我这个样儿，是装出来哄她们，其实是假的。你不可认真。"

　　林黛玉此时心中虽然有万句言语，却也说不出口，半日，方抽抽噎噎地说道:"你从此可都改了罢!"宝玉听说,便长叹一声,道:"你放心,别说这样的话。就便为这些人死了,也是情愿的!"一句话未了,只见院外人说:"二奶奶来了。"林黛玉便知是凤姐来了,连忙立起身说道:"我从后院子去罢,回来再来。"宝玉一把拉住道:"这可奇了,好好的怎么怕起她来。"林黛玉急得跺脚,悄悄地说道:"你瞧瞧我的眼睛,又该让她拿来取笑开心呢。"宝玉这才赶忙放手。黛玉三步两步转过床后,出后院而去。凤姐从前头已进了屋,正问着宝玉有什么想吃的时候,薛姨妈也来了。过了会儿,贾母又打发了人来看。直到掌灯时分,宝玉喝了两口汤,这才昏昏沉沉又睡去。

第十五回
贤袭人进言得嘉许
呆霸王因旧受冤枉

周瑞家的、吴新登媳妇、郑好时媳妇这几个有年纪常往来的，听见宝玉挨了打，也都进来探望。袭人忙迎出来，说是宝玉刚睡，请她们到厢房吃茶。那几个媳妇都悄悄地坐了一回，便告辞离去。袭人刚把她们送出去，就见到王夫人派人过来叫一个伺候宝玉的丫鬟过去。

袭人想了一想，便回身悄悄地告诉晴雯、麝月、檀云、秋纹等人："太太叫人，你们好生在房里，我去了就来。"说毕，同来人一径出了园子，来至上房。

王夫人正坐在凉榻上摇着芭蕉扇子，见袭人来了，说道："叫个别人来就好，你丢下他过来了，谁服侍他呢？"袭人连忙赔笑回道："二爷才睡安稳，那四五个丫头如今也好了，会服侍二爷了，太太请放心。恐怕太太有什么话吩咐，打发她们来，一时听不明白，倒耽误了。"王夫人才说："也没什么大事，就是问问他这会子还疼不疼。"袭人回道："宝姑娘送的药，我给二爷敷上了，比先好些了。先前疼得躺不稳，这会子都睡沉了，可见好些了。"王夫人又问："吃了什么没有？"袭人道："老太太给的一碗汤，喝了两口，只嚷还喝，要吃酸梅汤。我想着酸梅是个收敛的东西，才刚挨了打，又不许叫喊，自然急得那热毒热血未免不存在心里，倘或吃下这个去激在心里，再弄出大病来，可怎么办呢。因此我劝了半天才没吃，只拿那糖腌的玫瑰卤子和了吃，吃了半碗，又嫌吃絮了，不香甜。"王夫人道："哎哟，你不该早来和我说。前儿有人送了两瓶子香露来，原要给他点的，我怕他胡糟踏了，就没给。既是他嫌那些玫瑰膏子絮烦，把这个拿两瓶子去。一碗水里只用挑一茶匙儿，就香得了不得呢。"说着就唤人去拿香露。

袭人道:"只拿两瓶来罢,多了也白糟踏。等不够再要,再来取也是一样。"东西取来后,袭人一看,只见两个玻璃小瓶,却有三寸大小,上面螺丝银盖,鹅黄笺上写着"木樨清露",另一个写着"玫瑰清露",不由笑道:"好金贵东西!这么个小瓶子,能有多少?"王夫人道:"那是进上的贡品,你没看见鹅黄笺子?你好生替他收着,别糟踏了。"

袭人答应着,方要走时,王夫人又叫:"站着,我想起一句话来问你。"袭人忙又回来。王夫人见房内无人,便问道:"我恍惚听见宝玉今儿挨打,是环儿在老爷跟前说了什么话。你可听见这个了?你要听见,告诉我听听,我也不会叫人知道是你说的。"袭人道:"我倒没听见这话,只听说是老爷以为二爷霸占着戏子,人家又来和老爷要,老爷为这个打的二爷。"王夫人摇头说道:"这是一个缘故,还有着别的缘故。"袭人道:"别的缘故实在不知道了。今儿在太太跟前大胆说句不知好歹的话。论理……"说了半截忙又咽住。王夫人道:"你只管说。"袭人笑道:"太太别生气,我就说了。"王夫人道:"我有什么生气的,你只管说来。"袭人道:"论理,我们二爷也须得老爷教训两顿。若老爷再不管,将来不知做出什么事来呢。"

王夫人一闻此言,便合掌念声"阿弥陀佛",冲着袭人就叫了一声:"我的儿,只有你明白我的心。我何曾不知道要管儿子,先时你珠大爷在,我是怎么样管他,难道我如今倒不知管儿子了?只是如今我已经快五十岁的人,通共只有一个宝玉,他又长得单弱,况且老太太宝贝似的,若管紧了,有个好歹,或是老太太气坏了,那时全府都不得安宁。所以就纵坏了他。我常常劝一阵,说一阵,气得骂一阵,哭一阵。说的时候他都说好好好,一扭头又全忘了。非得吃了亏才长记性。若打坏了,将来我靠谁呢!"说着,王夫人又哭了起来。

袭人见王夫人这般悲感,自己也不觉伤了心,陪着落泪。又道:"二爷是太太养的,怎么会不心疼。便是我们做下人的服侍一场,大家落个平安,也算是造化了。可按现在的情形,平安怕都不能了。我也常常劝二爷,可怎么劝都劝不醒。那些人又肯亲近他,也怨不得他这样,总归是我们没劝好。今儿太太提起这话来,我还记挂着一件事,要来回太太,讨太太个主意。只是我怕太太疑心,那样非但我的话白说了,且连葬身之地都没了。"

王夫人听了这话内有因,忙问道:"我的儿,你有话只管说。近来我因听见众人背前背后都夸你,我以为是因你用心伺候宝玉,或是与人相处和气。想着都是些小见识。谁知你方才和我说的话全是大道理，正和我想的一样。你有什么只管说什么，只是别叫别人知道就是了。"袭人道："我也没什么别的说。我只想着讨太太一个示下，怎么变个法子，叫二爷搬出园外来住就好了。"王夫人听了，吃一大惊，忙拉了袭人的手问道："宝玉难道和谁做了见不得人的事情？"袭人连忙回道："太太别多心，并没有这话。这不过是我的小见识。如今二爷也大了，里头姑娘们也大了，况且林姑娘、宝姑娘又是两姨姑表姊妹，虽说是姊妹们，到底是有男女之分，日夜一处起坐不方便，由不得叫人悬心，便是外人看着也不成体统。万一有些说者无心听者有意之事，还是提前预防些好。二爷素日性格，太太是知道的，没事就偏好往姑娘堆里凑。倘或不防，前后错了一点半点，不论真假，人多口杂，那起小人的嘴有什么避讳，心顺了，说得比菩萨还好，心不顺，就贬得连畜牲不如。将来倘若二爷叫人说出一个不好字来，我们不用说，粉身碎骨，罪有万重，都是平常小事，但后来二爷一生的声名品行岂不完。二则太太也难见老爷。俗语又说'君子防不然'，不如这会子先提防些。太太事情多，一时固然想不到。我们想不到就算了，既想到了，若不回明太太，就罪过大了。近来我为这事日夜悬心，又不好说与人，唯有灯知道罢了。"

王夫人听了这话，如雷轰电掣一般，又想起了金钏儿之事，心内越发觉得袭人的话在理，忙笑道："我的儿，你竟有这个心胸，想得这样周全！我何曾又不想到这里，只是这几次有事就忘了。你今儿这一番话提醒了我。难为你成全我娘儿两个声名体面，以前我竟不知道你这样好。罢了，你先回去罢，我自有道理。只是还有一句话：你今既说了这样的话，我就把他交给你了，好歹留心，保全了他，就是保全了我。我自然不会亏待你。"袭人连连答应着去了。

袭人回到怡红院时，宝玉正好睡醒。袭人便拿香露给他尝尝，果然香妙非常。宝玉心下记挂着哭肿了眼的黛玉，满心里要打发人去看看，又怕袭人唠叨，便派她去宝钗那里借书。

袭人刚走，宝玉便叫晴雯去看看林黛玉在做什么，还说若是林黛玉问起，就说他已经好了。晴雯问宝玉要不要带个话或送个东西，宝玉想了一想，便伸手拿了两条半新不旧的手帕子撂与晴雯，让她带去给黛玉。晴雯有些莫名其妙，但只得拿了帕子往潇湘馆来。

黛玉本已躺下，听说宝玉派晴雯来送手帕，便又起了身，看到是两条家常旧帕子，一开始也是觉得奇怪，思忖一时，方大悟过来，连忙说："放下，去罢。"晴雯听了，只得放下，抽身回去。林黛玉体贴出手帕子的意思来，不觉神魂驰荡，忙令掌灯，研墨蘸笔，便向那两块旧帕子上走笔写了几首诗。

　　袭人去见宝钗，谁知宝钗不在园内，往她母亲那里去了，袭人只得空手回来。

　　二更时分，宝钗方回了蘅芜苑。原来宝钗素知薛蟠情性，心中早就猜疑是薛蟠调唆了人来告宝玉的，后来又听袭人说出来，越发信了。薛蟠也是冤枉，这一次实在不是他干的，但他素有恶名，也难怪被人生生一口咬死，有口难分。

　　宝钗回家，跟自己母亲说了此事之后，薛蟠正好从外头吃了酒回来。只见宝钗也在，薛蟠便随口问了句宝玉是为什么挨了顿打。薛姨妈正为这个不自在，见他问时，便咬着牙骂道："不知好歹的东西，都是你闹的，你还有脸来问！"薛蟠一听，丈二和尚摸不着头脑，连忙问自己闹什么。薛姨妈见状，以为他抵赖，便又骂了几句。莫名其妙的薛蟠更觉冤枉，直跟薛姨妈嚷嚷起来。宝钗赶忙上前劝道："妈和哥哥且别叫喊，消停消停吧。"她又向薛蟠道："是你说的也罢，不是你说的也罢，事情也过去了，不必再把小事儿弄大了。我只劝你从此以后在外头少去胡闹，少管别人的事。天天一处大家胡逛，倘若没事就罢了，倘或有事，不是你干的，别人也会疑惑是你干的，不用说别人，我就先疑惑。"

　　薛蟠本是个心直口快的人，一生见不得这样藏头露尾的事，又见宝钗劝他不要逛去，母亲又数落他，不由骂道："到底是谁这样栽赃我！我非敲了他的牙不可。难道宝玉就是天王老子吗？他父亲打他一顿，一家子要闹几天。上一次明明是他自己不好，姨爹打了他两下子，过后老太太不知怎么知道了，非说是珍大哥哥害的，叫了去好一顿骂。今儿倒编排上我了！既拉上，我也不怕，索性进去把宝玉打死了，我替他偿了命，大家干净。"一面嚷，薛蟠一面抓起一根门闩来就跑。慌得薛姨妈一把抓住，骂道："作死的孽障，你打谁去？你先打我来！"

　　薛蟠急得眼似铜铃一般，嚷道："何苦来！又不叫我去，又好好地赖我。将来宝玉活一日，我担一日的口舌，不如大家死了清净。"宝钗忙也上前劝道:"你忍耐些罢。妈急得这个样儿,你不说来劝妈,你还反闹得这样。别说是妈,便是旁人来劝你,也为你好,倒把你的性子劝上来了。"薛蟠道:"这会子又说这话。都是你说的!"宝钗道:"你只怨我说,再不怨你顾前不顾后的形景。"薛蟠道:"你只会怨我顾前不顾后,你怎么不怨宝玉外头招风惹草的那个样子!别说多的,只拿前儿琪官的事比给你们听:那琪官,我们见过十来次的,我并未和他说一句亲热话,怎么前儿他见了,连姓名还不知道,就把汗巾儿给他了?难道这也是我说的不成?"薛姨妈和宝钗急得说道:"还提这个!可不是为这个打他呢。可见是你说的了。"薛蟠道:"真真的气死人了!赖我说的我不恼,我只为一个宝玉闹得这样天翻地覆的。"宝钗道:"谁闹了?你先持刀动杖地闹起来,倒说别人闹。"薛蟠见宝钗说的话句句有理,难以驳正,比母亲的话反难回答,因此便要设法拿话堵回她去,就无人敢拦自己的话了,也因正在气头上,未曾想话之轻重,便说道:"好妹妹,你不用和我闹,我早知道你的心了。从先妈和我说,你这金要拣有玉的才可正配,你留了心。见宝玉有那玉,你自然如今行动护着他。"话未说了,把个宝钗气怔了,拉着薛姨妈哭道:"妈妈你听,哥哥说的是什么话!"薛蟠见妹妹哭了,便知自己冒撞了,便赌气走到自己房里安歇不提。

这里薛姨妈气得乱战,一面又劝宝钗道:"你素日知那孽障说话没道理,明儿我叫他给你赔不是。"宝钗满心委屈气忿,待要怎样,又怕她母亲不安,少不得含泪别了母亲,各自回来,到房里整哭了一夜。次日早起来,也无心梳洗,胡乱整理整理,便出来瞧母亲。可巧遇见林黛玉独立在花荫之下,问她哪里去。薛宝钗嘴里说着"家去",便只管走。黛玉见她无精打采地去了,又见眼上有哭泣之状,大非往日可比,便在后面笑道:"姐姐也自保重些。就是哭出两缸眼泪来,也医不好棒疮。"宝钗分明听见林黛玉刻薄她,但记挂着母亲、哥哥,并不回头,一径去了。

第十六回
秋爽斋偶结海棠社
蘅芜苑夜拟菊花题

贾母、王夫人、薛姨妈、李纨、凤姐等人隔三差五地就去怡红院探望宝玉，嘱咐丫头们要好生伺候，日日补品不断。在众人的精心照料下，没过多少时日，宝玉身上的伤就好了许多。见到宝玉一日好过一日，贾母心中自是欢喜，又怕贾政还来找宝玉麻烦，遂命人将贾政的亲随小厮头儿唤来，吩咐道："以后倘有会人待客诸样的事，你老爷要叫宝玉，你不用上来传话，就回他说我说了：一则打重了，得着实养几个月才走得，二则他近来星宿不利，不宜见外人，过了八月才许出二门。"那小厮头儿听了，领命而去。贾母又命李嬷嬷、袭人等来将此话说与宝玉，使他放心。

那宝玉本就懒于与士大夫接谈，又最厌迎来送往之事，今日得了这句话，越发得了意，不但将亲戚朋友一概杜绝了，而且连家庭中晨昏定省亦发都随他的便了，日日只在园中游卧，不过每日一清早到贾母、王夫人处走走就回来了。宝钗等人有时见机劝他不要闲消日月，反惹他生起气来，只说："好好的一个清净洁白女儿，也学得钓名沽誉①，入了国贼禄鬼之流。真真有负天地钟灵毓秀②之德！"还因此祸延古人，竟将四书之外的书都焚了。众人见他如此疯颠，也都不向他说这些规劝之话。独有林黛玉自幼不曾劝他去立身扬名等语，所以宝玉一直深敬黛玉。

这年贾政又点了学差，择于八月二十日起身。是日，拜过宗祠及贾母，贾政便启程到外地赴任了。贾政出门去后，宝玉每日在园中更加任意纵性

---

① 钓名沽誉（diào míng gū yù）：用某种不正当的手段捞取不属于自己的名誉。
② 钟灵毓秀（zhōng líng yù xiù）：凝聚了天地间的灵气，孕育着优秀的人物。既可指人美好伶俐，也可指山川秀美或者家族人才辈出。

地逛荡，真把光阴虚度，岁月空添。这日正无聊之际，只见翠墨进来，手里拿着一副花笺送与他。原来，探春想要起一个诗社，邀请大家到她的秋爽斋共同商议。正要出门时，贾芸请人呈了张帖子进来，贾芸弄到了两盆白海棠送给宝玉赏玩。宝玉接了帖子，夸了贾芸几句，又让来人将花送到自己屋里去。

吩咐下去之后，宝玉才同翠墨往秋爽斋来，只见宝钗、黛玉、迎春、惜春已都在那里了。

众人说笑了一会，李纨也到了。黛玉便说："既然定要起诗社，咱们都是诗翁了，先把这些姐妹叔嫂的称呼改了才不俗。"李纨也同意："极是，何不大家起个别号，彼此称呼则雅。我是定了'稻香老农'，再无人占的。"探春笑道："我就是'秋爽居士'罢。"宝玉却说："居士、主人这些实在累赘（léi zhuì），这里梧桐芭蕉尽有，或指梧桐芭蕉起个倒好听。"探春笑道："有了，我最喜芭蕉，就称'蕉下客'罢。"众人都道别致有趣。黛玉一听，立刻笑道："你们快牵了她去，炖了脯子吃酒。"众人不解。黛玉笑道："古人曾云'蕉叶覆鹿'。她自称'蕉下客'，可不是一只鹿了？快做了鹿脯来。"众人听了都大笑起来。探春笑道："你别光顾着打趣人，我已替你想了个极当的美号了。"又向众人道："当日娥皇女英洒泪在竹上成斑，故今斑竹又名湘妃竹。如今她住的是潇湘馆，她又爱哭，将来她想林姐夫，那些竹子也是要变成斑竹的。以后都叫她作'潇湘妃子'就完了。"大家听说，都拍手叫妙。林黛玉低了头方不言语。李纨笑道："我替薛大妹妹也早已想了个好的，也只三个字。"惜春、迎春都问是什么。李纨道："我是封她'蘅芜君'了，不知你们如何。"探春笑道："这个封号极好。"宝玉道："我呢？你们也替我想一个。"宝钗笑道："你的号早有了，'无事忙'三字恰当得很。"李纨则让他直接用旧号"绛洞花主"就好。宝玉笑道："小时候干的营生，还提它做什么。"宝钗说道："还得我送你个号罢。有最俗的一个号，却于你最当。天下难得的是富贵，又难得的是闲散，这两样再不能兼有，不想你兼了，就叫你'富贵闲人'也罢了。"宝玉

娥皇女英

娥皇和女英相传是帝尧的两个女儿，她们姐妹共同嫁与了帝舜为妻，帝舜在南方巡视时，死于苍梧，两姐妹去寻找他，得知帝舜已死，埋在九嶷山下，不禁伤心落泪，抱着青竹痛哭，泪水洒在青竹上，化为点点竹斑。因此后世又把有竹斑的竹子叫作"潇湘竹"或"湘妃竹"。

笑道："当不起，当不起，倒是随你们混叫去罢。"迎春和惜春本不想起号，因她二人也不大会作诗，后来还是宝钗提议以她俩的居所为号，让迎春取了"菱洲"，惜春叫了"藕榭"。

李纨道："这里序齿我大，你们都要依我的主意，管保大家都合意。我们七个人起社，我和二姑娘、四姑娘都不会作诗，须得让出我们三个人去。我们三个各分一件事。我虽不能作诗，可做个东道主人，我一个社长自然不够，必要再请两位副社长，就请菱洲藕榭二位学究来，一位出题限韵，一位誊录监场。若遇见容易些的题目韵脚，我们也随便作一首。你们四个却是要限定的。"迎春、惜春本性懒于诗词，又有薛、林在前，听了这话便深合己意，忙说极好。

大家商议好之后，约定每月起社二次，风雨无阻。除这两日外，倘有高兴的，情愿加一社的，也可再加一社。说罢，探春道："只是原是我起的意，我须得先做个东道主人，方不负我这兴。"李纨道："既这样说，明日你就先开一社如何？"探春道："明日不如今日，此刻就很好。你就出题，菱洲限韵，藕榭监场。"

于是，李纨以过来时路上所见的白海棠为题，让众人各自作诗。迎春又令丫鬟点了一支三寸来长的"梦甜香"，香燃尽为限。不一会探春先交了稿，然后是宝钗和宝玉，唯独黛玉一直不慌不忙的。待到众人看完了已交稿的三首，黛玉才提笔一挥而就，掷与众人。

李纨看完点评道："若论风流别致，自是潇湘妃子这首，若论含蓄浑厚，终还是蘅芜君。怡红公子自是压尾。"众人没有异议之后，李纨又道："从此后，每月初二、十六这两日开诗社。"宝玉忽然提到诗社还没有名字，探春想了想，提到既以海棠诗开端，不如就叫个"海棠诗社"罢了。说毕，大家又商议了一回，略用些酒果，方各自散去。

宝玉回来后，先忙着看了一回白海棠，才回房内告诉袭人起诗社的事。袭人也把打发宋妈妈与史湘云送东西去的话告诉了宝玉。宝玉听了，才想起忘记请湘云参加诗社了，难怪他总觉得心里有件事，只是想不起来。正巧从史府回来的宋妈妈过来回话，说史湘云知道宝玉他们起诗社，竟然不叫自己，着急得不行。宝玉一听，立刻起身就去找贾母让她派人去接湘云。直到贾母说天晚了，明日一早再去，宝玉才作罢。

次日一早，宝玉就去贾母处，催人接去。直到午后，史湘云才来，宝玉方放了心。史湘云见了众人，立刻说道："你们忘了请我，我还要罚你们呢。虽然我不是很会作诗，只能勉强出丑。但若让我入社，扫地焚香我也情愿。"众人见她这般有趣，越发喜欢，都埋怨昨日怎么忘了她。史湘云也等不得推敲删改，一面只管和人说着话，一面依韵和了两首海棠诗。众人看一句，惊讶一句，纷纷赞赏。史湘云又说："明日先罚我个东道，就让我先邀一社可使得？"

到了晚间，宝钗将湘云邀往蘅芜苑安歇去。湘云灯下计议如何设东拟诗题。宝钗听她说了半日，皆觉得不妥当。宝钗也知湘云在自己家里做不得主，一个月通共那几串钱，都不够做东道。于是，宝钗向她提议道："我倒有个主意。现在这里的人，从老太太起连上园里的人，有多一半都是爱吃螃蟹的。前日姨娘还说要请老太太在园里赏桂花吃螃蟹，因为有事还没有请呢。我和我哥哥说，明日送几篓极肥极大的螃蟹来，再往铺子里取上几坛好酒，再备上四五桌果碟，岂不又省事又大家热闹了。"湘云听了，觉得宝钗想得周到，心中自是感激不尽。

安排好了酒席，宝钗又向湘云提议："诗题也不要过于新巧了。你看古人诗中那些刁钻古怪的题目，难得有好诗。只要立意清新，措辞自然就不俗了。"湘云只答应着，又笑道："昨日作了海棠诗，明日作个菊花诗如何？就怕是有些落俗套。"宝钗想了一想，说道："我们可以菊花为宾，以人为主，拟出几个两字的题目，一字为虚，一字为实。实字便用'菊'字，虚字就用通用的。如此又是咏菊，又是赋事，前人也没作过，也不能落套。既新鲜，又大方。"湘云也觉得这个提议不错。两人商议了一番，一共拟定了十二个题目，起首是《忆菊》，忆之不得，故访，第二是《访菊》，访之既得，便种，第三是《种菊》，种既盛开，故相对而赏，第四是《对菊》，相对而兴有余，故折来供瓶为玩，第五是《供菊》，既供而不吟，亦觉菊无彩色，第六便是《咏菊》，既入词章，不可不供笔墨，第七便是《画菊》，既为菊如是碌碌，究竟不知菊有何妙处，不禁有所问，第八便是《问菊》，菊如解语，使人狂喜不禁，第九便是《簪菊》，如此人事虽尽，犹有菊之可咏者，《菊影》《菊梦》二首续在第十、第十一，末卷便以《残菊》总收前题之盛。二人商议妥帖，方才熄灯安寝。

次日，湘云便请贾母等到园子里赏桂花、吃螃蟹。至午，贾母带了王夫人、凤姐，兼请薛姨妈等进园来，带着众人朝藕香榭去了。只因那处两棵桂花开得好,坐在河当中的藕香榭最是敞亮。只见榭中早已陈设好杯箸酒具、茶筅茶盂等各色茶具。丫头们有的正煽风炉煮茶,有的则是在烫酒。贾母喜得忙问:"这想得真是周到,地方、东西都干净。"湘云笑道:"这是宝姐姐帮着我预备的。"贾母点点头:"我说这个孩子细致,凡事想得妥当。"说着,众人一齐进了亭子,开始吃茶赏花,喝酒吃蟹,吃喝得都很尽兴。

贾母不吃了,大家便也都洗了手,有看花的,也有弄水看鱼的,游玩了一回。王夫人见着风大,便请贾母还是回房歇歇。等贾母等人回去后,湘云让人撤了残席,另摆了张大圆桌,又取了诗题,用针绾在墙上给大家自由选题作诗。众人各自选好了题目之后,一顿饭的工夫,十二题皆已做好,各自誊出来,都交与迎春,另拿了一张雪浪笺过来,一并誊录出来,某人作的底下就写上了某人的号。众人看一首,赞一首,彼此称扬不已。最后,李纨从中选了三首作为三甲,《咏菊》第一,《问菊》第二,《菊梦》第三,竟全是林黛玉所做。这次诗社,自然便是推潇湘妃子为魁了。

大家又评了一回,复又要了热蟹来,就在大圆桌子上吃了一回。宝玉笑道:"今日赏桂吃螃蟹,为何不以螃蟹做题呢?"说着,他便洗了手提笔写了一首。黛玉看了之后,笑道:"这样的诗,要一百首也有。"宝玉也不生气,只让她赶紧也作一首。黛玉想了想,提笔挥就一首,众人刚看完,黛玉便一把撕了,令人烧去。这时,宝钗也作完一首,众人看毕,都说这是食螃蟹绝唱,小题目就要寓大意才算是好,只是这诗中讽刺世人太狠了些。

第十七回 史太君设宴请村姬 刘姥姥嬉游大观园

众人正在说笑时，平儿走了过来，大家都问她凤姐怎么不来。原来凤姐忙着过不来，就让平儿来问还有没有螃蟹，若有就要几个拿回家去吃。湘云赶忙令人拿了十个极大的给凤姐送去，李纨把平儿留下来和大家一块儿喝酒，还揽着她笑道："这么个好体面模样儿，不知道的人，谁不拿你当作当家奶奶太太看。"平儿一面和宝钗、湘云等吃喝，一面回头笑道："奶奶，摸得我怪痒的。"李氏道："哎哟！这硬的是什么？"平儿道："钥匙。"李氏道："什么钥匙？要紧体己东西怕人偷了去，却带在身上。我成日家和人说笑，有个唐僧取经，就有个白马来驮他，刘智远打天下，就有个瓜精来送盔甲，有个凤丫头，就有个你。你就是你二奶奶一把总钥匙，还要这钥匙做什么。"平儿笑道："奶奶吃了酒，又拿我来打趣取笑儿了。"众人说笑了一番，便都洗了手，约着往贾母、王夫人处问安。

众婆子丫头打扫亭子，收拾杯盘。袭人和平儿同往前去，让平儿到房里坐坐，再喝一杯茶。平儿说："不喝茶了，再来罢。"说着便要出去。袭人又叫住问道："这个月的月钱，连老太太和太太还没放呢，是为什么？"平儿见问，忙转身至袭人跟前，见方近无人，才悄悄说道："你快别问，横竖再迟几天就放了。"袭人笑道："这是为什么，唬得你这样？"平儿悄悄告诉她道："这个月的月钱，我们奶奶早已支了，放给人使呢。等别处的利钱收了来，凑齐了才放呢。因为是你，我才告诉你，你可不许告诉别人去。"袭人道："难道她还缺钱花？何苦还操这心。没个足厌。"平儿笑道："可不是吗。这几年拿着这一项银子，翻出有几百来了。她的公费月例又使不着，十两八两零碎攒了放出去，只她这体己利钱，一年不到，上千的银子呢。"袭人笑道:"拿着我们的钱,你们主子、奴才赚利钱,哄得我们呆呆地等着。"平儿道:"你又说没良心的话。你难道还少钱使?你倘若真有要紧的事用钱使时,我那里还有几两银子,你先拿来使,明儿我扣下你的就是了。"袭人道:"此时也用不着,若是一时要用起来不够了,我打发人去取就是了。"

　　平儿答应着,一径出了园门,来至家内,只见凤姐不在房里。倒是上回来打抽丰的刘姥姥带着板儿又来了,正和张材家的、周瑞家的聊着天,还带了些自家产的枣子、倭瓜并些野菜。刘姥姥因上次来过,知道平儿的身份,忙跳下地来问好,还说:"家里都问好。早就该来看望姑奶奶和姑娘们,只因庄家忙,一时抽不出空。好容易今年多打了两石粮食,瓜果菜蔬也丰盛。这是头一起摘下来的,并没敢卖呢,留的尖儿孝敬姑奶奶姑娘们尝尝。姑娘们天天山珍海味的也吃腻了,这个吃个野味,也算是我们的心意。"平儿忙道:"多谢费心。"

　　平儿又让坐,自己也坐了。闲聊中,平儿和周瑞家的提到了在园子里吃螃蟹的事情。两人的谈话,让刘姥姥听得直咋舌,直说这一顿螃蟹得有二十多两银子,够庄家人过一年了。

　　说了一阵话后,刘姥姥又往窗外看天气,说是天色不早了,也已经见过凤姐,她差不多也该回去了,免得晚了出不了城。周瑞家的听了也说是,便让刘姥姥再等会,自己去回了凤姐之后再送她们出府。说完,就往出走,不一会工夫又回来了,笑着对刘姥姥说道:"可是你老的福来了,竟投了这两个人的缘了。二奶奶听说你要走,便让你住一夜明儿再去。偏生老太太又听见了,老太太这几天正想找个年纪大的说说话,可不就让你过去见见嘛。"

　　刘姥姥本不敢去见贾母,可拗不过众人,被她们拾掇了会,便带到了贾母屋里。这时大观园中姊妹们都在贾母跟前陪着。刘姥姥进去,只见满屋里珠围翠绕,花枝招展;一张榻上歪着一位老婆婆,身后坐着一个纱罗裹的美人般的丫鬟在那里捶腿,凤姐站着正说笑。刘姥姥便知是贾母了,忙上来陪着笑,福了几福,口里说:"请老寿星安。"贾母亦欠身问好,又命周瑞家的端过椅子来坐着。板儿还是害羞,躲在刘姥姥身后不敢说话。贾母道:"老亲家,你今年多大年纪了?"刘姥姥忙立身答道:"我今年七十五了。"贾母向众人道:"这么大年纪了,还这么健朗。比我大好几岁呢。我要到这么大年纪,还不知怎么动不得呢。"刘姥姥笑道:"我们生来是受苦的人,老太太生来是享福的。若我们也这样,那些庄家活也没人做了。"贾母道:"眼睛、牙齿都还好?"刘姥姥道:"都还好,就是今年左边的槽牙活动了。"贾母道:"我老了,都不中用了,眼也花,耳也聋,记性也没了。"刘姥姥笑道:"这正是老太太的福了。我们想这么着也不能。"贾母道:"什么福,不过是个老废物罢了。"说得大家都笑了。贾母觉得和刘姥姥聊天有趣,便让她多住几天再回去,陪自己说说话,还让人去抓果子与板儿吃。板儿见人多,又不敢吃。贾母又命拿些钱给她,叫小幺儿们带他外头玩去。刘姥姥吃了茶,便把些乡村中所见所闻的事情说与贾母,贾母益发得了趣味。正说着,凤姐便令人来请刘姥姥吃晚饭。贾母又将自己的菜拣了几样,命人送过去与刘姥姥吃。

  因为史湘云请贾母吃了螃蟹,贾母和王夫人就打算在第二日给她还席。次日清早,李纨早早起来,看着老婆子丫头们在园子里扫落叶,并擦抹桌椅,预备茶酒器皿。正忙着时,贾母已带了一群人进来了。李纨忙迎上去,笑道:"老太太高兴,倒进来了。我只当还没梳头呢,才采了菊花要送去。"一面说,一面让丫鬟捧过一个盛满各色折枝菊花的大荷叶翡翠盘子。贾母便拣了一朵大红的戴于鬓上,又让刘姥姥也过来戴花。一语未完,凤姐便拉过刘姥姥,笑道:"让我打扮你。"说着,将一盘子花横三竖四地插了刘姥姥一头。贾母和众人笑得合不拢嘴,都说:"你还不拔下来摔到她脸上,把你打扮得成了老妖精了。"刘姥姥笑道:"我虽老了,年轻时也风流,爱个花儿粉儿的,今儿老风流才好。"

  说笑之间,已来至沁芳亭子上。丫鬟们抱了一个大锦褥子来,铺在栏杆榻板上。贾母倚柱坐下,命刘姥姥也坐在旁边,因问她:"这园子好不好?"刘姥姥说道:"我们乡下人到了年下,都上城来买画儿贴。大家都说,怎么得也到画儿上去逛逛。想着那个画儿也不过是假的,哪里有这个真地方呢。谁知我今儿进这园一瞧,竟比那画儿还强十倍。怎么得有人也照着这个园子画一张,我带了家去,给他们见见,死了也没什么遗憾了。"贾母听说,便指着惜春笑道:"你瞧我这个小孙女儿,她就会画。等明儿叫她画一张如何?"刘姥姥听了,喜得忙跑过来,拉着惜春说道:"我的姑娘。你这么大年纪儿,又这个好模样,还这么能干,别是仙女下凡的罢。"

红楼梦

贾母歇一回,便领着刘姥姥四处见识见识。先到了潇湘馆。一进门,只见两边翠竹夹路,土地下苍苔布满,中间一条石子铺的羊肠小路。刘姥姥让出路来与贾母众人走,自己却走土地,说是自己走惯了泥路不怕滑,姑娘们的绣鞋沾上了泥就不好了。话音还没落,她就不留神滑了一跤,惹得众人哈哈大笑。贾母边笑便让丫鬟去搀起来。还没等她说完,刘姥姥自己笑着就爬了起来。贾母一行人进了屋子里,刘姥姥见窗下案上设着笔砚,又见书架上全是书,还以为是哪一位公子哥的书房。贾母笑指黛玉说:"这是我这外孙女儿的屋子。"刘姥姥仔细打量了黛玉一番,方笑道:"这哪像个小姐的绣房,竟比那上等的书房还好。"

离了潇湘馆,一行人又乘船去了秋爽斋,准备在那里用午饭。提前到晓翠堂布桌的鸳鸯笑着对凤姐说:"我听说,外头老爷们吃酒吃饭都有一个拿来取笑的篾片相公。咱们今儿也得了一个女篾片了。"凤姐一听,便知道是刘姥姥了,也笑说道:"咱们今儿就拿她取个笑儿。"正说着,只见贾母等来了,各自随便坐下。趁着大家在喝茶时,鸳鸯便拉了刘姥姥出去,悄悄地嘱咐了刘姥姥一席话,又说:"这是我们家的规矩,若错了我们就笑话呢。"

大家依次就座,薛姨妈是吃过饭来的,不吃,只坐在一边吃茶。贾母带着宝玉、湘云、黛玉、宝钗一桌。王夫人带着迎春姊妹三个人一桌,刘姥姥傍着贾母一桌。刘姥姥入了座,拿起筷子,觉得沉甸甸的不好拿,原来是凤姐捉弄她,特意拿了一双象牙镶金的筷子。上好菜后,凤姐又故意拣了一碗鸽子蛋放在刘姥姥桌上。贾母刚刚说了声"请",刘姥姥便站起身来,高声说道:"老刘,老刘,食量大似牛,吃一个老母猪不抬头。"自己却鼓着腮不语。众人先是发怔,后来回过神后,上上下下都哈哈地大笑起来。史湘云撑不住,一口饭都喷了出来,林黛玉笑岔了气,伏着桌子哎哟,宝玉早滚到贾母怀里,贾母笑得搂着宝玉叫"心肝",王夫人笑得用手指着凤姐,直说不出话来,薛姨妈也撑不住,口里茶喷了探春一裙子,探春手里的饭碗都合在迎春身上,惜春离了座位,拉着她奶母叫揉一揉肠子。地下的无一个不弯腰屈背,也有躲出去蹲着笑去的,也有忍着笑上来替她姊妹换衣裳的,独有凤姐、鸳鸯二人撑着,还只管让刘姥姥吃菜。

刘姥姥拿起筷子,觉得不好用,看了看鸽子蛋,又说道:"这里的鸡儿也俊,下的这蛋也小巧,怪俊的。"众人刚刚止住了笑,听见这话又笑起来。贾母笑得眼泪出来，琥珀在后捶着。凤姐笑道："一两银子一个呢，你快尝尝罢，那冷了就不好吃了。"刘姥姥伸筷子要夹，哪里夹得起来，好不容易夹起一个来，才伸着脖子要吃，又滑下来滚在地下。刘姥姥赶紧放下筷子要去捡，早有丫鬟捡了出去。她惋惜地说道："一两银子，也没听见响声儿就没了。"众人已没心吃饭，都看着她笑。

吃完饭后，贾母等都往探春卧室中去聊聊天。凤姐和鸳鸯对刘姥姥说刚才就是开个玩笑，让刘姥姥别生气。刘姥姥笑道："姑娘说哪里话，咱们哄着老太太开个心，可有什么恼的！你先嘱咐我，我就明白了，不过大家取个笑儿。我要心里恼，也就不说了。"

从秋爽斋出来，一行人走到荇叶渚，从这里上了船到了薛宝钗住的蘅芜苑。一同进了蘅芜苑，大家都觉得异香扑鼻。在这里稍微坐了坐，就出来到了缀锦阁。

众人又在这里坐着聊天吃酒行酒令。玩了几圈后，凤姐和鸳鸯都要看刘姥姥的笑话，故意说错，都罚了，便轮到了刘姥姥。刘姥姥果然又逗得众人哄堂大笑起来。

喝了酒，又听了几出戏，再到园子栊翠庵转了转，贾母便觉得有些累了，便先回去休息，让其他人继续玩。王夫人看贾母回去了，便也乘空躺在竹榻上歇着，不一会便睡着了。

鸳鸯送贾母回去后再回来，要带着刘姥姥各处去逛，众人也都赶着取笑。走到"省亲别墅"的牌坊底下，刘姥姥还以为到了个大庙，直说是"玉皇宝殿"，立刻跪下磕头。又让众人笑弯了腰。

因为吃了很多油腻的东西，再加上喝不惯黄酒，刘姥姥觉得腹内一阵乱响，想要去上茅厕。一个婆子带她到了地方指给她看，自己就走开了。刘姥姥蹲了大半天才出来。一起身，只觉得眼花头眩，四顾一望，觉得到处都一样，根本记不起先前是从哪里过来的。只能沿着一条石子路慢慢往前走。

就这样，刘姥姥稀里糊涂地走到了怡红院。进了屋后，刘姥姥还错把画上的姑娘认成了真人。屋里紫檀板壁上镶嵌着一张穿衣镜，刘姥姥看着镜中的自己，以为是看到自家的亲家母，还嘲笑她不知羞地插了满头花。刘姥姥对着镜子叫了好几声，见那人都不搭理自己，才反应过来自己可能是在照镜子。刘姥姥本来就有七八分醉意，走了一路也累了，看到屋里有

红楼梦

张床，便一屁股坐在床上，想要歇歇，没想到一歪身就睡熟在床上。

大家等了好半天也不见刘姥姥回来，板儿急得哭了。派去茅厕找人的婆子回来也说没见人，众人赶紧各处搜寻，可都没发现。袭人想起这里离怡红院不远，担心刘姥姥是不是迷路闯到了怡红院里，便急急回去看看。

回到怡红院后，发现看院子的小丫头已经偷空跑去玩了。进了屋子，就听鼾声如雷，进到里屋，只闻酒屁臭气，刘姥姥正四仰八叉地躺在宝玉床上。袭人吓得赶紧推醒了刘姥姥。她先在香鼎里放了几把百合香烧上，然后才带着刘姥姥到小丫头们房中倒茶给她喝，嘱咐她待会见了众人就说"醉倒在山子石上打了个盹儿"。

吃了茶后，刘姥姥总算清醒过来了，笑着问刚才是哪个小姐的绣房。得知如此精致的房间是宝玉的卧室，可把刘姥姥吓得不敢作声。

袭人带着刘姥姥出去，见了大家，说她在草地下睡着了，众人也就没有再多问。

吃过晚饭后，刘姥姥带着板儿，来见凤姐，说："明日一早定要回家了。虽然只住了两三天，可把这辈子没见过的、没吃过的、没听见过的，都经历了。难得老太太和姑奶奶并那些小姐们，连各房里的姑娘们，都这样怜贫惜老照看我。我这一回去后没别的报答，唯有请些高香天天给你们念佛，保佑你们长命百岁的，就算我的心了。"凤姐笑道："你别喜欢。都是为你，老太太也被风吹病了，我们大姐儿也着了凉，在那里发热呢。"

刘姥姥听了，忙叹道："老太太是上了年纪的人，不能太过劳累。"凤姐道："平时也很少像昨儿那么高兴。往时虽也进园子里逛，多是走一两处就回来。昨天想带着你逛逛，一个园子倒走了多半个。大姐儿因为找我去，吹着风吃了块糕，回来就发起热来。我这大姐儿时常病，也不知是个什么缘故。"刘姥姥道："这也有的事。富贵人家养的孩子多太娇嫩，自然禁不得一些儿委屈。以后姑奶奶少疼她些就好了。"

凤姐笑道："到底是你们有年纪的人经历得多。"凤姐道："这也有理。我想起来，她还没个名字，你就给她起个名字。一则借借你的寿，二则你们是庄家人，不怕你恼，到底贫苦些，你贫苦人起个名字，只怕压得住她。"刘姥姥听说，问了凤姐孩子的生辰，想了一想，笑道："这个正好，就叫她巧哥儿。这叫作'以毒攻毒，以火攻火'的法子。姑奶奶定要依我这名字，她必长命百岁。日后大了，各人成家立业，或一时有不遂心的事，必然是遇难成祥,逢凶化吉,却从这'巧'字上来。"

凤姐听了,自是欢喜,忙道谢,又笑道:"只保佑她应了你的话就好了。"说完,凤姐又吩咐平儿把送刘姥姥的东西打点好,好让刘姥姥明天能一早出发。

平儿给刘姥姥准备了点心粳米、布匹银钱,还有一些九成新的旧衣服,又告诉刘姥姥她已经吩咐人雇好了车,也会让小厮们把这些东西装好车,让刘姥姥只管放心。刘姥姥本就觉得打扰了几日,回去前还拿东西很不好意思;现在看到平儿准备得如此周到,更是不停地念着佛号,感激不尽。

第二天,刘姥姥跟贾母辞了行,鸳鸯也按着贾母的吩咐,拿出了一个包袱送给刘姥姥,里面有别人孝敬贾母的新衣裳、金银锞子以及刘姥姥提过想要的各种药丸。刘姥姥千恩万谢地辞别了众人之后,带着板儿回家去了。

早饭后,黛玉和宝钗去贾母房里请安后,一起往稻香村去了,果然其余人都聚在这里。因为昨天游园时提了一句画的事情,贾母就让惜春画一张大观园的画,惜春正发愁呢。于是,大家都纷纷给她出主意,最后列了需要购买的画材单子让人去采办。

第十八回
闲取乐偶攒金庆寿
变生不测凤姐泼醋

和刘姥姥一起逛大观园那日，贾母受了些风寒，请医生吃了两剂药后也就好了。贾母身上舒服后，便让人来请王夫人过去商议事情。原来，九月初二是凤姐的生日，贾母想出了个新法子，想学小户人家那样凑份子，大家一起给凤姐办个生日。王夫人自然附和，贾母越发高兴起来，忙遣人去请薛姨妈、邢夫人等，又叫请姑娘们并宝玉，宁国府里贾珍媳妇尤氏并赖大家的等有头脸管事的媳妇也都叫了来。

众人到了之后，听过贾母的提议，和王熙凤关系好的，自然心甘情愿加入；畏惧王熙凤的，巴不得有个奉承的机会。再说，这些人也都是能拿得出钱的人，所以都欣然应诺。

贾母先道："我出二十两。"薛姨妈笑道："我随着老太太，也是二十两了。"邢夫人、王夫人道："我们不敢和老太太并肩，自然矮一等，每人十六两罢。"尤氏李纨也笑道："我们自然又矮一等，每人十二两罢。"贾母忙和李纨道："你一个寡妇，你那份，我替你出了罢。"凤姐忙笑道："过一个生日，惊动了大家，再一点钱不出，那我就实在不安，不如大嫂子这一份我替她出了。过生日那天我多吃些东西，就算享了福了。"邢夫人等听了，都赞同，贾母也就允了。

众人商议了一轮，包括丫鬟婆子们多多少少都凑了一些，总共凑了一百五十两有余。贾母就把筹办的事情交给了尤氏，好让凤姐能安安心心过个生日。众人散去后，尤氏往凤姐房里和她商议怎么办生日，凤姐让她只管看贾母的眼色行事就好。

第二日，尤氏拿了银子，当着凤姐的面数了数，发现缺了李纨那一份，便问凤姐，凤姐笑道："那么些还不够使？短一份儿也罢了，等不够了我再给你。"尤氏道："昨儿你在人前作好人，今儿又来和我赖账。我可不依你，我只和老太太要去。"凤姐笑道："我看你厉害。明儿有了事，我也丁是丁卯是卯的，你也别抱怨。"尤氏笑道："就是看着你平时对我好，要不我可不依你。"说着，把平儿的那份也退给了平儿，还让平儿一定得收下。从凤姐那里出来后，又往贾母那请了安，然后走到鸳鸯房中和鸳鸯商议，只听鸳鸯的主意筹备。商量好后，尤氏临走时，也把鸳鸯出的二两银子还给她。接着，尤氏又至王夫人跟前说了一回话，看到王夫人进了佛堂，就把王夫人丫鬟彩云以及周、赵二位姨娘出的都退给了她们。

转眼已是九月初二，尤氏把生日宴办得十分热闹，有戏班唱戏，还有人耍杂耍和说书。全府的人都去看热闹了，最爱凑热闹的宝玉却没见，李纨打发人去问，才知道宝玉一大早就出门了，说是有个朋友死了，出去探丧去了。袭人还说宝玉一早起来穿着素衣裳，说是去北静王府里了。

原来这天也是金钏儿的生日，宝玉想出城挑个清净的地方祭拜祭拜她。宝玉带着茗烟骑马出了城北门，又一气跑了近十里路，在人烟渐渐稀少之处，看到一水仙庵。宝玉便想着到庵里借个香炉。水仙庵的尼姑，时常会去贾府，因而也认得宝玉，自然应承。

宝玉让茗烟捧着炉到庵后院，放在了井台上。他从贴身荷包里掏出香来焚上，含泪施了半礼。茗烟看见宝玉这么重视，虽然不敢问祭拜的是谁，但是也跟着磕了几个头。

水仙庵的尼姑已经准备了一桌子素菜，宝玉在茗烟的劝说下，随便用了点，然后两人才骑马又赶回了贾府。

回到贾府之后，宝玉忙将素服脱了，换了华服，然后赶去了设宴的大花厅。进了厅里，见了贾母、王夫人等，宝玉赶紧与凤姐行礼。贾母拉着他教训，叮嘱他以后出门一定要先告诉她，否则还让他老子打他。宝玉连忙答应。

贾母打定主意让凤姐快快乐乐过一个生日，凡事都叫人替她张罗。凤姐只好里间屋里榻上歪着和薛姨妈看戏，挑了几样自己爱吃的点心，边吃边聊。席间，不断地有人来向凤姐敬酒祝贺，凤姐推辞不过，只能一一喝了。不一会工夫，凤姐就觉得有些醉了，心怦怦跳得很快，便假托要去洗脸，出了席，往房门后檐下走来。平儿看到凤姐醉了，也忙跟了来，扶着她往自家院子走。

　　刚走到穿廊下，就见凤姐房里的一个小丫头正在那里站着，见她两个来了，回身就跑。凤姐一见，便起了疑心，忙叫住那个丫头。那丫头开始装作听不见，可后来平儿也开口叫了，只得回来。凤姐越发起了疑心，忙和平儿进了穿堂，她坐在小院子的台阶上，边叫那丫头跪了，边喝令平儿："叫两个小厮来，拿绳子鞭子，把那眼睛里没主子的小蹄子打烂了！"早吓得魂飞魄散的小丫头，哭着只管磕头求饶。凤姐问道："我又不是鬼，你见了我，不说规规矩矩站住，怎么倒往前跑？"起初，小丫头还想隐瞒，只说是没看见凤姐，又记挂着房里无人，所以才跑。凤姐骂了几句，又扬手扇了小丫头两耳光。小丫头顿时两腮都肿了起来。凤姐还说，再不老实说，就要拿烧红的烙铁来烙她的嘴。小丫头吓得赶紧说了实情。

　　原来贾琏趁着凤姐去吃酒席，开了箱子，拿了两块银子、两根簪子和两匹缎子，让小丫头悄悄地送去给他看上的鲍二家媳妇。他还让鲍二家媳妇收了东西就跟小丫头往贾琏院子里来。等鲍二家媳妇进屋后，贾琏就让小丫头守在穿廊下，如果看见凤姐散席回来，就让她回去报信。

　　凤姐听了，气得浑身发软，赶紧赶回了自己院子。进了院子后，她和平儿蹑手蹑脚地走至窗前，就听到里面有人在说笑。一个妇人笑道："多早晚你那阎王老婆死了就好了。"贾琏道："她死了，再娶一个也是这样，又怎么样呢？"那妇人道："她死了，你倒是把平儿扶了正，只怕还好些。"

　　凤姐一听了，气得浑身乱战，又听他俩都赞平儿，便怀疑平儿素日背地里也有怨言，酒劲上头时也不忖夺，直接给了平儿两耳光，才一脚踢开门进去，抓着鲍二媳妇就一顿打。

　　凤姐还怕贾琏跑了，便堵着门骂他，边骂还又打了几下平儿。平儿莫名其妙挨了打，有冤无处诉的她气得干哭，骂道："你们做这些没脸的事，干吗又拉上我！"说着也拉着鲍二家的撕打起来。

　　贾琏本来也是因为吃多了酒，随口乱说，一见凤姐来了，酒也吓醒了一半，凤姐打鲍二家的，他已又气又愧，但是还不好发作。可见平儿也闹了起来，反而把他的酒劲气上来了，上来对着平儿就又踢又骂。平儿怕他，忙住了手。凤姐见平儿怕贾琏，越发气了，又赶上来打着平儿，偏叫打鲍二家的。平儿急起来，便跑出来找刀子要寻死。外面众婆子丫头赶紧拦住解劝。凤姐见平儿寻死去，便一头撞在贾琏怀里，叫道："你们一条藤儿害我，被我听见了，倒都吓唬起我来。你把我勒死算了！"贾琏气得墙上拔出剑来，说道："不用寻死，我真急了，把你们一齐杀了，我给偿命，大家干净。"

正闹得不可开交之时，尤氏等一群人赶了过来，都在问怎么好好的就闹了起来。贾琏见了人，更加借酒发疯，逞起威风装作要杀凤姐。凤姐见有人来了，便不像先前那般撒泼，反而丢下众人，哭着往贾母那边跑。贾母那边刚刚看完戏，凤姐跑到贾母跟前，一头扎进她怀里，边哭边说："老祖宗救我！琏二爷要杀我呢！"贾母、邢夫人、王夫人等赶紧问缘由。凤姐更加哭得厉害，边哭边说贾琏刚才在和鲍二家媳妇商议，要拿药毒死凤姐，好把平儿扶正。凤姐气不过，但是又不敢和贾琏吵，只能打了平儿两下，又问贾琏为什么要害她。贾琏觉得不好意思，就要杀凤姐。

凤姐说完这番话，贾母等听了，都信以为真，贾母刚叫人去找贾琏，贾琏就拿着剑冲了进来，后面还有许多人跟着。贾琏仗着贾母平日很疼爱孙辈，所以也不怕邢夫人、王夫人在场，逞强闹了起来。邢夫人气得拦住骂道："老太太在这里呢！你是要造反吗？"贾琏斜着眼，道："都是老太太惯的她，她才这样，连我也骂起来了！"邢夫人赶紧夺下剑来，让贾琏马上出去。贾琏还仗着酒劲不停地耍赖胡说。贾母气得说道："我知道你也不把我们放在眼里，叫人把他老子叫来！"贾琏听见这话，才踉跄着赶紧离开，堵着气也不回自己院子，直接往外书房来。

贾琏离开后，邢夫人、王夫人也说了凤姐。贾母安慰道："也没什么要紧的事！你放心，等明儿我叫他来替你赔不是。"

平儿则被李纨拉到了大观园里去。看到平儿哭得哽咽难言，宝钗劝道："你是个明白人，素日凤丫头如何待你，你心里也是清楚的。今儿不过她多喝了酒，才会在那种情况下拿你出气。你要往心里去，不就没意思了。"旁人也安慰了一会，平儿觉得心里好受了些，才止住了泪。

于是，平儿在李纨处歇了一夜，凤姐只跟着贾母。贾琏晚上回到自己屋里，发现冷清清的，又不好去叫，只得胡乱睡了一夜。次日醒了，想昨日之事，贾琏也觉得很没意思，后悔不已。邢夫人记挂着昨日贾琏醉了，一早就过来，叫了贾琏去给贾母赔不是。贾琏只得忍愧前来在贾母面前跪下，陪着笑请贾母原谅。贾母骂了他一顿，虽然贾琏一肚子的委屈，但也不敢分辩，只认不是。后来，在贾母的说合下，贾琏给凤姐作了一个揖，赔了不是，引得众人都笑了。贾母还让人叫来了平儿，让凤姐和贾琏两个安慰平儿。贾琏见了平儿，也给赔了不是，作了一个揖，引得贾母笑了，凤姐也笑了。凤姐也后悔昨天喝多了，不分青红皂白迁怒平儿，心里对平儿也很愧疚。

三个人重新给贾母、邢王二位夫人磕了头，这才回到自己屋里。等就剩他们三人之后，凤姐又哭着埋怨了几句贾琏，贾琏又哄了几句，说得凤姐无言可对，平儿嗤的一声又笑了。事情也就过去了。

三人正说着话，外面有人来报："鲍二媳妇吊死了。"贾琏、凤姐都吃了一惊。凤姐旋即收了怯色，说道："死了罢了，有什么大惊小怪的！"过了会，凤姐手下管事的林之孝家的说："鲍二媳妇吊死了，她娘家的亲戚要告呢。我才和众人劝了他们，又威吓了一阵，又许了他几个钱，也就依了。"凤姐道："我没一个钱！有钱也不给，只管叫他告去。也不许劝他，也不用震吓他，只管让他告去。"林之孝家的正在为难，见贾琏和她使眼色儿，心下明白，便出来等着。

贾琏说："我出去瞧瞧，看是怎么样。"凤姐还向他强调："不许给他钱。"贾琏出去后，让林之孝向鲍二媳妇娘家人软硬兼施，许了二百两银子了结此事。贾琏还担心会有变化，又找了些关系帮着办丧事。鲍二媳妇娘家人见了如此，也得忍气吞声罢了。

贾琏出去后，凤姐心中虽也有不安，但脸上还是装着若无其事的，见到房中只剩平儿和她自己，拉平儿笑道："我昨儿喝多了，你别怪我，打了哪里，疼不疼，让我瞧瞧。"平儿忙说也没打重，不妨事。

第十九回
金兰契互剖金兰语
风雨夕闷制风雨词

凤姐正安抚平儿时，忽见众姊妹进来，忙让坐了，平儿斟上茶来。凤姐笑道："今儿来得这么齐，倒像下帖子请了来的。"探春笑道："我们有两件事：一件是我的，一件是四妹妹的，还夹着老太太的话。"凤姐笑道："有什么事，这么要紧？"探春笑道："我们起了个诗社，头一社就不齐全，我们都心软，所以就乱了。我想必得你去作个监社御史，铁面无私才好。再四妹妹为画园子，用的东西不太全，回了老太太，老太太说：'只怕后头楼底下还有当年剩下的，找一找，若有呢，拿出来，若没有，叫人买去。'"凤姐笑道："我又不会作什么湿的干的，要我吃东西去不成？"探春道："你虽不会作，也不要你作。你只监察着我们里头有偷安怠惰的，罚她就成了。"凤姐笑道："你们别哄我，我猜着了，哪里是请我作监社御史！分明是叫我作个进钱的铜商。你们弄什么社，必是要轮流做东道的。你们的月钱不够花了，想出这个法子来拗了我去，好和我要钱。可是这个主意？"一席话说得众人都笑起来了。李纨笑道："真真你是个水晶心肝玻璃人。"凤姐笑道："明儿一早就到任，下马拜了印，先放下五十两银子给你们慢慢做东道。我又不作诗作文，'监察'也罢，不'监察'也罢，有了钱，你们还能撵我出来！"说得众人又都笑起来。

凤姐答应李纨，晚些去库房，叫人找出惜春画大观园图所要的东西，让他们看看，如果能用就留着用，如果还有缺的，就找人按着单子去买。李纨看见凤姐把事情都安排得妥当，便点了点头，带着众姐妹回园子了。

到了晚上，凤姐果然命人找了许多旧画具出来，送至园中。宝钗等选了一回，各色东西可用的只有一半，将那一半又开了单子，与凤姐去照样置买。

所有的准备工作都做好后，宝玉便每日在惜春那帮忙。探春、李纨、迎春、宝钗等也多往那里闲坐，一则观画，二则便于会面。

宝钗因见天气凉爽，夜复渐长，遂至母亲房中商议要做些针线活。她白天要到贾母处、王夫人处请安两次，不免又会陪坐闲话一阵，园中姊妹处也要抽时间聚聚，因此白天大多时候没有空，只得每夜灯下做女工至三更天才睡觉。

黛玉每年至春分秋分之后，必犯咳疾，今年秋天又遇贾母高兴，多游玩了两次，有点太过劳神，咳疾比往常又重了些，所以总不出门，只在自己房中将养。闷的时候，她盼着有姊妹来说些闲话排遣，等到宝钗她们来望候她，说不得三五句话又觉得有些疲惫厌烦。众人都体谅她在病中，所以也不计较她接待不周。

这日宝钗来望她，看她病得难受，让她不如另请位大夫来看看，说不定就能痊愈了，否则每年间闹一春一夏，不是个办法。黛玉道："没用的。我知道我这样病是不能好的了，'死生有命，富贵在天'，也不是人力可强的。今年比往年反觉又重了些似的。"说话之间，已咳嗽了两三次。

宝钗道："昨儿我看你那药方上，人参肉桂觉得太多了。虽说益气补神，也不宜太热。依我说，先以平肝健胃为要。每日早起拿上等燕窝一两、冰糖五钱，用银铫子熬出粥来，最是滋阴补气的。"

黛玉叹道："你素日待人，是极好的。我是个爱多心的人，总以为你是心里藏奸。往日竟是我错了，误会你了。细细算来，我母亲去世得早，又无姊妹兄弟，我长了今年十五岁，竟没一个人像你劝我。虽然燕窝易得，但我每年都会犯病，请大夫、熬药、人参肉桂，已经闹了个天翻地覆，这会子我又要喝什么燕窝粥，老太太、太太、凤姐姐这三个人是不会说什么，但那些伺候婆子丫头们，难免嫌我太多事了。就因为老太太多疼了宝玉和凤丫头两个，她们都虎视眈眈，背地里说三道四的，何况是我？我又不是她们这里的正经主子，原是无依无靠投奔了来的，她们早就嫌我了。如今我再不知进退,岂不是招她们咒我。"

宝钗说道:"这样说,我也是和你一样。"黛玉道:"你怎么会和我一样?你有母亲、哥哥,这里又有买卖土地,家里还有房田。不过是看在亲戚的情分,才住了这里,一应大小事情,又不花她们一个子。我是一无所有,吃穿用度,一草一纸,皆是和她们家的姑娘一样,那些小人还不知道怎么嫌我呢。"

宝钗笑道:"将来不过多费得一副嫁妆罢了,如今也愁不到这里。"黛玉听了,不觉红了脸,笑道:"人家才拿你当个正经人,把心里的烦难告诉你听,你反拿我取笑。"宝钗笑道:"虽是玩笑话,却也是真话。你放心,我在这里一日,我与你消遣一日。你有什么委屈烦难,只管告诉我,我能解的,自然替你解一日。我虽有个哥哥,你也是知道的,就是有个母亲这点能比你略强些。咱们也算同病相怜。你也是个明白人,何必作'司马牛之叹',你说得也对,多一事不如省一事。我明日回家和妈妈说了,我家应该还有些燕窝,拿几两过来给你,每日叫丫头们去熬,又方便,又不惊师动众的。"黛玉忙笑道:"东西是小,难得你费心了。"宝钗道:"这也不是什么大事,说了这么久,估计你也累了,我先回去了,你好好休息。"黛玉道:"晚上再来和我说句话。"宝钗答应着便去了。

司马牛之叹

出自《论语·颜渊》,司马牛忧虑叹息说:人人都有兄弟亲人,只有我是独自一人。比喻对孑然一身、孤立无援的感叹。

黛玉喝了两口稀粥后,歪躺在床上休息,不想日落时淅淅沥沥下起雨来。秋霖脉脉,阴晴不定,天渐渐黄昏,还阴沉沉的,伴着竹梢雨滴,更觉凄凉。黛玉想着这种天气宝钗应该不会来了,便在灯下随便拿了一本书,却是《乐府杂稿》,有《秋闺怨》《别离怨》等词。黛玉不由觉得有些伤感,便按《春江花月夜》之格,写了篇《秋窗风雨夕》:

> 秋花惨淡秋草黄,耿耿秋灯秋夜长。
> 已觉秋窗秋不尽,那堪风雨助凄凉!
> 助秋风雨来何速!惊破秋窗秋梦绿。
> 抱得秋情不忍眠,自向秋屏移泪烛。

泪烛摇摇爇短檠,牵愁照恨动离情。
谁家秋院无风入?何处秋窗无雨声?
罗衾不奈秋风力,残漏声催秋雨急。
连宵脉脉复飕飕,灯前似伴离人泣。
寒烟小院转萧条,疏竹虚窗时滴沥。
不知风雨几时休,已教泪洒窗纱湿。

　　吟罢搁笔,黛玉刚准备要休息时,丫鬟报说:"宝二爷来了。"一语未完,只见宝玉带着大箬笠,披着蓑衣走了进来。黛玉不觉笑着问:"这是哪里来的渔翁?"

　　宝玉忙问:"今儿好些?吃了药没有?今儿一日吃了多少饭?"一面说,一面摘了笠,脱了蓑衣,然后一手举起灯来,一手遮住灯光,向黛玉脸上照了一照,眯着眼细瞧了一瞧,才笑着说:"今儿气色好了些。"

　　黛玉看那蓑衣斗笠十分细致轻巧,就问道:"是什么草编的?穿上倒不像刺猬。"宝玉说:"这三样都是北静王送的。他闲了下雨时在家里也是这样。你要是喜欢,我也弄一套来送你。这斗笠有趣,竟是活的。上头的这顶儿是活的,冬天下雪,带上帽子,就把竹信子抽了,去下顶子来,只剩了这笠檐。下雪时男女都戴得,我送你一顶,冬天下雪戴。"黛玉笑道:"我可不要。戴上那个,还不成个画儿上画的和戏上扮的渔婆了。"

　　宝玉看了看黛玉新写的诗,不禁叫好。黛玉听了,忙夺了过来:"我也好了许多,谢你一天来几次瞧我,下雨还来。这会子夜深了,我也要歇着,你且请回去,明儿再来。"宝玉听了,从怀中掏出一个核桃大小的金表来,瞧了一瞧,那针已指到戌末亥初之间,说道:"是该歇了,又扰得你劳了半日神。"说着,披蓑戴笠出去了,刚走了两步,又翻身进来问道:"你想吃什么,告诉我,我明儿一早回老太太,岂不比老婆子们说得明白?"黛玉笑道:"等我夜里想着了,明儿早起告诉你。你听,雨越发紧了,快去罢。"

　　尽管有婆子打着明瓦灯笼照路,可黛玉还是怕宝玉雨夜里看不清楚路,特意将书架上那个玻璃绣球灯拿了下来,让人点一支小蜡来,递与宝玉,道:"这个比较亮,正是雨里点的。"宝玉道:"我也有这么一个,怕她们失脚滑倒打破了,所以没带来。"黛玉道:"是人值钱还是灯值钱?你又穿不惯木屐子。让他们在前头照着灯笼,你手里拿着这个。这个又轻巧又亮,本就是雨里自己拿着的。明儿再送来,就算打破了也没关系。怎么突然变得'剖腹藏珠'了。"

宝玉听了,也不再推辞,连忙接了过来,跟着丫头们打着伞一起回去了。

宝玉刚走,就有蘅芜苑的一个婆子,送了一大包上等燕窝来,还有一包子洁粉梅片雪花洋糖。婆子还跟黛玉说,宝钗让她先吃着,吃完了再送来。

黛玉让婆子回去替自己谢谢宝钗,又让人给她几百钱,打些酒吃,避避雨气。那婆子高兴地给黛玉磕了一个头,外面接了钱,打伞去了。

紫鹃收起燕窝,然后移灯下帘,服侍黛玉睡下。黛玉听见窗外竹梢焦叶之上,雨声渐沥,清寒透幕,不觉又滴下泪来。直到四更将阑,方渐渐地睡了。

第二十回
尴尬人难免尴尬事
鸳鸯女誓绝鸳鸯偶

又过了几日,邢夫人派人去叫凤姐到自己房里来一趟。凤姐不知何事,赶紧打扮一番,坐车过来。邢夫人将房内人支了出去,悄悄向凤姐道:"叫你来不为别的,是有一件为难的事,老爷让我办,我拿不定主意,想先和你商议。老爷看上了老太太屋里的鸳鸯,想把她要过来做姨奶奶,叫我和老太太讨去。我想这也不是什么大事,但就怕老太太不给。你可有法子办这件事吗?"

凤姐听了,忙赔笑道:"依我说,竟别碰这个钉子去。老太太离了鸳鸯,饭也吃不下去,哪里就舍得了?况且平日老太太也常说老爷上了年纪了,干吗还左一个右一个地收姨娘。一是耽误人家的女孩儿,二则也不好好做官,成日和小老婆喝酒。太太听听这话,我可是不敢去的。老爷如今上了年纪,行事不免有点糊涂,太太劝劝才是。如今兄弟、侄儿、儿子、孙子一大群,要是闹起来,怎么见人呢?"

邢夫人听了冷笑道:"大家子三房四妾的也多,偏咱们就使不得?就算是老太太心爱的丫头,大儿子要了做屋里人,老太太未必会不同意。我叫了你来,不过商议商议,你先派了一篇的不是!你以为我没劝过?老爷那性子你还不知道?劝不成,先和我急起来。"

凤姐知道邢夫人禀性愚弱,只知奉承贾赦以自保,次则婪取财货为自得,家下一应大小事务俱由贾赦摆布。如今听她这么说,凤姐知道贾赦是打定主意要鸳鸯,于是,连忙赔笑哄了哄:"太太这话说得极是。我才活了多大,知道什么轻重?想来父母跟前,别说一个丫头,就是那么大的一个活宝贝,不给老爷给谁?我待会先过去哄着老太太,等太太过去了,我就找个借口走开，也支走屋子里的人。太太好和老太太说，给了更好，不给也没妨碍，众人也不能知道。"邢夫人见她这般说，便又喜欢起来，又告诉她道："我觉得嘛，先不和老太太说。老太太说不给，这事就没有转弯的余地了。我打算先悄悄和鸳鸯说。她虽害臊，我细细地告诉了她，她要是不言语，就妥了，那时再和老太太说。就算老太太不同意，也架不住鸳鸯自己愿意。"凤姐笑道："到底是太太有智谋，这是千妥万妥。别说是鸳鸯，凭她是谁，哪一个会放着半个主子不做，倒愿意做丫头。"邢夫人笑道："正是这个理了。别说鸳鸯，换谁谁不愿意呢。你先过去，别漏一点风声，我吃了晚饭就过来。"

凤姐暗想：鸳鸯素昔是个极有心胸气性的丫头，虽如此说，保不严她愿意不愿意。我先过去了，太太后过去，她要依了，就没什么；倘或不依，太太是多疑的人，肯定怀疑是我走漏了风声。那时太太见被我说准了，又要拿我出气了。索性一齐过去了，到时不成也赖不到我的头上。想毕，凤姐想了个托词，哄得邢夫人跟着自己一同坐车回去。下了车后凤姐又说道："太太过老太太那里去，我要跟了去，老太太要问起我过来做什么，那倒不好。不如太太先去，我脱了衣裳再来。"

邢夫人听了有理，便自往贾母处来。和贾母说了一会闲话儿，然后假托要去找王夫人，便离开了贾母，到鸳鸯的卧房里找鸳鸯。鸳鸯正在房中做针线活，见了邢夫人连忙起身问安。邢夫人笑道："做什么呢？"一面说，一面便过来接她手内的针线，看了看，夸了两句就放下了，开始浑身打量起鸳鸯。鸳鸯见邢夫人这般看她，自己倒不好意思起来，心里便觉诧异，便开口问邢夫人是有什么事吗。邢夫人使个眼色，跟的人退出。邢夫人便坐下，拉着鸳鸯的手，笑着说是给鸳鸯道喜了，然后便把贾赦想收她做屋里人的事说了。鸳鸯红着脸，低着头，不发一言。邢夫人夸了她一阵，就拉了她的手要去贾母那回禀。

鸳鸯红了脸挣脱了邢夫人。邢夫人知她害臊，便又说道："这有什么臊的？又不用你说话，只跟着我就是了。"邢夫人见鸳鸯还是低头不动身，便又说道："难道你还不愿意不成？若果然不愿意，可真是个傻丫头了。放着主子奶奶不做，倒愿意做丫头！三年两年不过配上个小子，还是奴才。你跟我们去，你知道我的性子又好，不是那不容人的人，老爷待你们又好。过一年半载生个一男半女，你就和我并肩了。家里的人，你要使唤谁不成。

要是错过了这次机会,以后后悔就来不及了。"鸳鸯只管低头,仍是不语。邢夫人又道:"你这么个爽快人,怎么又扭捏起来了?想必是你怕臊,不好意思和我说。那行,我让你爹妈来问你,有话只管告诉她们。"说毕,便往凤姐屋里来。

凤姐早换了衣裳,因屋内无人,便将此话告诉了平儿。平儿也摇头笑着说这事看来成不了,平日里闲聊中鸳鸯的意思是不会肯的。凤姐也觉得这事难成,便让平儿去园子里逛逛,免得待会和邢夫人撞面。若是成了没什么,若是不成,难免会被给脸色。平儿便依着凤姐的吩咐,逍遥自在地逛园子去了。

谁知,在园子里平儿遇到了心中烦闷出来散心的鸳鸯。平儿见四下无人,便打趣地叫了句:"新姨娘来了!"鸳鸯听了,便红了脸,说道:"原来你们串通一气来算计我!等着我和你主子闹去!"平儿见鸳鸯满脸恼意,也觉得自己说错了话,便拉着她到枫树底下,坐在一块石上,把方才凤姐过去回来所说,一五一十地说给鸳鸯听。鸳鸯红了脸,向平儿冷笑道:"我们是从小一起长大的,我也不瞒你,别说大老爷要我做小老婆,就是太太这会子死了,她三媒六聘地娶我去做大老婆,我也不能去!"

平儿摇头道:"你不去,未必能行。大老爷的性子你是知道的。虽然你是老太太房里的人,此刻不敢把你怎么样,难道你跟老太太一辈子不成?到时落了他手里,就更不好了。"鸳鸯冷笑道:"老太太在一日,我一日不离这里;若是老太太归西去了,他横竖还有三年的孝呢,没个娘才死了,他先弄小老婆的!等过了三年,知道又是怎么个光景儿呢?那时再说。真的逼急了我,我剪了头发做尼姑去,不然,还有一死!一辈子不嫁男人,又怎么样?乐得干净呢!太太才说了,找我老子娘去,我看她南京找去!家生女儿怎么样?'牛不喝水强按头'吗?我不愿意,难道杀我的老子娘不成!"

正说着,只见鸳鸯嫂子从远处走了过来,果不其然是来做说客的。她嫂子来到跟前便说:"姑娘想必是知道了,快来,我细细地告诉你,可是天大的喜事!"鸳鸯听说,立起身来,照她嫂子脸上死劲啐了一口,指着骂道:"什么'好话'?又是什么'喜事'?怪道成日家羡慕人家的丫头做了小老婆,一家子都仗着她横行霸道的,一家子都成了小老婆了!看得眼热了,也把我送到火坑里去。我若得脸呢,你们外头横行霸道,自己封自己是舅爷；我要不得脸败了时，你们把王八脖子一缩，生死由我去！"一面骂，一面哭。她嫂子自觉没趣，赌气转身去了。

先前邢夫人便命人叫了鸳鸯嫂子过去，细细说给她。那媳妇自是喜欢，兴兴头头去找鸳鸯，指望一说必妥，不想被鸳鸯抢白了一顿。她又羞又恼，回去和邢夫人说："太太和老爷商议再买罢。我们没有这么大造化。"邢夫人没办法，吃了饭回家，晚上告诉了贾赦。贾赦想了一想，又让人把鸳鸯的哥哥金文翔找来说了一番。

鸳鸯一夜没睡。第二天，她哥哥又来找鸳鸯，把贾赦的话说给她，又许她怎么体面，又怎么当家做姨娘，鸳鸯只咬定牙不愿意。她哥哥无法，只能照原话回复贾赦。贾赦大怒，说道："你让你女人说去。就说我说的，她必定嫌我老了，想着少爷们。多半是看上了宝玉，只怕也有贾琏。若有此心，叫她趁早死了这个心。我要她不来，以后谁敢收她？这是一件。第二件，她若想着凭借老太太疼她，到外面找个好人家，那么也让她想清楚了，凭她嫁到了谁家，也难出我的手心！除非她死了，或是终身不嫁男人，我就服了她！要不然叫她趁早回心转意，有多少好处。"

贾赦说完，还威胁了几句金文翔。金文翔退出回家后，急忙自己去找鸳鸯转述了贾赦的话。鸳鸯听完之后气得说不出话，想了一想，便说道："我愿意去，你们得先带了我回声老太太去。"她哥嫂只当她回心转意了，心里都乐开了花，赶紧让嫂子即刻带了她去见贾母。

可巧王夫人、薛姨妈、李纨、凤姐、宝钗等姊妹并外头的几个执事有头脸的媳妇，都在贾母跟前凑趣儿呢。鸳鸯看见，忙拉了她嫂子，到贾母跟前跪下，一面哭，一面说，把邢夫人怎么来说，园子里她嫂子怎么说，今儿她哥哥又怎么说，"因为不依，方才大老爷越发说我'恋着宝玉'，不然，要等着往外聘，凭我到天上，这一辈子也跳不出他的手心去，终久要报仇。——我是横了心的，当着众人在这里，我这一辈子，别说是宝玉，就是宝金、宝银、宝天王、宝皇帝，横竖不嫁人就完了！就是老太太逼着我，一刀子抹死了，也不能从命！服侍老太太归了西，我也不跟着我老子娘哥哥去，或是寻死，或是剪了头发当尼姑去！如果我有半句假话，让我不得好死！"鸳鸯说完，就从袖袋里掏出一把剪子开始铰自己的头发。众婆子丫鬟赶紧上前拦住，幸亏她头发多，铰得不透，又连忙替她挽上。

贾母听了，气得浑身打战，口内只说："我通共剩了这么一个可靠的人,她们还要来算计!"因见王夫人在旁,便向王夫人道:"你们原来都是哄我的!外头孝顺,暗地里盘算我!有好东西也来要,有好人也来要。剩了这个毛丫头,见我待她好了,你们自然气不过,弄开了她,好摆弄我!"王夫人忙站起来,不敢还一言。薛姨妈见连王夫人也怪上,反不好劝的了。李纨一听见鸳鸯这话,早带了姊妹们出去。探春是个有心的人,想了想在场的人,只有自己比较合适为王夫人说说话,赔笑向贾母道:"这事与太太什么相干?老太太想一想:大伯子的事,小婶婶如何知道?"

话未说完,贾母笑道:"可是我老糊涂了。姨太太别笑话我!你这个姐姐,她极孝顺,不像我们那大太太,一味怕老爷,婆婆跟前不过应景儿。可是我委屈了她。"薛姨妈只答应"是",又说:"老太太偏心,多疼小儿子媳妇,也是有的。"贾母道:"不偏心。"说完,贾母又让宝玉替自己给王夫人赔个不是。宝玉听了,忙走过来,便跪下要说。王夫人忙笑着拉起他来,说:"快起来,断乎使不得,难道替老太太给我赔不是不成?"宝玉听说,忙站起来。

贾母又笑道:"凤姐也不提我!"凤姐笑道:"谁叫老太太会调理人?调理的水葱儿似的,怎么怨得人要?我幸亏是孙子媳妇,我若是孙子,我早要了,还等到这会子呢。"贾母笑道:"这倒是我的不是了?要不你带了去,给琏儿放在屋里,看你那不要脸的公公还要不要了!"凤姐道:"琏儿不配,就只配我和平儿这一对'烧糊了的卷子',和他混罢了。"说得众人都笑起来了。

这时,邢夫人正好过来打听消息。进了院门,早有几个婆子悄悄地回了她,她方知道。刚想回去,就看到王夫人已经迎了出来,只得进来见贾母。邢夫人看到贾母一言不发,自己也觉得后悔。众人担心邢夫人觉得没了脸面,便都各自找了托词离开。

贾母见已无人,才开始教训邢夫人。邢夫人替自己辩解了几句后,也不敢吱声了。贾母教训完邢夫人,又命人把王夫人、薛姨妈她们请回来打牌玩。邢夫人陪着玩了一阵,才脱身回了家。

见了贾赦后,邢夫人将方才的话只略说了几句,贾赦又羞又气,但也没办法。最后还是各处遣人购求寻觅,终究费了八百两银子买了一个十七岁的女孩子收在屋内才算了事。

第二十一回
呆霸王犯浑遭痛打
慕雅女雅集苦吟诗

赖大的儿子得了个官职,赖大特意在自己花园里设下酒宴,请贾府的老爷太太们过去喝酒看戏。到了十四日,赖大的媳妇进来请贾母,贾母高兴,便带了王夫人、薛姨妈及宝玉姊妹等,到赖大花园中坐了半日。那花园虽不及大观园,却也十分齐整宽阔。薛蟠、贾珍、贾琏、贾蓉等人就在外面的厅上喝酒看戏。

除了贾府的人,赖大还请了几个现任的官长和世家子弟作陪,其中就有柳湘莲。

湘莲原是世家子弟,读书不成,父母早丧,素性爽侠,不拘细事,酷好耍枪舞剑,吹笛弹筝无所不为。他长得年轻俊美,不知他身份的人,常常会把他误认作优伶一类。那赖大之子赖尚荣与他素习交好,故也请他来作陪。

薛蟠之前见过一次柳湘莲,便已念念不忘,见他也在,便非要跟他坐在一处,问长问短。柳湘莲一贯觉得薛蟠是个猥琐之人,看见他喝多了又来纠缠自己,心中早已不快。本来他想走开完事,无奈赖尚荣死也不放,说是宝玉嘱咐过,让转告柳湘莲,散席时等等宝玉,宝玉有话对他说。于是,赖尚荣派人去把宝玉请了出来。宝玉拉了柳湘莲到厅侧小书房中坐下,两人在一处聊了好一阵。

两人聊罢,柳湘莲告辞宝玉出了书房,刚至大门前,就又听到薛蟠在乱嚷乱叫要找他。心里气恼的柳湘莲本想立刻打薛蟠一顿,但又碍着赖尚荣的脸面，只得忍了又忍。谁知薛蟠见他出来，如得了珍宝，忙趔趄着上来一把拉住纠缠不清。柳湘莲气恼不过，心生一计，巧言将薛蟠骗到了城外苇塘，一顿暴打，打得薛蟠衣衫零碎、面目肿破，滚得似个泥猪一般。

柳湘莲打完薛蟠后，也不理他，径直骑马走了。后来还是贾珍等突然发现席上少了他两人，才派人四处去找，这才把浑身是泥的薛蟠送回了家。

薛蟠回到家后，睡在炕上痛骂柳湘莲，还要派人去找柳湘莲报仇，最后又被薛姨妈拦下来了，哄薛蟠说柳湘莲已经畏罪逃走了。薛蟠这才消了气。三五日后，疼痛虽愈，伤痕未平，薛蟠还是不好意思出门见人，于是装病在家。

转眼已到十月，薛蟠心中忖度：我如今挨了打，正难见人，想着要躲个一年半载，又没处去躲。天天装病，也不是事。于是，薛蟠借口学做生意，和薛家当铺的一个张姓总管一起回乡去。薛姨妈听了虽是欢喜，但又恐他在外生事，一开始是不想他去的。后来，一是薛蟠不依，二是宝钗也觉得可以让自己哥哥出去历练历练，干点正事，薛姨妈才同意了。

薛蟠离开后，宝钗让香菱跟着自己到大观园里住，给自己做伴。香菱一直想到大观园里逛逛，宝钗知道她的心意，索性趁薛蟠外出时，让香菱过来住上一年。心愿得偿的香菱自然很高兴，还想趁这个机会，跟宝钗学作诗。宝钗让她先到贾母等处问候问候，再到园子里各姑娘房里走走再说。

香菱见过众人之后，吃过晚饭，宝钗等都往贾母处去了，她就自己去了潇湘馆。此时黛玉已好了大半，见香菱也进园来住，自是欢喜。香菱因笑道："我现在进园子住了，你就教我作诗吧！"黛玉笑道："既要作诗，你就拜我作师。我虽也不太懂，大略也还能教你。"香菱笑道："那我拜你作师。你可不许腻烦。"黛玉道："作诗也不是什么难事，不过是起承转合，词句究竟还是末事，立意才是最要紧。若是有了好的意趣，词句都不需要修饰，也是好诗。你若真心要学，先读一百首王维的五言律，细心揣摩透熟了；然后再读一两百首杜甫的七律，然后再读李白一两百首七言绝句。有了这三个人作底子，再读些别的。你这么一个极聪敏伶俐的人，用不了一年的工夫，就能成为诗翁了！"香菱一听，非常高兴。黛玉又让紫鹃把自己的诗集拿来递与香菱，说道："那些有红圈的都是我选的，你拿回去一首首地念。有不明白的地方可以问你家姑娘，也可以来问我。"香菱拿了诗，回至蘅芜苑中，什么事都顾不上，就在灯下一首一首地读起来。宝钗好几次催她睡觉，她也不睡。宝钗见她这般用功，也就随她去了。

　　有一天，黛玉刚刚起床梳洗完，就见香菱笑吟吟进来换书，说是有红圈的都读过了。黛玉问她可否有所领悟，香菱笑道："懂是懂了些，就不知道对不对，我说给你听听？"黛玉笑道："就是要多讨论，才能有长进。你且说来我听。"香菱笑道："据我看来，诗的好处，有口里说不出来的意思，想去却是逼真的。有似乎无理的，想去竟是有理有情的。"黛玉笑道："这话有了些意思，但不知你从何处见得？"香菱便以王维《使至塞上》里的"大漠孤烟直，长河落日圆"为例说了自己的想法。

　　两人正说着时，宝玉和探春也来了，也都入座听香菱讲诗。探春见香菱喜欢作诗，就笑着说要补个请柬，邀请她加入诗社。香菱笑道："姑娘不要和我开玩笑了，我不过是看见你们作诗心里羡慕，才学着玩罢了。"说完，香菱又央求黛玉、探春二人出个题目，好让她尝试作首诗，黛玉便给她出了个题。

　　香菱拿了题目后，茶饭无心，坐卧不定，最后写了一首，先拿去给宝钗看。宝钗看了笑着让她拿去给黛玉看，黛玉看了之后笑道："意思却有，只是措辞不雅。皆因你看的诗少，所以被束缚住了。把这首丢开，再作一首，只管放开胆子去作。"

　　香菱听了黛玉的话，更加用功，索性连房也不回，一会在池边树下，一会坐在山石上，一会蹲在地下抠土，想得都出了神。来来往往的人看到都很诧异。李纨、宝钗、探春、宝玉等听说后，都远远地站在山坡上瞧看她。只见香菱一会皱眉，一会又笑。宝钗笑道："这个人定要疯了！昨夜嘟嘟哝哝直闹到五更天才睡下，没一顿饭的工夫天就亮了。我就听见她起来了，忙忙碌碌梳了头就找颦儿去。"宝玉笑道："老天生人再不虚赋情性的。"宝钗笑道："你能够像她这苦心就好了，学什么有个不成的。"宝玉没有答。

　　说话间，只见香菱兴兴头头地又往黛玉那边去了。探春笑道："咱们跟了去，看她写出些意思没有。"说着，一齐都往潇湘馆来。只见黛玉正拿着诗和她讲究。众人因问黛玉作的如何。黛玉道:"自然算难为她了,只是还不好。这一首过于穿凿了,还得另作。"香菱原以为新作的这首妙绝,听如此说,自己也有些失望,但又不肯就此罢休,便又开始思索起来。探春隔着窗看见在台阶下冥思苦想的香菱,笑着说道:"菱姑娘,你闲闲罢。"香菱怔怔答道:"'闲'字是十五删的,你错了韵了。"众人听了,不觉大笑起来。宝钗道:"这真是诗魔了。都是颦儿引的!"黛玉道:"圣人说,'诲人不倦',她又来问我,我岂有不说之理。"李纨笑道:"咱们拉了她往四姑娘房里去,引她瞧瞧画儿,叫她醒一醒才好。"

于是,大家真的将香菱带到了藕香榭,至暖香坞中。惜春正乏倦,在床上歪着睡午觉。众人唤醒了惜春,揭纱看时,十停方有了三停。香菱见画上有几个美人,笑着一一指出是谁,探春打趣道:"凡会作诗的都画在上头,快学罢。"

大家又说笑了一会,方才各自散去。香菱满心中还是想诗,到了晚间对灯出了一回神,至三更以后才上床卧下,辗转反侧,直到五更方才朦胧睡去了。到了天亮,宝钗醒了,见香菱睡得安稳,想着她折腾了一宿,索性让她多睡会。谁知正想着,她就听见香菱从梦中笑道:"可是有了,难道这一首还不好?"宝钗听了,觉得又可叹又可笑,连忙唤醒了她,问她:"得了什么?你这诚心都通仙了。别没学成诗,先弄出病来呢。"

原来香菱苦志学诗,精血诚聚,日间做不出,忽于梦中得了八句。她梳洗完毕后连忙写了出来,想去找黛玉点评点评。刚到沁芳亭,只见李纨与众姊妹方从王夫人处回来,宝钗正告诉她们说香菱梦中作诗说梦话。众人看见了香菱,都争着要诗看。香菱也笑着迎上去说:"你们看这一首。若还可以,我便继续学,若还不好,我就死了这作诗的心了。"说着,把诗递与黛玉及众人看。众人看过了,都说不但好,而且新巧有意趣。果然是应了那句俗语说"天下无难事,只怕有心人"。还说下次开诗社一定要请香菱。香菱听了众人的话,并不太相信,想着要等黛玉、宝钗点评之后才能作数。

正说之间,有丫头婆子过来传话说,来了好些姑娘奶奶们,让她们赶紧认亲去。原来是好几家亲戚碰巧同行,便一起上门拜访了。大观园中一下子比先前热闹了许多。

如今香菱满脑子都是学作诗，又不敢总去打扰宝钗，看到来探望贾母的史湘云，可高兴坏了。史湘云本来就是极爱说话的，遇到香菱向她请教如何作诗，越发高兴，两个人没日没夜高谈阔论起来。宝钗看到之后，笑着道："我实在被你们聒噪得受不了。一个女孩儿家，成天把作诗挂在嘴边，当件正经事来做，叫有学问的人听了，还不得被笑话说不守本分。一个香菱没闹清，偏又添了你这么个话口袋子，满嘴里说的是什么：怎么是杜工部之沉郁、韦苏州之淡雅，又怎么是温八叉之绮靡、李义山之隐僻？放着两个现成的诗家不知道，提那些死人做什么！"湘云听了，忙笑问道："是哪两个？好姐姐，你告诉我。"宝钗笑道："呆香菱之心苦，疯湘云之话多。"湘云、香菱听了，都笑起来。

第二十二回
群闺秀雪中连诗句
勇晴雯病补雀金裘

大观园来了好些人的那日,薛宝钗的堂妹薛宝琴也来了。薛宝琴人长得漂亮,富有才情,贾母第一眼见她就很喜欢,非让王夫人认了作干女儿。贾母见着下雪了,还特意找了件野鸭子头上的毛制成的斗篷给她用。那件叫作"凫靥裘"的斗篷,贾母之前都没舍得给宝玉。

连着几日都下雪,大观园里的众人又商量着要起诗社,最后决定喝酒烤鹿肉,赏雪即景联句。后来又是宝玉落了第,李纨便罚他去栊翠庵里折一枝红梅供大家赏玩。借着这个,众人又作了咏红梅花的诗,玩得十分尽兴。

过了几日,袭人的母亲病重了,袭人禀明了王夫人后,便回家探望去了。袭人走后,宝玉的日常起居就主要由晴雯和麝月负责。

一天夜里,宝玉醒来想喝水,叫了两声袭人,方想起袭人不在家。这时晴雯也已经醒了,靠宝玉比较近的麝月反而没醒,直到晴雯叫她,她才翻身打个哈欠笑着说宝玉叫的是袭人又不是叫她。

伺候完宝玉吃茶,麝月想出门走走,便让宝玉和晴雯先别睡,说会话等等她。晴雯笑着说:"外头有个鬼等着你呢。"宝玉道:"外头月色好着呢,我们说话,你只管去。"

麝月便开了后门,揭起毡帘一看,果然好月色。晴雯等麝月出去后,便想悄悄跟着出去吓唬她。晴雯仗着素日比别人身体好,也不披外衣,只穿着小袄,蹑手蹑脚地跟了出去。刚刚出了房门,一阵寒风吹过,晴雯便觉得侵肌透骨,不禁打了个寒战,心里想:"难怪别人常说热身子不可被风吹,这一吹果然厉害。"

晴雯刚准备去找麝月时,只听宝玉高声在内道:"晴雯出去了!"晴雯只得转身回去,笑道:"哪里会吓死她,用你这么着急报信。"宝玉则笑着道:"倒不是怕吓着她,但是一来你冻着也不好,二来她被吓着了难免会大叫,惊醒了别人可不好。回头说袭人才去了一夜,你们就见神见鬼的。"还没说完,只听咯噔的一声门响,麝月慌慌张张地进来,说道:"吓了我一跳。天黑看不清楚,我还以为山子石后头有一个人蹲着,刚想叫,就见那人飞了起来,飞到亮处来时我才看清是一只大锦鸡。好在没有冒冒失失地大嚷,要不该吓到人了。"

麝月一面说,一面洗了手,又笑道:"晴雯刚才不是说也要出去吗,我怎么没看见?你就穿那么少的衣服直接出去的吗?"宝玉笑道:"可不就这么出去的。"麝月又说:"没把你的皮冻破吗?"说着,她又将火盆上的铜罩揭起,拿灰锹将熟炭重埋了埋,罩上罩,方才又睡下。

晴雯因方才一冷,如今又一暖,不觉打了两个喷嚏。宝玉叹道:"怎么样?到底伤风了。"麝月笑道:"她今早就说不怎么舒服,一天没吃饭。现在还不知道爱惜身体,就想着捉弄人。明儿病了,也是她自作自受。"宝玉问:"有没有发烧?"晴雯咳了两声,说道:"没事的,哪里有那么娇贵。"说完,大家才各自睡去。

次日起来后,晴雯果觉有些鼻塒声重,懒得动弹。宝玉担心王夫人知道晴雯病了,会将她赶回家休养,便悄悄地请了一个大夫过来替她看病。医生开过药方后,宝玉立刻让人拿去煎药,一一安排妥当,他才去贾母、王夫人处问安吃饭。

吃过饭后,宝玉记挂着晴雯的病,便先回园里来。一进到房中,他闻到满屋药香,除了晴雯自己睡在炕上外,其余一个人都没有。宝玉看到晴雯烧得满脸通红,赶紧伸手摸了摸她的额头,只觉得很烫手;又在暖炉上将手烘暖后再摸了摸她的手,发现也很烫。宝玉就问人都到哪里去了,麝月、秋纹也不留下来照顾一下她。晴雯笑着说:"秋纹刚被我撺了去吃饭,麝月是被平儿找去了。"宝玉心里才舒服些,让晴雯好好安心养病。

晴雯吃了药,到夜里出了些汗,但仍没退烧,还是觉得头疼鼻塞。第二天,又请大夫来看,改了药方,烧才退了些,只是仍然觉得头疼。宝玉让晴雯用指甲挑了鼻烟入鼻中。晴雯吸了鼻烟,接连打了五六个喷嚏,眼泪鼻涕顿时齐流,果然觉得舒服多了,就是太阳穴还有些疼。宝玉干脆让

红楼梦

麝月去找凤姐要了些治头疼的西洋膏药，给晴雯贴上。晴雯这才觉得舒服许多。

第二天，宝玉起床梳洗换好衣服后，又嘱咐了晴雯一番，就往贾母房中去。贾母还没起床，听说宝玉给她请了安之后，要去给舅舅拜寿，便开了房门，叫宝玉进去。贾母听宝玉说天阴着，担心会下雪，就让鸳鸯取了一件氅①衣让他穿上。宝玉见那件氅衣，金翠辉煌、碧彩闪灼，不太像宝琴前几日穿的那件凫靥裘。只听贾母笑着说："这叫作'雀金呢'，是俄罗斯用孔雀毛拈了线织的。前几天把那一件野鸭子的给了你小妹妹，这件给你罢。"宝玉给贾母磕了一个头，才将氅衣披在身上。贾母又嘱咐道："就剩下了这一件，你可别糟蹋了。现在也不会特意给你做这个了。"说完，贾母又叮嘱宝玉不许多喝酒，要早些回来，才让宝玉离开。

晴雯吃了药，仍不见病好，急得乱骂大夫，说："只会骗人的钱，一剂好药也不给人吃。"麝月笑劝她道："你太性急了，俗语说，'病来如山倒，病去如抽丝'。你只静养几天，自然好了。你越急越没用。"她在床上翻来覆去到掌灯时分，才觉得又舒服了些。

没一会，宝玉就回来了，一进门就唉声叹气的，原来贾母早上刚给的褂子，后襟子上就烧了一块。麝月替他脱下后仔细瞧了瞧，果然有一块指甲盖大小的洞。麝月让他不必着急，用包袱包了，让一个婆子悄悄拿出去找能干织补匠人给织上。麝月还特意叮嘱婆子让匠人赶在天亮前织好，千万别让贾母、王夫人她们知道。

婆子出去了一会，又把大氅给拿了回来，说外面能干的织补匠人，包括好的裁缝、绣匠及做女工的都问过了，全都说不认得这是什么，没人敢揽这个活。

麝月这才着急起来，因为明日才是寿宴的正日子，贾母、王夫人特意嘱咐宝玉还穿这件大氅过去。晴雯听了半天，忍不住翻身起来说道："拿来我看看。没那个福气就别穿好了。现在着急有什么用。"宝玉把大氅递给晴雯，又移了盏灯过去，让晴雯仔细看了看。

晴雯看过之后说道："这是孔雀金线织的，如今咱们也拿孔雀金线就像界线似的界密了，估计可以混得过去。"麝月笑道："孔雀线倒是有的，可

---

① 氅（chǎng）：用鸟类的羽毛缝制成的外衣，也可泛指大衣。

我们这屋里除了你，也没人会界线了。"晴雯说："没事，我硬撑着，还是可以支持弄好的。"宝玉忙道："这怎么行！才好了些，怎么能干活！"晴雯道："不用你操心，我自己心里有数。"一面说，她一面坐起来，将头发挽了一挽，披上了衣裳。

一坐起来，晴雯只觉头重身轻，满眼金星乱迸，的确有点撑不住。但看到宝玉如此着急，她又只能咬牙坚持着。晴雯让麝月帮着拈线，自己先拿了一根比一比，笑道："虽然不是很像，但补上之后也不会太明显。"宝玉忙说："这就很好，毕竟也没办法把俄罗斯的裁缝找来。"

晴雯先将里子拆开，用茶杯口大的一个竹弓钉牢在背面，再将破口四边用金刀刮得散松松的，然后用针纫了两条，分出经纬，亦如界线之法，先界出地后，按衣服原来的纹路来回织补。补两针，又看看，织补两针，又端详端详。无奈她病得头晕眼花，精神不好，补不了三五针，就得靠在枕上歇一会。

宝玉在旁边一会问她要不要喝点开水，一会让她歇一歇，一会给她披件衣服，一会拿个拐枕给她靠着。急得晴雯直言道："我的小祖宗！你赶紧睡吧，要是熬了夜，把眼睛熬红了，明天更麻烦！"宝玉见她着急，这才去睡下，可也睡不着。

直到深夜，晴雯才将大氅补完，又用小牙刷慢慢剔出了绒毛。麝月看了后道："这就很好，不仔细看，还真看不出来。"宝玉听了，赶紧也过来瞧瞧，说道："真是一模一样。"

晴雯已经大咳了好几次，好不容易才补好，说了句，"行不行，就这样了，我实在撑不住了"，便"哎哟"一声，倒在了床上。

宝玉赶紧让小丫鬟过来伺候晴雯。没一顿饭的工夫，天已大亮，宝玉赶紧让人又去请大夫。大夫过来之后，给晴雯诊了脉，说是太过劳累了，如果不好好调养，会落下病根，然后又给开了新的药方。宝玉赶紧叫人去煎药，还不停地说："若是有什么好歹，就是我的罪过了。"晴雯睡在床上直说："我的大爷，你该干什么就干什么去吧，我哪里有这么娇贵。"宝玉无奈，只得去赴宴了。到了下午，宝玉就借口身体不舒服，提前回来。

晴雯这次虽然病得重，好在她身体一直不错，又一贯饮食清淡，吃过药后，仔细调养了几日，也就渐渐好了。

红楼梦

第二十三回
宁国府除夕祭宗祠
荣国府元宵开夜宴

晴雯病好之后,袭人也从家里回来了,她的母亲还是去世了。

因为各种各样的原因,大观园里诗社也停了几次。当下已是腊月,离年关越来越近,王夫人与凤姐开始张罗过年的事情了。

贾珍在宁国府那边,开了宗祠,着人打扫,收拾供器,准备着祭祖事宜。荣宁二府此时内外上下,皆是忙忙碌碌。贾蓉还到光禄寺领了皇上赐给荣宁两府的春祭银子。

贾蓉领了银子回家后,贾珍便带着他过了荣国府,回过贾母、王夫人,又至这边回过贾赦、邢夫人,方回家去,取出银子,将装银子的口袋在宗祠大炉内焚了。

贾珍又让贾蓉去问凤姐拿荣国府请人吃年酒的日期单子,好看着安排宁国府这边的日期,避免两家请客的时间有冲突。正说着这事时,小厮手里拿着个禀帖和一篇账目,来禀报说:"黑山村的乌庄头来了。"来人正是贾府外面庄子的管事乌进孝,他来给贾府送每年的佃租和各色米粮蔬菜畜禽。

乌进孝走后,贾珍吩咐将方才各物,留出供祖必需的,再各样取了些,让人送到荣府里。然后自己留了家中所用的,余者派出等例来,一份一份地堆在月台下,命人将族中的子侄唤来领取。荣国府那边也送了许多供祖之物和给贾珍的。

转眼就到了腊月二十九,万事都准备妥当,两府都换了门神、对联,新油了桃符,处处焕然一新。宁国府从大门、仪门、大厅、暖阁、内厅、内三门、内仪门并内塞门,直到正堂,一路正门大开,两边阶下一色朱红大高照,两条金龙一般。

腊月三十,贾母领着两府有诰封的夫人,全按品级穿着朝服,坐着八人大轿,进宫朝贺,行礼领宴后才回来,回来后到宁国府暖阁下轿。贾府诸子弟中没有跟着入朝的,就全在宁府门前排班伺候,然后引入宗祠。

贾家宗祠是在宁府西边另一个院子,黑油栅栏内五间大门,上悬一块匾,写着是"贾氏宗祠"四个字,是前翰林掌院事王太傅写的。两旁有一副长联,"肝脑涂地,兆姓赖保育之恩;功名贯天,百代仰蒸尝之盛",也是王太傅写的。

进入院中,一条白石甬路,两边皆是苍松翠柏。月台上设着青绿古铜鼎等器。抱厦前上面悬一九龙金匾,是先皇御笔的"星辉辅弼"和一副对联。五间正殿前悬一闹龙填青匾,"慎终追远"和一副对联,也都是御笔。正殿里边香烛辉煌,锦幛绣幕,虽列着神主牌位,却看不真切。

贾府人分昭穆排班站定,父辈站左边,子辈站右边:贾敬主祭,贾赦陪祭,贾珍献爵,贾琏贾琮献帛,宝玉捧香,贾菖贾菱展拜毯,守焚池。青衣乐奏,三献爵,拜兴毕,焚帛奠酒,礼毕,乐止,才退了出。

众人又随着贾母来到正堂上,正堂正居中悬着宁荣二祖遗像,皆是披蟒袍戴玉带;两边还有几轴列祖遗影。等祭祖的菜饭汤点酒茶传完后,贾府子弟凡从文旁之名者,贾敬为首,下则从玉者,贾珍为首,再下从草头者,贾蓉为首,左昭右穆,男东女西,跟着贾母拈香下拜向祖先行礼。

拜完祖宗之后,贾母就回了荣府,贾敬、贾赦等领诸子弟进来给贾母行礼。先是贾府子弟按辈分分男女向贾母行礼,然后是两府的男女管家带着小厮丫鬟行礼。行完礼后,贾母让散压岁钱,金银锞子,摆上合欢宴来。众人按男东女西归坐,献屠苏酒、合欢汤、吉祥果、如意糕毕,才各自散了。

除夕这晚,贾府各处佛堂灶王前都要焚香上供,大观园正门上也挑着大明角灯,两溜高照,各处皆有路灯。上下人等,都打扮得花团锦簇,一夜人声嘈杂,语笑晏晏,爆竹烟花,络绎不绝。

正月初一一早,贾母等人又按品身穿朝服进宫朝贺,兼祝元春千秋。领宴回来,又到宁国府祭过列祖,方回来受礼毕,便换衣歇息了。从正月初二开始,天天都有人上门拜年,王夫人与凤姐天天忙着请人吃年酒,厅上院内皆是戏酒,亲友络绎不绝,一连忙了七八日才完。转眼元宵将近,宁荣二府都是张灯结彩。

正月十五的晚上,贾母让在大花厅周边满挂各色佳灯,又摆上几席酒,找了一个戏班,带领荣宁二府的晚辈们一起过元宵。

贾母歪在榻上,一会和众人说笑一番,一会戴着眼镜看会戏。戏台上正唱着《西楼会》,演文豹的插科打诨①道:"恰好今日正月十五,荣国府中老祖宗家宴,待我骑了这马,赶进去讨些果子吃是要紧的。"这番话引得贾母等都笑了。贾母笑说:"难为他说得巧。赏!"

贾母一说赏,管事婆子就从早就准备好的小簸箩里拿出铜钱向台上撒去,贾珍、贾琏也早就让小厮们抬了大簸箩的钱,暗暗地预备在那里。听见贾母说赏,他们也忙命小厮们撒钱。一时间,只听见丁零当啷满台钱响,贾母更加高兴。

元宵端上来之后,贾母叫人拿各色果子和元宵给戏班的小孩子们吃,让她们吃点热菜热饭先歇歇。歇了戏后已近三更天,天越来越冷,众人就挪进了暖阁里。凤姐看到贾母兴致很好,又看到来了两个女说书先生,便提议让她们击鼓,众人传梅,行一个"春喜上眉梢"令。

贾母笑道:"这个令,正好应景。"于是,贾母让人取了一面黑漆铜钉花腔令鼓给女说书先生击。贾母正想着拿到梅花的人该罚点什么时,凤姐便笑着提议谁输了谁就说个笑话。大家都知道,凤姐平时最会讲笑话,一肚子新鲜事,听她这么提议,不但贾母她们喜欢,就连一旁伺候的丫头婆子都很开心,纷纷挤在屋子周围等着听。

女说书先生开始击鼓了,她们心思通透,第一轮有意在梅花传到贾母手中时,停了下来。众人纷纷笑着让贾母先说一个。贾母笑了笑说:"我也没什么新鲜的好说,凑合说一个吧。"贾母停了停,才接着说:"一家子养了十个儿子,娶了十房媳妇。只有第十个媳妇伶俐嘴巧,公婆最疼爱她,成日说另外九个不孝顺。那九个媳妇觉得委屈,便在一起抱怨说她们是心里孝顺,只是嘴上不会说,就被公婆埋怨,这委屈都不知道该向谁说。后来,大媳妇提议不如去阎王庙烧香问问阎王爷,为什么都是人,就单单给了十媳妇一张乖嘴。大家都觉得这个主意不错,第二日,她们就去阎王庙里来烧了香,然后就在供桌底下睡着了。谁知道怎么都没见阎王驾到,反

---

① 插科打诨(chā kē dǎ hùn):指引人发笑的动作或语言。

而看见了孙行者。孙行者听了这九人把事情原委说了之后,哈哈笑,告诉她们,十媳妇在托生的时候,喝了孙行者撒在地上的尿,所以变得伶牙俐齿的。如果她们也想这样,孙行者也可以替她们了了心愿。"

贾母一说完笑话,众人都笑了起来。凤姐笑道:"幸亏我们都是笨嘴笨腮,不然也就吃了猴儿尿了。"尤氏笑着对李纨说道:"咱们这里到底谁是吃过猴儿尿的,大家都清楚。"众人又笑了起来。

停住了笑之后,又击起鼓来。小丫头子们只要听凤姐的笑话,便悄悄和女说书先生说,以咳嗽为记。梅枝在众人手里传了两遍之后,又传到了凤姐手里,小丫头子们故意咳嗽,女说书先生便停住了。众人齐笑道:"可算轮到你了。赶紧喝杯酒说个好的,也别太逗,免得让人笑得肠子疼。"

凤姐想了一想,笑着说:"一家子也是过正月十五,合家赏灯吃酒,真真非常热闹。祖婆婆、太婆婆、婆婆、媳妇、孙子媳妇、重孙子媳妇、亲孙子、侄孙子、重孙子、灰孙子、滴滴答答的孙子、孙女儿、外孙女儿、姨表孙女儿、姑表孙女儿……哎哟哟,总之就是好热闹!"众人听她说着,就已经开始笑了,都说:"她这数贫嘴,不知道又准备嘲笑哪一个呢。"尤氏边笑边说:"你要是说我,我可饶不了你。"凤姐起身拍手笑道:"我这么认真说,你们却在起哄,我就不说了。"贾母忙笑着说:"你说你说,接着怎么样?"凤姐想了一想,才继续笑道:"接下来就是团团地坐了一屋子人,吃了一夜酒就散了。"

众人见她一本正经地说着,都怔怔地等着她继续往下,可又见凤姐不说了,便觉得没啥意思。凤姐看到众人的反应,只能笑着说:"那我再另外说一个过正月十五的吧。有几个人抬着个跟房子一样大的炮仗往城外放去,引了上万的人跟着去瞧。有一个急性子等不及,便拿香偷偷点着了。只听砰的一声,众人哄然一笑都散了。那几个抬炮仗的人还在抱怨卖炮仗的扎得不结实,没等放就散了。"湘云奇怪地问道:"难道那几人自己没听见响?"凤姐说:"她们原是聋子呀。"众人听了,仔细一想,不觉一齐失声都大笑起来。又想着前一个还没完的,纷纷追问凤姐让她将上一个说完。凤姐一拍桌子,说道:"好啰唆,到了第二日就是十六,年也完了,节也完了,我看着人忙着收东西还闹不清,哪里还知道接下来是什么事。"众人听了,又笑将起来。凤姐笑着说:"已经是四更天,老祖宗也累了,咱们也该'聋子放炮仗——散了'吧。"尤氏等用手帕子掩着嘴,笑得前仰后合,指着凤姐说道:"这人最会耍贫嘴。"贾母也笑道:"凤丫头是越发贫嘴了。"

贾母见凤姐提起了炮仗,便吩咐放放烟花醒醒酒,然后大家再散去。

贾蓉听了,忙叫人把烟花摆放好。这些烟花都是进贡之物,虽然不大,但都很精巧。众人说话间,外面就开始一拨一拨地放烟花,还有些满天星、九龙入云、一声雷、飞天十响之类的零碎小爆竹。

放完了烟花,又让唱戏的小孩子打了一回"莲花落",撒了满台钱,让那孩子们满台抢钱玩。残席撤去后,又端上些精致小菜,大家就着小菜随意喝了些粥,用过漱口茶后,就散了。

十七日一早,众人又过宁府行礼,这才收了祖宗画像,关了宗祠。接下来几日,天天都有人家请吃年酒。贾母有时去,有时不去;去了之后有兴致好一直待到散席的,也有坐坐就回的。热热闹闹中这个年就快过完了,谁知道刚忙完年事,凤姐就小产了,这让大家都有些不痛快。

第二十四回
敏探春兴利除宿弊
贤宝钗小惠全大体

刚刚过完年,凤姐就因操办年事太累而小产了,需要在家休养,不能像以前那样管事。每天都两三个太医前来替她诊脉开药。本应该好好静养,可凤姐自恃身体强壮,尽管不出门,每日还是会过问一下家中事情,就算别人劝她好好休息,她也不听。即便是这样,王夫人还是觉得少了左膀右臂,很多事情都忙不过来。于是,王夫人找了李纨过来打理府中琐碎之事,除了大事要向自己请示之外,其余的都让李纨拿主意。

王夫人也知道李纨性子软,难免对下人没有威慑力,让他们伺机放纵,便又让探春一起帮忙。探春虽然是赵姨娘生的女儿,但是和赵姨娘、贾环品性不一样,一向大方能干,所以王夫人一直很喜欢她。本来王夫人只是想让她们替凤姐管一月,等凤姐休养好了之后就可以罢手了。没想到凤姐这次小产后,一直恢复不过来,精神头越来越差,她自己都开始有些担心。王夫人见状也只能让凤姐好好服药调养,府中之事就让李纨和探春继续管着。王夫人担心李纨、探春经验不足,顾此失彼,又特意把宝钗找来,嘱咐她替自己照看照看,免得弄出大事来。宝钗见自己姨母这么说了,也只能答应下来。

当下已是孟春时节,黛玉的咳嗽又犯了;湘云也因为季节交替病倒了,住在蘅芜苑里养病。一天医药不断。

为了方便,探春和李纨约好,每日早晨皆到园门口南边三间小花厅上议事。于是,她二人每日早上六点到小花厅,中午十二点方散,往来回话的管事媳妇络绎不绝。

一开始,下人们听说换了李纨管事,心中纷纷暗喜,都认为李纨是个厚道人，比精明的凤姐好搪塞。后来又加了个探春，大家也不在意，想着一个性子和善的没出嫁的年轻小姐，能厉害到哪里。大家干活时都比凤姐管事时懈怠许多。过了三四日，经过几件事后，大家才发现探春的精明不让凤姐，她只不过是性情和顺、说话温柔罢了。再后来又加上个宝钗，三人一起，比凤姐管事时细致谨慎。下人们又开始暗中抱怨说："刚刚倒了一个'巡海夜叉'，又添了三个'镇山太岁'，现在就连夜里偷着吃酒的工夫都要没了。"

这天，王夫人外出赴宴了。李纨与探春送王夫人出门之后，刚到小花厅坐下吃茶时，吴新登的媳妇就过来禀告说："赵姨娘的兄弟赵国基昨日死了。已经告诉过太太，太太说让姑娘奶奶来。"说毕，她便垂手站在一旁，不再说话。其实吴新登的媳妇心中已有主意，换作以前凤姐管事时，她早就献勤地提很多建议和查出许多旧例来供凤姐参考。现在她就是欺负李纨老实，探春又是年轻姑娘，所以只是通报不提建议，想看看她们两人怎么定夺。

探春问李纨该怎么办，李纨想了一想，说是按袭人妈妈的例子，赏银四十两好了。吴新登家的听了，忙说好，接了发银子的牌子就要走。刚转身又被探春叫了回来，探春问道："你先别忙着支银子。我问你，以前遇到这种情况，惯例是怎么处理，你先说给我们俩听听。"吴新登家的哪里记得，只能赔笑说道："这也不是什么大事，赏多赏少，谁还能争不成？"探春笑道："胡闹。依我说，赏一百不更好。若不按规矩来，你们笑话不说，回头我也没办法和你们二奶奶交代。"吴新登家的笑道："既然这样，我去查过旧账再来回姑娘。"探春听了又是一笑："你也是做惯事的人了，都不记得。以前你回你二奶奶的话时也是现查去？如果是这样的话，凤姐姐当真不算厉害人，也是很宽厚的了！还不快找来给我看。再晚些，知道的说是你们粗心，不知道的还以为我们没主意。"一席话，说得吴新登家的满面通红，赶紧转身出来。外面等着说事的众媳妇都直吐舌头。

吴新登家的将旧账拿去之后，探春看了看，按惯例，赵姨娘这种情况是赏二十两。于是，探春吩咐把账册留下，她们还要细细看看，再让吴新登家的取二十两银子给赵姨娘送去。吴新登家的赶忙应了去办。

谁知道赵姨娘跑来大闹了一场，说别人欺负她就算了，探春也跟着欺负她，她一个生了探春和贾环的姨娘，快连袭人都不如了。赵姨娘还说，探春如今当家,自己舅舅死了,多给个二三十两银子,有什么不可以,就算是工大人知道也会同意;分明是探春自己尖酸刻薄,本来赵姨娘还指望探春出嫁后能额外照看赵家,没想到现在翅膀还没硬,就忘了本,只捡高枝飞去。

赵姨娘的一番话,把探春气得脸白气噎,泪流不止。探春只说她是按规矩办事,王夫人一贯心疼她,就是因为赵姨娘经常生事,所以才寒了心;如今王夫人看重她,让她帮着管家,还没做几件好事,赵姨娘倒先来刁难上了;等王夫人知道了,怕她为难不让她管事了,赵姨娘才是真的没脸面。

探春还说,大家都晓得她是姨娘生的,赵姨娘何必非要两三个月寻点由头闹一番,生怕别人不知道似的。

后来,凤姐让平儿过来说,若按照常例,赵姨娘是只得二十两,但探春酌情添些也是可以的。这时,探春早已止住了哭,一口回绝,说她不敢破坏规矩,凤姐想做人情等管事时再做。

平儿刚进门时看到那番又哭又闹的情形,心里已经明白五六分,现在听探春的口风,自然就更清楚。她见探春面有怒色,便也不敢像往日那么随便,只在一边垂手默侍。

探春因为刚哭过,就喊了小丫鬟端了梳洗用品进来好整理仪容,这时有个管事媳妇又来要贾环和贾兰的上学银子。平儿立刻斥责她不懂规矩,探春听了,一边擦脸,一边冷笑着说:"你迟了一步,没看到更可笑的。就连吴姐姐这么资深管事的,都不查清楚旧例就来回话。我问她时,她竟还说忘了。我想你家二奶奶,应该没有这个耐心等她现查吧。"平儿忙笑,宽慰了两句,然后朝门外警告了几句。等在门外的众管事媳妇们,听了之后,都吓得没话了。

探春洗好了脸,把刚才那个媳妇叫进来问话。原来贾环和贾兰一人每年有八两银子,是供他们上学时吃点心或者买纸笔用的。探春道:"凡爷们的使用,都是各屋领了月钱的。环哥的是姨娘领二两,宝玉的是老太太屋里袭人领二两,兰哥的是大奶奶屋里领。怎么每人又多这八两?原来去上学为的是这八两银子!从今儿起,把这一项免了。平儿,回去告诉你奶奶,我的话,把这一条务必免了。"平儿笑着应承道:"早就该免。旧年奶奶原说要免的,因年下忙,就忘了。"

说完这件事,探春、李纨和宝钗三人的午饭送了过来,赵姨娘借机走开。三人吃过饭后，屋外的众管事媳妇方慢慢地一个一个地安分回事，不敢如先前轻慢疏忽了。

这时探春才稍微消了气，她让平儿先回去吃饭，吃了饭再过来，她有件事一直想跟凤姐提议，趁这个机会，她们四人先商量一番，然后再去问凤姐可不可行。

平儿吃过饭回来，探春姊妹三人正议论些家务，说的是年内赖大家请吃酒时他家花园中的事故。见她来了，探春便让她在脚踏上坐了，说道："一是，每月让买办买头油脂粉的费用，其实没能用到实处，钱花了各房的姊妹也没拿到好东西，反倒经常拿自己的月银另买，索性把这一项免了。姊妹们以后用月银叫房里的奶妈帮买就行了。第二件，上次去赖大家，你也去了，你看他那小园子比咱们这个如何？"平儿笑道："还没有咱们这一半大，树木花草也少多了。"探春道："我和他家女儿聊天，才知道那么个园子，是让人承包了的。除她们戴的花、吃的笋菜鱼虾之外，一年到头还有二百两银子剩。从那日我才知道，一个破荷叶、一根枯草根子，都是值钱的。"

探春说完，除了宝钗，其余两人都是惊讶不已。探春又接着说："咱们这园子最少比他们的大一倍，那一年能有四百银子的利息。就这些银子，不是咱们这样人家的做派。但有如此多值钱之物，一味任人作践，似乎也暴殄天物。不如我们在园子里所有的老妈妈中，挑几个老实本分、懂得园艺耕种的，让她们负责收拾料理。她们也需要交租子，只需要孝敬应季的瓜果蔬菜就可以了。这样一来，一是园子有专人打理，花草树木肯定能长得更好；二则不至于白白浪费了东西；三来老妈妈们也可借此赚点钱；四则还能省了请花匠的费用。"

听完探春的话，正在地下看壁上字画的宝钗，频频点头，笑道："好事，三年之内无灾荒。"李纨也同意："好主意。这么做，太太必喜欢。省钱是小，难得的是园子里有专人打扫，各司其职，又让她们可以拿收成去卖钱。这样一来，使之以权，动之以利，肯定人人都会尽职的。"

看到大家都同意，探春便让平儿去问凤姐，看凤姐觉得她的提议如何。平儿立刻去把这事告诉了凤姐，凤姐也觉得可行，便让平儿回来告诉探春她们就那么办吧。

探春听了，便和李纨让人将园中所有婆子的名单要来，大家商量之后，大概定了几个。将这些婆子一齐叫来后，李纨把事情大致说了一遍。众人听了，各个愿意。

有的说可以承包竹林，每年除了供应府里吃的笋，还能交些钱粮；有的想要承包稻米，说除了交钱粮之外，府中大小雀鸟一年的粮食都可以包了；还有的说可以负责花草树木。

探春四人听了一番之后，便让众婆子先下去，她们三人按着名册分派好了再通知她们。探春四人看着名册共同斟酌出了名单，都是她四人觉得的实诚人。

四人写好名单后，又将众婆子叫来，探春把名单宣布之后，宝钗又说了个提议，让分到管园子的婆子每年拿出若干贯钱给那些没分到的婆子。分到管事的在心里算了算，觉得能多出些钱，还是很划算的；那不得管地的听了每年终能白白拿钱，又都喜欢起来。

宝钗还说，如今替婆子们想出这个能有额外收入的法子，既是希望她们能把园子照顾妥当，又是替她们在管家娘子面前挣面子。她们安心干活，自己能多拿钱；把园子照顾妥当了，管家娘子要操心的地方自然也少了，对婆子们自然也会另眼相看。

听完了宝钗的话，众婆子们纷纷称是，感恩不尽。

第二十五回
慧紫鹃情辞试忙玉
慈姨妈爱语慰痴颦

过了些日子，湘云的病逐渐好了，宝玉便想着要多去探望探望黛玉。这天，宝玉到潇湘馆时，正遇到黛玉刚刚躺下睡午觉，宝玉不敢惊动，便问在回廊里做针线活的紫鹃："林妹妹昨夜里还咳得厉害吗？"紫鹃道："已经好些了。"宝玉笑道："阿弥陀佛！总算好些了。"紫鹃笑道："你也念起佛来，真是新闻。"宝玉笑道："所谓病急乱投医嘛。"

宝玉看到紫鹃就穿了一件薄棉袄，便伸手摸了一摸她的衣服，说道："现在天还冷，你穿得单薄，还在风口里坐着，回头你要病了，那就更麻烦了。"紫鹃却说道："以后我们说话就是说话，别动手动脚的。现在年纪都大了，让人瞧着不好。小心有些混账背后乱嚼舌根。姑娘常常吩咐我们，不要跟你说笑。你瞧最近，她总避开你。"说完便起身，携了针线进房去了。

宝玉听了这话，如同当头一盆冷水，瞅着竹子发了好一会儿呆，然后随便找了块山石坐下出神，想着想着便开始滴下泪来。雪雁去王夫人房中替黛玉取人参，回来时正好路过，看到宝玉正在桃花树下的石上边流泪边发呆，想着大冷天他一个人在干吗，便走过去蹲下笑着问："你在这里做什么呢？"正在出神的宝玉被惊醒了，看到是雪雁，便说道："你来找我做什么？难道你不是女儿？既然她要避嫌，不许你们理我，你又来找我，就不怕被人说闲话吗？"没头没脑的一番话，听得雪雁莫名其妙。她只当是宝玉又受了黛玉的气，索性不理他，自己回潇湘馆了。

这时黛玉还没醒，雪雁就把人参交与紫鹃，还好奇地问道："姑娘还没醒吗？那是谁给了宝玉气受，竟然坐在那里哭呢。"紫鹃听了，忙问在哪里。雪雁说是在沁芳亭后头桃花底下。

紫鹃听说，忙放下针线，又嘱咐了雪雁几句，自己出了潇湘馆，去找宝玉。走到宝玉跟前，紫鹃含笑说道："我不过说了两句话，都是为的大家好，你就赌气跑这风地里来哭，生病了怎么办？"宝玉忙笑道："我没有赌气。我是觉得你说得有道理。我想既然你们会这样，别人自然也会，那以后大家渐渐地都不理我了，所以才会觉得伤心。"

紫鹃听他说了，便也挨着他坐着，问道："姑娘每日要吃燕窝的事情，是你跟老太太说的吗？"宝玉说道："是呀。我想总让宝姐姐给拿过去不是太好。既然每天都要吃，干脆我就在老太太跟前稍微提提。向来是老太太让凤姐姐每日都送过来些。"紫鹃道："难怪老太太突然想起让人每日送一两燕窝过来。原来是你说了，多谢你费心了。"宝玉笑道："坚持天天吃，吃上两三年林妹妹的病就好了。"紫鹃叹息道："在这里吃习惯了，明年回了家，哪还有闲钱吃这个。"宝玉听了，大吃一惊，忙问："谁？回哪个家？"紫鹃说："你林妹妹回苏州呀。"

宝玉这才放了心，笑道："你又瞎说。苏州虽是林妹妹故乡，可已经没了姑父姑母，无人照看，妹妹才过来的。明年回去能找谁？"紫鹃一听，冷笑道："你也太小看人了。你们贾家是大户人家，难道除了你家，别人只得一父一母，族中就再没有别人了？我们姑娘到了该出嫁的时候，自然是要回去的，早则明年春天，迟则秋天。就算这里不给送回去，林家亦必有人来接的。前日夜里姑娘就让我和你说，将小时候她送你玩的东西都收拾出来还她。你送给她的，她可都收拾好了。"

宝玉听了紫鹃这番话，犹如晴天霹雳。紫鹃一声不吭地站在一旁，想看看他如何反应。这时，晴雯从远处找了过来："老太太叫你呢，赶紧回去。"于是紫鹃没再说什么，走回房去。

晴雯看宝玉呆呆的，一头热汗，脸涨得通红，忙拉着他的手回怡红院。袭人见了这般光景，也慌起来，以为是伤了风。可大家越看越不对，宝玉眼神直愣愣的，嘴边不停地流着口水，可他浑然不觉。旁人让他做什么就做什么，跟个傻子一样。袭人赶紧让人请李嬷嬷来瞧瞧。

李嬷嬷来了，打量了宝玉一阵，见和他说话没反应，便摸了摸他的脉门，又用手掐了掐人中。宝玉还是没有反应。李嬷嬷抱着宝玉大哭起来。

袭人见状，赶紧问晴雯先前发生了什么。晴雯照实说了。袭人赶紧跑到潇湘馆,也顾不上紫鹃正服侍黛玉吃药,问她到底和宝玉说了什么,害他变成个傻子,就剩半条命了。

黛玉看见袭人一脸慌张的模样,也吓了一跳,刚喝下的药又全吐了,推着紫鹃说道:"你到底跟他说了什么,赶紧去跟他解释清楚,他就能明白过来了。"紫鹃听了,赶紧同袭人到了怡红院。

回到怡红院时,得到消息的贾母、王夫人已经在院中,见了紫鹃,就质问她到底和宝玉说了什么。紫鹃赶紧辩解说就是几句玩笑话。谁知一直呆呆的宝玉见了紫鹃,突然有了反应,哭了出来。众人一见,才稍微放下心来。

贾母以为是紫鹃得罪了宝玉,所以拉紫鹃让宝玉打。谁知宝玉一把拉住紫鹃,死也不放,嘴里直嚷着:"要去连我也带了去。"迷惑不解的众人细问起来,才知道是紫鹃和宝玉开玩笑说黛玉要回苏州了。

贾母流着泪说:"我当有什么要紧大事,原来是这句玩笑话。你这孩子平时那么伶俐,明知道他是个呆子,干吗要骗他?"薛姨妈在一旁劝道:"宝玉本来心实,又和林姑娘从小一起长大。突然听说林姑娘要离开,他这么个实心的傻孩子,便是旁人都会觉得难过。也不是什么大病,吃一两剂药就好了,老太太只管放心万安。"

正说着,林之孝家的也过来说是想瞧瞧宝玉。贾母刚想让人进来,听了一个"林"字的宝玉,便满床打滚闹起来说:"了不得了,林家的人接她们来了,快打出去罢!"贾母一看,吓得赶紧让人别进来,还安慰宝玉说:"林家的人都死绝了,没人来接她的,你只放心罢。"宝玉还不依,哭道:"凭她是谁,除了林妹妹,都不许姓林的!"贾母哄道:"没姓林的来,凡姓林的我都打走了。"又吩咐众人:"以后别叫林之孝家的进园来,你们也别说'林'字。好孩子们,你们听我这句话罢!"众人赶紧答应,觉得好笑又不敢笑。

不仅如此,宝玉非说博古架上的一只金西洋自行船是来接林黛玉的,一定要将它抓在手里,这才放心地笑道:"这下走不了了!"一面说,一面死拉着紫鹃不放。

请的太医也到了,给宝玉把了脉,说是急火攻心,没什么大碍,吃了药调理几日就好了。贾母拿了药方就让人按方煎了药给宝玉服下,果觉比先安静许多。

因为宝玉怎么都不肯放了紫鹃，贾母、王夫人只好让紫鹃守着他，另派人去服侍黛玉。

吃了几日药后，宝玉精神好多了，再加上紫鹃一直在身边尽心尽力地照顾，他渐渐明白过来。有一天，宝玉趁着只有他和紫鹃单独相处的时候，问她为什么要骗他。紫鹃说本来就是几句玩笑话，没想到宝玉当真了；她说的都是自己瞎编的，林家的确没什么人了，都是一些远方亲戚，就算来接，贾母也不会同意的。

宝玉说："就算老太太同意，我也不依。"紫鹃笑道："真的不肯？就是嘴上说说吧。你如今也大了，过两三年再娶了亲，你眼里还会有谁。"宝玉听了，赶紧发誓赌咒，恨不得要把心挖出来给紫鹃看。说着说着，宝玉又流下泪来。紫鹃赶紧给他擦眼泪，解释说她只是心里着急所以才想试一试宝玉。

宝玉听了，更觉得奇怪，问道："你又着什么急？"紫鹃笑着说，因为她是贾府的丫鬟，只是被派去服侍黛玉，谁知跟黛玉非常合得来，所以她也怕黛玉以后嫁人了自己不知道怎么才好；不跟着去，觉得辜负了这些年的情谊，跟着去，又觉得背弃了贾府。因此她才想编瞎话试试宝玉。

宝玉听了，恍然道："原来你是愁这个，以后别再愁了。我就告诉你一句实话，活着，咱们一处活着；不活着，咱们一处化灰化烟。"紫鹃听了，心下暗暗筹划。

话说开之后，宝玉总算愿意让紫鹃回潇湘馆了。

林黛玉近日忧心宝玉，难免又多哭几场。紫鹃回来后，晚上夜深人静时，紫鹃悄悄向黛玉笑道："宝玉倒是个实心人，听见咱们要离开，就闹成这样。"

看见黛玉不吭声，紫鹃停了半响，又自言自语道："我们这里算是好人家，最难得的是从小一起长大，彼此知根知底的。"黛玉说道："你这几天还不累吗？赶紧休息吧。"紫鹃笑道："我是真心为姑娘着想呀。你无父母无兄弟，得趁老太太还明白硬朗的时节，把终身大事定了才好。姑娘现在的情况，就只是凭人去欺负了。姑娘是个明白人，还不知道'万两黄金容易得，知心一个也难求'吗？"

紫鹃的话，黛玉何尝不明白，不免又觉得有些伤感，等紫鹃睡着后，又哭了一夜，快天亮时才打了个盹。

一日，宝钗到潇湘馆看黛玉，进了屋后，发现她母亲也来瞧黛玉，正说闲话呢。宝钗笑道："妈是什么时候来的？我竟不知道。"薛姨妈道："我这几天连日忙，总没来瞧瞧宝玉和她。所以今儿瞧她两个。"黛玉忙让宝钗坐了。三人坐下闲聊。

因为薛姨妈说起月下老人之事，宝钗就趴在薛姨妈怀里撒娇。黛玉笑道："你瞧，这么大了，离了姨妈她就是个最老道的，见了姨妈她就撒娇儿。"薛姨妈用手摩弄着宝钗，叹向黛玉道："我真是多亏有你这姐姐，有了正经事能和她商量，平日里又常让我宽心。"

黛玉听了，不由地流泪叹息。薛姨妈摩挲着黛玉笑道："怨不得你伤心，可怜没父母，到底没个亲人。好孩子别哭，我心里更疼你呢。你姐姐虽没了父亲，到底有我，有亲哥哥。我心里很疼你，只是嘴上不好说，怕人说我们看老太太疼你了，才跟着巴结。"

三人又说了好多话，后来薛姨妈说到了贾母曾想把宝琴说给宝玉，因为宝琴已经有了人家才作罢。薛姨妈顿了顿，对宝钗说："我想着，老太太那么疼你宝兄弟，他又生得周正，若要外头说一个人家，老太太不见得会满意，不如把你林妹妹定与他，岂不四角俱全？"

林黛玉一听说到自己身上，便啐了宝钗一口，红了脸，拉着宝钗笑道："我只打你！你为什么招出姨妈这些老没正经的话来？"宝钗笑着问："这可奇了！妈说你，为什么打我？"

紫鹃听见薛姨妈这么说，赶紧跑来笑道："姨太太既有这主意，为什么不和老太太说去？"

薛姨妈哈哈笑道："你这孩子，急什么，想必催着你姑娘出了阁，你也要早些寻一个小女婿去了。"

紫鹃听了，也红了脸，笑道："姨太太倒倚老卖老起来了。"说着，便转身去了。

黛玉笑起来说："阿弥陀佛！该，该，该！也臊了一鼻子灰去了！"

薛姨妈母女及屋内婆子丫鬟都笑起来。

第二十六回
茉莉粉替去蔷薇硝
玫瑰露引来茯苓霜

近日,有一位老太妃薨(hōng)了,所有的诰命夫人都要入朝随班按爵守孝。贾母、邢夫人、王夫人等人每日都要入朝随祭,下午才能回,大约要有一个月的光景。宁国府贾珍夫妻二人,也是要去的。

两府不能都没有管事的人,因此大家计议,找了个托词让尤氏免了去,叫她协理荣宁两府事宜。荣国府这边又托了薛姨妈住进大观园里处理园中事情,照管园中的姑娘们。贾母还千叮咛万嘱咐托薛姨妈照管林黛玉,薛姨妈平日也最怜爱黛玉,干脆搬到潇湘馆来住,悉心照顾黛玉的饮食起居。黛玉见状感激不尽,与宝钗、宝琴都是姐妹相称,俨然如同胞姐妹,非常亲密。贾母见如此,也十分喜悦放心。

薛姨妈一心只照管诸位姑娘,管管小丫鬟,荣国府其余的家务事从不肯多嘴。尤氏虽天天过来,也不过是应名点卯,从不乱作威福,再加上宁国府那边也要她处处打理,还要负责照管贾母、王夫人守灵下处所需的饮馔铺设之物,因此也是非常操劳。

守制期间,官宦人家一年内不得摆酒听戏,所以各家都要解散家里养的戏班子。王夫人和众人商量家里那十二个学唱戏的女孩子该如何处置。王夫人说这些女孩子都是好人家的女儿,因生计所迫才被卖了学戏,不如趁这个机会让她们回家去。

王夫人将这十二个女孩子叫来一问,除了四五人愿意回家外,其余都不愿走。有的是怕父母把自己再卖了;有的是父母双亡,无人可投的;还有的是自己不舍得离开的。于是,王夫人就把想走的让家人领了回去;

愿意留下的就放在大观园里各处做丫鬟。女孩子们进了园中，如同出笼鸟儿，终日玩耍。旁人知道她们不善女工，大多不会苛责。

这一日，宝玉房中的小丫头春燕到蘅芜苑找莺儿说事。分到这里伺候的小旦蕊官，便托她带一包蔷薇硝给芳官。芳官原是戏班里唱止旦的，后来分到了怡红院做丫鬟。

春燕回到怡红院时，宝玉正和贾环、贾琮二人聊天。春燕使了个眼色给芳官，芳官走到门口，春燕便悄悄跟她说了蕊官所托之事，又把硝给了他。

宝玉本来和贾环、贾琮二人没什么好说的，看见芳官拿了包东西进来，便笑着问她手里是什么。芳官赶紧递了过去，说是擦春癣的蔷薇硝。贾环听了，便伸着头瞧了瞧，闻得一股清香，便弯着腰向靴桶内掏出一张纸让宝玉分他一半。宝玉只好答应。芳官想着这是蕊官所赠之物，不肯给人，但说另给贾环拿些来。宝玉明白她的意思，便顺水推舟还给了她，让她赶紧另包些来。

芳官将蔷薇硝收好之后，又去梳妆盒里找自己平时用的，却发现没有了。她翻了一遍都没找到，便随便包了些茉莉粉给贾环，想他也看不出区别。

这几日王夫人等不在家，贾环乐得连日装病逃学，如今得了硝，兴高采烈地去找彩霞。正好遇到彩霞和赵姨娘闲谈，贾环嘻嘻向彩霞道："你常说，蔷薇硝擦癣，比外头的银硝强。我恰巧得了一包，送你擦脸。你看看，是不是这个？"

彩霞打开一看，嗤的一声笑了，告诉贾环说他被骗了，那包是茉莉粉。贾环仔细一看，的确比先前的要红些，闻闻也是喷香，就无所谓地笑道："那也挺好的，硝粉一样，留着擦吧，反正都比外头买的要好。"

彩霞还没说什么，赵姨娘倒是生了气，劈头盖脸就给贾环一顿骂，说他懦弱没本事，任谁都可以欺负。贾环被骂得低头不说话。彩霞赶紧劝赵姨娘还是多加忍耐算了。

赵姨娘听了更不高兴，继续痛骂贾环。贾环被骂得又愧又急，可又不敢去，只能说："你这么会说，你又自己干吗不去？平时唆使我去闹，出了事，挨打的是我，你也不敢多说什么。你要是不怕三姐姐，就自己去，那样我就服你。"

　　贾环这番话，戳到了赵姨娘的痛处。火冒三丈高的赵姨娘也顾不上许多，拿起那包茉莉粉就飞也似的往园中去。路上赵姨娘又遇到了和芳官她们有嫌隙的夏婆子，被她煽动了几句，心头火就更旺了。

　　赵姨娘进了怡红院，也不说话，见了芳官就把手里的茉莉粉照着她脸上撒去，破口大骂，各种脏言秽语。芳官哪里受得了这种话，一边哭，一边回嘴。芳官本来就是个厉害性子，吵起来嘴里也是不饶人的。赵姨娘气得上前打了她两个耳刮子。芳官挨了两下打，哪里肯罢休，满地打滚撒起泼。葵官、豆官听说芳官被打了，立刻去找了正在一起玩的藕官、蕊官，气冲冲地一齐跑入怡红院中，将赵姨娘团团围住，撕打起来。

　　探春、李纨等人闻讯赶来，好说歹说将赵姨娘劝走，这场闹剧才结束。

　　赵姨娘离开后，探春越想越气，觉得定是有人挑唆，就让人去查。问了一圈，实在没有头绪，只能作罢。后来还是艾官悄悄跟探春说，她看见素日和她们不和的夏婆子同赵姨娘在一处说了好一会话，一看到她两人就不说了。探春听了，心中半信半疑，因为也无实据，便只是听了，并不太当真。

　　谁知道，夏婆子的外孙女儿蝉姐儿是在探春处当差，众丫鬟和她关系都不错，就有人偷偷把艾官告状的事情告诉了她。蝉姐儿赶紧借口替姑娘买糕到厨房把事情告诉了夏婆子。夏婆子听了，又气又怕，却一时也没法解决，只得暗暗记着。

　　另一个婆子帮蝉姐儿把糕买回来时，正好被来厨房传话的芳官看到。芳官开玩笑说要吃，被蝉姐儿拦下。管厨房的柳嫂以为芳官想吃糕，特意把买给自己女儿的拿出来递与芳官，又殷勤地去给芳官煮水泡茶。芳官得意地在蝉姐儿面前将手内的糕掰成小块喂雀儿玩。蝉姐儿气个半死，却也只得悻悻走开。

　　柳嫂有个女儿叫五儿，模样生得周正。因为体弱，一直没有出来做事。最近柳家的见宝玉房中的丫鬟年轻人多，据说将来都会放出去，所以就想送五儿去那里应名儿。柳嫂跟芳官她们关系不错，便求芳官去与宝玉说。宝玉嘴上答应了，但近来事情多，还没来得及安排。

　　芳官时常也会把宝玉赏给她们的好东西拿给柳嫂，她听柳嫂说五儿很喜欢自己上次给的玫瑰露，从厨房回来后，就跟宝玉说还想要些玫瑰露给柳五儿。宝玉满口答应，让袭人取了，一看，剩得也不多了，索性连瓶子都给了芳官。

芳官拿了玫瑰露就又去了厨房，正好遇到柳嫂带着五儿进园子散心来，她们看见芳官拿了一个五寸来高的小玻璃瓶，迎着光一看，里面有小半瓶胭脂般的汁液，一开始还以为是宝玉喝的西洋葡萄酒。芳官笑道："就剩了这些，连瓶子都给你们罢。"五儿听了，才知道是玫瑰露，赶紧接了过去，谢了又谢。

芳官离开后，柳嫂想着玫瑰露是一般人尝不到的好东西，就倒了一些准备送给五儿的舅舅，剩下的连瓶一起放在厨房的橱柜里。柳嫂带着五儿把玫瑰露送去自己哥哥家。柳嫂哥哥一家听说了都很欢喜，和着井水喝过之后赞不绝口。临走时，柳嫂的嫂子取了一包茯苓霜送给了柳嫂，说是她哥哥值班时分的拜礼，让她拿去给五儿补补身子。

柳嫂把茯苓霜拿回来之后便放在厨房橱柜里，五儿知道后，就用纸包了一半，想要送去给芳官。趁黄昏人稀之时，五儿自己悄悄跑到怡红院找芳官，可又不敢进院子里，只能站在院门外等着，好不容易见到另一个认识的小丫头出来。五儿便将茯苓霜请她转交给芳官，然后转身回去了。

刚走到蓼溆一带，迎面碰上了林之孝家的带着几个婆子过来，五儿躲避不及，只得上来问好。林之孝家的认识五儿，便问道："我听见你病了，怎么跑到这里来？"五儿赔笑说道："我跟我妈进来散散闷，刚才我妈让我到怡红院送家伙去。"林之孝家的说道："不对呀。我见你妈出去我才关门。如果是你妈派你来的，她为什么不告诉我说你在这里呢，还让我关门？可见是你扯谎了。"五儿顿时支支吾吾地答不上来。

林之孝家的见五儿神色紧张，说话吞吞吐吐的，又想起玉钏儿说王夫人正房里最近丢了东西，还没查到是谁拿的，心下便起了疑。可巧有几个白天去厨房闹过事的丫鬟经过，口口声声说在厨房橱柜里见过一个装玫瑰露的瓶子。林之孝家的听了，忙命打了灯笼，带着众人去寻，果然找到一个空瓶子，还搜出了一包茯苓霜。五儿急得不停辩解："那原是宝二爷屋里的芳官给我的。"林之孝家的便说："不管你方官圆官，现有了赃证，我只呈报了，你自己到主子前说去。"

可巧这天，李纨和探春都有事情，林之孝家的只能去回了凤姐。凤姐刚要睡，听说了这事，就吩咐："将她娘打四十板子，撵出去，永不许进二门。把五儿打四十板子，立刻交给庄子上，或卖或配人。"平儿听了，出来依言吩咐了林之孝家的。五儿吓得直哭，给平儿跪着，细说如何得的玫瑰露和茯苓霜。平儿听了，觉得五儿应该是无辜的，就让林之孝家的先让人把五儿看一夜，明天等她问过凤姐之后，再做最后定夺。

五儿被人软禁后，内心又气又委屈，又无处可说，且本来怯弱有病，这一夜又没有吃没有睡的，呜呜咽咽哭了一夜。

那些和柳嫂不和的人，巴不得她们母女被撵出去，第二日一大早就跑去找平儿说柳嫂的坏话。平儿不动声色地应酬着，私下却去怡红院找袭人和芳官问话。得知玫瑰露确实是她们给的五儿后，平儿想茯苓霜应该也是五儿舅舅给的。

几人聊着这事的时候，晴雯走来笑着说："太太那边的玫瑰露不用猜，肯定是彩霞偷了给环哥儿。你们可别冤枉好人。"

平儿笑道："谁还想不到这事。原先玉钏儿只是私下悄悄问彩霞，谁知她非但不承认，还反咬一口，赖到玉钏儿头上。两个人才吵起来，吵得大家都知道，我们也没办法装作不知道，只能让人去查。"

宝玉听了后，说道："算了，干脆我把这事认了，就说我为了逗她们玩，自己悄悄拿的。眼前两件事都解决了。"平儿也笑道："其实捉贼拿赃也不是什么难事。现在去赵姨娘屋里管保一搜一个准，我只是担心又伤着一个好人的体面。我可怜的是她，不肯为打老鼠伤了玉瓶。"说着，把三个指头一伸。大家一听，都知道她说的是探春。

平儿打算提醒一下彩霞，便将她叫到了怡红院，告诉她其实大家都知道王夫人房里的玫瑰露是她偷的。为了帮她掩饰过去，她们还求宝玉把事情揽下来。至于以后还做不做这事，彩霞就自己拿主意好了。但是如果今天彩霞还不愿意承认自己做过的事情，平儿就立刻去告诉凤姐失窃的事情，让凤姐派人去查，也避免说冤枉彩霞。

彩霞听了，顿时觉得羞愧难当，承认是因为赵姨娘再三求她，她才拿了玫瑰露给贾环。本以为没几天这事就会过去了，没想到却让好人受了冤枉。既然如此，她愿意和平儿去凤姐面前认罪。众人听了这话，都没想到彩霞竟如此有担当。

宝玉忙笑说，这次的事情他就先担着了，只求以后姐姐们让他少操点心就好。一开始，彩霞并不同意，觉得是自己做错了事就该自己去受罚，后来是听大家说怕引出了赵姨娘，会让探春知道后生气，这才同意了大家的提议。

大家商议妥帖，平儿带着芳官去见凤姐，按照商量好的跟凤姐说了一遍。芳官也在一旁做证。凤姐听了后，也不再说什么，只让平儿看着办。

平儿得了吩咐后才出去跟林之孝家的说，这事情是宝玉一时贪玩闹出来，没有什么大事，把五儿放了，让柳嫂仍旧回厨房当差，以后不准再提昨日之事。——交代清楚之后，平儿才回去向凤姐复命。

赵姨娘因为失窃之事忐忑不安了好几日，直到彩霞过来告诉她宝玉担了此事，她悬着的心才放了下来。

谁知贾环听了后，反倒疑心彩霞与宝玉有私情，任凭彩霞怎么发誓都不相信。贾环还将彩霞私赠之物都拿了出来，摔到彩霞的脸上。

彩霞被贾环气到直哭，索性将东西全都拿了回来，趁无人时，全都扔到园中河里去了。

第二十七回
憨湘云醉眠芍药裀
寿怡红群芳开夜宴

玫瑰露之事过后,很快到了宝玉的生日,可巧宝琴也是同日生日,两人说好要一起过生日。因为老太妃丧期,不能大办酒席,王夫人她们也不在家,所以今年宝玉生日就没有往年热闹。他们打算只是自家姐妹凑在一起给宝玉过个生日就好了。长辈给宝玉的生日礼物和往年差不多,姐妹们送的都是些字画等应景之物。

生日那日,宝玉清晨起来,梳洗穿戴好了,先到前厅院中持香祭拜天地;后去宁府中宗祠祖先堂两处行礼;再出至月台朝上遥拜过贾母、贾政、王夫人等;最后到其他长辈处行了礼,才回到怡红院里。

宝玉一回到怡红院,众人都陆陆续续到怡红院给他拜寿。平儿过来给宝玉拜寿后,袭人笑着让宝玉也给平儿作个揖,宝玉才知道平儿也是当天生日。湘云又把宝琴、岫烟拉了过来,

众人才知道邢夫人的侄女邢岫烟也和他们同天生日。众人索性把所有人的生日都排了序,发现几乎月月都有人生日,而且好些人都是同一天生日。大家说得高兴,探春就提议让园子里的厨房帮准备两桌酒席,众人一起庆祝庆祝。

探春吩咐好厨房之后,李纨、宝钗也来了;她又遣人去请薛姨妈与黛玉。因天气和暖,黛玉身体也渐渐好了,所以也过来一起玩。怡红院里顿时花团锦簇,挤了一厅的人。

寿宴摆在芍药栏中红香圃三间小敞厅内,只见筵开玳瑁,褥设芙蓉。人到齐后,众人一定让四位寿星坐在上面四座,其余的姐妹就随意挨着坐。

薛姨妈怕自己在，孩子们会太约束，便说自己想到议事厅坐坐。起初众人不愿意，后来看到薛姨妈坚持，正巧又有女说书先生过来，于是，薛姨妈就到议事厅里听弹词吃茶去了。

开席之后，宝玉便说："干坐着实在无趣，一定要行酒令才好。"众人有的说行这个令好，那个又说行那个令好，最后还是黛玉提议用抓阄（jiū）决定。谁知道，最后抽中的酒令是最难的"射覆"。有人觉得太难，就让再抓一个。第二次又抓出了个"拇战"，也就是划拳。最后，众人还是决定玩射覆。

探春说道："我吃一杯，我是令官，大家听我命令。从琴妹开始掷骰子，依次掷，点一样的两人射覆。"宝琴开始，掷了个三，岫烟、宝玉等掷得皆不对，直到香菱方掷了一个三。宝琴笑道："先说好，只猜屋里的东西，要不太没头绪了。"探春点头道："那是自然。三次不中者罚一杯。你覆，她射。"宝琴想了一想，说了个"老"字。香菱不太会玩射覆，一时反应不过来，打量完屋子里都想不起与"老"字相连的成语。湘云听了后也四处乱看，看到门斗上贴着"红香圃"三个字，便知宝琴覆的是"吾不如老圃"的"圃"字，就悄悄教香菱说"药"字。黛玉看到了，便说她们作弊，众人就罚了湘云和香菱各一杯，这才继续往下玩。没玩多久，湘云已经等不及了，早和宝玉划起拳来。一边的尤氏和鸳鸯、袭人和平儿也开始划拳。

渐渐地，厅中众人已是三五成群，各自玩起来。贾母、王夫人不在家，自认也没人会管束，众人皆是任意取乐，呼三喝四，喊七叫八。只见满厅中红飞翠舞，玉动珠摇，真是十分热闹。

玩了一阵后，众人起来四处走动走动，这时才发现湘云不见了。众人都以为她是出去方便了，哪知左等右等都不见回来，这才赶紧派人四处去找。派出去的人找了一圈都没找到。

后来还是一个从外面进来的小丫头找着了，她笑嘻嘻地走来说："姑娘们快瞧云姑娘去，吃醉了图凉快，在山子后头一块青板石凳上睡着了。"众人听说，都笑道："快别吵嚷。"说着，一起悄悄走到山边去看。湘云果然躺在小山边偏僻处一个石凳子上，用手帕包了一包芍药花瓣枕着，睡得正香。周围的被风吹落的芍药花撒了她一身。手里的扇子也掉在地下，快被

145

落花埋了。一群蜜蜂蝴蝶围着湘云上下翻飞。

众人看了,又是爱,又是笑,赶紧上前推醒她。只听湘云嘴里还像说梦话那样嘟嘟囔囔说着酒令。众人笑得更厉害:"快醒醒吧,这么潮,要睡出病来呢。"湘云慢慢睁开了眼睛,看到了大家,又低头看了看自己,才知道自己醉了。原是她是想出来纳凉避静,没想到多喝了两杯,有些犯困,就睡着了。湘云心里觉得有些不好意思,赶紧挣扎着起身和大家一起回了红香圃。她梳洗之后,喝了两杯浓茶,又喝了探春让人拿来的酸梅汤,再含了会醒酒石,才觉得好受些。

众人又吃了些点心后,便各自玩了起来,有在外观花,也有扶栏观鱼。探春便和宝琴下棋,宝钗、岫烟观局。林黛玉和宝玉在一簇花下闲聊。

香菱和芳官、蕊官、藕官、豆官等四五个人,已经满园玩了一圈,大家采了些花草开始玩斗草。这一个说有观音柳,那一个就说有罗汉松;另一个又说有君子竹,换一个又说有美人蕉……当豆官说有姐妹花时,好多人都对不上了,只有香菱说自己有夫妻蕙。

豆官说从没有听过这个,还调侃香菱是因为薛蟠出门大半年了,想相公了所以自己胡编的。香菱一听,脸都红了,忙上去掐豆官,两人就在草地上玩笑地打闹起来。一不留神,两人滚到了一汪积水里,香菱的裙子被泥污弄脏了。其他人都觉得不好意思,又怕香菱拿她们出气,就一哄而散了。这条裙子是用宝琴带来的石榴红绫新做的,香菱心疼得很,又怕薛姨妈会责备。她正生气时,被想过来和她们一起玩斗草的宝玉看到了。宝玉见香菱难过,便把她带到了怡红院,让袭人换一条差不多的红裙子给她。袭人本来就很大方,加上又喜欢香菱,知道原委后,赶紧找出新裙子给香菱换了下来。

香菱向宝玉道谢后就离开了。宝玉回到房中,边洗手边跟袭人商量晚上想办个酒席让怡红院的丫鬟们都乐一乐。袭人让他别操心,说是她们八个已经凑了钱准备单独给宝玉过个生日,已经让柳嫂备好四十碟果子,还藏了一坛绍兴酒。

宝玉听了很开心,连忙说道:"这敢情是好,就是不该让你们花钱,你们也没什么钱。"晴雯听了,笑着说道:"这本来就是我们的心意,你管我们怎么来的钱,只管领情就是。"宝玉听了,也笑着说:"你说的是。"袭人看了他二人，笑道："你一天不挨她两句硬话怼你，你就不舒服。"说完，大家都笑了。

掌灯时分，林之孝家的和几个管事的女人来查过夜后，晴雯赶紧让人关上了怡红院的大门。袭人叫人把一张花梨圆炕桌子放在炕上，麝月和另一个丫鬟用两个大茶盘把果子全都摆上桌，两个老婆子蹲在外面火盆上筛酒。众人穿着便服坐下开始吃酒。玩了一会后，宝玉行酒令，袭人建议选个斯文点的，怕太闹腾会引起别人非议。宝玉想了想，就提议玩抽花名签，大家都同意。可是抽花名签人少玩没意思，宝玉便让人去悄悄地把宝钗、黛玉、李纨、探春她们都叫了过来。

大家都来了之后，黛玉向宝钗、李纨、探春三人开玩笑道："你们日日说别人喝酒赌博，今儿我们自己也如此，往后看你们还怎么说人。"李纨笑道："这有何妨。一年之中也就是生日时这样，又不是夜夜如此，不怕。"说着，晴雯拿了一个竹雕签筒来，里面装着象牙花名签。

众人投了骰子，是个五点，依次数下去，是宝钗。宝钗便笑道："我先抓，不知抓出个什么来。"说着，将筒摇了一摇，伸手掣出一根，大家一看，只见签上画着一支牡丹，题着"艳冠群芳"四字，下面镌的小字是"任是无情也动人"。注解是：大家一起喝一杯，签主还可以随意点人唱歌曲。众人看了，都笑着说宝钗和牡丹花的确很般配。说着，大家共饮了一杯。喝完后，宝钗又让芳官给大家唱了首《赏花时》。

听得如痴如醉的宝玉，一直拿着签筒不放，最后还是湘云夺了过来，大家才能继续。接下来轮到了探春。探春抽了一根出来，自己一瞧，便羞红了脸将花签掷在地下，笑着直说那是外面男人行的令，写的都是混账话。大家把花签拿起来一看，上面是一枝杏花，写着"瑶池仙品"，配了句"日边红杏倚云栽"。还写着"得此签者，必得贵婿，大家恭贺一杯，共同饮一杯"。众人不由大笑，都说还以为是什么呢，反正贾府已经出了个王妃，莫非探春以后也是王妃不成。大家纷纷来敬酒，惜春不肯喝，最后还是被湘云硬灌了一杯来敬。

探春之后，是李纨，她抽到的是画着老梅的花签，写着"霜晓寒姿"。接下来是史湘云，她抽到写着"香梦沉酣"的海棠花签，黛玉一看，便说签上那句诗"只恐夜深花睡去"改两个字，改成"石凉"就更合适了。大家一听,都哄然笑了,知道她是打趣湘云白天之事。史湘云笑着指架子上的西洋自行船说道:"别多话了,赶紧坐上船回家去吧。"大家又是大笑。

湘云之后是麝月,麝月之后轮到了黛玉,她抽到了一支芙蓉花签,题着"风露清愁"四字和一句旧诗"莫怨东风当自嗟"。众人见了,也是笑说:"这个好极。除了她,别人都不合适。"黛玉自己也很满意。

黛玉之后,轮到袭人。袭人抽到了桃花签,大家刚一起喝了酒,院外就有人说薛姨妈打发人来接黛玉。原来已经二更天了,黛玉便起身说:"我有点撑不住了,回去还要吃药呢。"众人也说:"也都该散了。"袭人、宝玉等还要挽留。李纨和宝钗也说:"夜太深了就不像话了,本来就是破格。"听到大家这么说,袭人只好说:"既如此,每位再吃一杯再走。"说着,晴雯等已都斟满了酒,众人共饮后,就各自回去了。

袭人几个大丫头送人回来之后关了门。怡红院里的众人又开始吃酒划拳唱小曲,一直玩到了四更天。众人都喝得有些醉,东倒西歪地躺下,一觉睡到了第二天天大亮。

第二十八回
死金丹独艳理亲丧
琏二爷偷娶尤二姨

第二天,由平儿做东,在榆荫堂还席,把昨日赴宴之人又请来相聚。大家正玩得开心时,宁国府的下人慌慌张张跑来禀告尤氏说:"贾敬贾老爷宾天了。"众人听了,都吓了一大跳,忙问:"好好的,也没听说生病,怎么就没了?"来人说:"老爷天天修炼,定是功行圆满飞天升仙去了。"尤氏听了此事,又见贾珍父子并贾琏等都不在家,一时竟没个能够帮忙料理贾敬后事的男子,难免有些慌乱。尤氏赶紧卸了妆饰,换上素服,让人先去把玄真观所有道士都锁起来,等贾珍回来审问;然后坐了车带上赖升一干家人媳妇出城。

到了玄真观,请来诊脉的太医已经到了,可人都死了,哪里还能诊脉。这些太医知道贾敬信奉道教,喜欢炼丹服药;又见他肚子坚硬如铁,面唇发紫,猜他一定是吞服丹砂出的问题。众道士一听,纷纷说是贾敬自己操之过急,不听劝阻导致的。

尤氏也不听道士们的辩解,只让人看着他们,等贾珍回来再做打算。她让人赶紧去给贾珍报信后,让人把贾敬的遗体装裹好,用软轿抬至铁槛寺来停放。

尤氏算了算时间,贾珍最快也要半个月后才能赶回来。想到如今天气炎热,实在没法拖这么久,尤氏干脆自己做了主,令人选了日期入殓,三日后便开丧破孝。边做水陆道场,边等贾珍。

荣府里凤姐身体不好,李纨照顾其他姊妹,宝玉还不懂事,能帮上忙的族中子弟都已经各有安排。必须在灵前守孝的尤氏,只能将她继母接来替她在宁国府看家。尤老太太只好把自己两个未出嫁的女儿尤二姐、尤三姐一起带到了宁国府住。

贾珍收到消息之后，立刻向礼部请假回家办丧事。当今天子听说之后，念在贾家祖辈的功勋，不仅准了，还给贾敬追封了五品之职，让他们扶柩进都城，回宁国府入殓出殡。

贾珍父子谢恩之后，日夜兼程赶回都城。进都城那日已是深夜，贾珍父子先奔到铁槛寺，从大门外跪着爬到棺材处边磕头边放声大哭，一直哭到天亮才停住。

天亮后，贾珍父子忙按礼换了孝服，在棺前跪着守灵。贾珍一边安排着各种事情，一边打发贾蓉先回宁国府安排停灵之事。

贾蓉回到贾府之后，立刻叫人收拾厅堂，挂孝幔，门前起鼓手棚牌楼之事。忙了一阵后，他想起尤老太太带两个小姨也来了，便过去看看。尤老太太年纪大了容易犯困，正躺着打盹。贾蓉见状，就拉着尤氏姐妹开玩笑，一旁的丫鬟看不过眼，说了他两句："热孝在身上，老太太在打盹，她两个虽小，但也是你的长辈，怎么可以如此胡言乱语。"说话间，尤老太太醒了，贾蓉才有所收敛，和尤老太太说了几句后就离开了。

过了几日，贾母她们也回来了。贾母刚到了灵前，跪着的贾珍父子就扑入贾母怀中痛哭。贾母本来就上了年纪，看到这光景，自然搂了二人痛哭不已。

贾珍想到贾母年纪大了，不宜太过伤心，再三劝贾母回家休息。王夫人等亦再三相劝，贾母才回了荣国府。当天晚上就觉得头痛鼻塞，非常不舒服。年纪大了，的确经不起路途奔波和情绪起伏。荣国府众人连忙请大夫来诊脉开药，足足地忙乱了大半夜。贾母吃了药后出了些汗才稍微好些，众人才放了心。

到了贾敬出殡之日，贾母还没有痊愈，就没去。宝玉留在家侍奉。凤姐因为身体的缘故，也没去。其余贾赦、贾琏、邢夫人、王夫人等率领家人仆妇，都送灵，很晚才回。贾珍、尤氏和贾蓉还要在铁槛寺中守灵，等过百日后，才能扶柩回原籍。宁国府里的事情就还托尤老太太和尤二姐、尤三姐照管。

贾琏早就听说尤氏姐妹之名，一直苦于没有机会认识。这次借着贾敬的丧事，每天都会见到尤氏姐妹，一来二往就熟了。贾琏看见二人的确长得貌若天仙，不禁动了垂涎之意。于是，贾琏经常找机会和二人接触。尤三姐的反应总是淡淡的，尤二姐却是很热情。

等到出殡之后，贾琏就常常借口去铁槛寺陪贾珍而不回家，再打着帮贾珍料理家务的旗号，时不时跑到宁国府勾搭二姐。

一日，贾珍让贾蓉回宁国府取银子，贾琏心里想着正好可以趁此机会去宁国府找尤二姐，便随找了个借口和贾蓉同去。骑马回城的路上，贾琏和贾蓉两叔侄边走边闲聊。贾琏故意把话题引到尤二姐身上，夸她人长得漂亮，性情又好，举止大方，言语温柔，处处都让人喜欢，凤姐连她的零头都比不上。

贾蓉听出了贾琏话中的意思，便笑道："既然叔叔这么爱她，我给叔叔作媒，娶了做二房，怎么样？"贾琏忙笑问："你这是玩笑话还是正经话？"贾蓉道："自然是认真的。"贾琏又笑道："自然是好。就是怕你婶婶不同意，也怕尤老太太不愿意。况且我听说你二姨已许了人家。"贾蓉道："那没关系。我二姨原来指腹为婚许的张家，现在遭了官司已经家道中落了。两家十几年没有联系，我外祖母也时常抱怨，想要和张家退婚。一直想等到给我二姨找到好人家之后，就让人找到张家，给十几两银子让张家写退婚帖子。张家现在一贫如洗，见了银子，肯定乐意。如果我二姨能嫁给叔叔这样的人做二房，我保证外祖母和我父亲都愿意。就是婶婶那边会比较麻烦。"

贾琏听到这里，只觉心花怒放，高兴得说不出话来，只是一味傻笑。贾蓉又想了一想，心里有了个主意，笑道："我倒是有个主意，不过要多花上几个钱，就不知道叔叔有没有胆量？"贾琏忙问是什么好办法。

贾蓉继续说："叔叔先别和家里人说，等我告诉了我父亲，再和我外祖母谈妥后，你就在我们府后方附近，买上一所房子，置办好家具，安排几个家人过去伺候。然后，挑个日子，神不知鬼不觉地把人娶过去。只要让服侍的下人把嘴闭紧了，婶婶在府里住着，深宅大院的，根本不会知道。叔叔两边轮流住，过个一年半载，就算被人知道了，最多会被老爷一顿骂。到时生米煮成熟饭，婶婶最多就是闹闹，还能怎样？你再求一求老太太，事情就过去了。"

自古有言"欲令智昏"，贾琏只顾贪图二姐美色，听了贾蓉一篇话，也觉得是万全之策，早就不记得如今国孝家孝在身，又停妻再娶，家中还有严父妒妻种种不妥之处。贾琏越想越高兴，还向贾蓉许诺，若是此事能成，他一定会好好感谢贾蓉的。

贾蓉取了银子后,又去和两位姨娘坑笑了一番,到了晚上才回铁槛寺。贾蓉先和贾珍说了府中之事,然后才跟贾珍说了贾琏想偷偷在外面买房子娶尤二姐做二房这事。贾珍想了想,笑道:"其实也可以。就是不知道你二姨愿不愿意。明日你先去和你外祖母商量,让她先问问你二姨的意思,再做决定。"又教了贾蓉一篇话。

贾珍把这件事告诉了尤氏,尤氏一听,心里明白这事极为不妥,凤姐知道后不会善罢甘休,于是极力劝阻此事。无奈贾珍主意已定,她平时又对贾珍顺从惯了,再加上她与二姐不是一母所生,也不好深管,只得任由他们胡闹。

第二天一早,贾蓉又回了宁国府见尤老太太,把他父亲的意思说了一遍,又说贾琏如何会做人,凤姐又有病,已经是好不了了,现在暂时买房子在外面住,过个一年半载,凤姐一死,就可以接了二姨进去做正室。又说他父亲此时如何聘,贾琏那边如何娶,以后会给尤老太太养老,还会给三姨寻个好人家嫁了。

贾蓉说得天花乱坠的,由不得尤老太太不同意。而且她们母女三人平时全赖贾珍这边照顾,现在又是贾珍给二姐做媒置办嫁妆,贾琏又是比张家强十倍的青年公子,尤老太太也有些动心,赶紧找了尤二姐商量。

尤二姐本来就不愿意嫁到家道中落的张家,现在看到贾琏对自己有情,自然也是愿意。

贾蓉看见尤老太太同意了,便去回了贾珍,又告诉了贾琏。贾琏一听,喜出望外,对贾珍、贾蓉父子感激不尽。

贾琏和贾珍商量了一番,就派人去买房子打首饰,给二姐置办嫁妆以及新房里的家具日用品,等等。没过几天,所有的事情就办妥了。

贾珍还派人找到了和尤二姐订婚的张家,给了张父二十两银子,逼着他们写了一张退婚书。张家虽然不愿意,但是如今家道中落,吃饭都成问题,更别说娶媳妇了;又畏惧贾家的权势,不敢不依,只得写下一张退婚文约。

贾琏看到诸事已妥,挑了个黄道吉日,准备在下月初三,迎娶尤二姐过门。

到初二那天,贾蓉先带着尤老太太和尤三姐去看了置办的新房,尤老太太看到新房十分齐备,虽然不像贾蓉之前说得那么好,但也算不错,心里还是挺高兴的。

初三一大早,尤二姐就被一乘轿子抬进了门,和贾琏拜天地成亲。

两人成亲之后,贾琏对尤二姐是越看越喜欢,让下人们叫尤二姐"奶奶",而不是"姨奶奶"。贾琏常常借口在宁国府有事不回家住,凤姐她们也知道他和贾珍关系好,可能是有事商量,所以也从来没有怀疑过。荣国府中的下人虽多,但是多半没人会管这种闲事。就算有些游手好闲专打听小事的人,也都去奉承贾琏,乘机讨些便宜,怎么会去告诉凤姐。

贾琏一月给尤二姐五两银子做家用。如果他不过来时,尤氏母女三人就一起吃饭;如果来了,他夫妻二人一处吃,尤老太太和三姐就回房自己吃。贾琏又将自己积年所有的体己,都给尤二姐收着。贾琏还许诺等凤姐一死,便把尤二姐接进去做正房太太。尤二姐听了,自然高兴,两人的小日子也算是过得有滋有味的。

第二十九回
尤三姐思嫁柳二郎
滑小厮细述荣府事

　　一转眼,尤二姐嫁给贾琏也有几个月了。贾珍守灵结束回府之后,时不时地会过尤二姐新房这边和他们喝酒戏耍。
　　贾琏看出贾珍贪恋尤三姐的美色,就有意撮合二人,在酒席上常常会说一些轻薄之语。有一日,几人又在喝酒,尤三姐突然站在炕上,指贾琏笑道:"你也不用跟我花言巧语,你是猪油蒙了心,还以为我们不知道你府上的事。以为花了几个臭钱,你们哥儿俩就拿着我们姐儿俩取乐儿。告诉你们,打错算盘了。我也知道你老婆很难缠,如今你把我姐姐拐了来做二房,还四处瞒着。我倒是要去会会那凤奶奶,看她到底是不是三头六臂。如果大家能和平相处就算了,要是不好相处,我先杀了你们两个,再和那泼妇拼命。"说完,尤三姐自己倒了一杯酒,自己先喝了半杯,然后一把搂过贾琏的脖子灌他,吓得贾琏酒都醒了。
　　贾珍没想到尤三姐如此泼辣,心中也有些后悔。尤三姐的一番话把贾珍、贾琏二人都吓住了,唯唯诺诺地不敢大声说话。反倒是尤三姐自己拿贾家兄弟嘲笑取乐一番后,又将二人撵了出去,自己关门睡觉去了。
　　从那次之后,但凡下人有伺候不到的地方,尤三姐就会在家里把贾琏、贾珍、贾蓉三个痛骂一顿,说这三人诓骗了她们寡妇孤女。贾珍自从那次之后,轻易也不敢再来,有时尤三姐兴致来了让小厮去请,才敢过去坐一会。到了家中喝酒,众人也是尤三姐说什么就是什么,不敢有意见。
　　尤三姐人长得风流标致,又会打扮,也难怪贾珍、贾琏这等风流成性之人对她有所垂涎。然而尤三姐的脾气倔强、性格泼辣,让人欲近不能、欲远不舍。有时尤老太太和尤二姐劝她收收性子,反而被她教训:"姐姐糊涂。咱们金玉一般的人，白叫这两个现世宝玷污了。他家有一个极厉害的女人，如今那人被瞒着，咱们才能过安生日子。倘或一日那人知道了，岂会善罢甘休，势必有一场大闹，到时还不知道谁生谁死呢？你们以为会有什么安乐日子吗？"

  尤老太太和尤二姐见劝不动，也只得罢了。尤三姐天天挑拣穿吃，作威作福，心情不好了就找贾珍等人臭骂一顿。尤二姐见了，怕这样下去多生事端，便和贾琏商量，给尤三姐找户人家嫁了。贾琏一听，也说："我也跟珍大哥说了这事，他还是舍不得。我就劝他，玫瑰花可爱，可就是刺太多扎手，我们未必降得住。还是赶紧找个好人家，把三姐嫁了。可珍大哥又不接话了，我能怎么办？"尤二姐想了想，就说由自己先去探探尤三姐的心意，如果她也有嫁人的心，就让她自己提这事，贾珍就没办法拖了。

  尤二姐挑了一天备了酒菜，贾琏也不出门。中午的时候，特意请尤三姐和尤老太太过来一起吃饭。尤三姐知道他们的用意，酒过三巡后，自己先开了口："我知道今日姐姐是为何事请我。我也不是糊涂人，如今姐姐已经嫁人有了好归宿，妈也有了安身之处，我自然也该嫁人了。但终身大事，是一辈子的事情，非同儿戏。我一定要挑一个合我心意的人才愿意嫁的。若是不合我意，哪怕再有权有势，我也是不肯。"

  贾琏听了笑道："这容易。你只需要说出是谁，嫁妆都由我们置办，母亲也不用操心。"尤三姐说："姐姐知道，不用我说。"贾琏笑问二姐是谁，二姐一时也想不起来。

  大家想了一轮后，贾琏拍掌笑道，说自己知道是谁了，尤三姐果然好眼力。尤二姐笑着问是谁，贾琏说肯定是宝玉，要不尤三姐怎么可能会看得上。尤二姐与尤老太太听了，也觉得有道理。谁知尤三姐啐了一口，骂道："我们要是有十个姊妹，就得嫁你家十个兄弟不成。难道除了你家，天下就没了好男子了！"大家听了都觉得诧异，更不知道说的是谁了。尤三姐笑道："别只在眼前想，姐姐往五年前想就是了。"

  正说着，贾琏的心腹小厮兴儿让贾琏赶紧回去，说是贾赦找他有急事。贾琏赶紧骑马回去，把兴儿留下来照顾家里。尤二姐拿了两碟菜，又让人斟了一大碗酒，让兴儿在炕沿下蹲着吃，顺便和他打听荣府的事情，问一些家里奶奶多大年纪，怎个厉害法，老太太多大年纪，太太多大年纪，姑娘几个等家常。

红楼梦

兴儿笑嘻嘻地在炕沿下一边吃,一边将荣府之事详细地说给尤氏母女听。

兴儿说,家里那位奶奶实在是牙尖嘴利、心肠歹毒,也就是自家二爷脾气好,才忍得了;不过奶奶跟前的平姑娘倒是一个好人,虽是奶奶的心腹,可如果下人有了什么不是,奶奶容不下的,去求求平姑娘多半会管点用;如今全家上下,除了老太太和太太,就没有不恨那位奶奶的;那位奶奶平日里就知道哄着老太太、太太两个人喜欢;仗着老太太和太太喜欢她,那位奶奶她说一是一,说二是二,没人敢拦她;有好事的时候,那位奶奶肯定说是自己的功劳,如果遇到不好的或是她错了,她就推到别人身上来,还在一旁煽风点火呢;现在就连那位奶奶的婆婆都很嫌弃她,怪她自己的事情不管,天天管别人家的闲事。

尤二姐听了,直笑道:"你背着她这么说她,将来还不知道在背后怎么说我。"

兴儿赶紧跪下说自己可乐意伺候尤二姐,尤二姐仁慈,他们这些伺候的人既少挨了许多打骂,也不用成天提心吊胆的。现在跟着二爷的人,都盼着能来伺候尤二姐。

尤二姐笑道:"小滑头,赶紧起来吧。一句玩笑话,也吓成这样。以后,我还要去见你奶奶的。"兴儿连忙摇手说:"奶奶千万不要去。我告诉奶奶,一辈子别见她才好。她那人两面三刀,嘴甜心毒。两面三刀,脸上笑着,脚下使绊子,明是一盆火,暗是一把刀。只怕三姨的这张嘴都说不过她。奶奶这样斯文良善人,更不是她的对手!"

尤氏笑着道:"我只以礼待她,她还能对我怎样?"兴儿摇摇头说:"不是小的吃了酒放肆胡说,奶奶就算以礼相待,可她看见奶奶比她标致,又比她得人心,怎么可能会善罢甘休?人家是醋罐子,她是醋缸醋瓮。二爷多看一眼哪个丫头,她就敢当着二爷把人打个半死。虽然平姑娘也是二爷的屋里人了,一年里和二爷单独相处的时间也不多,就这样她还经常找借口骂平姑娘。平姑娘急了,哭闹一场,她又得去哄平姑娘。"

尤二姐听了不相信,非说兴儿在撒谎,既然是母夜叉,怎么还会怕底下人。兴儿细细解释了一番:"凡事得讲个理字。平姑娘是从小伺候她的丫头,她当初嫁过来时,连平姑娘在内有四个丫头跟了过来,嫁人的嫁人,死了的死了,只剩了这个心腹。她为了些原因,强逼着平姑娘做了二爷的屋里人。平姑娘是个正经人，从不挑拨是非，只会忠心服侍她，她才容了下来。"

说完了凤姐的事，兴儿又给尤氏母女说了说荣府其他人。

荣府大奶奶，年轻守寡的李纨，平时里也不管事，只管教姑娘们看书写字，学针线，学道理，最爱积德行善，下人们在背后都叫她"大菩萨"。荣国府大姑娘元春就不用说了，自然是一个有福之人，要不也不能选妃进了宫。二姑娘迎春是被针扎了都不知叫唤一声的，所以得了个"二木头"的外号。三姑娘探春也是个厉害角色，可惜不是王夫人亲生的，有个"玫瑰花"的外号，又红又香人人爱，就是有刺太扎手。四姑娘惜春是贾珍的亲妹子，也是不管事的。

说完了自家的姑娘之后，兴儿还特意说了林黛玉和薛宝钗："奶奶不知道，我们家的姑娘不算，另外有两个姑娘，真是天上少有，地下无双。一个是咱们姑太太的女儿，姓林，小名儿叫什么黛玉，面庞身段和三姨不差什么，一肚子文章，就是太多病，风吹就能倒似的。还有一位姨太太的女儿，姓薛，叫什么宝钗，竟是雪堆出来的。平时偶尔遇见，我们都不敢出大气。"尤二姐笑道："你们大家规矩多，见了小姐们，本来就该远远躲开。"兴儿摇手道："不是这个原因。我们自己不敢出气，是生怕这气大了，吹倒了姓林的，气暖了，吹化了姓薛的。"说得满屋里都笑起来了。另一个下人打了兴儿一下，笑骂着说他不像是跟贾琏的人，反而像是跟着宝玉的人。

尤三姐听见提到了宝玉，就随口问宝玉平时除了上学还做些什么。

兴儿笑着说宝玉长了这么大，就没正经上过学堂。贾府从祖宗直到贾琏，人人都是十年寒窗，偏偏宝玉不喜欢读书，成日不干正事，仗着贾母的宠爱，就爱往丫头堆里闹。贾政之前还管，现在也不管了。

尤二姐听了，直说可惜，看着挺好的一个人，没想到是这样。尤三姐却不以为然："姐姐听他胡说。我们也见过几次宝玉，也略有些接触。虽然行事有些女孩子气，但心底是很善良的。"尤二姐听说，笑道："既然你这么说，把你许给他，岂不是很好？"三姐见有兴儿在，不好说话，就低头嗑瓜子。

兴儿笑道："可惜宝二爷应该是定了的，虽然现在不说，将来一准是和林姑娘。现在一是大家还小，二来林姑娘多病。再过三二年，老太太一开口,这事就成了。"

大家止说话,贾琏另一个跟班隆儿来了,说贾赦要派贾琏去平安州办事,过几日就动身,大概得去半个月的工夫,今晚不过来了,明日再来。说完,隆儿带着兴儿回去了。

尤二姐让人关了大门后,拉着三姐在房里细细盘问了一夜。第二天午后,贾琏才过来。

尤二姐让贾琏安心外出办事,家里的事情她会处理,三姐心里也已经有了人,就不会朝更暮改,他们只需要按三姐意思去办就行。

贾琏忙问三姐看上了谁。尤二姐就把事情的原委一一说了一遍。

原来五年前,尤家姐妹的外祖母做寿,尤老太太带着她们过去拜寿,外祖母家里请了一群票友唱戏,里面有一个唱小生的叫柳湘莲,尤三姐一眼就相中了。

后来听说柳湘莲闯了祸跑了,也不知道跑到哪里去了,也不知道什么时候才回来,可三姐也说了,她会一直等着他回来。

贾琏一听,恍然大悟:"难怪,我说是谁,居然是他!三妹妹果然眼力不错。柳湘莲柳二郎长得的确标致,他和宝玉最合得来,去年是因为打了薛呆子,才不好意思见我们。最近听说是回来了,也不知是真是假。回头问问跟宝玉的小厮就知道了。可如果他一直不回来,岂不是耽误了三妹妹?"尤二姐道:"我们这三丫头说得出做得到,我们只管依她就行。"

第三十回
痴情女殉情表清白
冷二郎一冷入空门

两人正在说话时，尤三姐走了过来，对贾琏说道："姐夫，我今天把话放在这里，你只管放心，我不是心口不一的人。说得出，做得到。从今天开始，我吃斋念佛，服侍母亲。如果柳湘莲来了，我就嫁给他；如果他一辈子不回来，我就当尼姑修行去。"说完，尤三姐就从头上拔下了根玉簪，磕成两段："如有一句假话，我的下场就同这根簪子一样。"贾琏见她心意已决，也不好再说什么。

贾琏和尤二姐商量了一会家务之后，便又回了荣府和凤姐商量起程之事。过了几天后，贾琏就出发去平安州了。

走了几日后，贾琏在路上遇到一只马队，大概有十几个人，走近一看，竟然是薛蟠和柳湘莲。贾琏见状，大为奇怪，赶紧迎上去打招呼。

大家相见之后，寒暄一阵，找了一家酒店住下仔细叙谈。贾琏笑着问："上次大闹一场后，我们还想着找个机会帮你俩和解，哪知道柳兄一下子跑没影了。如今你两个怎么凑到一起的？"

薛蟠笑道："天下就有这样的奇事。我同伙计采买了些货物，春天时动身往都城走，一路平安。谁知前日到了平安州界，遇一伙强盗拦路打劫，把货物抢去了。柳二弟正巧路过那里，就把强盗打跑了，夺回货物，还救了我们的性命。我要酬谢他，他又不受，所以我们结拜了生死弟兄，如今一起回京。从此之后我们是亲兄弟了。等我回京安排好我自己的事情，我就要给他买所宅子，寻一门好亲事，让他好好过日子。"

贾琏一听，心里也高兴："原来如此，那我们也不用再替你们操心了。"听说想要寻亲事，赶紧又说道："既然要给柳二弟提亲，我这里正有一门好亲事。"

说完，贾琏就把自己娶了尤二姐，如今又要发嫁尤三姐的事情说了出来，还嘱咐薛蟠一定不能跟家里说漏嘴了。

薛蟠听了，十分高兴，连说这门亲事值得考虑。柳湘莲说："我原来是想找一个绝色女子。如今既然是你们兄弟做媒，那么我就听你拿主意了。"贾琏笑道："现在是口说无凭，等柳兄见我那小姨子，就知道那也是位绝代佳人。"柳湘莲听了大喜，说："既然如此，等我探望姑母回到京城后，再做定夺，怎么样？"贾琏笑道："你我一言为定，只是我信不过柳兄。你一直萍踪浪迹，万一不来，岂不误了人家。必须留一定礼才行。"柳湘莲说："大丈夫一诺千金。小弟家贫，如今又在路上，一时拿不出定礼来。"薛蟠道："我这里有现成的，现准备一份给二哥带去。"贾琏笑道："也不用金帛之礼，是柳兄随身之物就好，不论物之贵贱，做个信物而已。"湘莲道："既然如此，小弟也没有别的东西，只有这把鸳鸯剑，是我的传家之宝。平时轻易不用，只随身收藏而已。贾兄请拿去为信物。小弟即使再散漫，也绝对不会舍弃此剑的。"说完之后，大家又一起喝了几杯酒，才各自上马起程。

贾琏到平安州办好事情之后就立刻起程回京，先到了尤二姐处探望。贾琏出门之后，尤二姐每日在家操持家务，十分谨肃。尤三姐果然是个言出必行的人，安分守己，侍奉母姊。

贾琏一进门，寒暄之后，便将路上相遇湘莲一事说了出来，又将鸳鸯剑取出，递与三姐。

尤三姐接过剑拔出一看，剑鞘里有两把剑，一把上面錾着一"鸳"字，另一把上面錾着一"鸯"字。两把剑寒气逼人，明亮亮，如两痕秋水一般。三姐喜出望外，连忙收了，挂在自己绣房床上，每日望着剑，心中暗暗高兴，觉得自己终于找到可以依靠的人了。

贾琏在尤二姐这边住了两天，才回去向父亲复命。这时，凤姐身体已经痊愈了，又开始出来打理事情。贾琏把尤三姐定亲之事告诉了贾珍，贾珍知道后，给了贾琏三十两银子让他给三姐做嫁妆。

柳湘莲回京后，先去拜见薛姨妈，得知薛蟠回京后因为旅途劳累、水土不服病倒了。薛蟠听说柳湘莲来了，让人请他到卧室相见。薛姨妈也不再提当初薛蟠被打之事，只感激这次的救命之恩。薛家母子对柳湘莲都非常感激,还说已经替他准备好成亲的所有事宜,只等他定下迎亲之日就可以。柳湘莲对他们的热心也是感激不尽。

见过薛蟠后,第二天柳湘莲又去找了宝玉。两人久别重逢,自然是十分高兴。柳湘莲问起贾琏偷娶二房之事,宝玉笑道:"我倒是听茗烟他们说过此事,但我没见过,也不敢多管。我还听茗烟说,琏二哥哥找他问过你,不知是有什么事?"柳湘莲就将路上所有之事都告诉宝玉。宝玉听了,笑道:"恭喜恭喜,那位的确是个绝代佳人,正好配得上你。"柳湘莲却不信:"既是这样,自然会有很多人提亲,为什么会想到我?何况我和琏二爷也不算特别熟,不至于会这么关心我的事。而且在路上时就急急忙忙地让我定下来,哪有女方还比男方急的道理。我越想越觉得疑惑,非常后悔不该留下家传宝剑为信物,所以想过来问问你知不知道底细。"

宝玉道:"你不是一直说就要找个漂亮的吗,现在遇上了,何必又各种猜疑。"柳湘莲道:"你既然没有见过她,又如何知道她长得漂亮呢?"宝玉这才说:"尤二姐、尤三姐是珍大嫂子的继母带来的两位小姨子。珍大哥府里办丧事时,我在那里和她们混了一个月,怎么不知道?真是一对尤物,她还又姓尤。"

柳湘莲一听了,跺脚道:"这事不好,我不能娶她。你们东府里,除了那两个石头狮子干净,只怕连猫儿狗儿都不干净。"宝玉一听,脸都红了。柳湘莲知道自己说错话了,连忙作揖说:"我乱说的,我该死。你好歹告诉我,她品行如何?"宝玉笑着说:"既然你也知道实情,何必还来问我,连我也未必是干净的。"湘莲笑道:"我一时情急胡说的,你别多心。"说完,柳湘莲也不好意思再问什么,向宝玉作揖告辞出来。

柳湘莲考虑到薛蟠脾气急躁,现在又卧病在床,如果让他去帮退亲,说不定闹出更多事来。想来想去后,柳湘莲干脆自己去找贾琏拿回鸳鸯剑。

贾琏正好在尤二姐家中,听说柳湘莲来了,非常开心,赶紧将他迎了进去,带到屋里介绍给尤老太太认识。

寒暄一番之后,大家坐下喝茶。柳湘莲便说:"我回来之后,才知道我姑母早就给我订了一门亲事。如果从了我和贾兄的约定就违背了姑母之名,似乎不合情理。当初若是以金银为信物,我也不敢再来索要。但那把鸳鸯剑是我祖父所赠,还请能够赐回。"

贾琏听了,很不高兴,说道:"索要信物,就是为了避免反悔。而且婚姻大事，岂能说反悔就反悔的，还请你再斟酌。"柳湘莲笑道："我愿意受一切责罚，但这门亲事是断断不可的。"

贾琏还想再劝时，柳湘莲便起身让贾琏与他换一处地方说话。尤三姐听说柳湘莲来了，一直躲在屋里听他们说话，没想到柳湘莲竟是来悔婚的。尤三姐知道，柳湘莲一定是在贾府听说了什么，以为自己是不干不净之人，不屑娶她为妻。即便贾琏再说什么，看来他也不会同意的。见到柳湘莲要拉贾琏出去说话，尤三姐连忙摘下鸳鸯剑，跑了出去，对柳湘莲说："你们不必出去讨论了，还你的定礼。"说完泪如雨下，左手将雄剑并鞘送与湘莲，右手回肘用事先藏好的雌剑往脖子上一抹，就此香消玉殒了。

事出突然，大家都被吓坏了。尤老太太一面号哭，一面大骂柳湘莲。贾琏忙揪住柳湘莲，让人捆了送官府。尤二姐擦着泪，劝阻贾琏："人家没有威逼她，是她自寻短见。你把他送官，又有什么好处。反而让外人知道了这种丑事。不如放他走吧。"

贾琏此时也没了主意，只能松开手让柳湘莲赶紧走。谁知柳湘莲反而不走了，哭着说道："我不知道你是如此刚烈贤惠，实在可敬，可敬。"说完，他反倒跪在三姐尸体边大哭一场。

买了棺木入殓后，柳湘莲又抚棺大哭一场，才告辞而去。

柳湘莲从尤家出来后，想到尤三姐如此标致的模样，性子又如此刚烈，是越想越后悔。恍恍惚惚时，突然看见尤三姐一手捧着鸳鸯剑，一手捧着一卷册子，向他边哭边说："我痴痴等了你五年。没想到你果然像别人说的那样冷心冷面，我只能以死来报我的痴情。我不忍心和你分别，所以再来看看你，从此以后我们就再不能相见了。"

尤三姐说完便消失得无影无踪，柳湘莲一下子清醒过来，发现自己不知什么时候走到一座破庙，旁边坐着一个瘸腿道士，他正在抓虱子。

湘莲向道士行了礼后问："这里是什么地方？您的法号怎么称呼？"

道士笑着说："我不知道这是哪里，也不知道我是谁，我不过是在这里歇歇脚罢了。"

柳湘莲听了，忽然觉得寒冷刺骨，干脆拔出那柄雄剑，将万根烦恼丝一挥而尽，随着那道士云游去了。

第三十一回
苦尤娘赚入大观园
酸凤姐大闹宁国府

　　柳湘莲救了薛蟠一命，薛姨妈对他是感恩不尽。一听说柳湘莲已和尤三姐定了亲，薛姨妈心里十分高兴，马上准备为他买房子置办家具，挑日子迎亲。哪里知道，才过了几天，外面就传来尤三姐自尽的消息。没多久，她又听说柳湘莲不知所踪了。

　　薛姨妈听到了这些坏消息，也不知道原委，心里颇替两人可惜。宝钗过来看望她时，她还跟宝钗感慨了几句。宝钗却觉得没什么，只说是"天有不测风云，人有旦夕祸福"。

　　母女两人正聊着天，薛蟠从外面走了进来，看模样是刚哭过。他告诉薛姨妈，外面有人说柳湘莲跟一个道士云游去了。薛姨妈让他赶紧到城外道观寺庙里找找，说不定就能找到柳湘莲。薛蟠却说，早就带人去找过了，到处都没有。薛姨妈听了，叹息一声，说道："既然如此，我们能做的都做了，也算是尽了自己的心意。他这一去，说不定能遇到另外的缘分呢。"

　　说完之后，薛姨妈又嘱咐薛蟠挑个日子酬谢跟他去采办货物的伙计们。话音刚落，小厮进来说，张总管派人送了两大箱东西，都是薛蟠自己买的。薛蟠一听，直拍脑袋，说自己真是糊涂，特意给薛姨妈和宝钗带的礼物，竟然忘得一干二净了。宝钗笑着调侃他哥哥："这都放了一二十天。如果不是'特意'买的，大概要放到年底才想得起来吧。"

　　薛蟠哈哈笑了起来，让人赶紧把东西都拿进来，原来都是一些笔墨纸砚、胭脂水粉及江南特产。

　　宝钗看了之后，和薛姨妈一起将这些礼物分成一份份，各自拿去送人。

薛宝钗还特意准备了双份礼物给林黛玉。

园子里的姐妹收到礼物之后，都很高兴，唯独林黛玉有些触物伤情。看到这些极具自己家乡特色的礼物，林黛玉想到如今自己父母双亡，又无兄弟姐妹，寄居在亲戚家，不会有人像薛大哥对宝钗那样，外出时想到要为自己带土特产。她不由得又伤心起来。

紫鹃知道黛玉的心思，又不好说破，只能委婉地规劝着。好在后来宝玉来了，看到黛玉伤心，就哄她说自己明年让人去江南给她带两船礼物回来。黛玉知道宝玉也是为自己开心，可还是觉得酸楚，眼泪忍不住又流了下来。宝玉看了，便挨着黛玉坐下，把那些礼物一一拿起，故意问她这些都是什么、能做什么用。黛玉见了，心里感动，才停住了泪水。两人又一起去薛宝钗那儿道谢，也顺便让黛玉可以听听宝钗说她哥哥一路的见闻，以慰思乡之情。

从蘅芜苑出来，宝玉把黛玉送回潇湘馆之后，自己回了怡红院。他想到黛玉如今孤苦一人，心里不免也替她难过，就想找袭人，让她有空的时候多去安慰安慰黛玉。进了屋子后，宝玉却找不到袭人，问了人才知道袭人去凤姐那了。

原来袭人做完了活，又想起凤姐最近身体不好，自己又一直没空过去探望，便想趁着贾琏不在家，过去陪凤姐说说话。谁知，袭人刚到凤姐院子里，就听到凤姐在屋子里骂人，此时她进去也不是，不进去也不是，只得放重脚步，在屋外问了声："平姐姐在家吗？"

平儿闻声迎了出来，袭人才边和她说话边进了屋。进到屋里之后，袭人就看到刚才还在骂人的凤姐正在床上装睡，一副听到她说话声才惊醒的模样。

袭人把来意说了，凤姐笑着谢谢她，三人又在一起闲聊了会。袭人听到有人在屋外悄悄地跟平儿说"旺儿来了"，便知道凤姐她们还有事，便找了个借口告辞了。

袭人离开后，凤姐就让平儿把旺儿叫进来，还让平儿再把她听到的事情给自己说一遍。

事情是这样，凤姐院子里有个小丫头，无意中在外面听到有几个小厮聊天时说"这个新二奶奶比旧二奶奶更漂亮，脾气还好"，她刚想继续听，一个叫旺儿的小厮就过来让那些小厮闭嘴,别乱说什么"新奶奶旧奶奶"。

凤姐知道后,自然要立刻派人去找旺儿来问个清楚。

旺儿进屋见了凤姐,一开始还想狡辩,后来被凤姐追问了几句,知道再也瞒不住了,赶紧跪下说自己并不是太清楚,具体的事情还得问小厮兴儿。

兴儿被叫来后,就让凤姐劈头盖脸骂了一顿,吓得赶紧跪在地上不停磕头求饶,将贾琏偷偷娶了宁国府尤氏妹妹尤二姐之事一五一十全都招了。就连贾蓉如何牵线、贾珍如何逼张家退的亲,兴儿都详细给凤姐说了一遍。

凤姐了解清楚整件事情的来龙去脉后,便警告兴儿不准在贾琏面前透一点风声,退下去后哪里都不许去,就在府里老实待着,保证随叫随到。

凤姐歪靠着枕头躺在床上,想到贾琏居然背着自己搞出这么一件事情,就越想越气。按她的性格,怎么可能会忍得下这口气,于是眉头一皱,计上心来。凤姐挥手让一旁伺候的平儿凑过来,向她说了自己的计划。

贾琏被贾赦派出去办事,大概半个月之后才会回来。贾琏一走,凤姐立刻找了人按着自己房间的模样,把三间东厢房装修一新。

装修好了房子,凤姐便带着平儿、周瑞家的等人,让兴儿带路,去了尤二姐家。丫鬟开了门,兴儿就笑着说:"快回二奶奶去,大奶奶来了。"丫鬟一听,魂都吓没了,赶紧跑进去告诉尤二姐。尤二姐听说后也是一惊,但人已经来了,只得以礼相见,连忙穿戴整齐迎了出来。尤二姐见了凤姐,赶紧赔笑迎上来,张口便叫:"不知道姐姐今日过来,未曾远迎,还请姐姐恕罪。"说着向凤姐行了礼。凤姐也赶紧笑着还了礼,两人手拉着手进了屋里。

尤二姐请凤姐坐上座,又让丫鬟拿褥子过来垫在地上,跪下行礼道:"妹妹还年轻,一切事情,都是由家母和家姐商议决定。今日有幸见到姐姐,若是不嫌弃,还请姐姐多多指教,妹妹也愿意好好服侍姐姐。"

凤姐赶紧起身扶起了尤二姐,说道:"我一个妇道人家,没什么见识,一心只是为了二爷好,以前常常劝他不要在外寻花问柳,是为了避免惹长辈生气。谁知道,二爷居然因此误会了我的心意,以为我是爱嫉妒的人,就连娶姐姐做二房这种大事都不和我说。真是天大的冤枉呀,其实我早就劝二爷再娶一房,好开枝散叶。之前我就听说了姐姐的事情,因为怕二爷不高兴,所以才忍着不说。如今是趁着二爷外出办事,特意过来拜见姐姐。我希望姐姐能够体谅我的心意,跟我一同回家住。从此之后,你我姐妹二人,同心同德,好好服侍劝诫二爷。如果姐姐一直独自住在外头,我心里怎么过意得去。倘若外人知道了议论起来,我的名声倒罢了,二爷的名声可就要毁了。平日里我管下人是严厉了些,有些别有用心的小人就到处说我不贤惠爱吃醋,容不下人,我真是太冤枉了。我如果真是那样的人,贾府这样的大户人家怎么可能容得下我这样的媳妇。二爷私娶姐姐这事,若是放在别人身上肯定要生气,我知道后心里却是开心的。这是老天爷都看不过我被人冤枉,特意来为我做证的呀。我求姐姐一定要和我回去一起生活,让大家都知道以前是冤枉了我。如果姐姐实在不愿意,那我也不回去了,搬到这里来陪姐姐,只求姐姐在二爷面前替我美言几句,让我好有一个立足之地呀。哪怕以后天天服侍姐姐梳洗,我也是愿意的。"

一番话说完,凤姐也呜呜地哭了起来。尤二姐见了她如此委屈的模样,也跟着流下了眼泪。两人又坐下来后,凤姐让平儿她们赶紧上前给尤二姐行礼,还让人把送给尤二姐的礼物也拿了进来。尤二姐收下礼物后,两人边喝茶边聊起了家常。

说话间,凤姐不停地自怨自艾,求尤二姐多多照顾她,周瑞家的这群人还时不时替凤姐说好话。尤二姐是个实在人,听了凤姐一番话后,就真的以为之前听说的都是小人污蔑之词,自己误会凤姐了,竟把凤姐当作了知己,立刻收拾了细软,跟着凤姐回了大观园。贾琏让她帮着保管的体己钱,她也全告诉了凤姐。

坐车回去的路上,凤姐跟尤二姐说,贾府规矩大,老太太她们如果知道贾琏在守孝期间娶了尤二姐,得把贾琏打死,所以要委屈尤二姐先在园子里暂住几日,过几天再带她去见贾母她们。

凤姐让尤二姐暂时和李纨一起住。尤二姐这事,大观园里的人大部分都知道了,纷纷跑去稻香村看尤二姐。众人见尤二姐模样标致、性情温婉,都夸她。凤姐一一吩咐众人不许走漏任何消息,谁说漏了打死谁。一来凤姐积威甚重,二来贾琏在国孝家孝中娶亲是大逆不道之事,众人自然也不敢到处说去。

凤姐想着法子把尤二姐以前的丫头打发走了,安排了一个自己的丫头服侍；暗中吩咐园子里的下人要好好照顾尤二姐，若是有什么闪失，就拿他们是问。

凤姐的各种举动，让熟知她脾性的众人心中暗暗纳闷，奇怪她怎么突然如此贤惠起来。

尤二姐见到园中姐妹各个和善好相处，还以为自己真是到了好去处，也就安心住了下来。

安排好尤二姐，凤姐又让人到外面将尤二姐的底细再次打听了一番。得知退婚之事是张父拿了尤老太太十两银子后写的退婚书。而与尤二姐有婚约的张家儿子叫张华，早就因为嗜赌成性、不务正业，被他父亲赶出了家门，现在还不知道退婚之事。

凤姐就让人给了张华二十两银子，唆使张华去衙门里告贾琏"国孝家孝时，背旨瞒亲，仗财依势，强逼退亲，停妻再娶"。起初，张华知道这几条罪名的厉害，并不敢轻举妄动。后来凤姐又叫人去唆使了一番后，张华才动了心，拿了银子就写了一纸诉状，去都察院喊了冤。

都察院御史看了状，发现被告是贾琏和其下人旺儿。贾琏自然是不能抓的，御史就派人去传旺儿来回话。旺儿早就得了凤姐的指示，一见衙役就主动跟着去了。去到堂上，旺儿装模作样和张华对质一番，让张华咬出了贾蓉。

御史一听也没办法，只得又去传贾蓉。都察院里有人立刻去给贾蓉通风报信。贾蓉听后吓了一跳，赶紧去禀告贾珍。贾珍倒不意外，说道："我早就想到这一点了，不过没想到张华竟真有这么大的胆子。"说完立刻让人拿了二百两银子去官府打点，还派了下人去对质。

贾珍和贾蓉正在商量接下来该怎么办时，听到下人来报："西府二奶奶来了。"两人皆是一惊，正要找地方躲开时，凤姐就已经进了屋说道："好大哥哥，瞧你带着兄弟们干的好事！"

贾蓉赶紧给凤姐请安，便被凤姐一把抓住。贾珍在一旁笑着让贾蓉好好招待凤姐，便令人备马，自己躲了出去。

凤姐扯着贾蓉就去找尤氏，尤氏刚好从屋里走来，看到凤姐面色不善，赶忙笑着打招呼。

凤姐吐了一口唾沫到尤氏脸上，开口大骂道："你尤家的丫头没人要了，偷着往贾家送！难道天下男人都死绝了，只有贾家的人是好的？就算你愿意给，也要三媒六证，才成个体统。你真是猪油蒙了心，国孝家孝两重在身，就把个人送了过来。现在还被人家告我们，这下好了，连官老爷都知道我善妒，指名要休了我。我嫁到你家，做错了什么，你要这样害我？还是老太太她们给了你什么暗示，让你给我挖这样一个坑？现在，你就跟我一同去见官，把话说明白，给我一张休书，我就离开。"一面说，一面大哭，拉着尤氏，就要去见官。

贾蓉急得跪地下磕头不止，不停哀求凤姐息怒。凤姐转头开始骂贾蓉："天打雷劈的没良心玩意！不知天高地厚，尽干出这些没脸面没王法的事。你死了的娘阴灵也不容你，祖宗也不容你，还有脸劝我！"哭骂着扬手就要打贾蓉。

贾蓉赶紧继续磕头道："婶婶别动气，我自己打。"说着，自己举手左右开弓打了自己一顿嘴巴子，边打边自言自语说："让你只听叔叔的话，不听婶婶的话！"

在一旁劝架的人，看到这个情景，又想笑，又不敢笑。

凤姐滚到尤氏怀里，放声大哭，说道："想给你兄弟娶亲，我不反对。为什么让我背个爱妒忌的恶名？你妹妹我亲自接到家里去了，每天好吃好喝地伺候着。我怕老太太、太太生气，现在也不敢告诉她们。本想着等老太太知道后，就说接过来大家安分守己过日子，我也不提旧事。谁知又是有了人家的，如今还要告我。我昨日吓坏了，赶紧拿银子去打点。"说了又哭，哭了又骂，又要撞头寻死。

尤氏被凤姐当作个面团样揉搓一顿，衣服上全是眼泪鼻涕，气得直骂贾蓉："你个混账东西，你看你和你老子做的好事！当初我就说使不得。"

凤姐一听，边哭边用手抱着尤氏的脸继续骂："你发昏了？嘴里是塞了茄子吗？还是他们给你套了笼头了？为什么不早告诉我去，早告诉了我，这会不就没事了？哪会闹到这步田地，还惊动了官府。你现在还怨他们。但凡你是个贤惠的，他们怎么会闹出这种事情来！"

尤氏气得也哭了起来："你不信问问下人们，我有没有劝过，也得他们肯听呀！我能有什么办法呢！这事情我也知道怨不得妹妹会生气。"

众姬妾丫鬟媳妇已是乌压压跪了一地，赔笑求说："二奶奶最圣明。虽然我们奶奶也有不对之处,可二奶奶打也打了、骂也骂了。还请二奶奶看在往日情分上给我们奶奶留个脸面。"

说着,有人捧上茶来。凤姐直接摔了,边挽头发,边骂贾蓉:"把你父亲给我请出来。我当面问问他,亲大爷的孝才五七,侄儿就娶亲,这是什么样的礼数,我得好好学学,以后好教导晚辈。"

贾蓉听了,只得继续磕头求饶,说一切事情都是他脑子发热惹出来的,求凤姐原谅。边说好话边不停地磕头。

凤姐见到尤氏和贾蓉的反应,知道要见好就收了。于是,凤姐换了一副面孔,向尤氏赔礼道:"我年轻没经历过事,一听被人告了,就吓昏了头。刚才多有得罪,还请嫂子要体谅我。"

尤氏、贾蓉一齐都说:"婶婶放心,绝对不会连累叔叔。婶婶刚才说用了五百两银子去打点,我们待会就给婶婶送过去,不会让婶婶破费的。就是求婶婶别在老太太、太太们跟前提刚才这些话。"

凤姐又冷笑道:"嫂子的兄弟是我的丈夫,嫂子既怕他绝后,我岂不更比嫂子更怕绝后。嫂子的令妹就是我的妹子一样。我知道这个消息后,高兴得连觉都睡不着,马上让人收拾了屋子,就要接进来同住。还有些奴才挑唆我去告诉老太太和太太,让她们定夺。我还打了她们,才让她们住了嘴。谁知道,半路又跑出个张华来告状。我听见了,吓得两夜没合眼,又不敢声张,只得求人去打听这张华是什么人,这样大胆。打听了两日,谁知是个无赖的花子。他穷疯的人,什么事做不出。再说,这事原就是爷做得太急。国孝一层罪,家孝一层罪,背着父母私娶一层罪,停妻再娶一层罪。你兄弟又不在家,又没个商议,少不得拿钱去垫补,谁知越使钱越发让人来讹。我是又急又气,这才来找嫂子。"

贾蓉不等凤姐说完,就说:"不必操心,侄儿自然会处理,绝对不会让婶婶烦心。"凤姐忙道:"我可不舍得让你姨娘再回去,好侄儿,你若疼我,只能多给张华钱。"凤姐顿了顿,又问:"外头解决了,家里怎么办?你也要同我过去回明才是。"

尤氏又慌了,拉凤姐讨主意如何撒谎才好。凤姐冷笑道:"既没这本事,谁叫你干这事了。我到底是个心慈面软的人。现在你们都别露面,我领了你妹妹去与老太太、太太们磕头,就说我觉得你妹妹和我投缘,又是亲上做亲的,我愿意娶来给二爷做二房。因家中没什么人了,日子又艰难,不能度日,我就给按了进来,暂时住在厢房,等满了服再圆房。仗着我不怕臊的脸,死活赖去,有了不是,也寻不着你们了。你们母子想想,行不行?"

尤氏、贾蓉一齐笑说:"到底是婶婶宽宏大量,足智多谋。等事妥了,少不得我们娘儿们过去拜谢。"尤氏忙命丫鬟们服侍凤姐梳妆洗脸,又摆酒饭,亲自递酒拣菜。

凤姐在宁国府大闹了一场,这才进了园中将贾琏被告之事告诉尤二姐。又说自己怎么操心打听,又怎么四处打点,花了许多心思才保下众人无罪。尤二姐听了,对凤姐更是感恩戴德,殊不知自己已在凤姐的算计之中。

第三十二回
弄小巧用借剑杀人
觉大限吞生金自逝

一日，凤姐趁贾母正和园中姐妹们说笑闲聊时，让尤氏和尤二姐跟着自己一起去见贾母。到了贾母跟前，凤姐把之前在尤氏面前编的那番话，又跟贾母说了一遍。贾母看着尤二姐长相俊俏，性情也显得温顺，自然也就同意了。凤姐又哄着贾母，派两个人带着她们去邢王两位夫人面前把这事情说了。从此之后，尤二姐便见了光，搬到了凤姐的院子里居住。

凤姐还暗中派人挑唆张华，告诉他会有人给他撑腰，让他继续去衙门里闹，非要接回尤二姐不可。一来二去地把事情又闹大了，凤姐趁机跑去贾母面前添油加醋说了一顿。贾母听了后，觉得既然有婚约在前，就应该把尤二姐送回去。尤氏和尤二姐再三保证张家已经收了银子写了退婚书的。贾母这才吩咐凤姐去找人把这事情处理好。

贾母发了话，凤姐只得找贾蓉去处理这事。贾蓉和贾珍派人去找了张华，软硬兼施恐吓了一番，又给了些银子，张华父子便匆匆离京回了故乡。得知张华父子跑了后，凤姐又想了想，觉得还是将尤二姐放在身边更为妥当些，也就没有继续使绊子，这场闹剧总算暂告一个段落。

贾琏办完事回京后，先到了尤二姐那里，却见小院大门紧闭，只有一个看房子的老头。听完原委后，贾琏气得直跺脚。但事已如此，也没有别的办法，贾琏只得先回家拜见父母。

贾琏回去先向贾赦汇报了所办之事，贾赦见他办事漂亮，很高兴，就把屋里叫秋桐的丫鬟赏给贾琏做妾了。贾琏兴高采烈地回家去。刚看到凤姐时，贾琏多少有些不好意思，却发现凤姐一改往日的泼辣性格，笑容满面地和尤二姐一起出门迎接他。

凤姐备了酒菜，和尤二姐一起替贾琏接风洗尘。三人边吃边聊，席间贾琏把秋桐的事情告诉了凤姐，凤姐一听就立刻找人去把秋桐接了过来。尤二姐还没除掉，又来了个贾赦赏的秋桐，凤姐心里气得要命，但也不能表现出来，只得暂时忍气吞声，表面上还是一团和气的模样。贾琏见她这次的反应与以前截然不同，心里也在暗暗纳闷。不过见到凤姐和尤二姐相处得如同姐妹般亲密，贾琏也就不再深究了。

之前尤二姐寄居在李纨那时，凤姐安排了自己的丫鬟善姐去服侍尤二姐。没过多久，善姐便开始不听使唤了。有一天，梳头用的头油没了，尤二姐让善姐去问凤姐拿一些。善姐反而夹枪带棒地把尤二姐说了一顿，说凤姐平时要打理贾府大小事务，怎么好因为头油这点事情还去麻烦凤姐；本来尤二姐就不是明媒正娶的，换作不如凤姐贤惠的人，早就将尤二姐赶出门了，哪里会管她的死活。

因为私自结亲一事，尤二姐难免有些理亏心虚。听了善姐这番话，也只得将就将就。谁知道，善姐越来越过分，连一日三餐都不按时送，即便送过来了也大多是剩菜剩饭。尤二姐忍不住说了她两次，善姐反而向她瞪起了眼睛。尤二姐怕吵起来后让人觉得自己不安分，只得继续忍着。

那时，隔了好几天，凤姐才会露一面。一见到尤二姐，凤姐都会和颜悦色地一口一个"好妹妹"，还叮嘱她："倘若下人们有什么照顾不周的地方，你只管告诉我，我打死她们。"又当着尤二姐的面让下人要好好伺候。尤二姐见凤姐这样说，以为只是下人们阴奉阳违私下偷懒，又担心跟凤姐说了实情后让下人记恨，于是反而替善姐遮掩。

尤二姐搬到凤姐院子里住后，凤姐在别人面前对她都非常好，等到只有她们两人独处时，凤姐就会对尤二姐说："有些小人在背后乱嚼舌根，说妹妹以前的名声很不好，在家做姑娘时就不干净，还和姐夫有些不清不楚，是没人要的。二爷早就该把你休了撵出去。这话传得到处都是，连老太太、太太都知道了。我刚知道的时候，气个半死，立刻派人去查，可惜就是查不出谁乱造谣。我真是为别人着想，反倒给自己找了一身麻烦。"

在尤二姐面前说过几次之后，凤姐便假装自己气得茶饭不思病倒了。凤姐院里的丫鬟下人，除了平儿之外，都开始对尤二姐指桑骂槐、暗中讥讽。

自从秋桐来了之后，贾琏天天和她混在一起，对尤二姐也没有那么关心了。秋桐又自恃是贾赦赏给贾琏的，觉得没人比得过自己，连凤姐都不放在眼里，更何况是尤二姐。她成天张口闭口就骂尤二姐是"没人要的娼妇"，尤二姐听了之后心里是又羞又怒，可却拿秋桐没办法。

凤姐听了自然是心中暗喜。自从装病后，她便顺水推舟不再和尤二姐吃饭，每日让人端些剩菜馊饭去尤二姐房中给她吃。后来还是平儿实在看不过眼，总找机会单独给尤二姐做些好吃的。有一次秋桐无意中撞见了，立刻跑去向凤姐告状。凤姐知道后把平儿痛骂了一顿。碍于凤姐的压力，平儿也不好再管。

因为凤姐表面功夫做得好，园里众姐妹大多都以为凤姐是真心待尤二姐。只有黛玉和宝钗看得清楚，暗地里为二姐担心，虽可怜二姐但也不好多事，只能暗地里悄悄安慰周济一些。

就连贾琏都被凤姐蒙蔽住了，尤二姐每次见到他时，除了抹眼泪之外，也不敢和他抱怨凤姐。

凤姐虽然也恨秋桐，但想着可以坐山观虎斗，用借剑杀人之法让秋桐先收拾尤二姐，自己再找机会收拾秋桐。于是，凤姐常常假意私下劝秋桐说："你年轻不知事，尤二姐现是二房奶奶，二爷心上人，我还要让她三分，你何苦去和她硬碰硬，岂不是自寻死路？"

秋桐听了这话，更加生气，天天朝二姐屋子破口大骂："奶奶是软弱人，这样贤惠，我却做不到。奶奶平日的威风怎都没了？奶奶宽宏大量，我却眼里揉不下沙子去。等我好好收拾她一顿，她就知道我的厉害了。"

凤姐待在自己屋里，装作不敢出声。尤二姐被气得在房里直哭，饭也吃不下，又不敢告诉贾琏，只得自己忍着。

有一次，贾母看见尤二姐双眼红肿，问她怎么了。尤二姐也不敢说，反而被秋桐抓住机会偷偷在贾母、王夫人面前污蔑了一番。贾母听了之后，误以为尤二姐嫉妒凤姐，便慢慢不太喜欢她。许多人见贾母不喜欢尤二姐，也纷纷落井下石。幸亏平儿是个善心人，常常背着凤姐安慰她，让她多宽心。

尤二姐本来就是个性子软身体弱的人，哪里受得了这样的折磨，受了一个月的暗气，便一病不起，四肢懒动，茶饭不思，渐渐变得又黄又瘦。

晚上闭上眼时，尤二姐在睡梦中看到自己的妹妹手捧鸳鸯宝剑走了过来，跟她说："姐姐，你生性软弱，终究还是吃了这亏。不要再信那妒妇花言巧语，她表面贤良，内心奸诈。她不弄死你，是绝对不会罢休的。如果妹妹我还在世，是绝对不会让你搬进来住的；就算搬进来住，也不会让她这样折磨你。你要是听我的话，干脆拿了此剑杀了那妒妇。不然，你就是枉送了性命，也无人可怜。"

尤二姐哭着说："妹妹，事已如此，我又何必再添罪孽。我还是继续忍让吧，如果老天可怜我，让我好过，岂不是两全其美。若是不能，那就是命该如此，我也不怨。"尤三姐听了，长叹一声，拂袖而去。

尤二姐这才惊醒过来，发现自己刚才是在梦中。贾琏过来探病时，尤二姐看左右无人，才哭着对贾琏说："我这病怕是不能好了。我来了半年，腹中也有身孕，如果老天保佑，能生下来就还好，若不能，我的性命是保不住了。"贾琏也难受地哭着说："你只管放心，我请最好的大夫来给你医治。"于是，贾琏马上派人去请大夫。

以前经常来贾府替众人看病的王太医到军队里去做军医了，小厮们就请了一个胡姓太医。胡太医是个庸医，诊脉后说尤二姐不是怀孕而是淤血凝结。

胡太医开的药，尤二姐吃了之后，腹痛不止，孩子也没了。贾琏气得一边另外请医生，一边让人去抓胡太医。胡太医知道消息后，早就卷铺盖跑了。新请来的太医看诊后说："本来气血就弱，之前的医生又用错药伤了元气，恐怕是很难痊愈。先煎一两服药吃吃看，保持心情舒畅，或许可以康复。"

尤二姐流产后，凤姐表现得比贾琏更急十倍，总说："咱们命中无子，好容易有了一个，却遇见这样的庸医。"于是，她天天烧香拜佛，祷告说："让我承担所有的病痛吧，只求尤妹妹身体大愈，再怀上孩子，我愿念佛吃长斋。"贾琏和众人见了，都称赞她贤惠。

贾琏去秋桐房里时，凤姐又派人给尤二姐送补品，还让人去找算命先生卜卦。那人回来后说："先生说，是属兔的女人和尤二姐犯冲。"大家算了算，只有秋桐一人属兔，就都赖在她头上。

秋桐最近看见贾琏为了尤二姐请医治药，十分尽心，心里早就不舒服了。现在大家都说是她害得尤二姐流产，就连凤姐也让她先到别处躲躲。秋桐更加火冒三丈，有天碰到邢夫人时，就在邢夫人面前哭诉了一番。邢夫人也不问事情原委，把贾琏和凤姐都数落了一顿："不知好歹的玩意，她就算再不好，也是你父亲给的。为个外头来的人撑她，你们眼里还有没有你老子了！"说着，赌气走了。

这样一来，秋桐愈发得意，索性走到尤二姐房子的窗户根底下大哭大骂。尤二姐听了，心中更添烦恼。到了晚上，大家都睡了之后，平儿悄悄到尤二姐那里，安慰她，让她专心养病。尤二姐哭着谢谢平儿一直的照顾。平儿也很后悔，她觉得如果当初自己不把小丫头传的话说给凤姐听，现在也不会闹出这些事情来。两人对着哭了一回，平儿又嘱咐了几句，夜已深了才回去。

平儿回去后，尤二姐躺在床上，越想越绝望：自己的病看来是不能好了，孩子也没了，何必还受这种冤枉气。不如一死了之。以前听人说过，吞金子可以自杀，比上吊省事多了。主意一定，尤二姐挣扎着起身下床，打开箱子随便找了一块金子，含着泪用力吞进肚子里。然后，尤二姐将衣服首饰穿戴齐整，上炕躺下了。

第二日早晨，丫鬟媳妇们见尤二姐不叫人，也乐得偷懒。平儿看不过眼，趁凤姐和秋桐不在，说了丫鬟们一通。那些丫鬟才赶紧去房里看看，一进门就见尤二姐穿戴得齐齐整整，死在炕上。丫鬟见状，吓得大叫起来。平儿听见，忙进去一看，不禁大哭。那些下人尽管平时惧怕凤姐，但心里其实也觉得尤二姐性子温和待人好，比凤姐好很多，如今见她就这样走了，都忍不住伤心落泪，只是不敢让凤姐看见。

消息很快传遍了贾府，贾琏得知后赶紧回来，抱着尤二姐的尸体大哭不止。凤姐也假意哭着说："狠心的妹妹！你怎么丢下我走了，真是辜负了我的心！"尤氏和贾蓉也来哭了一场，才把贾琏劝住了。

贾琏打算先在梨香院停灵五日，再挪到铁槛寺去。贾蓉帮贾琏打理丧事，劝他不要太过伤心，又悄悄向南指指大观园的围墙。贾琏明白他的意思，只能暗暗在心里发誓一定会查出真相，替二姐报仇。

贾琏去找凤姐要银子治办棺椁（guǒ）丧礼。凤姐说道："家里现在艰难，你是知道的。我们的月银都是一月不如一月。昨天我拿了两个金项圈去当了三百两银子，现在还剩二三十两银子，你要就拿去。"贾琏气得说不出话，只好去尤二姐房里找当初让她帮收着的体己钱。谁知打开柜子一看，东西早没了，只有一些尤二姐平时穿的旧衣服。贾琏一看，不禁又伤心地哭了起来。他用包袱把那些旧衣服都包了，准备自己拿去给二姐烧了。

　　平儿悄悄偷了一包二百两的银子拿去给贾琏让他办丧事。贾琏接过了银子，谢了她，又拿了二姐平日穿的一条裙子给平儿让她替自己收起来，以后好留个念想。平儿只得接了替他收起来。

　　贾琏拿了银子出去，让人买棺材、穿孝守灵。贾母受了凤姐的哄骗，以为尤二姐是得了痨病死的，所以跟贾琏说不准将二姐送到铁槛寺。贾琏没有办法，只得将二姐葬在了三姐边上。出殡那日，只有尤氏婆媳和一些族人来了，草草送了尤二姐最后一程。凤姐对丧事一概不管，只让贾琏自己去料理。等贾琏忙完了丧事，年关也近了。

　　可怜尤二姐，就这样香消玉殒，渐渐在人们的记忆中淡忘。

第三十三回
林黛玉重建桃花社
史湘云偶填柳絮词

新年前凤姐病了,李纨和探春忙着替她管理家务,准备过年的各项事宜,不得空闲,开诗社的事情就耽搁下来。过完年一直快到仲春时分,大家才稍微清闲了些。

平日里最热衷这些事情的宝玉也不积极,一想到柳湘莲遁入空门、尤三姐横剑自刎、尤二姐吞金自尽等伤心事接二连三地发生,他就愁眉苦脸、满腹心事,整日痴痴呆呆,自言自语,总是一副惊恐不安的样子。袭人她们看他这样,只能千方百计地想法逗他开心。

一天清早,宝玉刚醒过来,就听到外间房里笑声不断,袭人笑着叫宝玉快来,说是晴雯和麝月正在欺负芳官,挠她痒痒。宝玉听了,赶紧穿好衣服出去解救芳官。

几个人正互相挠痒痒玩成一团时,湘云打发自己的丫鬟翠缕过来请宝玉去沁芳亭瞧好诗。宝玉听了,赶紧梳洗之后跟了过去。去到那里,黛玉、宝钗、湘云、宝琴、探春都到了。各自拿着一篇诗正在看。见宝玉来了,大家都笑说:"这会才起来呀。咱们的诗社散了一年,也没有人主持。现在正是初春时节,万物更新,正好把诗社再开起来。"

湘云笑着说:"之前开诗社时是秋天,难怪不长久。如今正是万物逢春,一切都是欣欣向荣。这首桃花诗又好,不如就把海棠社改作桃花社吧。"宝玉听了,点头边称很好,边问姐妹要诗看。

众人又说:"我们现在就去拜访稻香老农去,大家好好商量一下。"说着,众人一齐朝稻香村去。宝玉边走边看纸上那篇《桃花行》:桃花帘外东风软,桃花帘内晨妆懒。帘外桃花帘内人,人与桃花隔不远……憔悴花遮憔悴人，花飞人倦易黄昏。一声杜宇春归尽，寂寞帘栊空月痕！

宝玉看完诗后，只觉得悲从中来，潸然泪下。他料想这诗肯定是黛玉所做，心里觉得难受，又怕众人看见笑话，赶紧擦了眼泪问大家从何处得的这首诗。宝琴笑着问："你猜这是谁做的？"宝玉笑答："自然是潇湘妃子写的。"宝琴才笑说："是我写的呢。"

宝玉有些不敢相信，他觉得只有经历过和父母死别的黛玉，才会写出如此悲伤的诗句。众人听了，都笑了起来。

众人到了稻香村后，让李纨也看了那首诗。李纨自然也是称赞不已。众人又商量一番新开诗社的事情，最后决定：明日三月初二就重新起诗社，将"海棠社"改为"桃花社"，推选林黛玉为社主。明日早饭后，众人齐集潇湘馆起社。

决定开社时间后，众人开始讨论作何题目。黛玉提议干脆就做桃花诗，宝钗却觉得桃花诗这个题目做得太多，容易落了俗套，还是换一个题目比较好。

正在讨论时，外面来人叫众人到前院去。因为王子腾夫人过来了，贾母让她们过去请安。众人赶紧出去，陪了一日，直到晚饭后掌灯时分才各自散去。

到了第二天，众人才想起来，三月初二是探春的生日。虽然不请生日酒，但难免要陪着探春在贾母、王夫人身边说笑。众人就又改到了初五才重开诗社。

到了初五这日，众姊妹刚在房中用过早膳，便听说贾政的家书送到府中，少不得都要去贾母房里听听说些什么。贾政的信中，除了问候的话外，主要是告诉家里，自己在六月中就会到京。

听到贾政就要回家了，大家都很高兴。宝玉起初没想太多，还跟着众人到王子腾家玩了一日。晚上回到怡红院后，袭人一提醒，宝玉才慌了神。贾政出京赴任前，给宝玉布置的功课，他早就抛在了脑后。让读的书还好糊弄，要命的是让他临的字帖。

宝玉平时写的字，三四年了满打满算也就五六十篇，不说质量了，光是数量就不够。宝玉只得老老实实待在屋里，哪里都不去，天天忙着临字帖。

林黛玉得知贾政即将回家，知道二舅回来必定要考宝玉的功课。于是，黛玉装着自己没兴致，也不再提起诗社的事情，以免宝玉分心，等贾政回来之后又要挨打。

探春、宝钗二人每日临一篇楷书字给宝玉，宝玉自己也每日勤加习字。过了一段时间后，算起来，再有五十篇大概就能混过去了。宝玉正想着，紫鹃送了卷东西给宝玉。宝玉打开一看，是一卷临了钟王蝇头小楷的竹油纸，字迹还和他的十分相似。宝玉乐得给紫鹃作了一个揖，又跑去向黛玉道了谢。最后再加上史湘云、宝琴二人帮忙临的几篇，写字的功课勉强能够糊弄了。宝玉这才放了心，开始将贾政布置他读的书，日日温习。

> **钟　王**
>
> 指钟繇和王羲之。钟繇为三国时期著名书法家，擅长多种书法，推动了楷书的发展，被誉为"楷书鼻祖"；王羲之为东晋时期著名书法家，在隶书、草书、楷书、行书等字体上均有极高造诣，且融会贯通，形成自己独特的风格，被后世誉为"诗圣"。后世学习书法的人，多临摹钟繇和王羲之的帖子。

正在天天用功时，近海一带发生了海啸，贾政奉旨去查看灾情、赈济灾民了，要到年底才能回家。宝玉一听，松了一口气，又把功课扔到脑后，仍旧像以前一样四处游荡玩耍。

这时已是农历三月暮春时节，史湘云百般无聊之时，看见柳絮飞舞，便随手按着如梦令填了一首柳絮词：岂是绣绒残吐，卷起半帘香雾，纤手自拈来，空使鹃啼燕妒。且住，且住！莫使春光别去。

写好之后，史湘云越看越觉得满意，便给宝钗和黛玉看了。黛玉看完之后，笑道："写得好，也新鲜有趣。我可写不出来。"湘云笑道："咱们这几次诗社，一直没填过词。不如你明日就起了社来填词，换个新鲜形式。"黛玉听了，也来了兴趣，也就同意了："这话说的是。我这就让人请她们去。"

黛玉一面吩咐丫鬟准备些果点，一面打发人分头去请众人，自己则和湘云将题目拟好，贴在墙上等着众人过来。这里她二人便拟了柳絮之题，又限出几个调来，写了绾在壁上。

众人到了后，知道这次诗社的主题是填柳絮词，都觉得新鲜有趣。于是，众人抓阄选词牌，然后根据抓到的词牌令填词。宝钗抓了《临江仙》，宝琴得了《西江月》，探春抓了《南柯子》，黛玉抓了《唐多令》，宝玉抓了《蝶恋花》。

红楼梦

紫鹃点了一支梦甜香，众人各自思索起来。黛玉很快就填好了，接着宝琴、宝钗也写完了。香快燃尽时，探春才写好半首词。宝玉倒是写了首，可他觉得不好，想要重写时，发现香已燃尽了。宝玉见状，干脆直接认输。可众人在看探春那半首《南柯子》时，他又有了灵感，提笔将另半首续写完了。

众人将其余人写的一一赏鉴之后，一致觉得：论别出心裁，是写了"好风凭借力，送我上青云"的《临江仙》；论缠绵悲戚，自然是写了"草木也知愁，韶华竟白头！叹今生谁舍谁收？嫁与东风春不管，凭尔去，忍淹留"的《唐多令》；论情致妩媚，则是史湘云那首《如梦令》。宝琴和探春这一次，可就落第要受罚了。

宝琴笑着问："我们自然是要受罚的，不过，那交白卷的又该怎么罚呢？"李纨回道："不着急，这次肯定要重重罚她。"

李纨话音刚落，众人就听到窗外竹子上一声响，被吓了一跳。丫鬟们赶紧出去看看是怎么回事，这才知道是一个大蝴蝶风筝挂在竹梢上了。众丫鬟笑道："好漂亮的风筝！不知道是谁家放风筝时断了线，我们拿它下来吧。"

宝玉他们听见丫鬟们的议论，也出来瞧瞧，宝玉一看，便笑着说："我认得这风筝。这是大老爷那院里娇红姑娘的，拿下来给她送过去罢。"紫鹃笑着说："难道天下就只有她有这样的风筝吗？我不管，我偏要拿了。"探春道："紫鹃也学小气了。干吗拿人家飞走的，也不怕忌讳。"黛玉也笑道："就是呀，说不定是谁放晦气的，快拿出去罢。把咱们的拿出来，咱们也放放晦气。"紫鹃听了，赶着让小丫头们将这风筝拿出给园门上值日的婆子，如果有人来问，就正好还给失主。

小丫头们一听见要放风筝，高兴得了不得，赶紧各自去拿风筝，有美人，有大雁的，七手八脚地准备放。宝钗她们都站在院门前，看丫头们在院外宽敞的地方放。宝琴看了一轮说，这些都没有探春那个软翅大凤凰风筝好看。众人看得兴起，纷纷让人回房取自己的风筝。

袭人让人送来一个美人的，宝琴的是一个大红蝙蝠，宝钗让人取来的是连成一串七个大雁的。众人接二连三地把风筝放上了天，唯独宝玉的美人风筝怎么都放不起来。

一开始，宝玉怪丫头们不会放，自己亲自去放，试了好半天，还是放不起来。宝玉急得是满头大汗，众人笑得是前仰后合。宝玉气得把风筝扔在地上，指着风筝骂道："要不是看在是个美人，我就一脚把你踩个稀烂。"黛玉笑着对他说："那是线不好，让人换一个就好了。"宝玉赶紧让人换了，终于把风筝放上去了。

玩了一阵，紫鹃见着风变大了，便招呼黛玉自己也来放着玩玩。黛玉听了，便用手帕垫着手，接过了风筝的线轴。风的确有些大，黛玉借着风筝的势将线轴松了一下，呼啦啦一声响后，线轴上的线就被风筝全带走了，风筝放得老高。黛玉看到后，让大家先来剪风筝线。众人说自己也有，让她先剪了玩。

李纨说道："放风筝图的就是这一乐，所以又说放晦气，你就该多放些，把你这病根儿都带了去就好了。"紫鹃听了，便从雪雁手里拿过了一把西洋小银剪子，一剪子剪断了风筝线，笑着说："这一去把病根儿可都带走了。"那风筝便随风飞走了。

众人又玩了一会，才各自剪断了风筝线，让风筝飞走。然后，各自回房休息。

知道贾政年底会回家，宝玉这段时间虽然每日玩乐，但也不敢完全不顾功课，每日多少都会读书写字。

日子就这样一天天过着，转眼就是夏末秋初。不久之后，贾政也回家了。贾政、宝玉父子相见，两人心情都有些复杂。贾政看到宝玉，心里自然是高兴的，却又有些伤感。宝玉见到父亲，心中更是又喜又愁。好在贾政也只是随便问了问功课，就让他离开了。

贾政回京不久后，八月初三就是贾母的八十大寿。贾府自然是要大办宴席。贾赦、贾政商议之后，决定从七月二十八到八月初五，荣宁两处齐开筵宴，宁国府中单请官客，荣国府中单请堂客。

从七月上旬开始，到贾府送寿礼者便络绎不绝。礼部也奉旨送来了许多赐礼。

到了寿宴那日，宁荣两府张灯结彩，鼓乐齐鸣。上至皇亲国戚，下至亲朋好友都过来祝寿。两府大开宴席，府中是人山人海，热闹非凡。

第三十四回
傻大姐误拾绣春囊
王夫人抄检大观园

这日，宝玉正准备要睡下，赵姨娘房中的丫鬟小鹊跑过来给他报信："刚才我们奶奶在老爷面前说起了你，明儿老爷可能问你话。"

宝玉一听，就跟孙大圣听见了紧箍咒一般，全身不自在。想来想去，别无他法，宝玉只得临时抱佛脚，挑灯夜读。他熬夜读书不要紧，却连累着一房丫鬟都不能睡。

到了下半夜，芳官从后房门跑进来，口内喊道："不好了，一个人从墙上跳下来了！"众人听说，忙问在哪里，马上叫人起来四处寻找。晴雯见宝玉为了读书苦恼，就给他出了一个主意，让他说自己因惊吓而生病了。这样一来，明日好逃脱贾政的问话。此话正中宝玉心怀，就又是让人抓贼，又是让人到王夫人那里取药，闹得全府皆知。

贾母听说宝玉被吓病了，就追问缘由，探春笑道："近因凤姐姐身子不好，园内的人放肆了许多。先前不过是打打牌驱赶守夜的困意。现在是越来越猖狂，竟开了赌局，输赢还不下。"贾母一听，非常生气。她深知道赌博可以引起一连串的祸事，就让人一定要严查。凤姐见贾母动怒，便赶紧让林之孝家的等总理家事四个媳妇进来，当着贾母斥责了一顿。后来，一共查出了大小庄家十二个，其中有一个就是迎春的奶娘。贾母让人将赌具全部烧毁，所有的赌资没收，作为公账分给众人，还将为首者每人打了四十大板，然后撵出，不许再入园子干活。

后来贾母睡午觉，众人就从贾母屋里出来。但都知道贾母生气，没人敢先回自己屋里，只得到处逛逛，等贾母午睡起来。

邢夫人先在王夫人处坐了一会，又到园内散散心。刚走到园门前，邢夫人就看见贾母房内的叫傻大姐的小丫鬟，眉开眼笑地拿着一个花花绿绿的东西走过来。邢夫人一时好奇，就问她手里拿的是什么。傻大姐看见邢夫人问她，便笑嘻嘻地递了过去。邢夫人接过来一看，只见是一个五彩绣香囊，上面绣着些露骨的图案。邢夫人吓得死死攥在手里，问她是从哪里得来的。傻大姐说道："我掏促织时在山石上拣的。"邢夫人听了后，用话吓唬傻大姐，不准她把这事说出去，然后把绣囊塞在自己袖内，径直去了王夫人那。

上次替贾母做寿时，银子使多了，贾琏手头一时周转不过来，求到了鸳鸯头上。贾琏让鸳鸯帮弄点老太太的体己出来换银子，他好去对付给元妃娘娘的重阳节礼品和人情往来。

贾琏原以为这事只有他、凤姐、平儿和鸳鸯知道，没想到还是被人发现了。贾琏把这事告诉凤姐之后，凤姐就和平儿猜，到底是谁走漏了风声。两人正说着，外面有人说王夫人过来了。凤姐听了觉得诧异，不知王夫人为何事亲自过来，忙与平儿迎了出去。

王夫人怒气冲冲地进了里屋，支开了屋里所有的丫鬟，扔给凤姐一个绣囊。凤姐看了，吓了一跳，忙问王夫人是哪里捡到的。王夫人听她这么问，心中更加坚定了自己的猜测，认为绣囊是她的。凤姐一听，急得满面通红，赌咒发誓这个绝对不是自己的东西。王夫人见她解释得也有道理，气才消了些，对她说道："你婆婆才打发人封了这个给我瞧，说是前日从傻大姐手里得的，把我气了个死。"凤姐赶紧好言相劝，王夫人才消了火气。她担心园子里有丫鬟不检点，藏着这种东西，就让凤姐借着之前查赌的事情，再好好搜一遍园子。

和王夫人商量好之后，凤姐把周瑞家的、吴兴家的等五家陪房叫了进来。王夫人正嫌人少不能彻底勘察时，忽然见邢夫人的陪房王善保家的走来，刚才是她送香囊来的。王夫人便把她也叫上了。王善保家的正因平时进园去那些丫鬟不大巴结她心里不舒服，一直想抓她们的把柄又抓不着，现在机会送上门了，高兴得不得了，跟王夫人说："不是奴才多话，太太也不常去园里,这些女孩子一个个就跟千金小姐似的。"王夫人说道:"这也正常,跟姑娘的丫头是比较娇贵些。你们该劝她们。"王善保家的道:"别的都还罢了。太太不知道,宝玉屋里的晴雯,仗着自己模样比别人标致些。又生了一张巧嘴,天天打扮得像个西施,一句话不投机,她就瞪起眼睛骂人,太不成体统。"王夫人听了这话,猛然触动往事,便问凤姐道:"上次我们跟老太太进园逛,有一个水蛇腰,削肩膀,眉眼又有些像你林妹妹的,正在那里骂小丫头。我的心里很看不上那狂样子,因老太太在旁边,我不好说。后来要问是谁,又偏忘了。那丫头想必就是她了。"凤姐道:"若论这些丫头,的确都没晴雯生得好。论举止言语,她是有些张狂。那日的事我忘了,不敢乱说。"王善保家的便道:"太太现在把她叫过来瞧瞧就知道了。"王夫人就派人去怡红院里点名让晴雯过来回话。

  晴雯身体不舒服,刚睡了午觉起来,见王夫人叫她,没怎么梳洗打扮就过来了。王夫人一见晴雯,就认出是上次那人,而且衣冠不整的,一下子就勾起火来,将晴雯骂了一顿。晴雯莫名其妙挨了一顿骂,就知道有人暗算了她,虽然生气,但也不敢作声。她本是个聪敏过顶的人,见问宝玉可好些,她便不肯以实话对。只说自己不大到宝玉房里去,宝玉的事情都是袭人和麝月两个在管。她不过是老太太派过去给宝玉看屋子的人,闲的时候还要做老太太屋里的针线,所以不留心宝玉的。

  王夫人听了信以为真,说回了贾母后就要把晴雯撵出园子;还嘱咐王善保家的待会进园子后,替她提防晴雯几日,不准她靠近宝玉;然后才让晴雯先回怡红院。

  晴雯只得出来,憋着满腹委屈,一边哭一边跑回了怡红院。

  这里王夫人向凤姐等说道:"这几年我越发精神不足了,这样妖精似的东西竟没看见。只怕这样的还有,明日倒得查查。"凤姐见王夫人盛怒之际,又因王善保家的是邢夫人的耳目,常调唆着邢夫人生事,纵有千言万语,此刻也不敢说,只低头答应着。王善保家的道:"太太养息身体要紧,这些小事只交与奴才。等到晚上关了园门,内外不通风,我们趁她们没有防备,带着人到各处丫头们房里搜寻。要是谁有不该有的东西,绝对不会只有一个,自然还能翻出来别的。"王夫人听了点头称是,凤姐只得附和。

晚饭后，等到贾母睡下了，凤姐随着王善保家的等一众婆子进了园子，喝命将园子角门上锁。

最先到了怡红院。宝玉见凤姐带了一群人过来，二话不说就去了丫鬟的房里，就问凤姐是怎么回事。凤姐说道："丢了一件要紧的东西，怕是有丫鬟偷了，所以查一查。"一面说，一面坐下吃茶。

王善保家的等让丫鬟们把各自的箱子打开，搜了一回，没有什么发现。看到有几个箱子没打开，就问是谁的。只见晴雯挽着头发冲了过来，将箱子掀开，两手提着底，将箱中之物全都倒了出来。王善保家的也觉没趣，就对晴雯说："姑娘别着急，我是奉了太太的命来搜查的，你犯不着跟我这样。"晴雯越听越气，指着她的脸说："你是太太打发过来的！我还是老太太打发过来的呢！太太那边的人我都见过，怎么没见过你这个有头有脸的管事奶奶。"

凤姐看见晴雯挖苦王善保家的，心里高兴，但是碍着邢夫人的面子还是喝住了晴雯。王善保家的是又羞又气，刚想回嘴，就被凤姐拦住了话头："嫂子不要跟她们一般见识，我们还要去别处，免得一会走漏了风声，我们谁都担待不起。"王善保家的只得看了一看，也没有什么私弊之物。回了凤姐，要往别处去。凤姐听了，笑道："既如此咱们就走，再瞧别处去。"

说着，大家走了出来，凤姐向王善保家的道："我有一句话，不知对不对。要抄检只抄检咱们家的人，薛大姑娘屋里就不要抄检了。"王善保家的笑道："这个自然。岂有抄起亲戚家来。"凤姐点头道："我也这样说呢。"

凤姐一边说一边进了潇湘馆内。黛玉已睡了，忽然听说来了一大帮人，也不知为了何事，才要起来，就见刚进来的凤姐按住她不许起来，只说："你睡罢，我们就走。"边说边坐下等着。

那个王善保家的带了众人到丫鬟房中，也一一开箱倒笼抄检了一番。从紫鹃房中抄出两副宝玉常换下来的寄名符儿、一副束带上的披带、两个荷包并扇套，套内有扇子。打开看时皆是宝玉往年往日手内曾拿过的。王善保家的自为得了意，遂忙请凤姐过来验视，又说："这些东西从哪里来的？"凤姐笑道："宝玉和她们从小儿在一处混了几年，这自然是宝玉的旧东西。这也不算什么稀罕事，撂下再往别处去是正经。"王善保家的听凤姐如此说，也只得罢了。

又到探春院内，谁知早有人报与探春。探春想肯定是有什么事才引出这等丑态来，于是让众丫鬟秉烛开门等着。见到众人来了，探春故意问是何事。凤姐笑道："丢了一件东西，连日访察不出人来，恐怕旁人赖这些女孩子，所以干脆大家都搜一搜，反而好洗脱嫌疑。"探春冷笑道："我的丫头自然都是些贼，我就是头一个贼王。先来搜我的箱柜吧，她们偷来的都交给我藏着呢。"说着便命丫头们把她的所有箱柜、盒子、包袱统统打开，请凤姐去抄阅。凤姐赔笑道："我不过是奉太太的命来，妹妹别错怪我。何必生气。"边说边让丫鬟们赶快把探春的箱子关好。

探春说道："我的东西可以给你们搜，但想搜我的丫鬟，那是不可能。凡是丫鬟有的东西我都知道，都在我这里收着，她们也没处藏。要搜就只来搜我。你们要是不肯，只管去回太太，只说我违背了太太，该怎么处治，我去自领。你们别忙，自然连你们抄的日子有呢！"探春边说边忍不住流下泪。凤姐只看着众媳妇。周瑞家的便道："既是女孩子的东西全在这里，奶奶且请到别处去罢，也让姑娘早点休息。"探春冷笑道："可细细地搜明白了？若明日再来，我就不让了。"

王善保家的早就听说探春是个厉害角色，总觉得是众人没眼力、没胆量罢了，一个庶出的姑娘家能厉害到哪里？她自恃是邢夫人陪房，连王夫人尚另眼相看，何况别人。她走上前便拉起探春的衣襟，故意一掀，笑嘻嘻道："连姑娘身上我都翻了，果然没有什么。"

凤姐见她这样，赶紧阻拦，话都没说完，只听"啪"的一声，探春一巴掌打到了王善保家的脸上。探春顿时大怒，指着王善保家的问道："你是什么东西，敢来拉扯我的衣裳！我不过看着太太的面上，你又有年纪，叫你一声妈妈，你就狗仗人势。你以为我是同你们姑娘那样好性子，由着你们欺负？你搜检东西我不恼，你不该拿我取笑。"说着，便自己解开衣襟，拉着凤姐让她搜，还说道："省得叫奴才来翻我身上。"

凤姐连忙帮她穿好衣服，让王善保家的赶紧出去，还劝探春不要生气。探春又骂了一顿，凤姐、平儿、周瑞家的几人都劝了一番，探春这才睡下了。

一群人到了李纨那里，没有惊动吃了药刚睡的李纨，在丫鬟房里搜了一轮，也没发现什么。她们就又到了隔壁的惜春房中。惜春年纪小，还不懂事，看到突然来了一群人，吓得不知所措。凤姐少不得要安慰安慰。谁知竟在惜春丫鬟入画箱中寻出一大包金银锞子、一副玉带板子和一包男人的靴袜等物。入画赶紧跪下来说，是贾珍赏给她哥哥的，她哥哥让她帮收着。惜春胆小，见了这个也害怕，要求凤姐把入画带出去严惩。凤姐仔细问了一遍后，觉得没什么大事，便让人把东西先收着，明天问过贾珍再处理。

最后到了迎春房内。迎春已经睡着了，丫鬟们也才要睡，众人敲了半天门才开。凤姐就直接带人去了丫鬟们房里来。因司棋是王善保的外孙女儿，凤姐倒要看看王家的藏私不藏，所以在她搜检时特别留意。没想到，别人的箱子没什么东西，倒是从司棋箱子中搜了男人的锦带袜和缎鞋，还有一个小包袱。里面有一个同心如意和一个字条。

字帖是司棋表弟潘又安写给司棋的情书，凤姐看了，笑着把字条念给众人听。王善保家的一心想寻别人的错，没想到反拿住了她外孙女儿，又气又臊，恨没地缝儿钻进去。凤姐只瞅着她嘻嘻地笑，向周瑞家的笑道："这倒也好。不用你们做外婆的操一点心，她悄无声息地给你们弄了一个好女婿来，大家倒省心。"王善保家的只得自己边打自己的脸边说道："你这个老不死的，真是作孽！现世现报得快。"众人见她这样，都笑个不停，边劝边嘲讽。

凤姐让人把司棋看管起来，让众人各自安歇，明早回过王夫人之后处理。

第二日，惜春让人请尤氏到她房中，将昨晚之事细细告诉尤氏，又将入画的东西给尤氏过目。尤氏说道："确实是你哥哥赏她哥哥的，只不该私自传送。"说完，尤氏骂了入画几句，就想将此事了结了。

惜春觉得因为尤氏管教不严，入画才敢私自传送，才会害惜春在众人面前丢了面子，所以她不要入画再伺候了，让尤氏赶快把入画带走，或打、或杀、或卖，她一概不管。无论入画如何苦苦哀求，尤氏如何劝说，她都不愿改变主意。

红楼梦

  惜春还说如今自己大了,也不便往宁国府那边去,因为她常听有人背地里把宁国府说得很不堪,她若再去,连她都会被编派上。

  尤氏问道:"谁议论什么?又有什么可议论的!姑娘是谁,我们又是谁。姑娘既听见人议论我们,就该问他才是。"

  惜春冷笑道:"我一个姑娘家,只有躲是非的,哪有去寻是非的!好坏自有公论,又何必去问人。我只知道保得住我就够了,不管你们。从此以后,你们有事别连累我。我清清白白的一个人,为什么要让你们带累坏了我!"

  尤氏本来就有些心病,听说有人议论,已是心中羞恼,只是碍着惜春的面子不好发作。听惜春这么说,尤氏实在按捺不住,问道:"怎么就带累了你?你的丫头有不是,反倒说起了我,我忍了这半日,你倒越发得意。你是千金万金的小姐,我们以后就不亲近,仔细带累了小姐的美名。入画,跟我走。"说着,尤氏就赌气起身去了。

  惜春道:"真的不来往,倒也省了口舌是非,大家还清净。"尤氏也不答话,径直走了。

第三十五回 开夜宴异兆发悲音 赏中秋笛声感凄清

尤氏从惜春处赌气出来,去了稻香村看望生病的李纨。李纨在病中,正盼着有人来聊聊天打发时光。见到尤氏过来,李纨自然高兴,见她连带怒意,也不说话,只是呆呆坐着,一时也不知道该说些什么,干脆让丫鬟去冲碗茶面给尤氏尝尝。

丫鬟去冲茶面时,尤氏和李纨闲聊了两句,虽然尤氏没有明说,但是李纨从她的话里知道,昨晚抄检大观园之事已经传到了她的耳朵里。两人正说着时,宝钗进来了。原来薛姨妈最近身体不舒服,宝钗打算回家住几天,等薛姨妈身体好了再回园子住,所以先过来和李纨说一声。听了宝钗的话,尤氏和李纨不由相视一笑。这时,探春和史湘云也从外面走了进来。

听说宝钗准备回家住几天,探春说道:"别说姨妈身体好了你就回来,就算不回来也行。"尤氏笑着说:"三姑娘怎么撑起亲戚了?"探春冷笑着道:"与其让别人撑,不如我动手先撑。亲戚之间关系好,也不非得住一起才好。我们还一家子亲骨肉呢,照样恨不得你吃了我,我吃了你!"

尤氏听了,笑着说自己今天真是倒霉,接连触了探春她们姐妹的霉头。探春听了,便问谁得罪了尤氏,没等她回答,自己也想到是谁了。估计除了惜春,现在也不会有人找尤氏晦气。

尤氏没有接话,含含糊糊地转了话题。探春知道尤氏怕事,心里有事也不愿意多说,便笑着说自己昨晚还打了王善保家的一顿。宝钗听了,赶紧问为什么。探春又把昨夜发生之事,一五一十地跟大家说了一遍。尤氏这才把惜春前面说的那些话,也跟众人学了一遍。

探春说道:"她的性情就是这样,太过孤介。昨晚闹了一场,今天又不见动静了,听说大太太还骂了王善保家的一顿,怪她多事。这种场面功夫谁不会做,往后看着吧。"

因为准备到饭点了,尤氏和探春要去贾母房里,众人才各自散了。在贾母房里吃过了饭,又陪着贾母聊了会天,到了打初更的时候,尤氏才告辞贾母回了宁国府。

因为在守孝期间,贾珍不能像往日般明目张胆地吃喝玩乐,百般无聊时,想出了个法子:打着练习射箭、比试箭术的旗号,把那些和他臭味相投的亲戚朋友叫到宁国府里,偷偷地喝酒赌博。

尤氏走到宁国府大门外,一看见那里已经停了四五辆大车,就知道那些人又来赌博了。尤氏一时好奇,进了府之后,领着自己的丫鬟悄悄地走到聚赌之地躲在窗户下偷看。只见屋里乌烟瘴气、众人所谈不堪入耳。尤氏听了会,在心里暗骂了几句便带着丫鬟回房了。

第二日是八月十四,再过一日就是中秋节,因为在守孝,宁国府不能过中秋节,贾珍决定在十四日的晚上办个家宴。

到了晚上,贾珍吩咐人做了一桌丰盛的酒席,在府中会芳园丛绿堂中,带着尤氏、贾蓉和其他家人,先饭后酒,开怀赏月作乐,一直玩到了三更时分。虽然已是深夜,但是众人兴致还是很高,正准备继续玩的时候,忽然听到紧靠着贾府祠堂的那边墙下有人长叹了一声。

那时夜深人静,所有人都听得清清楚楚的,吓得汗毛都竖了起来。贾珍借着酒劲厉声喝问道:"谁在那里?"连问了几声,都没有人答应。这么一来,贾珍的酒也醒了一半了,强撑着又坐了会,便让众人各自回房休息。

天明之后便是中秋节,贾珍带领众子侄开祠堂进行初一十五的日常祭祀,让人仔细把宗祠里检查了一遍,并没有发现什么异常之处。贾珍便觉得昨夜的怪事是酒醉幻觉,也就不提此事。

当日晚上,贾珍夫妻在家里吃过晚饭后,才过荣国府给贾母请安。贾母见到月已东升,便领着宁荣两府的子侄孙辈,一起到大观园里上香拜月。

进园拜过月后,贾母又让人在园中山上的凸碧山庄设下宴席,和众人在此赏月。

众人入座之后,贾母令人折了一枝桂花来,让人击鼓传花。若花到谁手中，谁饮一杯酒，罚说一个笑话。从贾母起，到贾赦，一一接过，转了两圈后鼓声停了，桂花恰恰被贾政拿到。众姊妹弟兄都暗笑着互相看了一眼，都想听听贾政会说什么样的笑话。

贾政为了哄贾母开心，喝了杯酒之后便准备说笑话。贾母又笑着提醒："如果说得不好笑，要罚的。"贾政笑道："儿子就会这一个，如果母亲觉得不好笑，也只能受罚了。"

说完之后，贾政开始说道："有一个人非常怕老婆……"才说了一句，众人都笑了，因为贾政一贯严肃，从来没说过这样的话。众人难免觉得有趣。

贾政继续往下说。说完之后，贾母和众人都被逗得哈哈大笑。于是又开始击鼓，这一次是轮到了宝玉。因和贾政同席，宝玉早就坐立不安，心里暗暗想着：如果说了大家不笑，父亲肯定要说我没有口才，说个笑话都不行，可知做别的更不行。如果说了大家发笑，父亲又会说我只会油嘴滑舌，正经事一点不会，更得挨骂。还不如不说。

看到自己拿到了花，宝玉赶紧起身说自己不会说笑话，可以罚些别的。贾政听了，便让他以秋为题，作首诗。做得好，有赏，做不好，明天就收拾他。贾母怕宝玉挨骂，赶紧说："好好地玩游戏，干吗又要作诗？"贾政回道："他作得出的。"贾母这才同意。

宝玉想了想，就在纸上写了四句诗拿给贾政看。贾政看了点头不语。贾母见他这样，便知道写得还可以，才开口问贾政："写得怎么样？"贾政为了哄贾母开心，就说写得还可以，让下人取了两把自己从海南带回来的扇子作为奖品奖励给宝玉。李纨的儿子贾兰，看见叔叔宝玉得了贾政的奖励，就也做了一首递给爷爷贾政。贾政看了后喜不自胜，还跟贾母说这首怎个好法。贾母听了也很高兴，忙让贾政赏他。

众人又开始击鼓传花，这一次轮到了贾赦。贾赦只得也说了："有个孝顺的儿子，请人给生病的母亲看病。那人说他母亲是心火太旺，只需用针灸扎一扎肋骨就好。儿子觉得肋骨离心那么远，怎么会有效果呢？那人又说，不碍事，天下的父母偏心的多着呢。"

他一说完，众人都大笑起来。贾母好半天后才笑着说道："我也得让那人扎一针呢。"贾赦听说，知道自己出言莽撞，让贾母疑心，赶紧起身笑着给贾母敬酒,解释了一番。贾母不好再说什么,大家才重新开始。

这一次轮到了贾环。贾环最近学业有些进步,但他跟宝玉一样,不爱读仕途之书,只好看诗词,特别是些奇诡仙鬼类。刚才看到宝玉作诗受奖,贾环早就有些技痒,正好趁此机会也写了一首。贾政看到贾环比往日长进许多,心里还暗暗称奇,只是看到词句里还是透露着不喜读书之意,便不悦道:"你们俩果然是兄弟。哥哥公然以温庭筠自居,你又自以为是曹唐再世。你两个可以并称'二难',难以教训之'难'。"

一番话说得贾赦等都笑了。贾赦拿过贾环的诗看了一遍后连声赞好,说道:"这诗我喜欢,不失我们侯门的气概。咱们家的子弟,就不该死读书。"说完,吩咐人去取了很多东西赏给贾环。

众人又玩了一会,就已经二更多了。贾母等添了衣服、盥漱吃茶后,才重新入席。今年中秋,宝钗姊妹回家和薛姨妈过中秋去了,李纨、凤姐二人又病着,虽只少了四个人,可贾母觉得冷清多了。看到贾母有些伤感,王夫人赶紧安慰道:"往年虽然热闹,但是今年确得母子团圆,说起来还是更好的。"贾母这才又高兴了,让下人换大杯来喝酒。邢夫人她们不胜酒力,已经有些困乏了,但见贾母兴致还颇高,只能硬撑着陪饮。

贾母看到明月高悬,比之前更加明亮,便说道:"如此好月,不能不闻笛。"便又让人在远处吹笛子。

这时,有下人来跟邢夫人禀报,贾赦出园子时,不小心崴(wǎi)了脚。贾母听了,赶紧让邢夫人回去看看贾赦要不要紧。贾母带着其余人赏桂花喝酒闲聊时,远处的桂花树下便传来了呜咽悠扬的笛声。明月清风、天空地净,听了这笛声,人心中烦恼一扫而空。

众人默默欣赏着,等到笛子停住后,人人称赞不已。贾母让人送了月饼和一杯热酒给吹笛人,让她吃了之后再继续。这时,贾母派去看贾赦的两个婆子过来回话,说贾赦敷了药后已经好多了。贾母点了点头感叹道:"我也太操心。刚说了我偏心,我还这样紧张他。"说完之后,贾母又把贾赦刚才说的笑话说了一遍,王夫人她们赶紧笑着说:"都是些玩笑话,老太太不必太在意。"大家又说了些笑话哄贾母开心。

这时,远处又传来了一缕呜咽悠远的笛音,比之前的显得更为凄凉。夜静月明,笛声悲怨,贾母上了年纪又喝了酒,听了之后心里难免感触颇多，眼泪就止不住地落了下来。众人听了之后，各个都有些伤感，过了一会才发现贾母落泪，赶紧说笑话安慰贾母。

尤氏说笑话说到一半，看到贾母已经睡意蒙眬，便和王夫人轻轻推醒贾母，请她回房歇息。贾母听说已经四更天了，看到除了探春还陪着之外，湘云、黛玉她们都已经顶不住回房休息了。贾母这才让众人散了。

其实，黛玉和湘云二人并未去睡觉。黛玉是见到贾府中这么多人一起赏月，贾母还觉得人少不如当年热闹，又说到宝钗姊妹回家和薛姨妈团聚赏月等语，不由对景感怀，悄悄躲到一边伤心流泪去了。其他人都没注意到，只有湘云发现了，过去宽慰她："你是个聪明人，何必总是自找苦吃。我和你一样，可我就看得开。再说你本身又多病，自己更要多加保养才对。宝姐姐最讨厌，之前早就说过今年中秋要大家一起赏月联诗句。到了今天就抛弃咱们，自己回家赏月去了。她们不来，咱们两个自己联起句来，明日羞她们一羞。"

黛玉见湘云这般劝慰自己，也不愿意辜负了她的兴致，所以两人悄悄地来到山坳塘边的凹晶溪馆，一边赏月一边联诗。两人说话间，湘云才知道，凸碧山庄和凹晶溪馆这两个名字都是黛玉拟的，贾政看了之后还颇为赞赏。

两人进了凹晶溪馆，靠着栏杆坐下往外看。只见天上一轮皓月，池中一轮水月，上下争辉，仿佛置身于海底水晶龙宫般。微风一过，池面泛起细细波澜，真令人神清气净。

湘云看了，笑着说现在就该坐船游湖喝酒赏月。黛玉笑着说："事若求全，就没什么可高兴的了。"

湘云又笑着接道："得陇望蜀[①]，人之常情。贫穷之家总以为富贵之家事事趁心，跟他们说我们会有不顺心之事，他们也不会相信的。就像咱们两个，虽然父母不在，但也生在富贵之乡，可你我还是有许多不顺心的事。"

黛玉笑道："就连老太太、太太以至宝玉、探丫头等人，都会有不顺心之事，何况你我旅居客寄之人！"

湘云听了这话，担心黛玉又伤感起来，忙道："休说这些闲话，咱们联

---

① 得陇望蜀：已经取得陇右，还想攻取西蜀。比喻贪得无厌。

诗吧。"

　　远处正好响起了悠扬的笛声,黛玉笑着说笛声正好助兴,她先来开个头:"三五中秋夕。"湘云想了一想,接道:"清游拟上元,撒天箕斗灿。"两人便你一言,我一句地往下联句。

　　又轮到湘云时,黛玉发现池子中有个黑影很像人,便指给湘云看。湘云素来大胆,弯腰拾了一块小石片向池中打去,只听那黑影里嘎然一声,飞出一个大白鹤。湘云笑着说:"这白鹤正好提醒了我。窗灯焰已昏,寒塘渡鹤影。"

　　林黛玉听了,拍手称好,一时有些接不下去了,想了好一会才说:"冷月葬花魂。"湘云拍手赞道:"好个'葬花魂'！真是好对。只是太过颓丧了些,你现在病着,不该说这种话。"

　　栊翠庵妙玉这时恰巧散步到了这里,便邀两人到庵中喝杯热茶。黛玉和湘云去庵中喝了茶,又闲聊了几句,便回潇湘馆歇息了。

第三十六回
病晴雯含冤遭逐出
情宝玉无力难挽留

中秋过后,凤姐身体比之前好很多,虽然没有痊愈,但已经可以起床下地行走了。凤姐需要二两上等人参配药,王夫人在自己房里找了半天都没找到合适的,问了好几个人也都没有,最后连贾母都惊动了,派人送了一包来。但王夫人让人拿去配药时,却说贾母送来的已经不能用了。王夫人没了办法,只得吩咐周瑞家的去外面买二两。

当时,宝钗正好过来给王夫人请安,听说王夫人在找人参,笑道:"姨母,不着急。现在外面卖的人参大多都是做过假的。我们铺子里常和参行做交易,我去和我母亲说一声,让哥哥托个伙计去参行直接买二两没做过假的。"

王夫人听了,这才松口气,又有些感慨地说道:"'卖油娘子水梳头',家里原来那些好的,不知给了别人多少。这会自己要用了,反倒各处求人去。"说毕,不由长叹。

宝钗笑着安慰道:"这东西虽然值钱,究竟还是药,本就是该让人用的。咱们不是那没见世面的人家,稍微得了点,就当个宝一样藏着不舍得用。"一番话,说得王夫人心里妥帖多了。

宝钗告辞后,王夫人见四下无人,就把周瑞家的叫来问之前抄检大观园的后续处理。

周瑞家的把那晚的事情,从头到尾回明王夫人。王夫人听了,又惊又怒又有些为难。司棋是伺候迎春的丫鬟,怎么处理她还是得邢夫人才能做主。

周瑞家的回道："前日那边太太怪着土善保家的多事，打了几个嘴巴子，如今她趁机装病在家，不肯出头了。况且司棋又是她外孙女儿，自己打了嘴，她也想大事化小，小事化了。如果我们特意去问怎么处理司棋，倒显得咱们多事。不如直接把司棋带过去，连赃证一起给那边太太瞧了，让她决定怎么发落司棋好了。"

王夫人想了想，觉得她说得有道理，就让她赶紧去办了，然后好处理自己家这边的事情。

周瑞家的带了人，去迎春房里跟迎春说，司棋的娘求了邢夫人，邢夫人已经同意了，让司棋出府嫁人去。前几天发生的事，别的丫鬟已经悄悄告诉了迎春，迎春也知道刚才那番话不是个借口，心里对司棋很不舍得，但事关风化，她也没有办法。司棋也曾求迎春为自己求情，可迎春本来就是个性格懦弱做不得主的，哪里能改变些什么。

司棋无奈，只能含泪给迎春磕了头，和众姊妹告别，跟着周瑞家的人出了迎春的院子。在出园子的路上，她们迎面遇到了从外面回来的宝玉。宝玉看到一群人领着司棋抱着包袱朝园外走去，知道她以后再也不能进府了。

宝玉听说了前几天夜里发生的时候，看到晴雯的病从那夜之后越来越重，问她又不愿说原委；前两日入画刚被领回了宁国府，现在司棋又要被撵出去，顿时失魂落魄，上前拦着问她们要去哪里。

周瑞家的知道宝玉的脾气，赶紧打出王夫人的旗号，拖着司棋就往外走。司棋求宝玉去王夫人面前替自己求求情，被周瑞家的臭骂了一通。宝玉听着气恼，又不敢阻拦，怕她到王夫人面前告状，连累司棋。

最后，宝玉只能狠狠地瞪着远去的众人，骂道："真是奇怪，这些可恶的婆娘，混账起来，怎么比男人还可恶。"

宝玉还想再骂几句时，听到远处走来几个老婆子，嘴里说道："今天咱都得小心伺候着。太太现在亲自来园子里查人，还让人去把怡红院晴雯姑娘的哥嫂叫来，要把她领出去呢。"

宝玉一听王夫人亲自进来清查，便知道晴雯也保不住了，赶紧朝怡红院跑回去。一进怡红院，只见一群人在那里，王夫人在屋里坐着，一脸怒色，见宝玉也不理睬。

晴雯四五日水米不曾沾牙，病得蔫蔫的，蓬头垢面地被两个女人从炕上拖起来，架出去了。王夫人吩咐，只准晴雯把贴身衣服带出去，其余的好衣服留下给其他丫头们穿；又让怡红院的丫头都过来让她一一过目。

王夫人把所有的丫头都仔细看了一遍，问道："谁是和宝玉同一天的生日？"有人指了指叫四儿的丫头。王夫人见她虽没有晴雯好看，但也算俊俏，冷笑道："你个不害臊的家伙，背地里说什么同日生日就是夫妻。你以为我隔得远，不常来，就什么都不知道吗？我就一个宝玉，怎么可能让你们勾引坏了。"王夫人也让把四儿的家人叫来，把四儿领出去配人。

王夫人又让人把芳官叫来，说道："唱戏的女孩子，更是狐狸精了！整天挑唆宝玉，不干好事，找人来领她出去。上年分到姑娘们房中伺候的那些唱戏女孩子，一概不许留在园里，统统让人领出去嫁人。"

撵完了人，王夫人又把宝玉屋里的东西检查了一遍。只要是看着眼生的东西，全部让人收了起来送到自己房内去，又吩咐袭人、麝月等人："你们以后都小心！如果再有人做出格的事情，我一概不饶。找人看过了，今年不宜搬迁。到明年搬出园子后就清净了。"说毕，王夫人又领着众人去别处检查。

宝玉原来以为王夫人不过来搜检搜检，没什么大事，谁想到竟然会这么严重。他知道今日之事是再无挽回的余地，心里早就难过得要死。看见王夫人盛怒，宝玉也不敢替丫鬟们求情，只得沉默地把王夫人送出了门。

宝玉送走王夫人后，一边往回走，一边想平时那些在屋里说的玩笑话，到底是怎么传到王夫人的耳朵里。一进屋，宝玉就见袭人在哭，自己也难过起来，躺在床上也哭了起来。

袭人知道宝玉是舍不得晴雯，便上前劝宝玉道："光哭也没用。我跟你说，晴雯回家安心养两天反而对她要好。如果你舍不得她，等太太气消了，你再去求老太太就好了。"宝玉哭着说道："我都不明白晴雯到底犯了什么滔天大罪，太太要这样对她！"袭人道："太太只嫌她生得太好了，觉得这样漂亮的人必定不安分，所以讨厌她，像我们这粗粗笨笨的倒好。"宝玉又说：“我就是觉得奇怪，我们私下的玩笑话，如果没有人去通风报信，太太怎么可能会知道呢？而且她们都被太太挑了错处，为什么你和麝月、秋纹却没事？”

袭人听了这话，心内一动，低头想了半天，也不知该怎么回答，知道宝玉似乎有些怀疑她，也不好再劝，只能说：“现在哭也没有用，倒不如先养养精神，等老太太高兴时，你再去替她求情更有用些。”

宝玉冷笑着说道：“你说得轻巧，她病成这样子，谁知道能不能撑到那时候。她自幼娇生惯养，何尝受过一日委屈。她这么一出去，就如同把一盆娇嫩的兰花送到猪窝里。况且她现在重病在身，又一肚子的闷气。她又没有爹娘，只有一个醉鬼哥哥。她这一去，以后也不知道还有没有见面的机会。”宝玉说着说着又开始痛哭起来。

袭人见劝也劝不住，只能不说话陪着。宝玉哭了一阵后说道：“你把她的东西，悄悄打发人送去给她吧，再给她送些钱去给她养病，也不枉你姊妹好一场。”袭人听了，笑道：“你也太小看我们了，这话还用你说。我刚才就已经把她的东西准备好了，现在白天人多眼杂，让人看到了又要生事。等到晚上，我悄悄叫宋妈给她送过去，连同我平时攒的钱一起。”

宝玉听了她的话，心里才觉得舒服些。袭人到了晚上，果然悄悄地让宋妈帮忙把衣物给晴雯送了过去。

过了几日后，宝玉趁着人不注意，悄悄央求一个老婆子带他到晴雯家去瞧瞧。一开始那婆子百般不肯，害怕被王夫人知道了。后来，宝玉苦苦哀求，又给了她一些钱，那婆子才肯带了他过去。

晴雯十岁时，被卖给贾府管家赖大贾。那时她经常跟赖嬷嬷进贾府请安，贾母见她生得伶俐标致，十分喜爱。赖嬷嬷就把她送给贾母使唤，后来又被贾母派去伺候宝玉。

晴雯已经没有父母，只有一个成天只知喝酒的表哥，表哥家的嫂子长得漂亮却极为泼辣，连表哥都拿她没办法。晴雯被撵出来后，就住在表哥家里。

这天，晴雯表哥出门去了，嫂子吃过饭后扔下晴雯一人在家，自己串门去了。宝玉让婆子守在院门放哨，自己掀起草帘进来，一眼就看见晴雯睡在芦席土炕上，幸亏用的被褥还是她以前用的。宝玉见了晴雯，一时也不知该怎么才好，只得上来含泪伸手轻轻拉她，又低低叫了两声。

晴雯得了风寒，又听了她哥嫂的风凉话，病上加病，咳了一日，才迷迷糊糊睡着了。忽然听到有人叫她，勉强睁开了眼睛，看到是宝玉，又惊又喜，又悲又痛，忙一把死攥住他的手。哽咽了会，晴雯方说："我以为再也见不到你了。"话没说完，又咳个不停。宝玉看见也泣不成声。晴雯说道："阿弥陀佛，你来得好，去把那茶倒半碗给我喝。渴了半日，叫了好半天也没人理我。"宝玉听说，赶紧擦了擦泪问："茶在哪里？"晴雯道："炉台上就是。"

宝玉过去看了看，有个黑乎乎的罐子，看起来不像个茶壶。他又在桌上拿了一个大碗，还没拿起来，就闻到一股油腥味。宝玉只得先拿些水洗了两次，又用水涮了涮，才斟了半碗茶。看那黑红的水，也不太像茶。晴雯强撑着支起身道："快给我喝一口罢！这就是茶了。哪能跟咱们的茶比！"

宝玉听了，自己先尝了一口，觉得苦涩不堪，一点茶味都没有。只是也找不出别的，他只得递给晴雯。只见晴雯如得了甘露一般，一口气全灌下去了。

宝玉看她这样，心里实在难过，流着泪问道："你有什么想说的，趁着没人告诉我。"晴雯呜咽道："还有什么好说的！不过挨一刻是一刻，挨一日是一日。我知道自己也撑不了多少天了。就有一件事，我死也不甘心的。我虽然生得比别人好看些，但从来没有勾引过你，凭什么一口就咬定我是个狐狸精！我真是有冤没处申呀！"说完，晴雯又哭了起来。

两人正在说话时，晴雯嫂子掀开帘子，笑嘻嘻地走了进来："好呀，你们俩说的话，我已都听见了。"又向宝玉道："你一个做主子的，跑到下人房里做什么？"宝玉听说，吓得忙赔笑央求道："好姐姐，快别大声嚷。她服侍我一场，我私自来瞧瞧她。"晴雯嫂子说道："难怪别人说你有情有义。既然如此，以后你只管来。"宝玉听说，才放下心来，起身央求道："好姐姐，麻烦你多照看她。我先回去了。"

虽然宝玉和晴雯都是依依不舍，但终有一别。晴雯干脆用被子蒙了头，不去理宝玉，宝玉这才三步一回头地离开了。

晚上回到怡红院后，宝玉坐在屋里发了一晚上的呆。袭人催了好几次，他才去睡觉。宝玉躺在床上还是翻来覆去睡不着，一直不停地长吁短叹，直到深夜才渐渐睡去。睡梦中宝玉看到晴雯从外面走了进来，仍像往日那样，笑着向宝玉道："你们好好过吧，我就此别过了。"说毕，转身就走了。

宝玉一下子惊醒，边哭边叫着晴雯的名字。袭人赶紧过来问怎么了，宝玉说道："晴雯死了。"袭人笑道："这怎么可能，你可别乱说。"宝玉哪里听得进去，恨不得天马上亮了，好派人去看看晴雯。

谁知天刚亮，王夫人就派人来叫宝玉，他赶紧梳洗换衣裳。原来今日有人请贾政赏桂花，贾政觉得宝玉中秋家宴上的诗作得不错，便打算带宝玉一起过去。

宝玉听了，只得赶紧换了衣服梳洗一番后过去。去到王夫人房里时，贾政正和贾环、贾兰在喝茶。贾政见了他，让他也坐下喝茶，还向贾环、贾兰二人道："宝玉读书不如你两个，但论题诗作对联，你们都比不上他。"

王夫人从来没有听过贾政这么夸奖宝玉，真是让她喜出望外。

第三十七回
俏丫鬟香消彩云散
痴公子杜撰芙蓉诔

送走了贾政、宝玉他们,王夫人到贾母房里给她请安。见贾母正高兴,王夫人趁机禀告道:"宝玉屋里的晴雯也大了,而且一年里病不离身。我见她比别人淘气,还懒,前段时间一直病着,让大夫瞧过后说是痨病,所以我就让人把她送了出去。等到病好后,也不用她进来了,让她家人给她找个婆家嫁了。那几个学戏的女孩子,我也做主放了。她们都会唱戏,就爱胡说,家里的姑娘听多了不好。而且使唤的丫头们也太多,如果以后不够用,再挑上几个来补上,也是一样。"

贾母听了点头道:"我正好也是这么想的。只是晴雯那丫头,我以前看她还挺好的,针线活没什么人比得上她,想着将来还可以给宝玉使唤,谁知道变了。"

王夫人笑道:"老太太挑中的人是不错,可惜她命里没造化,所以才会得了这个病。俗语说,'女大十八变'。况且有本事的人,难免都会有些古怪。三年前我就留心了,晴雯的确处处比人强,只是不大稳重。若是论知大体,那肯定还是袭人第一。她行事大方、心地老实,这几年从没跟着宝玉淘气,反而在宝玉胡闹时,苦苦相劝。这样的人服侍宝玉才让人放心。"

贾母听了,笑着说:"袭人从小就是不爱说话,我常说是'没嘴的葫芦'。既然你觉得她好,那应该是不错的。"

王夫人又把早上贾政如何夸奖宝玉、如何带他们去赴宴说了一遍。贾母听了,更加喜悦。

中午过后,宝玉就回府了。王夫人一见他,便问今日有没有出丑。宝玉说不但没出丑，还得了许多东西。王夫人听了很高兴，带着他又去见了贾母。贾母看了，自然也是开心，不免又问些话。宝玉一心惦记着想去看晴雯，回答完贾母问话之后，便找了个托词："骑马累着了。"贾母一听，这才让他赶紧回去休息。

麝月、秋纹早就带了两个丫头过来接宝玉，看到宝玉辞了贾母出来，秋纹便将墨笔等物拿着，随宝玉进园来。宝玉觉得有些热，一边走一边把外面的大衣服都脱了下来让麝月拿着，只穿了件松花色夹袄和大红裤子来。秋纹看见那条红裤是出自晴雯之手，不由叹道："真是'物在人亡'！"麝月赶紧拉了秋纹一把，笑着说道："这裤子配着松花色夹袄、石青靴子，更显得面色白净、头发乌黑。"

宝玉走在前面，只装没听见，走了两步又停下来说："我想在园子里逛逛，怎么办？"麝月说："大白日的，你还怕会丢不成，逛去呗。"她让那两个小丫头跟着，"我们先把手里的东西拿回去再去找你。"宝玉挽留道："好姐姐，陪一陪我再去嘛。"麝月道："我们手里都有东西，一个捧着文房四宝，一个捧着冠袍带履，陪你逛园子，成个什么样子。"

宝玉一听正中下怀，便让她二人先回去了。等麝月她们走远，宝玉便带了两个小丫头到一块山子石后头，悄悄问她二人道："我早上离开后，你袭人姐姐打发人去瞧晴雯姐姐没有？"一个小丫头答道："打发宋妈去看了。"宝玉问："回来后都说什么？"小丫头道："回来说，晴雯姐姐直着脖子叫了一夜，今日早起，就闭了眼。"宝玉忙道："一夜叫的都是谁？"小丫头道："一夜叫的是娘。"宝玉擦着泪问道："还有谁？"小丫头说："没有听见叫别人了。"宝玉不信："你糊涂。肯定是没听清楚。"

旁边另一个小丫头最机灵，听宝玉如此说，便顺着他的意思胡诌道："她就是糊涂！我不但听清楚了，还偷偷去瞧过晴雯姐姐。"宝玉听说，忙问："你怎么亲自去看了？"

小丫头道："我想晴雯姐姐待我们很好。现在她受了委屈被撵了出去，我们没法子救她，去看看她，也不枉她平时疼我们。就算被人知道了，告诉太太，被打一顿，也是愿意的。晴雯姐姐一见我，就睁开眼拉我的手问二爷去哪里了。我告诉了她。她就叹了一口气，说不能见了。我就问晴雯姐姐为何不等二爷回来见一面再走。她就笑着说她不是死，而是天上少了一个花神,玉皇大帝派她去管花了,马上就得上任,一刻都不能耽搁。姐姐一说完,就咽了气。"

宝玉说道:"原来如此。不过,每一种花有一个花神负责,还有一位总花神。她是去做总花神,还是单管一样的花神?"这丫头听了,一时诌不来。恰好是八月时节,园中池上芙蓉正开,这丫头见景生情,忙答道:"我也问了她是管什么花的神,告诉我们,日后也好供养的。她让我只能告诉二爷一个人,除他之外,不可泄了天机。姐姐说,她是专管芙蓉花的。"

宝玉听了这话,不但不觉得奇怪,反而化悲为喜,回过头来,看着那芙蓉笑道:"此花也需这样一个人去管理。我就知道她那样的人必能干一番事业!虽然脱离苦海了,可我与她也从此不能再相见了。"免不得又伤感思念。

宝玉想着:虽然没能见到最后一面,现在更应该去灵前拜一拜,才算尽了这五六年的情意。想到这里,宝玉赶紧回了怡红院,穿戴整齐后,交代了一句,说自己去看黛玉,就一个人出了园,去了晴雯哥哥家。

谁知道,晴雯的哥嫂见她一咽气,便去禀告了管事的,就图着能早早得几两办丧事的银子。王夫人听说后,让赏了他们十两银子,吩咐道:"马上送到外头焚化了。痨病死的,断不可留!"晴雯哥嫂听了这话,拿了银子就催人立刻入殓,抬往城外化人厂去了。晴雯剩下的衣裳首饰,也被哥嫂留了下来。二人锁了门一同送殡去了。

宝玉吃了个闭门羹,站了半天,没有别的办法,只得又回了园子。快要回到怡红院时,又觉得很无趣,便顺路去找黛玉,却见黛玉不在房里。问了丫鬟,才知道去蘅芜苑了。宝玉又去了蘅芜院,发现院中寂静无人,房内搬出得空空落落,不觉吃一大惊,这才想起前日仿佛听说宝钗要搬出去,只因这两日功课忙就忘了问。现在一看,才知道真的搬走了。

又愣了半天,宝玉又跑去潇湘馆找黛玉,可黛玉还没回来。宝玉正不知该去哪里时,王夫人的丫头过来找他,让他赶紧去外书房见贾政。

贾政正与众幕僚在书房里聊看书的乐趣。贾政提到,以前有一位恒王,选了很多美女,教她们学习战攻斗伐之事。里面有个林四娘最为出众,恒王便让她统领诸人,称她为姽婳将军。

贾政便以这位姽婳将军的生平为题,让宝玉、贾环、贾兰各作一首诗。

三人做好之后，贾政和幕僚们一一看了。幕僚们自然是万般恭维。贾政也觉得三人还是有长进的，对着幕僚谦虚了几句后，就让三人回房去。

宝玉三人，这才如同得了大赦一般，一齐出来，各自回房。

宝玉心中凄楚，回到园中，猛然看见池上芙蓉，想起小丫鬟说晴雯做了芙蓉之神，不由又欢喜起来，看着芙蓉叹息了一会。他忽然想到，晴雯死后没能到灵前一祭，何不现在在芙蓉前一祭，也算是尽了礼。刚想行礼，又想：既然如此，那不可太草率，必须衣冠整齐，奠仪齐备，才显得出诚心和敬意。

拿定了主意之后，宝玉回房在晴雯平日最喜欢的一种绉纱上，用楷体写了一篇《芙蓉女儿诔（lěi）》，前序后歌；又备了晴雯所喜的四样吃食。待到第二日黄昏人静之时，宝玉让那小丫头捧至芙蓉前，先行礼，再将那诔文即挂于芙蓉枝上，流着泪念了一遍。念完后，宝玉烧了纸币敬了茶，小丫鬟再三催促之后，他才依依不舍地转身离开。

> **诔**
>
> 诔文，哀祭文的一种，用于叙述死者生平、歌颂死者的功德并表达创作者的哀思。诔文起源于西周，繁荣于魏晋南北朝时期，至唐朝时逐渐走向衰落。

刚想走的时候，山石之后有一人笑道："且请留步。"二人听了，都是大吃大惊。那小丫鬟回头一看，就看见一个人影从芙蓉花里走出来，吓得他大叫道："不好，有鬼！晴雯显魂灵！"

宝玉也吓了一跳，定睛一看后，才发现原来是林黛玉。黛玉笑着慢慢走出来，说道："好新奇的祭文！可与《曹娥碑》一样流传后世了。"

宝玉听了，反而红了脸，笑答道："我想着世上这些祭文都过于雷同，所以改个新样，不过是我一时好玩，谁知又被你听见了。有什么不好的地方，你可以批改一下。"

黛玉说："原稿在哪里？长篇大论，还得仔细读读才知道说的是什么。我只记住了中间两句，'红绡帐里，公子多情，黄土垄中，女儿薄命'。这一联意思却好，只是'红绡帐里'未免用得滥了些。不如改一改。改成'茜纱窗下，公子多情'。"

两人又讨论了一番，宝玉突然说："不如改成：'茜纱窗下，我本无缘，黄土垄中，卿何薄命。'这么一改应该更合适。"

黛玉听了，突然变色，心中虽有无限的狐疑，脸上却没有显出来，反而含笑点头称妙说："果然改得好。不必乱改了，快去干正经事罢。刚才太太打发人叫你明儿一早过大舅母那边。你二姐姐已有人家上门提亲了，明儿想必是那家人过来，所以叫你们过去呢。"

宝玉拍手道说："那何必着急？我也有些不太舒服，明天还未必能去呢。"

黛玉道："又来了，我劝你把脾气改改罢。一年大二年小……"一面说话，一面咳了起来。

宝玉忙道："这里风冷，咱们别顾着呆站在这里，快回去罢。"黛玉道："我也回去歇息了，明儿再见罢。"说着，便自己回去了。宝玉只得闷闷转身，又忽想起来黛玉无人随伴，赶紧让小丫头追上去给送回去。

宝玉自己回了怡红院中，果然有王夫人打发来的老嬷嬷吩咐他，明日一早过贾赦那边，和刚才黛玉说的一样。

第三十八回
薛文起悔娶河东狮
贾迎春误嫁中山狼

第二日一早，宝玉穿戴整齐就去了邢夫人那里，原来贾赦已经将迎春许给了山西大同府的孙家。孙家祖上是行伍出身，是当年荣国公的门生，算起来两家也是世交。如今孙家只有一个人在京，名叫孙绍祖，年纪还未满三十，生得相貌堂堂、体格魁梧，而且弓马娴熟、善于应酬，承袭了祖上的官职，现在在兵部候缺等着提升。贾赦见他还未娶亲，又是世交的孙子，人品家世也相当，所以选中他为东床快婿。

贾赦把这件事告诉了贾母，贾母心中却不是很满意，但想到贾赦肯定不会听自己的意见，而且儿女之事，自有天意，再加上是亲生父亲选的亲事，她一个做奶奶的又何必强出头。因此，贾母只说"知道了"，其余的就没说什么。

贾政却一直很讨厌孙家，虽说两家是世交，但孙家祖上当年是因为贪慕宁荣两府的权势，有事相求才拜在门下来巴结，因而觉得孙绍祖不是良配，反倒劝过贾赦几次，无奈贾赦不听，也只得作罢。

宝玉从未见过这个孙绍祖，今日过去不过是充个人数而已。他听说娶亲的日子定得很近，年内迎春就过门了，又见邢夫人等跟贾母说准备把迎春接出大观园回家住，更加没了兴致。从此之后，天天痴痴呆呆的，不知道做些什么才好。

这一日，宝玉又到迎春以前住的紫菱洲附近徘徊，望着岸上的蓼花苇叶、池内的翠荇香菱，只觉得看起来非常寥落凄惨，情不自禁地喃喃自语。忽然，背后有人笑着叫他："你又发什么呆呢？"宝玉回头一看，原来是香菱。

宝玉便转身笑问道:"我的姐姐,你怎么会跑到这里?好久都没见你进来逛逛了。"香菱拍手笑嘻嘻地说道:"如今你薛大哥回来了,我就没有以前那么自由自在。刚才我们奶奶派我来找你凤姐姐,我才过来的。刚才遇见她的丫头,说在稻香村呢。我现在正往稻香村去,谁知就遇见了你。我问问你,袭人姐姐这几日可好?晴雯姐姐好端端地怎么就忽然没了,到底是得了什么病?二姑娘搬出去得好快,你瞧瞧这地方空落落的。"

宝玉只是一味地"嗯嗯"应着,等香菱说完后让她一起回怡红院去喝茶。香菱说道:"现在可不行,我要先去找琏二奶奶说完了正经事才能过去。"宝玉忙问道:"什么正经事这么着急?"香菱才说:"你哥哥娶嫂子的事呀。"宝玉道:"原来是这事。现在给哥哥说的到底是哪一家?听见吵嚷了大半年,今儿说张家的好,明儿又要李家的,后儿又议论王家的。这些人家的女儿也不知道造了什么孽,好端端地叫别人不停议论。"

香菱说道:"现在定下来了。你哥哥上次出门做生意时,顺路去走了个亲戚。那户人家跟我们一样,是朝廷的皇商,也是数一数二的大户人家。前日说起来,你们两府也都知道他家的,就是'桂花夏家'。"

宝玉笑问道:"为何叫'桂花夏家'?"香菱解释道:"他家本姓夏,非常富贵。其余田地不用说,光是桂花就种了几千亩。且不说这城里城外用的桂花,就连宫里的陈设盆景都是他家贡奉,因此才有这个外号。如今夏家老爷没了,只有夏家太太带着一个亲生姑娘过活。"宝玉忙说:"你们大爷怎么就中意了这位姑娘?"香菱笑道:"一嘛是缘分,二来是'情人眼里出西施'。当年两家就经常来往,他两人从小就在一起玩。虽然有几年没有走动,可你哥哥上次一到他家,夏奶奶看到你哥哥已经长那么大了,高兴得不得了。又令他兄妹相见,那姑娘如今出落得像花朵似的,你哥哥当时就一眼看上了。你哥哥这次一回来,就求我们奶奶去求亲。我们奶奶以前也见过这姑娘,且又门当户对,也就依了。和这里的姨太太、凤姑娘商议后,打发人去一说就定了亲。只是娶的日子太急,所以我们现在有些手忙脚乱。我也盼着她早些过来,听说那姑娘在家也读书写字的,又可以添一个作诗的人了。"

宝玉听了,却冷笑道:"虽然这么说,可我听了却反而替你担心以后呢。"香菱听了,脸一下红了,正色道:"这是什么话!怪不得人人都说你是个亲近不得的人。"一面说,一面转身走了。

宝玉见她这样,怅然若失,呆呆地站了半天,思前想后,又不禁滴下泪来,没精打采地走回了怡红院。宝玉一夜睡不安稳,睡梦里还时不时叫晴雯的名字,或者像做了噩梦般惶恐不宁。第二日,他就发烧了,吃不下东西。前几日抄检大观园事件里,他看见司棋、晴雯等人被羞辱驱逐而感到惊恐伤心,再加上外感风寒,所以才突然病倒了。

贾母听见宝玉卧床不起,天天亲自来探病。王夫人心中有些后悔不该为了晴雯的事情过于责怪宝玉。可她心中虽如此想,脸上却不露声色,只吩咐下人们要好好服侍,一日两次带进医生来诊脉下药。一月之后,宝玉才渐渐好了起来。

宝玉好了之后,贾母让他好好休养,必须待在房里静养百日才得出门。这段时间,薛蟠已经娶亲入门,摆酒唱戏,热闹非常。又过了一段日子,迎春也出了阁。宝玉想到以前姊妹们在一起时,是何等的亲密;如今一别,下次再见时,也不能像以前那样亲密了。想到这里,宝玉难免又难过起来。

养病的日子里,唯一让宝玉觉得开心的,只有可以暂时不必被贾政逼着读书做学问。

香菱那日抢白了宝玉后,心中觉得宝玉是有意唐突她,心里想着难怪自家宝姑娘不敢亲近宝玉,林姑娘又常常被宝玉气到痛哭,便决定以后要远远避开宝玉。因此,香菱连大观园都不怎么去了。听说薛蟠准备娶的妻子有才有貌,香菱就觉得定是个典雅平和好相处的人,以后她就有了护身符,以后的日子能过得更安宁些。因此,她比薛蟠还急十倍盼着娶亲的日子早点到。夏家小姐一娶进门,香菱就十分殷勤地小心服侍。

夏家小姐夏金桂,今年十七岁,生得颇有姿色,也认识几个字。她父亲去世得早,又没有同胞弟兄,寡母对她难免溺爱,凡事百依百顺。因此,夏金桂养成了蛮横跋扈的性格,轮起泼辣,也不差凤姐多少。还未出嫁时,她对家里的丫鬟就是非打即骂。现在出了阁,她自以为自己是要做当家奶奶,更加要拿出威风来,才镇得住人。

夏金桂嫁过来后,发现薛蟠脾气暴躁、生活奢侈放纵,如果不趁热打铁树立起自己的威严,以后就更加压不住薛蟠,所以处处要薛蟠顺自己的意。

薛蟠本就是个喜新厌旧的人，表面看着蛮横，其实骨子里软弱。现在刚把妻子娶进门，正觉得新鲜，自然事事都会谦让些。夏金桂见了这般形景，便也试着步步紧逼。刚成亲的那个月，两人还算势均力敌。过了两个月后，薛蟠的气焰就开始慢慢被压下去了。

有一日，薛蟠喝了酒后，和金桂商量事情，金桂执意不肯同意。薛蟠忍不住骂了她几句后，还是按自己说的做了。夏金桂便哭得死去活来，茶饭不思，装起病来。请了大夫来看，大夫说是被气坏了。

薛姨妈恨得骂了薛蟠一顿："如今你也娶了亲，怎么还是那样胡闹。人家像养凤凰般养了一个女儿，看着你是个人物，才给你做老婆。你不说收收心，安分守己地和气过日子，还是这样胡闹，喝了点黄汤，就回来折磨人家。现在还得花钱吃药白受罪。"

一席话，说得薛蟠后悔不已，反来安慰金桂。金桂见婆婆帮着自己，更加得意，就是不理薛蟠。薛蟠没了主意，只得服软，哄了大半个月，才渐渐哄好了金桂。从此之后，薛蟠在金桂面前更是加倍小心，气焰又矮了半截。

夏金桂见到薛蟠不敢跟自己耍横，婆婆又善良，行事慢慢就嚣张起来。一开始，她不过只是常常要挟薛蟠，后来慢慢连薛姨妈都不放在眼里。薛宝钗早就看出她的不轨之心，每次都能随机应变，用话暗暗弹压她。金桂见宝钗不好欺负，每次想找碴儿又找不出，只得暂时和宝钗和平相处。

有一日，金桂闲着无事，找了香菱聊天。问起家乡父母之事，香菱都说不记得了。金桂听了很不高兴，说香菱故意不说实话。金桂又问香菱，她的名字是谁取的。香菱就说薛宝钗。金桂便冷笑着说这名字取得不好，非让香菱改了个名字，叫"秋菱"。宝钗知道金桂是故意挑衅，但也不在意，随她改去。

薛蟠向来是"得陇望蜀"，娶了金桂后，没多久又看上了金桂的丫鬟宝蟾。宝蟾有三分姿色、举止轻浮。薛蟠便常常借着要茶要水的机会，故意挑逗她。宝蟾虽然明白，但因惧怕金桂，也不敢造次。金桂也看出了他俩的心意，想着自己正在找机会除掉香菱，不如借此机会把宝蟾给了薛蟠，这样薛蟠就会疏远香菱，自己也就好下手了。再说，金桂觉得宝蟾是自己的丫头，以后也好控制。于是，金桂就遂了薛蟠的心意，又把香菱要过来伺候自己。

香菱去伺候金桂后，被金桂使唤得团团转，没有片刻空闲的时候。即便这样，金桂还常常到处说香菱服侍得不好。过了半个月，金桂又开始装病，说自己心疼难忍，四肢都动不了。大夫过来诊脉，也找不出原因。众人就赖说是香菱气病的。又过了两日，金桂的枕头套里掉出个写着她生辰八字的纸人，在心窝和四肢关节处各钉着五根针。

众人赶紧把此事去禀告了薛姨妈，薛姨妈一听也手忙脚乱了。薛蟠更是急起来，说要将伺候的下人都拷打一番。

金桂反而说："没必要冤枉别人，大概是宝蟾做的法。"薛蟠道："她都多久不在你房里了，你何必冤枉她人。"金桂冷笑地回答道："除了她还有谁，难道还是我自己吗？"薛蟠说道："如今天天跟着你的是香菱，她肯定知道，先拷问她就知道了。"金桂又说道："拷问谁，谁又会承认？依我说，大家干脆都装不知道吧。反正我死了也没什么要紧，你正好还可以再娶好的。你们三个本来就都嫌弃我。"说着，金桂痛哭起来。

薛蟠被这番话挑唆得火冒三丈，顺手抓起一根门闩来去找香菱，一见着她不容分说便劈头盖脑打了下去，一口咬定是香菱捣的鬼。香菱叫屈，薛姨妈跑来制止道："不问青红皂白，你就开始打人。这丫头服侍你这么些年，什么时候不尽心尽力？她怎么可能会做这没良心的事！你先问清楚再动手也不迟。"

金桂听见她婆婆如此说着，怕薛蟠耳根子软，赶紧号啕大哭起来，边哭边喊："你把宝蟾霸占了半个多月，不让她去伺候我，只有秋菱跟着我睡。我说是宝蟾，你又护着，现在又赌气去打秋菱，根本就是在做戏。你就想整死了我，好再娶那更富贵更标致的。"

薛蟠听了这些话，更加着急。薛姨妈听见金桂句句要挟儿子，一副无赖的样子，十分可恨。无奈儿子被要挟惯了，硬气不起来。现在儿子还去勾搭媳妇的陪嫁丫头，更加落人话柄。俗语说，清官难断家务事，薛姨妈也没了办法，只得骂薛蟠说："不争气的孽障！狗都比你体面些！你这个喜新厌旧的东西，白白辜负了我往日的心。香菱再不好，你也不许打，我立即叫人来卖了她，大家都清净了。"说完，就让香菱去收拾了东西。

薛蟠见母亲动了气,早也低下头了。金桂听了这话,隔着窗子冲着外面又哭又闹。薛姨妈听说,气得浑身发抖:"这是谁家的规矩?婆婆这里说话,媳妇隔着窗子顶嘴。亏你还是大户人家的女儿!满嘴大呼小叫,说的都是些什么!"

薛蟠急得直跺脚,让金桂别再说了。金桂愈发撒起泼来。薛蟠见劝又劝不住,打又打不了,只得唉声叹气,抱怨自己运气不好。

薛宝钗早就把薛姨妈劝进去了屋,还笑着说:"咱们家从来只买人,什么时候卖过人?妈真是气糊涂了,让人听见,岂不要笑话咱们?哥哥嫂子嫌她不好,就留下来给我使唤,我正也没人用。"薛姨妈道:"留着她还是会惹事,不如打发了她倒干净。"宝钗笑道:"她跟着我也一样,不让她到那边去,就跟卖了一样。"香菱早已跑到薛姨妈跟前痛哭哀求,不愿出去,愿意跟着姑娘,薛姨妈也只得罢了。自此以后,香菱就随宝钗去了。虽然如此,难免对月伤悲,挑灯自叹。原来身体就不是太好,折腾了这一番后,便每况愈下。

后来金桂又吵闹了几次,气得薛姨妈母女暗自垂泪。薛蟠曾仗着酒胆顶撞过两三次,最后都横不过金桂,反而使金桂越发长了威风,自己越发软了气骨。

处理了香菱之后,金桂又开始嫌弃宝蟾,总找机会针对她。可宝蟾却不像香菱,也是个泼辣的人,既和薛蟠情投意合,早就不把金桂放在眼里,哪里能够让金桂欺负自己?

两人先是拌嘴,金桂急了,对她又打又骂,宝蟾虽不敢还手,但也会满地打滚、寻死觅活,闹得家中是鸡犬不宁。

薛蟠被闹得实在没有办法,就躲了出去,总不回来。金桂一个人在家,高兴的时候就会叫人来喝酒打牌。喝多了或者不高兴的时候,她就会在家破口大骂。

薛家母女总不去理她。薛蟠也没有别的办法,只能天天后悔娶了这个搅家星。

宁荣二府的人,上上下下,无人不知,无人不叹。

宝玉见过金桂后,心中暗想:模样、举止和自家姐妹差不多的人,性情竟会如此可怕。这实在让他觉得很纳闷。

红楼梦

一日，宝玉去向王夫人请安，正好遇到迎春派自己的奶娘回来给长辈请安。迎春的奶娘说，孙绍祖行为不端，迎春嫁过去后常常以泪洗面，所以想让王夫人派人去把她接回来住两天。王夫人听了，赶紧派人第二日就去孙家接迎春。

次日，迎春回了贾府。吃了晚饭，将孙家过来的下人打发回去后，迎春才和王夫人及众人哭诉了自己的遭遇。

原来孙绍祖好酒好色好赌，迎春稍微规劝，就会被他骂。孙绍祖还说贾赦欠了他五千银子一直没还，才拿迎春去抵债。他让迎春别以为自己是什么夫人，要是敢不老实，他就打她一顿，再撵到下人房里。

迎春边说边哭得喘不上气，王夫人和众姊妹闻之无不落泪。王夫人只得用言语安慰说："嫁了这种不懂事的人，也没什么办法。当初你叔叔也曾劝过大老爷，不让和他家定亲。可大老爷执意不听。我的儿啊，这也是你的命。"

迎春哭着道："我不信我的命就这么不好！从小没了娘，在婶婶这边过了几年舒心日子，如今偏又是这么个结果！"

王夫人一边劝，一边让人赶紧收拾紫菱洲的房屋让迎春住几天，又让姊妹们多多陪她说说话，还特意嘱咐宝玉不能告诉贾母，以免贾母伤心。

迎春在大观园里和姐妹住了三日，又过邢夫人那里住了两日。孙家就派人来接了。尽管迎春很不想回去，但害怕孙绍祖的凶恶，只得含泪告别众人回孙家去了。

第三十九回
痴怡红两番入家塾
病潇湘痴魂惊噩梦

迎春回贾府那几日，邢夫人从不问她在孙府过得如何、有没有什么难处，只是装装样子敷衍一下。等迎春回去之后，邢夫人也不在意，跟没事人一样。反倒是王夫人抚养了一场，想到迎春现在过的日子就甚为伤感，在房中自己暗暗叹息了一会。

宝玉正好过来给王夫人请安，看见王夫人脸上似有泪痕，也不敢坐，就一直站着。王夫人叫他坐下，他才在王夫人身旁坐了。

宝玉跟王夫人说既然迎春在孙府里过得那么委屈，不如他们跟贾母说清楚，让贾母出面把迎春接回来住，只要孙家来接，就说贾母不舍得要多留几日，这样他们兄弟姐妹又可以朝夕相处了，迎春也不用受孙家那混账的气。

王夫人听了，又好气又好笑，直说宝玉是个呆子，自古以来"嫁出去的女儿泼出去的水"，嫁到人家去了，娘家哪里顾得上，过得好不好就是看那人的命了，碰得好就好，碰得不好也没有办法。

王夫人这番话，说得宝玉也不敢作声，坐了一会，无精打采地告辞离开。宝玉憋着一肚子闷气，又无处可发泄，回到园中，径直去了潇湘馆来。

刚进了门，宝玉便放声大哭起来。黛玉刚刚梳洗完毕，见到宝玉这样，吓了一跳，忙问发生了什么事。宝玉低着头，伏在桌子上，哭得说不出话。黛玉追问了好几次，宝玉才勉强止住了哭，把刚才和王夫人的对话和黛玉又说了一遍。黛玉想起前几日迎春的满面愁容和字字带泪的哭诉，不由难过起来，叹了口气，又躺下了。

两人就这样相对着默默伤心着，直到贾母派人来找宝玉过去。宝玉看到黛玉哭得两只眼圈都通红了，赶紧安慰了两句，才去贾母那。

到了贾母房中，贾母问宝玉前年那次大病时是觉得怎么样个不舒服法。宝玉大概说了一遍。话音刚落，凤姐也进了屋。贾母又问了一遍凤姐同样的问题，凤姐也大略说了些。

听完之后，贾母说道："这么看起来，真是她了。这老东西竟这样坏心，枉费宝玉还认了她做干妈。"

原来宝玉的干妈马道婆最近被人撞破她做法害人，现在已经被官府捉了去。衙役们去她家搜查时发现很多古怪的东西和替人做法收取银子的账目。因此，贾母和王夫人就怀疑上次宝玉和凤姐生病是赵姨娘找马道婆捣的鬼。不过，现在马道婆已经被官府收押了，没有人证，赵姨娘想必也是不会承认。

贾母本来让王夫人、凤姐和宝玉陪自己一起吃晚饭的，后来贾政派人过来找王夫人有事，贾母就让王夫人先回去了。

王夫人回到自己房中，边和贾政说些闲话，边帮他把想要找的东西找了出来。贾政问道："迎儿已经回去了，她在孙家怎么样？"王夫人说道："迎丫头一肚子眼泪，说孙姑爷凶横得了不得。"她又把迎春的话复述了一遍给贾政听。

贾政听完之后，叹息道："之前我就觉得不合适，无奈大老爷怎么都劝不动，我也没法。只能让迎丫头受些委屈罢了。"王夫人道："现在还是新媳妇，相处几年就好了。"说着，王夫人又把早上宝玉的话说了一遍给贾政听。

贾政听了之后也忍不住笑了起来。笑了之后，贾政跟王夫人说，自己打算让宝玉继续去家塾里读书，不准他再每日懒散闲逛。王夫人听了，自然打心里赞同。

第二日，贾政就把宝玉叫到书房，告诉他："自今日起，再不许作诗作对的了，单要习学八股文章。限你一年，若毫无长进，你也不用念书了，我也不愿有你这样的儿子了。"

宝玉本来还想去求贾母替自己说情好不去上学，谁知贾母得信后，把他叫了过去："只

> **八股文章**
>
> 俗称八股文，是我国明清时期朝廷科举考试的一种文体。八股文写作方式固定，由破题、承题、起讲、入题、起股、中股、后股、束股八部分组成，题目一律出自四书五经中的原文，主要意义在于诠释经书的义理，并要求据题立论，所以很少有作者自由阐发的空间。

管放心先去,别叫你老子生气。有什么难为你,有我呢。"

宝玉没了法,只得每日老老实实去家塾里跟贾代儒读书做功课。

宝玉开始每日上学之后,怡红院中也清净了不少。宝玉不在时,袭人也可以做些针线活,一边做一边想:宝玉如今天天读书,丫头们也少了许多麻烦。早要如此,晴雯怎么会落得那样的下场。兔死狐悲,袭人不由地落下泪来。

袭人又想起些别的事情,也没了做针线活的心思,索性去潇湘馆找黛玉聊聊天。

一进潇湘馆,黛玉正在那里看书。看见袭人来了,黛玉连忙欠身让坐。袭人也连忙迎上来问:"姑娘这几天身子可好了?"黛玉道:"哪里能够这么快,不过稍微好了些。你在家里做什么呢?"袭人道:"如今宝二爷上了学,房中一点儿事没有,因此来瞧瞧姑娘,说说话。"

两人止说着话,只听一个婆子在院里问道:"这里是林姑娘的屋子吗?"雪雁出来一看,模模糊糊认得是薛姨妈那边的人,便问有什么事。婆子道:"我们姑娘打发来给这里林姑娘送东西的。"雪雁让婆子稍微等等,进屋回了黛玉,黛玉便叫领她进来。

那婆子进来请了安,也不说送什么,只是不停偷眼瞧黛玉,看得黛玉反倒不好意思起来,开口问道:"宝姑娘叫你来送什么?"婆子这才笑着回道:"我们姑娘叫给姑娘送了一瓶蜜饯荔枝来。"婆子回头瞧见袭人,便问道:"这位姑娘是不是宝二爷屋里的花姑娘?"袭人笑道:"妈妈怎么认得我?"婆子笑道:"我们只在太太屋里看屋子,不大跟太太姑娘出门,所以姑娘们都不大认得。姑娘们有时到我们那边去,我们就模糊有个印象。"说着,婆子将一个瓶子递给雪雁,又回头看看黛玉,笑着向袭人道:"怨不得我们太太说这林姑娘和你们宝二爷是一对儿,原来真是长得跟天仙似的。"袭人见她说话造次,连忙岔道:"妈妈,你乏了,坐坐吃茶罢。"那婆子笑嘻嘻地道:"我们那里忙呢,姑娘还有两瓶荔枝,叫给宝二爷送去。"说着,颤颤巍巍告辞出去。

黛玉虽有些生气这婆子刚才冒撞,但想是宝钗派来的,也不好把她怎么样,等她出了屋门,才说一声道:"给你们姑娘道费心。"那老婆子还只管嘴里咕咕哝哝地说:"这样好模样儿,除了宝玉,还有谁受得起。"黛玉只装没听见。袭人笑道:"怎么人老了,就爱胡说八道,叫人听着又好气又好笑。"两人又说了一回话,袭人才回去了。

到了晚上,黛玉猛抬头看见了那个荔枝瓶,不禁想起白天老婆子的一番混话,甚觉刺心。正是黄昏人静时,千愁万绪,涌上心来。黛玉想着自己身体多病,年纪又大了,宝玉心里虽没别人,可老太太、舅母又没有流露过半点意思;深恨父母在时,为何不早定了这头婚姻。

黛玉思来想去,心中颇为忐忑,叹了一会气,掉了几点泪,心思沉重地和衣躺下。

迷迷糊糊间,一个小丫头走来说道:"外面雨村贾老爷请姑娘。"黛玉觉得很奇怪:"我虽跟他读过书,但又不是男学生,见我做什么?"便对小丫头说:"你就说我身上有病不方便见客,替我请安道谢就是了。"小丫头道:"只怕要给姑娘道喜,南京有人来接了。"说着,就见凤姐和邢夫人、王夫人、宝钗等都来笑道:"我们一来道喜,二来送行。"黛玉慌忙问道:"你们这话什么意思?"凤姐笑道:"你还装什么傻。你难道不知道林姑爷升个官,又娶了一位继母。想着总把你放在这里不成体统,所以托了贾雨村做媒,将你许了你继母的什么亲戚,还说是续弦,所以派人到这里来接你回去。"这番话听得黛玉一身冷汗。

黛玉恍惚中看见父亲果然在那里做官的样子,心里着急,但是还是嘴硬反驳道:"没有的事,都是凤姐姐胡说。"只见邢夫人向王夫人使个眼色:"她还不信呢,咱们走罢。"黛玉含着泪道:"二位舅母坐坐再去。"众人不言语,都冷笑而去。

黛玉此时心中干着急,又说不出话,不停地抽泣。恍惚间又和贾母待在了一起,黛玉心中想只有老太太才能救她了,赶紧跪下,抱着贾母的腰说道:"老太太救我!我死也不回南边的!况且有了继母,又不是我的亲娘。我情愿跟着老太太一块儿过的。"可看见贾母绷着脸说道:"这个不关我的事。续弦也好,还多了一份嫁妆。"黛玉哭道:"如果能让我留在老太太跟前,绝不多花这里一分钱,只求老太太救我。"贾母说道:"没有用的。做了女人,终是要出嫁的。"黛玉哀求道:"我情愿在这里做个奴婢。只求老太太做主。"老太太一直不说话。黛玉抱着贾母的腰哭道:"老太太,你向来最是慈悲的,又最疼我的,到了紧要关头,怎么就不管我了。虽说我是你的外孙女儿,隔了一层,可我娘是你的亲生女儿,看我娘分上,也该护着我呀。"说着,黛玉撞到贾母怀里痛哭。只听见贾母说道:"鸳鸯,你送姑娘出去歇歇。我倒被她闹乏了。"

黛玉一看无路可走,再求也没用,不如自我了断来得干净,于是站起来往外就走。她深痛自己没有亲娘,外祖母与舅母姊妹们,平时待她再好,也都是假的。黛玉突然想起:今日怎么没见到宝玉?或许他还能有办法。刚想着,便见宝玉站在面前,笑嘻嘻地说:"妹妹大喜呀。"黛玉听了这一句话,更加着急了,也顾不得什么了,把宝玉紧紧拉住说:"好你个宝玉,我今日才知道你是个无情无义的人了。"宝玉问道:"我怎么无情无义了?你既有了人家,咱们就该各自干各自的了。"黛玉越听越气,越没了主意,只得拉着宝玉哭道:"好哥哥,你叫我跟了谁去?"宝玉又说:"你要不愿意去,就在这里住着。你原是许给我了,所以你才到我们这里来。"

黛玉恍惚中也觉得似乎曾许过给宝玉,心中又转悲为喜,问宝玉道:"我已经打定主意了。你到底让不让我走?"宝玉说道:"这些年,我如何待你,你还不清楚吗?我让你住下,若是你不信我的话,我就把心挖出来给你瞧瞧。"说着,宝玉就拿一把小刀往胸口上一划,顿时鲜血直流。黛玉吓得魂飞魄散,忙用手压着宝玉的心窝,哭道:"你怎么做出这个事来,你先来杀了我罢!"宝玉道:"你别怕,我就是拿我的心给你瞧瞧。"还把手在划开的地方乱抓。黛玉吓得直哆嗦,又怕人看到,抱住宝玉痛哭。宝玉突然大叫:"不好了,我的心没了,活不了。"说着,宝玉眼睛往上一翻,咕咚一声倒地。黛玉放声大哭。

只听见紫鹃叫道:"姑娘,姑娘,快醒醒。脱了衣服再睡罢。"黛玉一翻身,才发现原来只是一场噩梦。

黛玉觉得自己一身冷汗,喉咙里犹在哽咽,心也还是乱跳,枕头上已经湿透。她又想了想:父亲早已过世,与宝玉未有婚约,怎么会有梦中那些事。黛玉这才脱了外衣,让紫鹃替自己盖好被窝,又躺下去。黛玉翻来覆去,怎么都睡不着。只听外面淅淅沥沥,像风声,又像雨声。刚停一会,又响了起来。黛玉只能挣扎着起来,围着被坐了一会;又觉得窗缝里透进一缕凉风,吹得寒毛直竖,便又躺下。刚要睡着,她又听见外面竹枝上不知有多少家雀,啾啾唧唧,叫个不停。隔着窗户,渐渐有阳光透了进来。

黛玉早已经完全清醒,开始咳了起来,连紫鹃都被她的咳嗽弄醒了。紫鹃赶紧起来给她拿过一个痰盒来。等黛玉好了些,紫鹃才出来叫醒雪雁进屋伺候,自己出门去倒痰盒。只见满盒子痰,痰中好些血丝,吓了紫鹃一跳，失声说道："哎哟，这还了得！"黛玉在里面接着问是什么，紫鹃自知失言，连忙说道："手里一滑，几乎摆了痰盒子。"黛玉道："是不是盒子里的痰有了什么？"紫鹃赶紧说道："没有什么。"说着，紫鹃心中一酸，眼泪就流了下来，声音也岔了。

黛玉本来就觉得喉头有些甜腥，早就疑惑，又听见紫鹃说话声音带着悲，心中也猜到了八九分，便叫紫鹃："进来罢，外头看凉着。"紫鹃答应了一声，这一声已是鼻中酸楚之音。黛玉听了，心中更是凉了半截。紫鹃推门进来时，还拿着手帕擦眼睛。

黛玉问道："大清早起，好好的为什么哭？"紫鹃勉强笑道："谁哭了？不过是起来时眼睛里有些不舒服。我听着姑娘昨晚咳嗽了大半夜，现在觉得怎么样？"黛玉说道："可不是，越想睡，越睡不着。"

紫鹃安慰道："姑娘身上不大好，依我说，还得自己看开些。身体才是最重要的，俗语说得好，'留得青山在，依旧有柴烧'。况且从老太太到太太，哪个不疼姑娘？"

这一句话，又勾起黛玉的梦来。她觉得心头一疼，眼中一黑，神色俱变，紫鹃连忙端过痰盒、雪雁给捶着背，好一会黛玉才吐出一口痰来。痰中一缕紫血，紫鹃、雪雁见了脸都吓黄了。两个旁边守着，黛玉便昏沉沉躺下了。紫鹃看着不好，连忙努嘴示意雪雁叫人去。

雪雁才出屋门，只见翠缕、翠墨两人笑嘻嘻地走了过来。翠缕问道："林姑娘怎么这么晚还不出门？几位姑娘都在四姑娘屋里看画呢。"雪雁连忙摆摆手，让她们别说话。翠缕、翠墨都吓了一跳，忙问怎么了。雪雁将刚才的事都告诉了她们。二人都吐了吐舌头，让雪雁赶紧去告诉贾母。雪雁点点头，赶紧走了。

探春和湘云正在惜春那儿看画，就见翠缕和翠墨神色慌张地回来说了黛玉的事情。惜春说道："林姐姐那样一个聪明人，我看她总有些看不破，凡事都要较真。天下的事，哪里有多少真呢？"探春说道："既然这样，咱们都过去看看。若是病得厉害，我们就赶紧去告诉老太太，请个大夫进来瞧瞧。"

于是，探春和湘云带着丫鬟们赶紧去了潇湘馆。黛玉一见她二人进来，不免又伤心起来。她想起在梦中连老太太尚且那样，何况她们姐妹。心里虽是如此，脸上却不好表露出来，黛玉只得勉强让紫鹃扶起，让大家坐。

探春、湘云都坐在床沿上，看了黛玉这般光景，心里也很伤感。

探春问黛玉身上哪里不舒服。黛玉说："没什么大事，就是身子软得很。"紫鹃在黛玉身后偷偷地用手指了指痰盒。湘云到底年轻，性情又直爽，伸手便把痰盒拿起来看。不看还好，看了也吓了一跳，说道："这是姐姐吐的？那还了得！"刚才黛玉昏昏沉沉，吐了也没仔细看，见湘云这么说，回头看时，自己心都凉了一半。探春见湘云冒失，连忙解释道："这不过是肺火上炎，带出一点血来，也是常事。就是云丫头，最爱大惊小怪。"湘云红了脸，后悔不该失言。

探春见黛玉精神不好，连忙起身让黛玉好好歇歇，自己和湘云出了潇湘馆，一路往贾母这边来。探春在路上叮嘱湘云到了贾母面前不能再像刚才那么冒冒失失的。

见了贾母之后，探春提起了黛玉的病。贾母听了很是心烦，说道："这两个玉儿，总是多病多灾的。林丫头渐渐大了，她这个身子也是多病，我看那孩子就是心太细。"众人也不敢接话。贾母又对鸳鸯说道："明日大夫来瞧了宝玉后，就让他到林姑娘那屋里去。"鸳鸯答应着，告诉了婆子们，婆子们自去传话。

第二天，贾琏就领着大夫先去瞧了宝玉，然后去看了黛玉。大夫说黛玉之所以会容易动气、多疑多惧，是因为肝阴亏损、心气衰竭。于是，大夫对症给她开了药，嘱咐让好好调理。

大夫开好药方后，贾琏一边让人去抓药，一边派人回去告诉凤姐黛玉的病因和大夫用的药。凤姐知道后，又听周瑞家的说紫鹃想提前支一两个月的月钱好给黛玉买东西。于是，凤姐让平儿拿了些银子给紫鹃送去，还说自己得了闲，就去探望黛玉。

第四十回
省宫闱元妃染微恙
试文字宝玉始提亲

贾琏和凤姐说完黛玉的病情后，就被贾赦找了过去。贾赦让他找人去太医院打听一下，元妃是不是生病了。贾琏赶紧吩咐人往太医院去。

到了晌午，派出去打听的人没回来，倒是宫里有两个太监来了荣国府。

原来前日元妃就生病了，圣上下了旨意，让贾府女眷进宫探视，男亲则可以再在宫门外递个职名请安。

听了消息后，贾母、王夫人、邢夫人和凤姐第二日一大早就起床梳洗打扮，进宫探望元妃。贾赦和贾政带着贾家文字辈至草字辈的子侄们则在宫门外请安，留了贾琏、贾蓉在府里看家。

贾母四人带着各自的丫鬟进了宫门后，在几个小内监的引路下，来到了元妃寝宫，只见屋里金碧辉煌。有两个小宫女过来传谕道："只用请安，其他一概都免。"贾母等谢了恩，来至床前请安毕，元妃都赐了坐。贾母等又告了坐。

元妃便向贾母问道："近日身上可好？"贾母扶着小丫头，颤颤巍巍站起来，答应道："托娘娘洪福，身体还好。"元妃又向邢夫人、王夫人问了好，邢王二夫人也站着回了话。元妃又问凤姐家中过的日子怎么样，凤姐站起来回奏道："还可以维持。"元妃道："这几年来难为你操心。"凤姐正要站起来回奏，就见一个宫女拿了张写了许多职名的单子，请元妃过目。元妃一看，就是贾赦、贾政等若干人。元妃眼圈一红，止不住流下泪来。宫女赶紧递过手绢，元妃一面拭泪，一面传谕道："今天好很多了，让他们在外面先歇着吧。"贾母等又赶紧站了起来谢恩。

元妃含泪说道:"父女弟兄,反不如小家子那样,可以时常亲近。"贾母等都忍着泪道:"娘娘不用悲伤,家中已托着娘娘很多的福了。"元妃又问:"宝玉近来怎么样?"贾母回道:"近来比较愿意念书了。因他父亲管得严,如今也开始做文章了。"元妃听了,欣慰地说道:"这样才好。"

说完话,元妃吩咐赐宴,便有两个宫女、四个小内监将贾母四人引到了一座宫里用饭。吃完了饭,贾母带着她婆媳三人又去向元妃谢过宴,又耽搁了一会。看看时辰不早了,贾母她们也不敢逗留,便辞了元妃出来回家去。一连去了三日。

过了几日,宫里又传出消息,元妃已经疾愈。贾府上下自然都很高兴。元妃还派了太监送了些东西、银两到贾府,作为对他们殷勤探问的赏赐。贾赦、贾政等禀明了贾母,一齐谢了恩,又招待太监吃了茶。等太监离开后,大家又回到贾母房中说笑了一会。这时,外面有人找贾赦有事,贾赦就先告辞贾母,离开了。

贾赦离开后,贾母忽然想起些事,对贾政笑道:"娘娘心里非常惦记宝玉,前儿还特地问他来着呢。"贾政赔笑回道:"只是宝玉不太肯念书,辜负了娘娘的好意。"

贾母一听,便说:"我还替他在娘娘面前说了个好,说他近日都做起了文章。你们时常叫他出去作诗作文,难道他都没作上来吗?小孩子家是要慢慢教导的。"贾政听了这话,忙赔笑道:"老太太说的是。"

贾母又道:"提起宝玉,我还有一件事和你商量。如今他也大了,你们也该留神给他定一个好孩子。这也是他的终身大事。也别论远近亲戚,穷啊富的,只要那姑娘的脾性好、模样周正就好。"贾政道:"老太太吩咐的是。姑娘自然要挑个好的。可首先他自己要先学好才好,否则他自己不成才,反而会耽误了人家的女孩儿,岂不可惜?"

贾母听了这话,心里却有些不高兴,说道:"说起来,这事情是你们做父母该操心的,哪里轮得到我。只是宝玉这孩子从小跟着我,我难免多疼他一点儿,溺爱了些。可我看他模样生得周正,心性也实在,以后未必没有出息,哪里就会糟蹋了人家的女孩儿?我大概是有些偏心,横竖我看着他就是比环儿略好些。"

贾母这几句话听得贾政心中甚是不安,连忙赔笑道:"老太太看的人也多了,既说他是有造化的,想来是不错。只是儿子望子成龙的心急了些。"

贾母听了这话,也笑了,说道:"你现在是年纪大,又担任着官职,自然越历练越老成。想你年轻的时候,脾气比宝玉还要古怪。也是娶了媳妇后,才开始懂些事。如今倒是会抱怨宝玉,我瞧宝玉现在就比你那时要体恤人呢。"这番话说得邢夫人、王夫人都笑了。

从贾母房中出来,贾政同王夫人回了自己房中。贾政想起贾母刚才说的话,和王夫人说道:"既然老太太这样疼宝玉,他就还得有些实学,日后可以混得功名,才好不枉老太太疼他一场,也不至于糟踏了人家的女儿。"王夫人回道:"老爷这话自然是对的。"

贾政便让人去吩咐宝玉吃了饭后到书房去,他有事要问宝玉。宝玉听了,又是一个闷雷。

宝玉匆匆吃了饭后,就赶紧去书房见贾政。进了屋请安后,宝玉也不敢多话,只在一旁站着。

贾政问宝玉最近写了什么文章,宝玉一一答了,还让人取来给贾政批阅。贾代儒近来给宝玉布置的题目是《吾十有五而志于学》《人不知而不愠①》《则归墨》。

贾政边看宝玉的文章,边看代儒的批改,时不时地还问宝玉几个问题。宝玉站在一旁战战兢兢地回答着。贾政考了宝玉一番,觉得他是比以前用功了许多,尽管话里还是责骂居多,可心里还是颇为高兴的。这时,薛姨妈过来看望贾母,贾母让小厮来叫宝玉过去一起吃饭。贾政便不再留宝玉,让他过贾母那边去了。

宝玉自从宝钗搬回家去,对她十分想念,听见薛姨妈来了,还以为宝钗也一同来了,早就想飞到贾母房中。听到贾政让他离开,宝玉的心立刻飞了。但惧怕贾政骂他举止轻浮、不知礼数,只得先按捺住,恭恭敬敬地退出书房,慢慢往外走。一过了穿廊月洞门的影屏,宝玉就一溜烟跑到老太太院门口。

丫鬟们见宝玉来了,连忙打起帘子,悄悄告诉道:"姨太太在这里呢。"宝玉赶忙进来给薛姨妈请安,然后才给贾母请了晚安。宝玉问众人说道:

---

① 愠(yùn):烦躁,生气,发怒。

"宝姐姐在哪里坐着呢？"薛姨妈笑着回道："你宝姐姐没过来，家里和香菱做活呢。"宝玉听了，心中大为失望，又不好立刻就走。

饭菜已经布好，众人依次坐下，贾母招呼宝玉过来吃饭，宝玉说自己去书房见贾政前吃过了。于是，贾母就和薛姨妈、凤姐、探春一起吃饭。

吃饭时，众人边喝酒边闲聊。贾母问薛姨妈道："我前几天听见丫头们说'秋菱'，不知是谁，问起来才知道是她。那孩子好好的名字怎么又改了？"

薛姨妈一听，满脸飞红，叹了一口气道："老太太再别提了。自从蟠儿娶了这个不知好歹的媳妇，成日咕咕唧唧，如今闹得不成样子。我说过她几次，她就是不听，我也没那么大精神和她们吵去，只好由她们去。可不就是她嫌那丫头的名儿，非让改的。"贾母问道："一个名字，能有多要紧的事呢？"薛姨妈说道："她哪里是因为这名儿不好，无非是听说是宝丫头起的，她才非要改。如今这媳妇专和宝丫头斗气。前日老太太打发人看我去，我们家里正闹呢。"

贾母连忙接着问道："前儿听见姨太太肝气疼，正想打发人看看，后来听说好了，所以才没让人去。姨太太也别太把这些事放在心上。他们是新过门的小夫妻，难免磕磕碰碰，过些日子自然就好了。我看宝丫头性格温厚和平，虽然年轻，可比大人还强几倍。宝丫头的心胸、脾气，真是百里挑一的。要我看，以后给人家做了媳妇儿，肯定是公婆疼爱，家里上上下下都服呢。"

宝玉之前已经听烦了，见到众人吃完了饭，便说晚间还要看书，先告辞回去了。

宝玉回去后，平儿也打发人来告诉凤姐，凤姐的女儿巧姐不舒服，让她快些回去瞧瞧。凤姐向众人告了辞就带了小丫头回房去了。

薛姨妈又问了一会黛玉的病。贾母说道："林丫头那孩子，心重些，所以身子就不大结实。论灵性，和宝丫头不差什么，论宽厚待人，就不如她宝姐姐有担待，肯谦让了。"薛姨妈又说了两句闲话，便告辞回家了。

宝玉离开后，贾政便到外书房和众幕僚闲谈。说起贾母想给宝玉挑门亲事，有个幕僚提到，邢夫人那边有个姓张的亲戚，家资巨万，可家中没有儿子，只有一位小姐，生得德容功貌俱全，尚未受聘。张老爷一直想寻

红楼梦

一个富贵双全人家的出众孩子做女婿。

晚上回屋后,贾政便把这事情说给了王夫人,让她去向邢夫人打听一下具体情况。

第二天,邢夫人过贾母这边来请安,王夫人便提起张家的事,一面回贾母,一面问邢夫人。邢夫人道:"之前有别的亲戚和我提过张家这个姑娘。说是家中十分娇养,认识几个字,却见不得大场面,经常待在房中不出来。张大老爷又说,只有这一个女孩儿,不肯嫁出去,怕公婆严让姑娘受委屈,要招上门女婿,给他料理家事。"贾母听到这里,不等说完便说道:"断然使不得。我们宝玉别人服侍他还不够呢,倒给人家当家去。"贾母跟王夫人说道:"你回来告诉你老爷,就说我的话,张家这门亲事作不得的。"王夫人赶忙答应。

贾母有些担心生病的巧姐,便领着邢王二位夫人一起去凤姐房里看看。凤姐得知贾母她们过来了,连忙出来迎了进来。贾母同邢王二夫人进房瞧了瞧正在睡着的巧姐,又出外间坐下。贾母几人说话时,又提到了宝玉的亲事。凤姐笑着说:"当着老祖宗太太们跟前,我说句大胆的话,放着眼前天配的姻缘,何必别处去找。"贾母笑问道:"在哪里?"凤姐说道:"一个金锁,一个宝玉,老祖宗怎么忘记了?"贾母笑了笑,说道:"昨儿你姑妈在这里,你为什么不提?"凤姐道:"老祖宗和太太们在前头,哪里有我们小孩子家说话的地方。况且姑妈是过来瞧老祖宗,怎么好说这个?要说也得太太们过去求亲才是。"贾母笑了,邢王二夫人也都笑了。贾母笑着说:"是我糊涂了。"

这时,请来给巧姐看病的大夫到了,给巧姐看了病说是内热兼惊风,又开了药方。大夫还叮嘱道:"里面有味药是牛黄,如今外面卖的牛黄都是假的,要找到真牛黄才有用。"

众人又坐了坐,便随着贾母回去了。王夫人派人去薛姨妈那里取了些牛黄过来给凤姐。凤姐拿到后,赶紧让人拿去给巧姐煎了药。

这时,只见贾环掀帘进来说:"二姐姐,你们巧姐儿怎么了?妈叫我来瞧瞧她。"凤姐见了她母子便讨厌,说:"好些了。你回去说,谢谢姨娘想着了。"那贾环口里答应,眼睛却四处看。原来贾环听说凤姐这里有牛黄,他好奇想见见牛黄长什么样。凤姐说道:"你别在这里闹了,姐儿才好些。

那牛黄都煎上了。"贾环听了，便去伸手揭炉子上药罐的盖子。谁知盖子太烫，一个没拿稳，碰洒了药罐。

贾环见大事不好，赶紧跑了。凤姐气得火冒三丈，大骂道："真是前世冤家！从前你妈想害我，如今你又来害姐儿。我和你们几辈子的仇呢！"正骂着，一个丫鬟过来找贾环。凤姐让她赶紧回去告诉赵姨娘，就说巧姐死定了，不需要赵姨娘这么煞费苦心地算计了。

那丫鬟有些摸不着头脑，便悄悄问平儿发生了什么事。平儿忙着配药再熬，便把贾环打翻药罐的事情说了。

丫鬟道："怪不得他不敢回来，躲到别处去了。这环哥儿以后还不知道怎么样呢。平姐姐，我替你收拾罢。"平儿说："这倒不用。幸亏牛黄还有一点，如今配好了，你去罢。"丫鬟说道："我回去肯定把这事告诉赵姨奶奶，也省得她天天说。"

第四十一回
探惊风贾环重结怨
争闲气薛蟠惹流刑

那丫鬟回去后立刻把事情告诉了赵姨娘。赵姨娘气得大叫:"快把环儿给我找过来!"

丫鬟们找了一圈,才把躲在外间屋子的贾环找了出来,把他拉到赵姨娘房里。刚走到门口,贾环就听见赵姨娘在屋里不停地抱怨道:"你这个下流种子!你为什么要弄洒了人家的药,招得人家骂。我不过就叫你去问一声,不用进去,你偏进去,进去就算了,说完又不走,非要在虎头上捉虱子。你等我告诉了老爷,看打不打你!"

本来吓得不轻的贾环,听到赵姨娘这样抱怨,反而激起了火气,在外屋跺脚骂道:"我不过弄倒了药罐子,洒了一点药,那小丫头又没死了,也值得她骂我,你也骂我,都说我心坏,把我往死里糟踏。你们都给我等着,我明儿还就要了那小丫头的命呢,看你们怎么着!让她们提防着就是了。"

赵姨娘在里屋抱怨得正起劲,就听到贾环在外屋里说了这些惊心动魄的话来。赵姨娘吓得赶紧从里屋出来,捂住他的嘴说道:"你快别信口胡诌了,别让人家先要了我的命呢!"

赵姨娘娘俩吵了这一回后,赵姨娘想着凤姐说的话,越想越气,也不派人再去安慰凤姐一声。过了几天,巧姐儿病也好了。可这两边结怨比从前更深了一层。

一日,宝玉起来梳洗后,便往家塾里去。刚走出院门,就看见贾芸慌慌张张往这边过来,看见宝玉连忙请安,说:"叔叔大喜了。"宝玉问道:"这是哪里的话!"正说着,只听外边一片声嚷了起来。只听一个人嚷道:"你们这些人好没规矩,这是什么地方,你们在这里混嚷。"那人答道:"老爷升了官呢，我们得来吵喜呢。别人家盼着吵还不能呢。"

宝玉听了，才知道是贾政升了郎中了，人来报喜的。心中自是非常高兴。和贾芸闲聊了两句，宝玉就赶紧去家塾，只见代儒笑着问道："我刚才听见你老爷升了。怎么你今日还过来？"宝玉赔笑道："先过来见了太爷，才好过老爷那边去贺喜。"

代儒点点头，说今日放宝玉一日假，让他不许回园子里玩，还是得好好用功。宝玉答应后退了出来。刚走到二门口，宝玉就看到贾母派来给他向贾代儒请几天假的下人。

宝玉听了后，赶紧去贾母房里见贾母。宝玉笑着进了房门，只见黛玉挨着贾母左边坐着，其余的姐妹也都在，只不见宝钗、宝琴、迎春三人。

宝玉一进屋，就赶紧给贾母道了喜，又给邢王二夫人道喜，一一见过众姐妹，才向黛玉笑着问："妹妹身体可大好了？"黛玉也微笑道："大好了。听见说二哥哥身上也欠安，好了吗？"宝玉说道："可不是，我那日夜里忽然心里疼起来，这几天刚好些就上学去了，也没能过去看妹妹。"黛玉不等他说完，就扭过头和探春说话去了。

凤姐在地下站着笑说："你两个哪里像天天待在一处的，倒像是客人一样，有这些套话，就像人说的'相敬如宾'了。"说得众人哄然一笑。林黛玉满脸飞红，一下子不知道该怎么接话才好，顿了会，才对凤姐说道："你懂得什么？"众人笑得更加厉害。凤姐这才反应过来，知道自己出言冒失，正要转移话题时，贾母问她，刚才是谁说送戏贺喜啦。

凤姐回道："舅太爷那边说，后儿日子好，送一班新出的小戏给老太太、老爷、太太贺喜。"凤姐顿了顿，又笑着说道："不但日子好，还是好日子呢。"说完后，凤姐就瞅着黛玉笑，黛玉也朝她笑。

王夫人说道："是呢，后日还是外甥女的好日子呢。"贾母想了一想，才反应过来，也笑道："我如今老了，什么事都糊涂了。亏了有我这凤丫头给我记着。既这么着，很好，她舅舅家给他们贺喜，你舅舅家就给你做生日，岂不两全其美？"

众人听了都笑起来，说道："老祖宗说句话都那么在理，难怪有这么大福气呢。"

众人陪着贾母说笑闲聊了一番，又一起热热闹闹地吃了饭。

贾政去宫里谢恩回来，又去宗祠里磕了头，便来给贾母磕头，站着说了几句话,又出去拜客了。

这几日,亲戚族中的人纷纷上门恭贺,贾府每日都是车马填门、高朋满座。

两日后,便是林黛玉生日。那日一早,王子腾家送了一班戏过来。戏台就搭在贾母正厅前。贾府男丁有官职的都穿着官服陪侍,亲戚来贺的有十余桌酒。

贾母院子里放了张琉璃戏屏风,贾母带着众女眷就坐在屏风后。大家都到了后,湘云她们都让黛玉上首座,黛玉赶紧推辞。贾母笑道:"今日你就坐了罢。"薛姨妈站起来问道:"今日林姑娘也有喜事吗?"贾母笑道:"是她的生日。"薛姨妈道:"咳,我倒忘了。回头叫宝琴过来给姐姐拜寿。"黛玉笑说:"不敢。"

大家落座后,黛玉留神一看,发现宝钗没有过来,就问了薛姨妈。薛姨妈说道:"她本来应该过来的,只因无人看家,所以不来。"黛玉红着脸微笑问道:"姨妈那里又添了大嫂子,怎么倒用宝姐姐看起家来?大概是她怕人多热闹,懒得过来吧。我还挺想她的。"薛姨妈笑道:"难得你惦记她。她也常想你们姊妹们,过几日我叫她来,大家叙叙。"

众人看戏看得正在高兴时,忽见薛家的人满头汗闯进来找到薛蟠堂弟薛蝌说道:"二爷快回去,再到里头去告诉太太,也请速回去,家中有要事。"薛蝌看见报信人一脸焦急,也来不及告辞就走了。薛姨妈听到丫鬟来报,不知道发生了什么祸事,已经吓得面如土色,赶紧带着宝琴,辞别众人回家了。

见到这个情况,大家都错愕不已。贾母吩咐道:"打发人跟过去听听,发生什么事了?"众人忙答应。

薛姨妈一回家,就看到门前有衙役守着,进了屋里后,便听见夏金桂在号啕大哭。

回府报信的下人赶紧把事情说了,薛姨妈才知道,薛蟠又打死了人,被官府抓了起来。薛姨妈一听,立刻哭了出来,慌得也不知道该怎么办才行。薛家有见识的仆人赶紧给出了主意,薛宝钗听了,一边安慰方寸大乱的母亲,一边让薛蝌拿了银子带上仆人赶紧按刚才说的去打点。

薛蝌走了后,宝钗刚把薛姨妈劝好,金桂却趁空抓住香菱,又和她嚷道:"平时你们总夸他,在家里打死了人照样一点事也没有,风风光光进京来了。如今真的打死人了，平日里那些有钱有势的好亲戚都哪去了？你们怎么也都吓得慌手慌脚的。大爷明儿有个好歹不能回来时，倒霉的就只有我呀！"说着，又大哭起来。

刚刚好了些的薛姨妈听了那些话，更加气得头晕脑涨。宝钗也急得没了办法。正闹着，贾府中王夫人打发人过来打听消息。宝钗就把薛蟠在外面打死人的事情说了一遍，让丫鬟回去替她谢谢王夫人，之后还得麻烦贾家帮忙呢。

在家里等消息的薛姨妈和宝钗，每日都急得不得了。又过了两日，薛蝌派小厮送了信回来给宝钗。信上说薛蟠这次是误伤人命，不是故意的；可薛蟠之前的口供说得不好，薛蝌已经找人写了上诉帖子呈到衙门，如果批了，薛蟠便有翻供的机会，就能活下来；还让家里赶紧取银子送过去好打通关系。

薛姨妈一听，又开始哭起来："那就是现在还是生死不定了。"宝钗赶紧劝慰道："妈妈先别伤心，把小厮叫来问明了再说。"一面打发小丫鬟把小厮叫了进来。薛姨妈便问小厮道："你把大爷的事细说与我听听。"

小厮说道："小的也没听真切，就听大爷告诉二爷说……"说着回头看了一看，见无人，才说道："大爷说，家里闹得实在厉害，大爷也懒得在家待，所以要到南边贩货去。大爷想约一个人同行，就去城南外那人住的地方找。路上，大爷遇上以前的好友蒋玉菡，他带着些小戏子进城。大爷就和他在酒馆里吃饭喝酒叙旧。当时，跑堂的总拿眼瞟蒋玉菡，大爷就生气了。后来蒋玉菡走了。第二日，大爷请找的那个人喝酒，酒后想起头一天的事来，就让昨日那个跑堂的给自己换酒。跑堂的来迟了，大爷就骂了起来。那个人不依，大爷就拿起酒碗照着他打去。谁知那个人也是个泼皮，把头伸过来就叫大爷打。大爷拿碗砸了他脑袋一下，顿时就冒了血了，躺到了地下。刚开始嘴里还骂着，后头就不言语了。"

薛姨妈听了，叹了口气，让小厮先去歇着。她又去找了王夫人，托王夫人帮求贾政。贾政问了前后，也只是含糊应了，只说等薛蝌递了呈子，看当地衙门怎么批再做打算。

薛姨妈在自己当铺里取了银子，打发小厮赶紧送去给薛蝌用来打点。三日后果然有了回信。薛宝钗忙拿过来，念给薛姨妈听。

薛姨妈听到信中说还是给薛蟠定了死罪，急得哭道："这是救不了了吗？那可怎么办才好呢！"

宝钗忙安慰道："二哥的信还没看完，后面还有呢。"薛姨妈听到薛蝌信中说还有紧要的话让送信人带回，便赶紧问那人。这才知道，判案的县官知道薛家有靠山，要薛家替他在京中谋份好差事，再送一份大礼，才愿意复审，从轻定案。

薛姨妈听了，立刻又到贾府与王夫人说明缘故，再次去恳求贾政帮忙。贾政只肯托人和知县说情，不肯提及银物。

薛姨妈担心不中用，又求凤姐找贾琏帮忙，花了几千两银子，才买通了知县，重新审讯。薛蝌也贿赂证人使他翻了供，证明薛蟠是失手砸的。最后衙门顺水推舟定了个误杀，但暂时还得收监，过段时间才能放回。薛姨妈知道后，总算稍微安心些。

宫里的一位周贵妃殁了，贾母、王夫人她们天天都要进宫守孝，让薛姨妈过去替她们照看一下府里的事情。这日，薛姨妈正和李纨、探春聊着天时，贾母等人也从宫里回来了。

贾母等人回来，见到薛姨妈，也顾不得问好，便问薛蟠的事。薛姨妈细述了一遍。宝玉在旁听见提到了"蒋玉菡"，心里暗想：他既回了京，怎么不来瞧我？又见宝钗总也不过贾府，不知是怎么个缘故。

宝玉正想得入神时，黛玉也过来给贾母请安。宝玉看了心里稍微高兴了些，也不再想其他的，同姊妹们在贾母那一起吃了晚饭才回了怡红院。

宝玉回到自己房中，换了衣服，忽然想起蒋玉菡给的汗巾，便问了袭人一句。袭人说自己替他收着呢，怎么突然问起这个。两人聊了一会，宝玉突然想起刚才因人多，他也没好好跟黛玉说说话。于是，宝玉抬脚就去了潇湘馆看黛玉。

黛玉正在屋里看琴谱。宝玉之前没见过琴谱，好奇地拉着黛玉不停地问。黛玉见他感兴趣，便就着琴谱跟他介绍起来。宝玉越听越觉得有意思，拉着黛玉聊了好一会才离开。

第四十二回
人亡物在公子填词
蛇影杯弓颦卿绝粒

宝玉刚离开，黛玉又收到宝钗派人给送的信。黛玉看完之后，不胜伤感，想着：宝姐姐写信与我而不是别人说这番话，想来也是有惺惺相惜的意思。正在沉吟时，只听见外面有人问："林姐姐在家里呢吗？"黛玉边把宝钗的书叠起，边问道："是谁？"

说话间，几个人走了进来。原是探春、湘云她们过来看她。雪雁倒上茶来，大家边喝边说些闲话。

想起宝钗在信中提到了前年的菊花诗，黛玉说道："宝姐姐自从搬出去后，就来了两次，如今索性连府里有事也不过来了，真是奇怪。我倒要看她到底还过不过我们这？"

探春微笑道："怎么会不来，横竖是要来的。现在是她那位嫂子有些脾气，姨妈又上了年纪，再加上薛大哥的事，宝姐姐自然要打理一切，没有以前那么空闲罢了。"

众人聊了会闲话，这才告辞离开。黛玉稍微用了点晚膳，给香炉里添了些香，便想坐下看会书。

只听得园内的风自西边直透到东边，穿过树枝，吹得树叶沙沙作响。隔了一会，檐下的铁马也叮叮当当乱响起来。黛玉听着，便吩咐雪雁把前几日刚刚晾晒过的厚衣服取一件给自己披上。

雪雁听了，就把包着衣服的包袱拿了过去，让黛玉自己选。黛玉打开包袱，发现里面有个手绢包，展开一看，原来是宝玉挨打时送过来的旧手帕。旧手帕上还有当时她题的诗，上面泪痕犹在，里面包着剪破的香囊、扇袋和宝玉通灵玉上的穗子。

这些香囊、扇袋、穗子等,都是黛玉给宝玉做的。一次他们拌嘴后,宝玉还给她,她一时生气就当着宝玉的面全剪烂了。

黛玉看着这些东西,顿时勾起了她初来时和宝玉的那些旧事,眼泪忍不住又下来了。自己闷闷坐了一会后,黛玉让雪雁将自己的短琴拿来,调上弦,抚了一番,直到夜深,才歇下。

转眼已到十月中旬。这日天气突然变冷了,宝玉出门去家塾时,袭人用包袱包了一件厚衣服让下人带着去,好备着给宝玉加衣。

宝玉到了家塾后,专心做着自己的功课。贴身小厮看着天变冷了,赶紧把备好的衣服拿进去给宝玉。宝玉一见那件衣服,整个人都愣了,正是晴雯所补的那件雀金裘。宝玉立刻问道:"怎么会拿这一件!是谁给你的?"听到小厮说是怡红院的丫鬟准备好的,宝玉便说自己不觉得冷,先不穿了。后来小厮怕他着凉求了半天,宝玉无奈才穿上,然后望着书一直发呆。晚间放学时,宝玉托病向贾代儒告了一天假。

宝玉回到府中,给贾母、王夫人请了安后,就回怡红院了。见了袭人她们,宝玉也不像往日那样有说有笑的,和衣就躺到了炕上。后来还是袭人说道:"无论怎么着,你也该把这件衣服换下来再睡,这个东西哪里禁得起揉搓。一来它是个娇嫩物,二则瞧瞧那上头的针线你也不该这么糟蹋呀。"

这番话,正说到宝玉心坎上,宝玉叹了一口气,起身将雀金裘脱下,自己叠好,嘱咐袭人她们替自己好好收起来,还说自己再也不会穿这件衣服了。

第二日起来,宝玉让袭人给自己收拾出一间房子,备下一炉香,搁下纸墨笔砚,自己想一个人静静坐会。袭人想了想,便问宝玉:"晴雯以前住的那间房子一直空着,行不行?"宝玉点了点头。

宝玉随便吃了点早饭,便进了晴雯以前住的那间房。他亲自点了一炷香,摆上些果品,关上了门。宝玉拿出一幅泥金角花的粉红笺,口中祈祷了几句后,才提起笔在纸上写了一首给晴雯的祭词。

写完之后,宝玉就将纸笺在香上点个火焚化了,然后静静等着,直待一炷香点尽了,才开门出来,朝潇湘馆去了。

黛玉正在屋里写经,见到宝玉过来,就招呼他先自己坐会,她就快抄完了。宝玉忙说道:"你别动,只管写。"

不多时，黛玉写好之后，便过来和宝玉聊天。宝玉想起前几日路过时听到黛玉弹的曲子，当时自己就有些疑惑，便问黛玉当时怎么就突然转了韵调。

黛玉道："这是人心自然之音，做到哪里就到哪里，没有固定的。"宝玉才恍然说道："原来如此。可惜我不是你知音，枉听了一会子。"黛玉说道："自古以来，每个人能寻到的知音能有几个？"

宝玉听了，觉得自己出言冒失，怕是又寒了黛玉的心，心里像有许多话，却没有能够说出口的。黛玉刚才的话也无意间脱口而出，说完想想，实在太冷淡些。于是，她一时也沉默了。宝玉以为黛玉不高兴了，只得讪讪站起来说道："我还要到三妹妹那里瞧瞧，就先告辞了。"黛玉说道："你若是见了三妹妹，替我问候一声。"宝玉答应着，便出来了。

黛玉把宝玉送到门口，自己回来闷闷地坐着，心里想：宝玉近来说话吞吞吐吐，忽冷忽热，也不知他是什么意思。想了会，自己就走到里间屋里床上歪着，慢慢细想。

雪雁在园子里听了句话，回到潇湘馆就站在园子里发呆。紫鹃从屋子里出来看她那样，便问她怎么也有了心事。雪雁被紫鹃吓了一跳才回过神。雪雁看了看左右无人，便拉着紫鹃悄悄说，听说宝玉已经和一个知府家的姑娘定亲了，是东府那边的亲戚王大爷做的媒。紫鹃一听，吓了一大跳，赶紧问雪雁是哪里听到的。雪雁说是听探春丫鬟侍书说的，怕是别人都知道了，只有潇湘馆里的人不知道。雪雁还说道："侍书说是老太太的意思。现在还不许提起，怕宝玉知道后野了心。她还叮嘱我千万不可露风，在姑娘面前也不可以。"

正说到这里，廊下鹦鹉突然叫唤起来："姑娘回来了，快倒茶来！"紫鹃和雪雁吓了一跳，回头却不见有人，便骂了鹦鹉一声，一同进了屋。

两人看到黛玉竟气喘吁吁地坐在椅子上，都吓了一跳。紫鹃上前搭讪着问茶问水。黛玉却说道："你们两个去哪里了？叫了半天，都没有人应。"说着她又走到炕边，躺了下去。

紫鹃和雪雁虽然担心刚才那番话已经被黛玉听到了，但见她这样，也不好多说什么，只得闭嘴不提，出屋去了。

黛玉本就一腔心事，刚才无意间又听到紫鹃和雪雁的对话，虽不很清楚，但也听了七八分。加之想起之前所做的噩梦，更是千愁万恨，涌上心头。黛玉思来想去，觉得不如早些死了的好，要不看着宝玉娶了别人，岂不比死更难过？黛玉又想到自己没了爹娘的苦，从今往后，一日日糟践身子，不过一年半载，也就可以走了。

黛玉打定了主意，就既不盖被也不添衣，躺在床上装睡。紫鹃和雪雁进来好几次，见她没有动静，又不好叫唤。掌灯之后，紫鹃又进来瞧她，看她踢了被子睡着了，便轻轻给盖上以免她着凉。黛玉等到紫鹃出去后，又把被子给踢了。

紫鹃出来又问了一遍雪雁，雪雁说："侍书是从凤姐身边丫鬟小红那里听来的，怎么会不真？"紫鹃才叹息道："刚才咱们说的话，只怕姑娘已经听到了。今日以后，咱们别再提这件事了。"说完，两人收拾一番也睡了。

第二日清早，黛玉一早起来，也不叫人，自己呆呆地坐着。紫鹃醒来时看到，惊问道："姑娘怎么起这么早？"黛玉说道："睡得早，可不就醒得早。"紫鹃连忙起来，叫醒雪雁，伺候梳洗。

黛玉对着镜子呆呆发愣，眼中的泪水不住地往下落。紫鹃看着也不敢劝，怕说错了什么更麻烦。过了好一会，黛玉才随便梳洗了，眼中含泪地呆坐了一会，又让紫鹃把藏香点上说是要写字。紫鹃劝道："姑娘今日醒得太早，这会又写字，只怕会太劳神了。"黛玉说道："我就是借着写字解解闷。以后你们见了我的字，就像见了我的面一样。"说着，眼泪又流了下来。紫鹃听了这话，不但不能再劝，连自己也撑不住滴下泪来。

黛玉打定主意，从此之后有意糟踏身子，饭也吃得越来越少。宝玉下学时，常抽空过来问候。只是黛玉心中虽有千言万语，但如今年纪大了，不能像小时候那样随意开玩笑，所以满腔心事，也说不出来。宝玉想把自己的心里话说出来给黛玉听，又怕黛玉生气加重病情。两个人见了面，亲极反疏，最后只能浮言劝慰。

贾母、王夫人等虽然怜恤黛玉，替她请医调治，但他们都以为黛玉是体弱常病，哪里知道她是心病？紫鹃她们虽然明白她的心思，但也不敢说。黛玉的饭量一天天变少，半月之后，就连粥都不能喝下了。

黛玉在迷迷糊糊中，只觉得有人说话就是在谈论宝玉娶亲的事；只要见到怡红院的人，就觉得在为宝玉娶亲忙碌；薛姨妈来探望她，宝钗没来，黛玉就更加起了疑心，索性不让人来看望，也不肯吃药，只求速死。

睡梦之中，黛玉总会听见有人叫宝二奶奶，越想越觉得事情正如自己所猜,后来干脆连粥也不喝,开始绝食,渐渐就奄奄一息,只剩一口气了。

黛玉病的这半个多月,之前贾母等人过来看望时,她偶尔还能说几句话,这两日索性连话都不怎么说了。别人看她总是昏睡着,她自己倒是有时迷糊,有时清醒。

贾母见她这次病得奇怪,像是被什么事情引发的,也盘问过紫鹃、雪雁两次,那两个人哪里敢说。

就连紫鹃想向侍书再次确认一下雪雁说的话,都怕越闹越真,黛玉知道了死得更快,所以只得装作毫不知情。雪雁知道是自己传话才弄出现在的事情,更加不敢跟人提起。

看到黛玉已经开始绝食,紫鹃觉得这次是没有指望了,守着她哭了会,才出来吩咐雪雁好好守着黛玉,自己去告诉贾母她们。

雪雁在屋里守着黛玉,见黛玉昏昏沉沉,她一个小孩子家哪里见过这种情景,只以为黛玉就快死了,心中又痛又怕,就盼着紫鹃立刻能回来。正想着时,窗外传来脚步声。雪雁以为是紫鹃回来了,连忙掀开帘子等她。谁知,进来的是侍书。原来是探春派她来看黛玉的。

侍书一见雪雁,就问她黛玉怎么样了。雪雁没说话,只是让她进来。侍书进来后不见紫鹃,又瞧了瞧黛玉一副奄奄一息的模样,也吓得够呛。

雪雁此时以为黛玉已是人事不省了,又见紫鹃不在,赶紧又悄悄问了侍书关于宝玉订亲的事情是不是真的。

侍书回道:"当然是真的呀。不过后来我听二奶奶说,那事是老爷的门客借着这事讨老爷的喜欢,往后好巴结;老太太碍着老爷的面子,不得不问问罢了。老太太心里早有了人,就在咱们园子里的。宝玉的事,老太太总是要亲上作亲的,凭谁来说亲,都不中用。"雪雁一听,说道:"你不早说,白白地送了我们姑娘的命!你跟我说了宝玉订亲的事后,我告诉了紫鹃姐姐,谁想到被姑娘听见了,就弄到这步田地了。如今都人事不省了,怕是熬不了几天了。"正说着,紫鹃掀帘进来说:"这还了得!你们有什么话,不能出去说,非得在这里说吗?干脆直接逼死她算了。"

话音刚落,躺在床上的黛玉忽然咳了一声。紫鹃连忙跑过去,侍书、雪雁也都不敢说话。紫鹃轻轻问黛玉喝不喝水,没想到黛玉竟微微应了一声。雪雁连忙倒了水端过来递给紫鹃。黛玉又咳了一声,想抬起头喝水。紫鹃见状,马上爬上炕跪在黛玉身边,扶着她的头,喂她喝水。黛玉喝了两口后，才又躺下，问了句刚才说话的是不是侍书。一直站在旁边不敢说话的侍书，连忙过来问候。黛玉睁眼看了看她，点点头，歇了一歇，说道："回去问你姑娘好罢。"侍书见她这么说，以为黛玉嫌她烦，只得悄悄地退出去了。

原来黛玉虽病势沉重，心里却还明白。刚才听了侍书和雪雁的对话，她才知道自己是误会了，宝玉还没有订亲。又听说贾母是想亲上加亲，还是园中住着的，除了自己还能是谁？这么一想，心里顿时豁然开朗，这才想喝两口水。

贾母、王夫人她们听了紫鹃来报的话，都匆匆赶来看黛玉。黛玉心中疑团已破，自然也没了之前寻死的想法。虽然身体虚弱、精神不振，但也勉强能回一两句话。

凤姐见了，就把紫鹃叫一旁问道："姑娘也不至于像你说的那样，你尽吓唬人了。"紫鹃忙说："刚才见着实在是不好了，所以才去回禀。回来后，姑娘竟然就好了许多，也是怪了。"贾母笑道："你也别怪她，她能懂得什么。瞧着不太好了，就来回报，这就是她明白事理的地方。"众人在黛玉这里待了会，贾母觉得她应该是无碍了，就带着众人离开了。

黛玉的病渐渐好了，雪雁和紫鹃高兴得背地里不住地念阿弥陀佛。雪雁向紫鹃说道："亏得姑娘好了，她这病来得奇怪，好得也奇怪。"紫鹃说道："病来得倒不怪，只是好得奇怪。想来宝玉和姑娘必定能有段好姻缘。你想那一年我说了林姑娘要回南边去，差点把宝玉急死。如今一句话，又把姑娘弄得死去活来。可见他们是天赐良缘。"说完，两个悄悄抿着嘴笑了一回。雪雁又说道："幸亏好了，以后咱们什么都别再说了。哪怕我亲眼看见宝玉娶了别家姑娘，也一个字不说。"紫鹃笑道："这就对了。"

不仅紫鹃和雪雁在私下里议论此事，其他人在背后也三三两两议论着。没多久，就连凤姐也知道了，邢王二夫人也有些疑惑，倒是贾母略猜着了八九分。

一日，邢王二夫人和凤姐在贾母房中闲聊，说起了黛玉的病。贾母说道："我正要和你们说，宝玉和林丫头以前同吃同住，那是因为都是小孩子，没什么。现在都大了，还常常腻在一块，就不太成体统了。"王夫人听了，呆了一呆，只得答道："林姑娘是个有分寸的，至于宝玉，呆头呆脑的，的确不太懂得避嫌。老话说，'男大须婚，女大须嫁'。既然老太太想起,倒不如早些把他们的事办办。"贾母皱了皱眉,说道:"林丫头的乖僻,是她的好处。我不想把林丫头配给宝玉,也是因为这一点。况且林丫头多病,恐不是有寿的。还是宝丫头最妥。"王夫人说道:"我们想的,也和老太太一样。可也得给林姑娘说了人家才好。女孩家长大了,肯定有心事。倘或真与宝玉有些私心,若知道宝玉定下宝丫头,那就不好了。"贾母道:"自然先给宝玉娶了亲,然后再给林丫头说人家。她年纪也比宝玉小两岁。依你们这样说,宝玉定亲的事,不许叫她知道。"

凤姐便吩咐众丫鬟们道:"你们都记着了,宝二爷定亲的话,谁都不许到外面乱嚷嚷。若有多嘴的,小心自己的皮。"几人又聊了会天,方各自散了。

薛蟠托人带信回来给薛姨妈,说他的案子又有了变故,叫薛姨妈赶紧想办法打点关系,否则他就要吃苦了。薛姨妈知道后,又哭了一场,备好了银子,让薛蝌带着马上过去处理。宝钗看见母亲已经急得六神无主,免不得要出来帮着料理一应事务,一直忙到深夜才歇下。宝钗毕竟是娇贵的富家小姐,心里焦急又操劳了一番,一下子就病倒了。请医吃药,一连治了七八天,病情都没有好转。后来,还是宝钗自己想起了冷香丸,吃了三丸,才得病好。

王夫人见薛姨妈为了薛蟠和宝钗的事情急得焦头烂额,便又去求贾政。贾政说道:"此事上头可托,底下难托,必须打点才好。"王夫人又提起宝钗的事,说道:"真是苦了这孩子。既是我家的人了,也该早些娶过来,别叫她糟踏坏了身子。"贾政道:"我也是这么想。但她家忙乱,如今年关将近,各家都忙着过年的事。不如今冬先定亲,明春再过礼,过了老太太的生日,就定日子娶。你把这番话先告诉薛姨太太。"第二日,王夫人向薛姨妈转述了贾政的话。薛姨妈想想也觉得可以。两人一起到贾母房中请安,王夫人又把贾政昨夜所说的话向贾母说了一遍,贾母很高兴。

这日宝玉晚间下了学后,给贾母她们请安后,又去潇湘馆看黛玉。黛玉听说宝玉刚从贾母那边过来,就问他有没有看见薛姨妈。宝玉说见着了。黛玉便问薛姨妈有没有问起自己。宝玉刚才就有些奇怪,黛玉问起来,他正好和黛玉说:"不但没有说起你,连见了我也不像以前亲热。今日我问起宝姐姐的病来,她不过笑了笑,也不回答。难道是怪我没去探姐姐的病吗?"黛玉笑了笑道:"你去瞧过没有?"宝玉道:"之前是不知道,这两天知道了,也没有去。老太太她们都不叫我去,我哪里敢自己做主过去?宝姐姐是生我气了吗?"黛玉道:"以前宝姐姐还住在园中时,作诗赏花饮酒,何等热闹,如今分开住,她家里有事,自己又病得厉害,你知道后还跟没事人一样,你说她会不会生气呢?"宝玉听了,说了句:"难道宝姐姐从此就不和我好了?"便瞪着眼呆了半晌。黛玉看见宝玉这样,又说道:"我说的都是玩笑话。姨妈最近为家里官司心绪不宁,哪里有心情应酬你?你自己别胡思乱想。"宝玉听了豁然开朗,笑道:"也是,也是。"

  黛玉乘此机会问道:"我问你一句话,看看你怎么回答。宝姐姐和你好,你怎么样?宝姐姐不和你好,你怎么样?宝姐姐前儿和你好,如今不和你好,你怎么样?今儿和你好,后来不和你好,你怎么样?你和她好,她偏不和你好,你怎么样?你不和她好,她偏要和你好,你怎么样?"

  宝玉听后呆了半晌,忽然大笑道:"任凭弱水三千,我只取一瓢饮。我的心思,妹妹还不明白吗?"黛玉听了,低头不语。

  屋外的乌鸦,突然呱呱叫了几声,飞走了。宝玉说道:"不知道是吉兆还是凶兆。"黛玉道:"人有吉凶事,不在鸟声中。"

第四十三回
宴海棠贾母赏花妖
失宝玉通灵知奇祸

神武将军家公子冯紫英带了四种稀罕玩意到贾府拜见贾政，试探贾政有没有购买的意向。贾政便让贾琏拿进去给贾母看看再决定。贾母、邢王二位夫人和凤姐一一看了。贾琏刚说了每样东西的价钱，凤姐便说："东西自然是好的。可如今府中哪里有买这的闲钱？再说，像我们这样的人家，还是得置办些不动摇的根基才好，比如祭地、义庄或是坟屋。若是以后子孙遇到了难处，靠着这些底子，也不至于一败涂地。"贾母和两位夫人都觉得凤姐说得有道理。于是，贾母就让贾琏去给贾政回个话，让他回绝了冯紫英。

这日，黛玉独自一人坐在炕上，正整理着从前作过的诗文词稿。只听见园里的一叠声乱嚷，不知出了什么事。紫鹃一面替黛玉倒茶，一面叫人去打听。

出去打听的人回来说道："怡红院里的海棠有好几棵都枯萎了，近来也没人特意去浇它。昨日宝玉走去看，枝头上竟然长出了许多花骨朵儿。说给别人听，人都不信，没有理他。今日起来，大家发现满树的海棠花都开了，众人觉得很诧异，都争着去看。连老太太、太太都惊动了，准备过来瞧花儿呢。"

黛玉听说贾母也要过来，更了衣，扶着紫鹃到怡红院给贾母请安。一进院，见贾母已经坐在宝玉常卧的榻上，黛玉便上前说道："请老太太安。"退后，又给邢王二夫人请了安，然后才与李纨、探春、惜春等互相问了好。

凤姐病了；史湘云因她叔叔调任回京，接她回家去了；薛宝琴跟宝钗一起回家去住了，所以今日都没有过来。

红楼梦

大家说笑了一回，都觉得这花开得古怪。贾母说道："这花儿应在三月里开的，如今虽是十一月，按理是不会开花的，但是今年天气暖和，这花会开也是正常的。"王夫人道："老太太见识多，说的是。也不为奇。"邢夫人却说道："我听说这树已经枯萎了一年，现在又在不该开花的时节开了花，必有个缘故。"

李纨笑道："老太太与太太说的都是。据我的糊涂想法，必是宝玉有喜事来了，此花先来报信。"探春没有说话，心想：此时花开必非好兆。大凡顺者昌，逆者亡。草木知时运，不在花期而开花，必是妖孽。只不好说出来。

唯独黛玉听说是喜事，心里触动，高兴地说道："当初田家有荆树一棵，三个弟兄因不合分家后，那荆树便枯了。后来三兄弟和好如初，那荆树就又活了。可知草木也是通人性的。如今二哥哥认真念书，舅舅喜欢，这海棠树也就又开花了。"

贾母、王夫人听了，心中高兴，便说："林姑娘比方得有理，很有意思。"

正说着，贾赦、贾政、贾环、贾兰都进来看花。贾赦说："要依我的主意，该把它砍去，必是花妖作怪。"贾政则道："见怪不怪，其怪自败。不用砍它，随它去就是了。"

贾母听见，生气地说："谁在这里胡说！人家有喜事，什么怪不怪的。若有好事，你们享去；若是不好，我一个人来当。你们不许再胡说了。"贾政听了，不敢再说话，讪讪地同贾赦等走了出来。

贾母高兴，叫人传话到厨房里赶紧预备酒席，好让大家喝酒赏花。贾母还让宝玉、贾环、贾兰各人作一首诗贺喜。

酒菜很快摆上了，李纨边陪着贾母喝酒，边笑着对探春说道："都是你闹。当初你起了个海棠社，如今这棵海棠也要来入社了。"众人听着都笑了。

宝玉他们三人写好诗后，都念了一遍给贾母听。贾母听完后说："我不大懂诗，听上去是兰儿的好，环儿作得不好。都过来吃饭罢。"

宝玉看见贾母喜欢，原来兴致还挺高的。后来，他突然想起：这株海棠，是晴雯死的那年枯萎的。今日，海棠重发，我们院内这些人自然都好，只是晴雯不能像海棠这般死而复生了。顿时转喜为悲。

贾母又坐了一会,就扶着鸳鸯回房了,王夫人等跟着过来。刚走到院门,只见平儿笑嘻嘻地迎上来说:"我们奶奶知道老太太在这里赏花,自己不能过来,叫奴才来服侍老太太、太太们,再送了两匹红绸子过来给宝二爷包裹这花,当作贺礼。"袭人赶紧过来接了,呈给贾母看。

贾母笑道:"凤丫头行事最周到,叫人看着既体面又新鲜,很有趣。"袭人笑着向平儿道:"回去替宝二爷给二奶奶道谢。要有喜大家喜。"贾母听了笑道:"哎哟,我还忘了呢,凤丫头虽病着,还是她想得周到,送得也巧。"

贾母说完,便带着王夫人她们回去了。等众人走后,平儿把袭人拉到一边说道:"奶奶说,这花开得奇怪,叫你剪块红绸子挂挂,好应在喜事上。"袭人点头答应,送了平儿出去。

宝玉今日看见海棠花开,时不时出来看一回、赏一回、叹一回,心中无数悲喜离合,整个心思都在这株花上。后来,他忽然听说贾母要来,赶紧换了衣服,出来迎接贾母。匆忙间,他没来得及将通灵宝玉戴回。

贾母走了之后,他回房换衣服。一旁伺候的袭人看见他脖子上没有挂着,便问:"那块玉呢?"宝玉说:"刚才急急忙忙换衣服,就随手摘下来放在炕桌上,后面我没有带。"

袭人回头看了看桌上,并没有那块玉,在各处找了一遍,踪影全无,吓得袭人出了一身冷汗。宝玉安慰道:"不用着急,肯定是在屋里的。问她们就知道了。"

袭人以为是麝月她们故意把玉藏起吓唬她,便向麝月等笑着说道:"你们这些人,把那块玉藏在哪里了?别真弄丢了,那大家可都活不成了。"谁知麝月她们都说不是自己做的,也没有看到那块玉。

袭人见她们说得认真,心里就更慌了,向宝玉急道:"我的小祖宗,你到底摆在哪里去了?"宝玉也觉得奇怪:"我明明记得就放在炕桌上的,你们仔细找找。"

袭人她们也不敢让别人知道,只得大家偷偷地各处搜寻。翻箱倒柜,四处搜寻了好一阵后,那块玉还是没有踪影。

袭人没办法了,只能说道:"你们先别声张,快到各处问去。如果是有姐妹们捡着想吓唬吓唬我们,你们给她磕头要了回来。若是小丫鬟偷了,问出来也不回上头,送些东西给她换出来就行。这可不是小事,真要丢了

241

这个，比丢了宝二爷还厉害呢。"

麝月、秋纹赶紧分头到各处去问，没有人见到过。麝月、秋纹在大观园里问了一圈还是空手而归。这时，宝玉也吓呆了，袭人急得直哭。怡红院众人找玉又没处找，又不敢跟贾母她们说，个个吓得跟木雕泥塑一样。

众人正在面面相觑^①时，园子里所有得到消息的都赶了过来。

探春让人把园门关上，让一个老婆子带着两个丫头，到各处再找一遍，还告诉众人："谁要是找出来，重重有赏。"园里众人各个都想摆脱嫌疑，再听到还有重赏，都不要命地翻找起来，连茅厕都找了一遍。谁知那块玉竟像绣花针入海般，毫无踪影。

李纨见状，急昏了头，想要挨个搜身。那些丫鬟们也都愿意洗清自己，纷纷同意。一直沉默不语的探春开口说道："大嫂子，你怎么也学那些不入流的行事。那人既然偷了去，现在怎么还会藏在身上？况且这件东西在家里是宝，到了外头，不识货的看着就是个废物。我想，应该是有人故意藏起来，想搞恶作剧。"

昨日赏花时，众人都见过贾环满怡红院地乱窜，基本都怀疑过他，但碍着探春的面子，不好主动说出来。探春也知道，便让平儿悄悄把贾环叫出来问问是不是他拿的，如果是，就先哄着他拿出来，再吓唬他不准他把这事说出去。

贾环一听平儿问他有没有看到宝玉的那块玉，就急得涨红了脸，瞪着眼睛就骂人。平儿刚哄了两句，贾环就气得跑走了。

宝玉见状，也急了，贾环这一走，肯定会嚷得全府人都知道，瞒是瞒不住了。众人知道这事是掩饰不住了，只得商量如何去跟贾母和王夫人回话。还没商量出个结果，赵姨娘已经拖着贾环，边哭边骂地走了过来："你们丢了东西自己不找，倒让人背地里拷问环儿。我把环儿带了来，该杀该剐，随你们便。"说着，将贾环往前一推，说："你是个贼，快快地招罢！"贾环也气得哭喊起来。

王夫人听说宝玉的玉丢了，一开始还不相信，到了怡红院看到众人都惊慌失色，才信了刚才听到的话。王夫人走进屋里坐下，便叫袭人。慌得

---

① 面面相觑（qù）：你看我，我看你，不知道如何是好。形容人们惊慌或者错愕的表情。

袭人连忙跪下，含泪准备回话。王夫人说道："你起来，快快叫人细细找去，一乱就更不好了。"袭人哽咽难言，最后还是李纨、探春把事情的经过对王夫人说了一遍。王夫人听完，也急得泪如雨下，不知如何是好。

病中的凤姐，也得到了消息。知道王夫人已经赶了过去，她也赶紧让人扶着过来了。

王夫人见到凤姐，说道："你也听说了吧，这可不是奇事吗？一眨眼的工夫就不见了，再找不着。我要去告诉老太太，认真地查出来才好。不然，就是断了宝玉的命根子。"

凤姐回道："咱们家人多手杂，'知人知面不知心'。若是大张旗鼓地搜，偷玉的人就知道被查出来后是死无葬身之地。她一着急，把东西毁了更麻烦。依我的糊涂想头，就说宝玉根本不在乎那块玉，随手弄掉了，也没啥要紧的。我们先暂时瞒住老太太和老爷，然后暗地里派人去各处察访，找到之后再哄骗出来。拿到了玉，罪名就好定。不知太太觉得如何？"

王夫人迟疑了一会，就把贾环叫到跟前半哄半吓地让他不准四处嚷嚷丢玉的事情。贾环吓得边哭边点头。赵姨娘也不敢再言语。

王夫人这才吩咐众人道："肯定还有没找到的地方，好端端地在家里，难不成还能长了翅膀飞走吗？不许声张，袭人，你得三天内给我找出来。要是三天后找不着，只怕也瞒不住了，大家以后都不用过安静日子了。"说完，王夫人便叫上凤姐一起到邢夫人那边商议抓小偷的事情。

第四十四回
因讹成实元妃薨逝
以假混真宝玉疯颠

王夫人走后，李纨和探春便把看园子的一干人都叫了来，再让人把园门锁上，派人去传了林之孝家的来，悄悄地告诉了她丢玉这件事，让她吩咐前后门附近，三天之内，不论男女下人可以在里头走动，只是不准出去，只说里头丢了东西，待这件东西有了着落，才能放人出来。

林之孝家的听了后，说自己家前几天也丢了样东西，后来上街找了个测字先生给测了个字，回家按先生所说的一找，就把东西找到了。

袭人一听，央求林之孝家的帮忙上街去问问。林之孝家的答应了，立刻出府去办这事。没过多久，林之孝家的就回来了，对着众人们说道："姑娘们大喜。林之孝测了字回来说，这玉是丢不了的，将来会有人送回。"众人听了，都半信半疑，只有袭人、麝月高兴得不得了。

探春便问："测的是什么字？"林之孝家的道："测的是'赏'字。测字先生张嘴就问是不是丢了东西，说了一通话，奴才也学不上来。最后就是让快到当铺里找去。'赏'字加一'人'字，可不是'偿'字？只要找着当铺就有人，有了人便能赎回来，可不是偿还了吗？"

李纨听了，便让人把测字结果告诉了凤姐，凤姐又告诉了王夫人。第二日一早，王夫人就派人到当铺里去查问，凤姐则暗中设法找寻。一连闹了几天，还是没有任何消息。

唯一值得庆幸的是，这事还能瞒着贾母、贾政。袭人等人每日提心吊胆，宝玉也好几天不上学，总是怔怔发呆，不言不语，魂不守舍的。王夫人以为他是因失玉而起，也不大着意。

这一日，王夫人正在房里为找玉之事发愁时，贾琏突然进来请安，笑嘻嘻地告诉王夫人,王子腾升了内阁大学士,再过半个月就要回京城了。

王夫人听了,十分高兴。王夫人正想着自己娘家人少,薛姨妈家又衰败了,王子腾在外地做官的话,有什么事都没法照应;今日忽听王子腾拜相回京,王家荣耀,将来宝玉都有倚靠,失玉的烦忧才稍微减少了些,开始天天在家盼望兄长来京。

忽然有一天,贾政满脸泪痕,气喘吁吁地进屋说道:"你快去禀告老太太,即刻进宫。人不用多,你服侍进去就可以了。娘娘忽然得了重病,现在太监就在外面等着呢,他说太医院已经奏明说,娘娘没法医治了。"王夫人一听,顿时大哭起来。贾政道:"现在不是哭的时候,赶快去请老太太,说得委婉些,不要吓坏了老人家。"贾政说完,就出来吩咐家人进来伺候。

王夫人赶紧擦了眼泪,去请贾母,只说元妃有病,要进去请安。催着鸳鸯开箱取衣饰替贾母穿戴好后,王夫人才赶回到自己房中,也穿戴好朝服,伺候着贾母上轿进宫。

元春自从进宫后,圣眷隆重,身体慢慢发福,举动日渐费力。每日起居劳乏,经常会犯痰疾。前日侍宴回宫后,偶沾寒气,勾起旧病。不料此次病得非常厉害,太医调治了许久都不见好转,最后就连汤药都喝不下了。于是,内宫太监奏请准备办理后事,圣上才下旨命贾家人入宫见元妃最后一面。

贾母、王夫人遵旨进了宫,只见元妃已经说不出话,见了贾母,只有悲泣之状,却流不出眼泪。贾母上前请安,说了些宽慰的话。不久后,贾政等人的职名帖也送了进来,元妃已经看不清楚,脸色也渐渐变了。这时,内宫太监来请贾母和王夫人到外宫等候,因为在元妃弥留之际,其他嫔妃要过来陪伴,外戚不便在元妃宫中逗留。

贾母和王夫人怎么舍得离开,可皇家制度摆在那里,只得出来,强忍着心中悲痛,不敢啼哭。在外宫等了没多久,一个太监出来让传钦天监官员进去。贾母一看,便知不好。不一会,小太监出来传谕说:"贾娘娘薨逝。时年四十三岁。"

贾母含悲起身,只得出宫上轿回家。贾政等亦已得了信,一路悲戚。到了家中,邢夫人、李纨、凤姐、宝玉等出厅分东西迎着贾母请了安,并贾政、王夫人请安,大家相对痛哭。

第二天一早早起,凡是有品级的,按贵妃丧礼,进内请安哭灵。元妃

红楼梦

没有孩子，圣上定了谥号①，曰"贤淑贵妃"。贾府中男女天天进宫，忙得了不得。幸喜凤姐近日身子好些，可以出来照应家事，又要预备给王子腾进京接风贺喜。凤姐胞兄王仁知道叔叔入了内阁，就带着家眷也来京了。凤姐听说后心里喜欢，哪怕还有些心病，想着以后有这些娘家的人依仗，也就不在乎了，所以身子倒比以前好了许多。

凤姐能够照常打理贾府日常事务，王夫人肩上的担子自然轻了一半。想到兄长即将到京，王夫人心里总算觉得安定些了。

贾代儒知道元妃过世的事情，所以这些日子也不要求宝玉来家塾读书；贾政忙得焦头烂额，也没有空查宝玉的功课。

换作是以前，宝玉肯定会趁此机会，与姊妹们天天玩乐；可他丢了玉之后，终日发呆、懒得走动，说话也开始有些糊涂。贾母等人出门回来，有人叫他去请安，他就去，没人叫他，他也不动。袭人等丫鬟们个个心中想着丢玉的事，也不敢去招惹他，怕他生气。

每日茶饭，端到面前，宝玉就吃；没端来，也不会开口要。袭人看他这样子，不像是有气，竟像是有病的。袭人偷偷去了潇湘馆央求紫鹃请黛玉去开导开导宝玉。黛玉想着和宝玉订亲的一定是自己，如今见了宝玉，反而觉得有些不好意思，心想：若是他过来，看在小时朝夕相处的情分上，很难不理他。可现在若让我去找他，那是断断使不得。所以，黛玉找了借口不肯过来。袭人只得背地里去告诉了探春。而探春一直认为那株海棠开得怪异，玉也丢得离奇，接着碰上元妃薨逝，她觉得家道不祥，日日愁闷，哪有什么心情去开解宝玉？再说，她和宝玉虽是兄妹但也男女有别。起初，探春碍着情分过来一两次，可无论她说什么，宝玉又总是懒懒的，所以后来探春也不大常来。

宝钗这边也已经知道宝玉丢玉的事情。前段时间，薛姨妈应了宝玉的亲事后，回去就告诉了宝钗。薛姨妈还说："虽是你姨妈说了，我还没有完全答应，说等你哥哥回来再定。你愿意不愿意？"谁知，宝钗反正色对母亲道："妈妈这话说错了。女孩家的事情本就应该由父母做主的。如今我父亲没了，妈妈应该做主，再不然问哥哥。怎么问起我来？"所以薛姨妈听

---

① 谥（shì）号：古人死后依其生前行迹而为之所立的称号。帝王的谥号一般由礼官议上，臣子或者嫔妃的谥号由朝廷赐予。

了更疼惜她,觉得她虽从小娇养,却非常懂礼数,因此在她面前,就不再提宝玉了。宝钗自从知道自己准备和宝玉订亲后,"宝玉"两个字自然更不会提起。如今虽然听见玉丢了,宝钗心里也十分惊疑,可也不好问,只得听旁人议论,就像跟自己没有关系一样。

薛姨妈倒是打发丫头过来问过几次情况。但她因儿子薛蟠的事焦心,一心盼着自己哥哥进京好为薛蟠出脱罪名,又看到虽然贾府因元妃薨逝而忙乱,但凤姐已经可以处理家务,也就不太去过问贾家的事。

只苦了袭人,每天在宝玉跟前低声下气地服侍劝慰,宝玉竟毫无反应,袭人只有暗暗着急而已。

过了几日,元妃出殡,贾母等送殡出去了几天。谁知宝玉一日比一日呆,也不发烧,也不觉得疼痛,只是吃不下,睡不着,甚至说话都毫无头绪。看到宝玉这样,袭人、麝月等吓得一天要找凤姐好几次。

凤姐刚开始过来,还以为宝玉是因为找不着玉生气,如今看他失魂落魄的模样,赶紧请医调治。煎药吃了好几剂,却没有任何起色。问他哪里不舒服,宝玉也不说出来。

直至元妃的事情结束了,贾母惦记宝玉,亲自到园里看望他。王夫人也跟着过来。袭人赶紧叫宝玉去请安。贾母看了,说道:"我的儿,听他们说你病了,所以特意过来看看你。看见你没什么大碍的模样,我才安心了些。"宝玉却不接话,只管嘻嘻地笑。

贾母等进屋坐下,问宝玉的话,袭人教一句,他回一句,就跟一个傻子似的。贾母愈看愈觉得奇怪,便说:"我刚进来看时,没觉得他像生病了。如今细细一瞧,怎么像丢了魂似的。到底发生了什么事?"

王夫人看到事情再难隐瞒,只得跟贾母说了丢玉的事情。王夫人边说,心里边打鼓,生怕贾母急出个好歹,忙宽慰道:"现在派人四下里寻找,求签问卦,都说在当铺里能找到的。"

贾母听了,急得站起来,眼泪直流,说道:"这玉怎么能丢呢?你们太不懂事了!"王夫人见贾母生气了,赶紧让袭人等跪下,自己低着头说:"媳妇怕老太太着急,老爷生气,都没敢告诉你们。"

贾母气得直咳道:"这是宝玉的命根子。现在丢了,他当然会这么失魂丧魄。这下还了得,全城都知道这块玉的来历,要是谁捡到了还能还给你们吗?"

红楼梦

贾母想了想,就叫贾琏去写悬赏告示,说:"有人捡到这块玉送回,赏银一万两;有人知道是谁捡到,过来送信帮助找到的,赏银五千两。如果真的有人来报消息,你们不可以吝惜银子。这么一来,很快就能找出来。若是靠着咱们家几个人找,就是找一辈子,也不见得能找到。"王夫人也不敢说出实情,只得让贾琏赶紧按贾母的话去办。

贾母让人将宝玉的随身之物搬到她的房里,以后宝玉就跟着她住,袭人、秋纹留下伺候,怡红院其他人还留在园内看屋子。宝玉听了,一直不说话,只是傻笑。

贾母回到房中安置好宝玉后,便对王夫人说:"你明白我的用意吗?园子里人本来就少,怡红院里的海棠突然枯萎又突然开花,实在有些奇怪。之前还可以依仗那块玉辟邪,如今玉丢了,我怕邪气入侵,所以让他跟着我一块住着。这几天也不让他出去,大夫过来了就在这里瞧病。"王夫人听后,说道:"老太太想得周到。如今宝玉跟着老太太住,老太太福气大,不论什么都能压得住。"贾母说道:"什么福气,不过我屋里干净些,经卷也多,可以念念定定心神。宝玉,你说好不好?"

宝玉听见贾母问,只是傻笑,也不回答。袭人教他说好,他就说。王夫人看他这样,眼泪就下来了,贾母知道她着急,便让她先回去休息。王夫人去后,贾母叫鸳鸯找些安神定魄的药,按方给宝玉吃了。

且说贾政当晚回家时,在车内听见路上有人说道:"现在要发财也很容易。今日听说荣国府里一位公子的玉丢了,现在满大街贴悬赏告示,上头写着玉的大小、式样、颜色,捡了送去的,一万两银子;若是只送个信,也给五千两呢。"

贾政听得不是很清楚,心里诧异,一回到家便找来下人询问。听完之后,贾政叹气道:"家道真是要衰败了,养了这么一个孽障!刚出生时,就满街的谣言,隔了十几年刚刚好了些,又满大街地找玉,真是成何体统。"说着,贾政赶紧回房去问王夫人。王夫人便一五一十地说了一遍。听说是老太太的主意,贾政又不敢违拗,只抱怨王夫人几句,然后让人瞒着老太太,悄悄把告示揭下来。谁知道,早有那些游手好闲的人给揭了去。

过了些日子,有人竟然真的找到荣国府上,说是来送玉的。

第四十五回
瞒消息凤姐设奇谋
泄机关颦儿迷本性

有人送玉上门后，门房立刻通知了贾琏，贾琏又马上去告诉了贾母和王夫人。贾母让贾琏赶紧把送玉人迎进府中书房好好招待，再将玉取来鉴别下真伪。一开始，送玉人不同意，后来在贾琏的好言游说下才肯。

贾琏打开送玉人递过来的红绸布包一看，一块晶莹美玉躺在其中，上面仿佛也有些字。他看了后喜不自胜，便叫家人好好伺候送玉人，自己急忙给贾母和王夫人送去。

此时贾府上下都惊动了，都跑来看。贾母接过了那块玉，觉得那玉比先前昏暗了些。她一边用手摩挲，一边戴上眼镜仔细看："奇怪，模样倒是对，可里头的光彩怎么都没有了？"王夫人看了一会，也认不出，便叫凤姐过来看。凤姐看了道："像倒像，只是颜色不大对。不如叫宝兄弟自己看一看，就知道了。"

在一旁的袭人一看就觉得不是原来那块，只是盼望失而复得的心太迫切，也不敢说出不像来。凤姐带着那块玉，和袭人一起拿去给宝玉瞧。这时宝玉才睡醒。凤姐和他说道："你的玉找到了。"宝玉睡眼蒙眬，接过了玉瞧都没瞧，就往地上一丢说道："你们又来哄我了。"说完只是冷笑。凤姐连忙拾起来问道："这就奇怪了，你没瞧怎么就知道呢？"宝玉也不说话，只管笑。王夫人也跟了过来，见他这样，便道："这还用说。他从娘胎里带出来的玉，他自然最了解。想来那个人是照着告示仿造的。"大家此时才恍然大悟。

贾琏在外间屋里听见这话，便说要去找送玉人算账。贾母喝住了贾琏道："琏儿，拿了去还给他去罢。估计他也是穷极了没办法，见到我们家有这样的事，想着赚几个钱也是有的。不要难为他了，把这玉还他，说不是我们的，赏几两银子。外头的人知道了，才肯有信儿就送来呢。若是难为了这一个人，就有真的，人家也不敢拿来了。"

贾母发了话，贾琏只得罢休。那人等了大半日，心里正发虚，看见贾琏怒气冲冲地走了出来，心里就知道被揭穿了。贾琏把那块假玉扔回给他，臭骂了一顿。那人赶忙磕了两个头，抱头鼠窜而去。从此，街上到处都在说："贾宝玉弄出'假宝玉'"。

转眼到了正月十七，王夫人正盼王子腾来京，凤姐却慌张地来告诉她一个坏消息。凤姐听说王子腾在来京的路上突然没了。王夫人一听，怔了半天，眼泪就流下来了，边擦眼泪边说道："让琏儿打听明白了再来告诉我。"凤姐答应着出去了。王夫人不免暗自落泪，悲女哭兄，又为宝玉担忧。接二连三的打击，让王夫人有些承受不住了，心口开始疼痛起来。

贾琏打听明白后回王夫人："舅太爷是赶路赶累后，偶感风寒，到了十里屯，请医调治。无奈这个地方没有名医，误用了药，吃了一剂就死了。"王夫人听了，一阵心酸，便觉心口疼得坐不住，赶紧让丫鬟把自己扶了上炕，还挣扎着叫贾琏将此事去告诉贾政。贾政知道后，让贾琏立刻收拾行装前去帮着料理王子腾的后事，处理好了就回来告诉王夫人，好让她和王熙凤放心。贾琏不敢违拗，只得辞了贾政起身。

这年正值京察，工部将贾政列为一等。皇上念他勤俭谨慎，升了他的职，让他到江西做官粮道。谢了恩后没几日就要起程了。虽有众亲朋贺喜，贾政也无心应酬。贾政记挂着家中人口不宁，又不敢耽延在家。正在无计可施，贾母派人请他过去。

贾政赶紧去了贾母房中，看见病着的王夫人也在。贾政向贾母请了安。贾母让他坐下，便说："你过几天就要赴任，我有几句话想和你说，不知你听不听？"说着，贾母就掉下泪来。贾政忙站起来说道："老太太有话只管吩咐，儿子怎敢不遵命呢。"

贾母哽咽着说道："我今年八十一岁了，你又要到外地做官。除了你之外，我最疼的只有宝玉，如今又病得如此糊涂，还不知道以后会怎么样。昨日，我让人去给宝玉算了命，先生说要娶金命的人帮扶他，冲冲喜便能好，不然只怕保不住。我知道你不信这些，所以叫你来商量。你的媳妇也在这里。你们两个也商量商量，是要宝玉好呢，还是就随他去呢？"

贾政赔笑道："老太太当初疼我，难道儿子我就不疼自己的儿子吗？儿子平日骂他，也是恨铁不成钢。老太太既要给他成家，这也是应当的。如今宝玉病着，儿子也是不放心。因老太太不叫他见我，所以儿子也不敢言语。我想瞧瞧宝玉是个什么病。"说着，贾政的眼圈也有些红了。王夫人见了，知道他心里也是疼宝玉的，连忙叫袭人扶了宝玉给贾政请安。

贾政见宝玉脸面很瘦，目光无神，大有疯傻之状，便叫人扶了进去，心里想：自己也是奔六十的人了，如今又放了外任，不知道几年才能回。如果这孩子真不行了，一则年老无嗣，虽说有孙子，到底隔了一层，二则老太太最疼的是宝玉，若有差错，我的罪名岂不更重。贾政又站起来说："老太太这么大年纪，还想着法疼孙子，做儿子的哪敢违拗？就依老太太主意。姨太太那边不知说定了没有？"王夫人回道："姨太太是早应了。只因蟠儿的事没有结案，所以才没提。"贾政就说："这就是第一层的难处。哥哥在牢里，妹子怎么好出嫁？第二，贵妃的事虽不禁婚嫁，但宝玉也要替出嫁的姐姐守孝，可不能马上娶亲。再说，我又准备要起程赴任，不能耽搁。就这几日，哪里能办得过来？"

贾母想了一想，说道："你说的，我都想过。若再等一段日子，一是你要去上任，二是如果宝玉病得越来越重的话，那可怎么办？你要是同意办，我这里已经想好了法子。我们只需把新房收拾好、置办东西、定个日子，照南边的规矩拜堂坐床撒帐，也算是娶亲了。先不请亲友、不摆宴席，等宝玉大好了，出了孝期，再摆酒席请人。"

贾政听了，心里不愿意，但贾母做了主，也不敢违命，勉强赔笑说道："老太太想的极是，也很妥当。只是要吩咐家下众人，不许吵嚷得里外皆知，这要担罪的。"

袭人将宝玉扶回了里间，宝玉昏昏沉沉就睡着了。贾母与贾政所说的话，宝玉一句也没有听见。袭人等却听得清楚。袭人想起宝玉之前因黛玉闹出的几件事，便想着一定要提醒王夫人，要不冲喜很可能就变成了催命。

等贾政离开后，袭人从里间出来，悄悄请王夫人到别处说话。袭人告诉王夫人，宝玉心中恐怕只有黛玉，之前听说黛玉要回南边就差点没疯掉，如果让他知道要娶的是宝钗，她实在不敢想会发生什么事情。袭人求王夫人一定要和老太太想个万全的主意才行。

王夫人听了，也觉得袭人说得有道理，就让袭人先回去，自己去找贾母商量。贾母正在和凤姐商议婚事安排,见王夫人进来,便问道:"袭人丫头说什么?"王夫人趁机将宝玉的心事,细细说给贾母听。贾母听了,好半晌没说话。过了会,贾母才叹道:"宝玉若真是这样,这可让人为难了。"

凤姐想了一想,说道:"难倒不难,依我看,这件事可以用个掉包的法子。"贾母问道:"怎么掉包法?"凤姐道:"不管宝兄弟清不清醒,我们都对他说,老爷做了主,将林姑娘配了他。要是他听了毫无反应,那这个包就不用掉了;要是他有些高兴,这事就得费点周折了。"王夫人道:"若是他喜欢,你打算怎么办?"凤姐走到王夫人耳边,如此这般地说了一遍。王夫人点点头赞同。凤姐又在贾母耳边轻轻给贾母说了一遍。

贾母笑道:"这么着不错,就是苦了宝丫头了。万一说漏嘴,林丫头又怎么办呢?"凤姐道:"这个话只说给宝玉听,外头一概不许提起,有谁知道呢。"贾母点点头,让按凤姐说的去办。

筹划好贾府这边迎亲的事宜后,贾母又把自己的意思跟薛姨妈说了,薛姨妈心里虽不大愿意,但想着薛蟠还在牢里,以后肯定还有依仗贾家的地方,也只得点头答应。

贾政虽然答应了,但心里对宝玉匆忙娶亲之事还是不高兴的。后来因为赴任前事多,种种应酬不绝,就把宝玉的事,全权交给贾母、王夫人和凤姐处理。除了给定了屋子,余者一概不管。贾母定了主意叫人告诉他,他也只说很好。

这一日,黛玉早饭后带着紫鹃去给贾母请安,顺便自己也散散心。刚出了潇湘馆,黛玉就想起忘了拿手绢,便叫紫鹃回去取,自己慢慢往前边走边等她。

黛玉信步走到以前同宝玉葬花之处,听到有人很伤心地在哭。黛玉一时听不出是谁,便走过去看看。只见一个浓眉大眼的丫鬟蹲在那里哭着。黛玉不认识那个丫鬟,心里想着也许是哪处做粗活的丫鬟受了管事大丫鬟的气,偷偷躲在这里哭。

那丫鬟看见了黛玉,便也不敢再哭,便擦眼泪站了起来。黛玉问道:"你好好的为什么在这里哭呀?"

那丫鬟听了这话,又流泪道:"林姑娘你评评这个理。她们说什么我又不知道,我就说错了一句话,我姐姐也犯不上就打我呀。"黛玉听了,不懂她说的是什么,笑问道:"你姐姐是哪一个?"那丫鬟道:"就是珍珠姐姐。"

黛玉听了，才知道她是贾母屋里的，又问："你叫什么？"那丫鬟道："我叫傻大姐。"黛玉笑了一笑，又问："你姐姐为什么打你？你说错了什么话了？"那丫鬟道："就是为我们宝二爷娶宝姑娘的事情。"

黛玉听了这一句，犹如五雷轰顶，心头乱跳。略定定神，她才叫了那丫鬟跟着自己去了当初葬桃花的犄角处，那里比较僻静。黛玉问道："宝二爷娶宝姑娘，她为什么打你呢？"

傻大姐道："我们老太太和太太二奶奶商量了，因为我们老爷要起身上任，就赶着要把宝姑娘娶过来。头一宗，给宝二爷冲什么喜，第二宗……"说到这里，傻大姐瞅着黛玉笑了笑，才说道："赶着办了，还要给林姑娘说婆婆家呢。"黛玉已经听呆了。傻大姐还只管说道："她们不让人说，怕宝姑娘听见害臊。我就和宝二爷屋里的袭人姐姐说了一句，咱们明儿更热闹了，又是宝姑娘，又是宝二奶奶，这可怎么叫呢！谁知珍珠姐姐走过来就打了我一个嘴巴，说我再胡说不听上头的话，就要撵出我去。我怎么知道上头为什么不叫说呀，她们又没告诉我，就打我。"说着，又哭起来。

黛玉此时心里真是五味杂陈，酸甜苦辣都涌了上来，说不上什么滋味了。愣了会，她才颤巍巍说道："你别再乱说了，叫人听见又要打你。你去罢。"说着，自己转身要回潇湘馆。

黛玉只觉身子像有千百斤重，两只脚却像踩着棉花般，早已软了，只得一步一步慢慢走。紫鹃取了手绢回来，却不见黛玉。正在四处找时，她看见黛玉面色煞白，两眼发直，晃晃悠悠地在沁芳桥附近东转西转。紫鹃疑惑地赶紧过来轻轻地问道："姑娘怎么又回去？是要往哪里去？"黛玉随口应道："我问问宝玉去！"紫鹃听了，摸不着头脑，只得搀着她往贾母那边去。

紫鹃看着黛玉魂不守舍的模样，心里真是怕她和宝玉见面。那一个已经是疯疯傻傻，这一个又这样恍恍惚惚，万一说出些不成体统的话来，那时如何是好？心里虽如此想，紫鹃却也不敢违拗，只得搀她进去。

贾母在屋里歇中觉，伺候的丫鬟们有趁机去玩的，也有打盹儿的，还有在那里伺候老太太的。倒是袭人听见帘子响，从屋里出来，一看，见是黛玉，便让道："姑娘屋里坐罢。"黛玉笑着道："宝二爷在家吗？"袭人刚要答言，就见紫鹃在黛玉身后对她努嘴，指着黛玉，又摇摇手。袭人不明白，也不敢言语。黛玉却也不理会，自己走进房来。

宝玉坐在那里,见着黛玉也不起来让坐,只瞅着她嘻嘻傻笑。黛玉自己坐下,也瞅着宝玉笑。两个人也不问好,也不说话,只管对着脸傻笑起来。黛玉突然问道:"宝玉,你为什么病了?"宝玉笑道:"我为林姑娘病了。"这话一出,袭人、紫鹃两个吓得面色大变,连忙岔开话头。这两个却又不答言,仍旧傻笑起来。袭人赶紧让紫鹃把黛玉搀回去歇歇。她回头让秋纹来帮紫鹃。

黛玉被那两人搀起来后,瞅着宝玉只管笑,只管点头。紫鹃又催道:"姑娘,回家歇歇罢。"黛玉道:"可不是,我是回去的时候了。"说着,黛玉转身自己笑着往外走。非但不用丫鬟们搀扶,自己一个人反而走得比往常还快。紫鹃、秋纹赶忙跟在后面追上。

黛玉出了贾母院门,只管一直走去。紫鹃连忙搀住叫道:"姑娘,这边走。"黛玉仍是笑着跟了紫鹃往潇湘馆来。离门口不远,紫鹃松了口气道:"阿弥陀佛,可算到家了!"

这一句话还没说完,紫鹃就见黛玉身子往前一栽,哇的一声,吐出一口血来。

第四十六回
林黛玉焚稿断痴情
薛宝钗出闺成大礼

黛玉刚走到潇湘馆门口，就吐了口血，几乎晕死过去。紫鹃和秋纹赶紧搀扶她进屋躺下。秋纹离开后，黛玉才渐渐苏醒过来，看见守在一旁的紫鹃和雪雁在哭，便问道："你们守着我哭什么？"紫鹃见她说话明白，才放了心说："姑娘刚从老太太那边回来，身上觉着不大好，吓得我们没了主意，所以哭了。"黛玉笑道："我哪里死得那么快。"

原来黛玉今日听到宝玉和宝钗的事情，这本是她数年的心病，一时急火攻心，回来吐了一口血，心中反而渐渐明白过来，模糊想起傻大姐的话来，这时反而也不伤心了，只求速死，以完此债。

秋纹回去后，贾母正好午睡起来，看她神色慌张，便问怎么了。秋纹吓得连忙把刚才的事回了一遍。贾母赶紧和王夫人、凤姐一起过去看看。只见黛玉脸色惨白，没有一点血色，神气昏沉，气息微细，时不时咳嗽了一阵。咳出的痰都带着血。众人都慌了。只见黛玉微微睁眼，看见贾母在她旁边，便气喘吁吁地说道："老太太，你白疼我了！"贾母一听这话，十分难受，便道："好孩子，你养着罢，不怕的。"黛玉微微一笑，又闭上了眼。后来大夫过来诊脉，贾母等人就出去了。

贾母看黛玉气色不好，出来告诉凤姐等说道："不是我咒她，我看这孩子的病，只怕难好。你们也该替她预备预备，冲一冲，或者反而好了。若是不能，也不至临时忙乱。咱们家里这两天正有事呢。"凤姐答应了。贾母又问了紫鹃一回，还是不知道谁走漏了风声。贾母心里纳闷，回到房中，又叫袭人来问。袭人就把前日回王夫人的话和黛玉刚才的情形说了一遍。贾母说道："孩子们从小在一处玩，感情好些是对的。如今大了，就该要谨守做女孩的本分。若是她心里有别的想头，我可是白疼她了。咱们这种人家，这心病是断断不能有的。林丫头若不是这个病呢，我花多少钱都愿意。若是这个病，那的确是治不好的。"凤姐连忙安慰了一番，陪贾母用了晚饭，才同王夫人各自回房。

次日，凤姐吃了早饭过来，便到贾母屋子里对宝玉说道："宝兄弟大喜，老爷已择了吉日要给你娶亲。你高不高兴？"宝玉听了，只管瞅着凤姐笑，微微点点头。凤姐又笑道："给你娶林妹妹过来好不好？"宝玉开始大笑起来。凤姐看着，也看不透宝玉到底是清醒还是糊涂，又问道："老爷说你好了才给你娶林妹妹呢，若还这么傻，就不给你娶了。"宝玉忽然正色道："我不傻，你才傻呢。"说着，便站起来说："我去瞧瞧林妹妹，叫她放心。"凤姐忙扶住了，说："林妹妹早知道了。她如今要做新媳妇了，自然害羞，不肯见你的。"宝玉道："娶过来她到底是见我不见？"凤姐又好笑，又着急，心里想：袭人的话不假。提了林妹妹，虽说仍说些疯话，是要比之前清醒些。凤姐又和宝玉说了一会话，转身出来告诉了贾母。贾母听了，笑了笑说道："我早听见了。如今不用理他，叫袭人好好安慰他就行了。"

王夫人跟薛姨妈提了贾家想提前娶亲的事情，薛姨妈心里也愿意，就是担心宝钗觉得委屈。两人正说着，就见贾母派鸳鸯过来听回信。薛姨妈虽然担心宝钗委屈，却也没办法，只得答应下来。薛姨妈回家将这事一五一十地告诉了宝钗。宝钗开始低头不语，后来便自垂泪。薛姨妈好言劝慰了一番，宝钗才回自己房里了。

薛姨妈这才让薛蝌给薛蟠带去口信。薛蝌回来告诉薛姨妈说，薛蟠的事情已定了误杀，筹银子等着赎罪就可以；薛蟠说不用等他，让宝钗和宝玉尽快成亲。薛姨妈听了，一则薛蟠可以回家，二则完了宝钗的事，心安了许多。薛姨妈觉得看着宝钗心里好像不愿意，但又想：虽是这样，但她是女儿家，一贯孝顺守礼，知我已经答应了，她也没得说。因此，薛姨妈也没多在意。

贾母日日督促众人处理各项事宜，等筹备得差不多了，便让贾琏去和薛姨妈定下了娶亲的日子，就在几天后。贾府上下除了潇湘馆里的人之外，都知道了，只是凤姐叮嘱过，大家都不敢走漏风声。

黛玉虽然每天服药，但病却日重一日。紫鹃在旁苦劝道："事情到了这个分上，我也不得不说了。姑娘的心事，我们都知道。不会有什么意外的事的。姑娘看看，宝玉现在病成这样，怎么能娶亲？姑娘别听瞎话，自己安心保重才好。"黛玉微笑一笑，也不说话，又咳了几声，吐出好些血来。紫鹃看她，已是奄奄一息，知道是劝不过来了，只有守着流泪，每天都派人去把这边的情况告诉贾母。鸳鸯猜贾母近日已经不像比前那样疼黛玉了，所以不常去回。何况贾母这几日的心都在宝钗和宝玉身上，不见黛玉那边有消息过来也就不太去问，只请太医调治罢了。

　　黛玉从前生病，从贾母到姊妹们的下人，都常来问候。如今见贾府上下人等都不过来，连一个问的人都没有，睁开眼，只有紫鹃一人，便知道自己万无生理了，挣扎着向紫鹃说道："妹妹，你是我最知心的，虽是老太太派你服侍我，但这几年，我拿你就当我的亲妹妹。"说到这里，气都接不上来。紫鹃听了，一阵心酸，早哭得说不出话来。

　　过了一会，黛玉一面喘一面说道："紫鹃妹妹，你扶起我来靠着坐坐。"紫鹃道："姑娘的身上不大好，起来又要受凉了。"黛玉听了，闭上眼不言语，过一会还是要起来。紫鹃没法，只得同雪雁把她扶起，两边用软枕靠住，自己站在一旁给她靠着。

　　黛玉哪里坐得住，只觉得硌得疼，唯有硬撑着，叫雪雁把她的诗本子拿过来。雪雁忙把她前日所整理的诗稿找出来。黛玉点点头，又抬眼看那箱子。雪雁不解，只是发怔。黛玉气得两眼直瞪，又咳嗽起来，吐了口血。雪雁连忙取水给她漱口。后来还是紫鹃猜到黛玉要的是那块题了诗的旧帕，只得叫雪雁拿出来递给黛玉。黛玉拿在手里狠命地撕扯手绢，但哪里撕扯得动。紫鹃知道她是恨宝玉，也不敢说破，只说："姑娘何苦自己又生气！"

　　黛玉点点头，闭了眼休息一会，就让她们笼上火盆。紫鹃原以为她是冷，就劝她还是多盖一件，怕她受不了炭气。黛玉又摇头，雪雁只得笼上。黛玉又示意雪雁将火盆放到炕上。只见黛玉欠起身子，紫鹃用两只手来扶着她。黛玉就把刚才的手绢，扔进了火盆里。吓了一跳的紫鹃，想要去抢，两只手却不敢动。手绢很快就烧着了。紫鹃劝道："姑娘这是何必呢。"黛玉只当没听见，回手又把那诗稿拿起来，瞧了瞧，又扔到了火盆里。只见手绢和诗稿没　会就化成了灰烬。

　　黛玉把眼一闭，往后一仰，差点把紫鹃压倒。紫鹃连忙叫雪雁上来将黛玉扶着放倒。想去叫人，见天色又晚了，只得自己同雪雁和鹦哥等几个

红楼梦

小丫头，守在黛玉身边，寸步不离。

终于熬到了次日一早，黛玉才稍微缓过一点来。饭后，黛玉忽然又咳又吐。紫鹃看着觉得不好了，连忙将雪雁等都叫进来看守黛玉，自己跑去告诉贾母。谁知到了贾母房中，发现静悄悄的，只有两三个老妈妈和几个做粗活的丫头在那里看屋子呢。无论紫鹃问什么，那些人都说不知道。紫鹃听这话觉得奇怪，跑到宝玉屋里去看，竟也无人。问屋里的丫头，也说不知。紫鹃已经猜到了八九分了，又想到黛玉这几天竟没有一个人问一句，越想越悲，索性激起一腔闷气，想要去找宝玉问个清楚。紫鹃跑到怡红院，只见院门虚掩，里面鸦雀无声。后来还是遇到了一个相熟的小厮，紫鹃才知道贾母让人另收拾了房子做宝玉的新房。紫鹃想起黛玉不知是死是活，不由一边哭一边跑回潇湘馆。

还没到潇湘馆，紫鹃就遇到两个小丫头来找她，说黛玉不是太好了。紫鹃思来想去都不知道该去找谁来帮忙，后来忽然想起一个人来，便命小丫头急忙去请。原来紫鹃想起李纨是个寡妇，今日宝玉结亲，她自然要回避。

李纨正在给贾兰改诗，见一个丫头急冲冲进来回说："大奶奶，只怕林姑娘好不了，那里都哭呢。"李纨听了，吓了一大跳，也来不及问，连忙站起身来便走。她边走边落泪，想着："姐妹一场，她的容貌才情本是世间少有，竟小小年纪，就要客死他乡！偏偏凤姐想出一条偷梁换柱之计，自己之前也不好过潇湘馆来，竟未能尽点姊妹之情。"

李纨进了潇湘馆，见到黛玉已处于弥留之际，赶紧把躲在外面哭的紫鹃叫了过去："傻丫头，这都什么时候，还只顾着哭！赶紧给林姑娘换上新衣服。她一个女孩儿家，你还叫她赤身露体精着来光着去吗！"紫鹃听了这句话，泪水更是止不住，痛哭起来。

这时，外面一个人慌慌张张跑了进来，原来是平儿。平儿说凤姐不放心，让她过来瞧瞧。正说着话，林之孝家的也进来了。李纨让林之孝家的赶紧去告诉管事预备黛玉的后事。林之孝家的答应了，却还站着。原来凤姐是让她过来把紫鹃领去新房伺候。李纨还未说话，只听紫鹃说道："林奶奶，你先请罢。等着人死了我们自然是出去的，哪里用这么……"说到这里却又不好说了，又改说道："况且我们在这里守着病人，身上也不洁净。林姑娘还有气儿，不时地叫我。"

林之孝家的听到紫鹃的话，心里很不舒服，但是碍于李纨在，也不好发作。后来还是去屋里看了黛玉后出来的平儿解了围，让她把雪雁带了过去。

雪雁看见新房那边喜气洋洋的景象，想起自家姑娘，心里着实难过，只是在贾母、凤姐跟前不敢表露出来，只能暗暗想着叫自己过来是做什么。雪雁悄悄溜到里屋门口，偷偷地瞧宝玉。宝玉这时虽因掉了玉，人变得糊涂，但听见要娶黛玉为妻，真是从古至今天上人间第一件让他畅心满意的事了，身子顿时好了起来，只不过没有从前那般灵透。想到今日成亲，就乐得手舞足蹈，偶尔说几句傻话，却与之前病时大不一样了。雪雁只看了表面却不知内情，自然是又气又寒心。

宝玉早早就让袭人替他换好礼服，坐在王夫人屋里，左等右等都不到吉时，就问袭人道："林妹妹从园里来，为什么这么费事，还不来？"袭人忍着笑道："等好时辰。"

大轿从大门进来，家里细乐迎出去，十二对宫灯，排着进来。落轿后，宝玉见喜娘扶着盖着盖头的新人下了轿。扶新人的丫鬟正是雪雁。宝玉还在想为什么不是紫鹃，后来想：雪雁是她从南边家里带来的，紫鹃是我们家的，出嫁自然应该是雪雁陪才对。因此见了雪雁竟如见了黛玉般欢喜。

宝玉高高兴兴地礼拜了天地、贾母和贾政夫妇，然后入了洞房。贾政原来不信冲喜之说，但因贾母之命，不敢违拗；看到今日宝玉居然像个好人一样，心里也十分高兴。

新人坐了床后要揭起盖头，凤姐早已防备，故请贾母、王夫人等进去照应。宝玉到底有些傻气，走到新人跟前说道："妹妹身上好了？好些天不见了，盖着这东西做什么！"说着就要去揭，把贾母急出一身冷汗来。宝玉转念一想：林妹妹爱生气，不可造次。等了一下，宝玉还是按捺不住，上前揭了。

喜娘接去盖头，雪雁走开，莺儿上来伺候。宝玉睁眼一看，觉得眼前人好像宝钗，心里不信，自己一手持灯，一手揉了揉眼再看，可不是宝钗吗！只见她盛妆艳服，脸色微红，不胜娇羞。宝玉发了一会呆，又见莺儿立在旁边，不见了雪雁。

此时宝玉心里没了主意，还以为自己是在梦中，只管呆呆地站着。众人赶紧扶他坐下。只见他两眼发直，一句话都没有。贾母担心他又犯病，亲自扶他上床，宝钗坐在一旁低头不语。

宝玉定了定神，见贾母、王夫人坐在那边，便轻轻叫袭人问道："我是在哪里呢？这是不是做梦？"袭人道："今日是你好日子，胡说什么梦不梦的。老爷可在外头呢。"宝玉悄悄指了指问道："坐在那里的美人儿是谁？"袭人捂住嘴，笑得说不出话来，歇了半日才说道："是新娶的二奶奶。"众人也都回过头去，忍不住地笑。宝玉又道："好糊涂，你说二奶奶到底是谁？"袭人道："宝姑娘。"宝玉道："林姑娘呢？"袭人道："老爷做主娶的是宝姑娘，怎么又说起林姑娘来？"宝玉道："我才刚看见林姑娘了，还有雪雁呢，怎么说没有？"凤姐走上来轻轻地说道："宝姑娘在屋里坐着呢。别胡说，要是得罪了她，老太太不依的。"宝玉听了，更加糊涂，本来就头脑昏乱，现在就更没主意了，也不管别的，口口声声只要找林妹妹。贾母等人上前安慰，碍着有宝钗在，又不好明说。

贾母只得让人满屋里点起安息香来，给他定定神，扶他睡下。过了一阵，宝玉便昏沉睡去。宝钗也穿着衣服在里屋躺下了。贾政在外，不知道里面后来发生的事情，就想着先前拜天地时的情景，反倒放宽了心。

第二日一早，贾政就拜了宗祠，辞别贾母，准备去外地上任。贾母不想贾政在路上担心，就没有告诉他宝玉又病了。贾母跟贾政说要让宝玉来给他磕头送行，贾政说道："不用他送了，只要他从此以后认真念书，我就比什么都高兴。"贾母听了，这才放下心来。后来看到宝玉似乎清醒了些，贾母就还是让人扶着他来给贾政行了礼。贾政吩咐了几句，宝玉都答应着。贾政又叮嘱王夫人此后定要严格管教，不可再像从前那样骄纵宝玉。贾府其他子弟摆酒为贾政践行，一直送到十里长亭才辞别。

第四十七回
苦绛珠魂归离恨天
病神瑛泪洒相思地

替贾政送行之后,宝玉回到房中,愈发觉得头昏脑涨,懒得动弹,连饭都不吃,便昏睡过去。贾府每日替他延医诊治,吃了很多药也不见好。后来,宝玉连人也都认不出了。宝钗看到宝玉这个样子,心里埋怨母亲办事糊涂,可事已至此,多说无益。婚后回门那日,薛姨妈看见宝玉这般光景,心里懊悔不已。

宝玉的病越来越重,连坐都坐不起来了。王夫人、薛姨妈慌了手脚,遍请各地名医,都看不出是什么问题。最后还是请了一个住在城外破寺中的穷大夫,看出了病因,才能对症下药。宝玉吃了药后,果然清醒了些,还要水喝。贾母她们才放了心。

宝玉有时清醒有时糊涂,他觉得自己可能快不行了。趁众人离开房中只留下袭人时,宝玉拉着她的手哭着问:"宝姐姐怎么过来了?我记得老爷给我娶了林妹妹过来,怎么被宝姐姐赶了出去?她为什么霸占在这里?我想说,又怕得罪她。你们听见林妹妹哭了吗?"袭人不敢明说,只得哄道:"林姑娘病着呢。"宝玉马上说:"我瞧瞧她去。"说完,就想挣扎着起身。可他多日滴米未进,哪里动得了。于是,宝玉大哭道:"我要死了!我有一句心里的话,你替我告诉老太太,反正林妹妹也是要死的,我如今也快不行了,两个病人分在两处,还不如腾一处空房子,趁早将我同林妹妹放在一起,活着好一处医治,死了也好一处停放。你要是听我的话,不枉了这几年的情分。"袭人听了这些话,哭得上气不接下气。

宝钗这时恰好进来,听到了这番话,便说道:"你不好好养病,何苦说这些不吉利的话。老太太才好了些，你又惹事。老太太一生疼你一个，如今八十多岁的人了，就盼着你将来成人，也不枉了她的苦心。太太更不必说了，一生心血全在你身上，你若是死了，太太将来怎么办？你好好养几天，身体里正气足了，自然什么病都没有。"

宝玉听了，愣了半晌才笑嘻嘻问道："你不是很久都不跟我说话了吗，现在说这些大道理的话给谁听？"宝钗听了这话，便又说道："实话告诉你，那两日你不知人事的时候，林妹妹已经亡故了。"宝玉听了忽然坐起来，大声问道："真的死了吗？"宝钗道："当然。难不成要红口白舌咒人死吗？老太太、太太知道你和她兄妹和睦，所以不敢告诉你。"

宝玉听后，不禁放声大哭，倒在床上。忽然他眼前一片漆黑，朦胧之中好像有人朝他走了过来。宝玉问了来人，才知道自己已经到了阴曹地府。他赶紧问那人有没有见过林黛玉。谁知，那人却说"姑苏林黛玉不在这里，她生不同人，死不同鬼，已归太虚幻境。你要是有心寻访，潜心修养，自然有机会相见。如果你自己寻死，那就再也见不到她了。"那人说完，朝向宝玉扔了一块石头。宝玉听了这话，又觉得心口一疼，然后听到有人在叫他，睁开眼睛一看，贾母、王夫人和宝钗她们正围着他边哭边叫，自己仍旧躺在床上。只见案上红灯、窗前皓月，自己还在人世之间。宝玉定神一想，原来竟是一场大梦，出了一身冷汗，反倒觉得神清气爽了些。

大夫进来诊脉，发现宝玉脉象比以前平稳多了，再吃些药调养就能痊愈了。

过了几日，宝玉自己感觉好多了，但一想起黛玉，就会犯糊涂。尽管袭人每天都用话宽慰他，说宝钗如何如何好，但他一听到黛玉还是会心酸落泪。想要寻死，宝玉又想起梦中听到的话，也怕老太太、太太生气，才慢慢放下。

宝玉成亲那日，黛玉白日已昏死过去，只剩下一口气，守着她的李纨和紫鹃已经哭得死去活来。到了晚上，黛玉又缓过来了，微微睁开眼似乎想喝水。紫鹃赶紧喂了几口梨汁。黛玉闭着眼静养了会才又睁开，见只有紫鹃在身边，便一手攥住紫鹃的手，使劲说道："我已经不行了。你服侍了我几年，我原指望咱们两个能一直在一起。不想我……"说着，又喘了一会子，闭了眼歇着。紫鹃见黛玉攥着她不肯松手，也不敢挪动，原以为黛玉是好了些，可听了这话，心又凉了。过了半天，黛玉又说道："妹妹，我这里没有亲人。我的身子是干净的，你好歹让她们送我回南边去。"说到这里，黛玉闭了眼不再说话，喘气声越来越急。

紫鹃看她这样，知道不好了，连忙叫人去请抽空回稻香村处理事情的李纨。正巧探春那时过来了。紫鹃让她去看看黛玉，话没说完，自己就泪如雨下。

探春看到黛玉目光涣散，摸了摸她的手也已经冰凉了。于是，探春哭着让人赶紧端水给黛玉擦洗。得到消息的李纨也匆忙赶来。三人刚见面都还没来得及说话，就听见黛玉直声叫道："宝玉，宝玉，你好……"说到好字，就浑身冷汗，不作声了。紫鹃赶紧上前扶住，就看着黛玉不停出汗，身子却渐渐冷了。探春和李纨急忙叫人帮黛玉梳头穿衣。只见黛玉两眼一翻，香魂一缕随风散。

黛玉气绝之时，正是宝玉娶宝钗的那个时辰。紫鹃等人都大哭起来。李纨、探春想她往日的可爱，更加觉得今日可怜，也伤心痛哭起来。因潇湘馆离新房很远，所以那边也没听见。大家痛哭了一阵，忽然听见一阵音乐远远传来，侧耳细听，又没有了。探春和李纨走出院外再听时，唯有竹梢风动，月影移墙，好不凄凉！

探春叫了林之孝家的过来，将黛玉停放毕，派人看守，第二天一早才去告诉了凤姐。

凤姐得到信后，看见贾母和王夫人正为贾政离家赴任、宝玉病情加重而忧愁，想着如果再跟她们说了黛玉的凶信，她们怕是会愁苦交加，急出病来，只得自己先过去看看。到了潇湘馆里，凤姐难免也哭了一场。又见李纨和探春将事情准备妥当，凤姐说道："多亏你们了。只是刚才你们为什么不说，叫我着急？"探春道："刚才给老爷送行，怎么说呢？"凤姐道："也是。这事有些麻烦，若今日不跟老太太说，使不得；若说了，又怕老太太受不了。"李纨说道："见机行事，能说的时候再说吧。"凤姐点点头，赶紧又过了宝玉那边。

凤姐过去后，听见大夫说宝玉已经不碍事了，她才悄悄地跟贾母和王夫人说了黛玉的事情。贾母和王夫人听了，都吓了一大跳。贾母流着泪道："是我弄坏了她。这个丫头也太傻气！"说完，贾母就要过园里，又惦记着宝玉，两头难顾。王夫人含泪劝道："老太太不必过去，身子要紧。"贾母无奈，只得叫王夫人去一趟，又说："你替我告诉她，不是我忍心不去送她，只是有个亲疏。她是我的外孙女，当然是亲的；但和宝玉比起来，还是宝玉更亲些。倘宝玉有个好歹，我怎么见他父亲啊。"说完，贾母又哭起来。王夫人连忙又安慰了一番才过潇湘馆。过去之后，王夫人吩咐下人要给林黛玉好好办丧事，然后又匆匆赶回去看宝玉。

宝钗刚刚嫁过去，还未回门，每次见人都还有些害羞。这日，贾母过去看宝玉，宝钗见贾母满脸泪痕，便给贾母递了茶，然后问道："听得林妹妹病了，不知她可好些了？"贾母听了这话，眼泪又止不住流了下来，这才告诉宝钗，就是在他们成亲时，黛玉过世了。

宝钗知道宝玉和黛玉一向感情深厚，也猜到了宝玉的心结，所以才会以毒攻毒，跟宝玉说了黛玉的死讯。没想到，宝玉听了之后，痛哭一场，反而渐渐恢复了。

尽管宝玉是一天好过一天，但他的痴心不改，总想亲自去黛玉灵前哭一场。贾母等人知道他病根未消，不许他胡思乱想，可越这样，他越郁闷，病情更是反复。倒是大夫看出了他的心病，劝说贾母等人不如让宝玉趁早解开心结，再用药调理，病倒可好得快些。贾母这才同意。

宝玉听了，立刻就要去潇湘馆。贾母只得叫人用竹椅子把他抬了过去。贾母和王夫人比宝玉先到，一见黛玉灵柩，贾母已哭得泪干气绝。凤姐再三劝慰，她才好些。贾母和王夫人被李纨请到里间歇着时，还在落泪。

宝玉一到，想起与黛玉的种种往事，今日屋在人亡，不禁号啕大哭。想起从前他俩何等亲密，今日死别，怎能不伤心欲绝。众人担心宝玉病后过哀，都来解劝，宝玉已经哭得死去活来，大家忙把他搀扶去歇息。宝玉又要见紫鹃，想问问黛玉有什么遗言。紫鹃本来深恨宝玉，见他如此伤心，心里才好受些，又见贾母、王夫人在这里，也不敢数落他，便将黛玉怎么得病，怎么烧帕子、焚化诗稿，还有临死前说的话，一一都说了。宝玉听了，又哭得差点昏死过去。探春趁势将黛玉临终嘱咐让把她棺木带回南方的话告诉了贾母。贾母、王夫人又哭了起来，多亏凤姐巧言劝慰，才渐渐止了些泪。凤姐请贾母他们回去。宝玉哪里肯走，无奈贾母逼着，只得勉强回房。

宝玉病好之后，宝钗有时高兴，就会翻书观看，和宝玉谈论书中内容。宝玉的反应，明显没有以前灵活。宝钗知道是他的通灵宝玉没有了的缘故，并不说什么。反倒是袭人常跟宝玉说他该改的毛病没改，反而还不如以前机灵了。宝玉听了也不生气，只嘻嘻笑。

只是宝玉到底是爱动不爱静的，时常要到园里去逛。贾母怕他触景伤情，勾起旧病，所以也不准他去。再说那些亲戚姊妹们，薛宝琴已回到薛姨妈那边去了；史湘云因为叔叔回京把她接回家了，而且又定了亲，所以也不常来，偶尔过来，也不肯像以前那样和宝玉诙谐谈笑。现在，园内只有李纨、探春、惜春继续住着。贾母本来也想让她们搬出来，只是元妃过世后，家中事情接二连三，实在无暇顾及此事；又看到天气越来越热，住在园里也舒服些，才打算等到秋天再说。

第四十八回
悲远嫁宝玉感离情
施毒计金桂自焚身

薛姨妈为了薛蟠那件人命官司，往各个衙门里不知花了多少银子，才给定了个误杀。原来薛姨妈还打算将自家当铺卖了换银子，以后找机会把薛蟠赎出来。没想到又生了变故，刑部将此案发回重审，薛家又托人花了好些钱，最后薛蟠还是被定了死罪，秋后问斩。

薛姨妈得知消息后，又气又疼，日夜啼哭。宝钗心疼自己母亲，常常过来安慰劝解薛姨妈，只说事到如今，薛姨妈和薛蝌已经是尽了全力，花银子求人，能做的都做了，还是救不下薛蟠，那只能说是薛蟠自作自受，命该如此了。宝钗还让薛姨妈赶紧找人将家里名下的产业盘点一番，看看情况如何，避免被人趁乱亏空。

宝钗这番话，让薛姨妈哭得更厉害。宝钗这时才知道，薛家在京里的官商名字已经退了；之前为了救薛蟠，已经卖了两个当铺，折现的银子都已经花完了；还有一个当铺的管事，亏空了好几千两银子后跑了；薛蝌现在天天在外头要账，初步估计，光是京里要不回的坏账就有几万两银子。

宝钗听了，只能也哭着继续劝薛姨妈："银钱的事，妈妈操心也不中用，还有二哥哥给我们料理。妈妈若是疼我，听我的话，有年纪的人，自己保重些。妈妈这一辈子，想来还不至于挨冻受饿。所有的家人婆子，想走的就都让她们走吧。就可怜香菱苦了一辈子，只好跟着妈妈过去。实在缺了什么，只要我有的，都会拿过来，我们那个也不会不同意。他是不知道妈妈这边的真实情况，所以并不着急，要是知道了也得吓个半死。"

薛姨妈不等说完，赶紧对宝钗说："好姑娘，你可别告诉他。他为一个林姑娘就几乎没了命，如今才好了些。要是他急出个好歹来，不但又给你添烦恼，就连我都越发没了依靠。"宝钗说道："我也是这么想，所以没告诉他。"母女两人正互相安慰时，屋外传来金桂的哭喊。

金桂在屋外又哭又叫，还不停地拿头撞门板。薛姨妈被气得全身哆嗦，一句话也说不出来。最后还是宝钗好说歹说劝了大半天才把金桂劝回房中。

这一日，宝钗在贾母屋里听到王夫人和贾母说要给探春定亲的事。贾母说道："既是同乡，当然很好。只是离着实在太远了。现在老爷是在那里做官，如果将来调任了，那不就是让孩子自己待在那里，没人照应吗？"王夫人说道："两家都是做官的，说不定那边还会调到京里来呢！再不然，以后也会叶落归根。况且老爷现在在那里做官，顶头上司开口求亲，老爷好意思不给吗？我想老爷的主意是定了，只是不好做主，所以派人回来问老太太。"贾母说道："你们愿意就好。只是三丫头这一去，不知那边三两年内能不能调京？若再迟了，恐怕都赶不上看我最后一眼。"说着，贾母的泪就下来了。

王夫人安慰道："孩子们大了，总是要给人家的。在不在一处倒是其次，只要孩子们有造化遇到个好人家就好。迎姑娘倒嫁得近，可我时常听见她被女婿打，甚至不给她饭吃。就是我们送了东西去，她也拿不着。这孩子也不知道什么时候才能出头。前儿我惦记她，打发人去瞧她，迎丫头藏在房里不肯出来。老婆子们非要进去，这才发现我们姑娘这样冷的天还穿着几件旧衣裳。她还哭着让婆子们回来别跟我说，也不要再送东西过去，拿不着不说，还要挨一顿打。老太太想想，这近是近了，过得不好不是更让人难受。大太太居然也不理会，大老爷也不出个头！如今迎姑娘实在比我们三等使唤的丫头还不如。虽然探丫头不是我生的，可女婿是老爷认识的孩子，不好老爷也不会同意。只请老太太示下，择个好日子，多派几个人送到老爷任上。该怎么办，老爷也不肯将就。"

贾母听了，也只得同意。宝钗在一旁听了，心里暗暗叫苦：我们家里姑娘们就数她嘴拔尖，如今又要远嫁，眼看着家里的人一天少似一天了。见王夫人起身告辞出去，她也赶紧跟了出去。

赵姨娘听见探春远嫁的事情，反而非常欢喜，心里说道：我这个丫头在家也瞧不起我，我这个娘，连她的丫头还不如。遇到事情只会维护别人，她挡在那里，连环儿都不得出头。如今老爷接了去，我倒清净了。想要她孝敬我，是指望不上了。只愿她落个迎丫头似的下场，我也称愿。一面想着，赵姨娘一面跑到探春那给她道喜说："姑娘，你是要高飞的人了，到了姑爷那边自然比家里还好。想来你也是愿意的。我养了你一场，也没沾上你的光。就算我有七分不好，也还是有三分的好，不要一去了把我搁在脑后头。"探春听了也不说话，只低头做活。赵姨娘见她不理自己，气呼呼地走了。

探春是又好气又好笑，心里难过也只能自己掉泪而已。坐了一会，探春就去了宝玉那。宝玉见她就问道："三妹妹，我听说林妹妹死的时候你在那里。我还听说，林妹妹死的时候远远地有音乐声。"探春笑道："那夜是有些奇怪，不像寻常的鼓乐之音。"

宝玉听了，再想起那日的梦，更觉得黛玉是哪里的仙子下凡，现在重回仙境了。探春离开后，宝玉立刻去见贾母，把紫鹃要过来服侍自己。

紫鹃心里不愿意，但是也不能违抗贾母的命令。只是在宝玉跟前，她总是唉声叹气的。宝玉背地里拉着她，低声下气要问黛玉的事情，紫鹃从没好话回她。宝钗倒觉得紫鹃有忠心，也不怪她。雪雁被贾母放出去嫁人了；奶娘王奶妈则养着，将来好送黛玉的灵柩回南方。

宝玉本就想念黛玉，看到以前跟黛玉的人四散而去，心中更加郁闷，后来想到黛玉应该是离凡返仙去了，才又开心起来。

宝玉无意间听见宝钗和袭人在说探春远嫁之事，立刻啊呀一声，倒在炕上哭得说不出话来。宝钗和袭人安慰了好一阵，宝玉才止住了哭，拉着宝钗问："这些姐姐妹妹，难道一个都不留在家里？那单留我做什么？我也知道是会散的，为什么散得这么早？等我化了灰时再散也不迟。"宝钗只得又慢慢开导了一番，这才劝住了。

到了日子，探春准备起身出发，来和宝玉辞行。宝玉对她自然难舍难分。探春和宝玉说了一会话，看他转悲作喜，似有醒悟之意。探春才放心辞别众人，含泪远嫁他乡。

一日，贾琏去王夫人处回禀事情，说完刚准备要走，薛姨妈家的一个老婆子慌慌张张地跑来跟王夫人说薛家又出事了，薛家大奶奶死了。王夫人问了好几遍，那婆子都说不清到底怎么回事。王夫人干脆叫婆子先回去，让贾琏随后过去看看薛姨妈有什么要帮忙的。

贾琏去到薛家问了薛姨妈,这才知道事情的来龙去脉。

夏金桂知道薛蟠定了死罪时,只哭了一场,就又开始每天涂脂抹粉的。后来有一天,金桂非要让香菱去和她做伴,薛姨妈拗不过她,只得同意。这一次,金桂像是变了个人一样,对香菱非常好,香菱病了,她还亲自做汤给香菱喝。到了昨日晚上,金桂又叫宝蟾去做了两碗汤,说她要和香菱一块喝。汤刚端进去没多久,就听见金桂房里乱成一团,宝蟾急得乱嚷,香菱也扶着墙出来叫人。薛姨妈赶紧过去,一进屋就看见金桂七窍流血,在地下乱滚,两手在心口乱抓,两脚乱蹬,没多久就死了。宝蟾哭着揪住香菱,非说她药死了金桂。薛姨妈觉得香菱不可能是那样的人,再说她都病得起不来身。可宝蟾一口咬定就是香菱,薛姨妈一时没了主意,只得先让人把香菱捆了关起来。天亮后,薛姨妈就赶紧派人去贾府告诉王夫人,让她找人过来帮忙。

薛姨妈正和贾琏说事时,得到消息的宝钗也赶回了家。薛姨妈又将前事和她说了一遍。

宝钗听完后,觉得宝蟾有嫌疑,毕竟汤是她做的。薛姨妈本来是担心香菱一时想不开会寻死,才让人捆了香菱,并不是怀疑她。听宝钗这么一说,薛姨妈立刻派人去把宝蟾也捆了。

夏家接到薛姨妈派人过去传的信后,夏母连忙带着过继的儿子赶了过来。夏母来了之后,二话不说就又哭又闹,拉着薛姨妈就要打。这时,周瑞家的进门正好看到,就上前一边劝,一边用手推了推夏母。夏家儿子看见,拿起把椅子就砸了过去。幸好危急之际,贾琏带了七八个家人进来,这才控制住了场面。

听说薛家已经报官,就等着仵作来验尸,又见自己儿子被人揪住,夏母的气焰才稍微低了些,跟着一众人一起去了金桂的房间。

进了屋,夏母看见金桂满脸黑血,死得很惨,又听说汤是宝蟾做的,便说肯定是她下的药。宝蟾听了这话,一下子就急了,气得瞪着眼说:"请太太放了香菱,犯不着诬赖别人。见了官我自有我的话。"

宝钗听她这么说,反而让人放开宝蟾让她说个明白。宝蟾也怕见官受苦,就竹筒倒豆子全说了。

原来，夏金桂天天抱怨自己为什么当初嫁的是薛蟠而不是薛蝌，又看到薛蝌每次见到香菱总是和颜悦色，见到自己却避之唯恐不及，心里对香菱是更加恨之入骨。

起初，宝蟾见到金桂态度一百八十度大转弯，对香菱特别好时也觉得奇怪。昨夜金桂让她做汤给金桂和香菱喝的时候，宝蟾很不高兴，特意在准备给香菱喝的那碗里加了一大把盐。谁知道还没端进屋，金桂就自己接了过去，把宝蟾支开了。等宝蟾回去时，她发现金桂在其中一碗里放了些东西，也没多想。因为当时她发现盐多的那碗放在了金桂面前，怕金桂喝了会骂她。后来，金桂有事出去了，宝蟾赶紧趁此机会把两碗汤换了过来。

宝蟾说完后，所有的事情都能串起来了，众人觉得应该就是金桂害人不成反害己了。

事实摆在眼前，夏家母子心虚，但还想狡辩。薛姨妈这边则一条条数落着金桂的恶行。两边正在吵嚷时，贾琏在院子里说官府的人到了。夏母这才慌了起来，担心这种丑事传出去，自家名声不好听，苦苦哀求薛姨妈息事宁人，说自己愿意出面打发官府的人。听夏母这么说，薛姨妈这才同意，让人买棺入殓了事。

第四十九回
锦衣军查抄宁国府
复世职政老沐天恩

这日,贾琏去给贾赦请安,说自己听到一个消息:有人参了贾政,说他纵容手下,朝廷已经下旨革职,即日回京。贾赦听了,有些不相信,因为前几日他刚收到贾政的书信,信里说已选了吉日送探春前往海疆成亲,其余都好,让家里不必挂念。贾赦让贾琏先去打听清楚,得到确切消息后,就跟王夫人说一声,别让贾母知道。

贾琏去吏部打听清楚之后,便去告诉了王夫人。王夫人知道后,先是吓了一跳,后来转念一想也不是件坏事。贾政现在回京任职,一是可以合家团圆,二是安安逸逸做几年京官,反而能保住一辈子的声名。要不,贾政自己虽为官正直,但管不住手下,再任由那些人胡闹,保不齐哪一天就要出大事。到时别说贾政自己,就连祖上的世职都会没有。

没多久,贾政果然回了京城。进了贾府,贾政就去给贾母请安,还跟贾母说探春嫁的那个人,可能很快就会调到京城来任职。贾母本来因为贾政降调回来,探春一人远在他乡,心中正伤感;现在听贾政将官事说明,探春安好,也便转悲为喜。贾政给贾母请了安后,出来与贾府的兄弟子侄们相见,定了第二日清晨拜祠堂,才回了自己的屋见王夫人。这时,王夫人才将黛玉的事情告诉了贾政。贾政听后,难免落泪叹息。

贾家亲朋知道贾政回来了,就设宴摆酒替他接风洗尘。众人正喝得兴起时,管家赖大跑进来禀告贾政道:"有锦衣府堂官赵老爷带领好几位司官说来拜望。没等奴才通报就直接闯了进来。"贾政听了,心里觉得奇怪:我和赵老爷素无来往,怎么会突然来了。正想着,赵堂官已经满脸笑容到了厅门口,贾政只得赶紧迎了上去。赵堂官也不理其他人,只拉着贾政的手,笑着寒暄。贾政刚和他说了几句,只见家人慌张报道:"西平王爷到了。"贾政慌忙去迎接,只见西平王已经进来了。赵堂官抢上前给王爷请了安后便让跟来的手下把贾府前后门都守住。众官应了出去。贾政等人知道事情不妙,连忙跪接。西平郡王用两手扶起贾政,笑嘻嘻地说道:"我是奉旨交办事件,要赦老接旨。如今宴席未散,看来亲友大多都在此。请众位府上亲友先离开吧,贾府的人留下。"那些亲友一听这话,立刻一溜烟地出去了。贾赦、贾政一干人吓得面如土色、满身发颤。不一会,只见进来无数衙役将各门都把守住,让贾府上下都待在原地听命。

　　西平王见状,才慢慢说道:"小王奉旨带领锦衣府赵全来查看贾赦家产。"贾赦等人听了,全都跪倒在地。只见王爷开始宣旨:"有旨意:'贾赦交结外官,依势凌弱,辜负朕恩,有忝①祖德,着革去世职。钦此'。"只听赵堂官一叠声叫:"拿下贾赦,其余皆看守。"这时,贾府直系里贾赦、贾政、贾琏、贾珍、贾蓉、贾蔷、贾芝、贾兰俱在;只有宝玉借口,躲在贾母那边没来;贾环本来就不大见人的,所以锦衣官就将现在几人看住。

　　赵堂官又吩咐手下分头按房查抄,一一登记。这句话,吓得贾政等人面面相觑。锦衣司官们是各个高兴得摩拳擦掌,就要去各处动手。西平王说道:"听说赦老与政老早已分家,现在应该遵旨查看贾赦的家产,其余的先按房封锁,我们复旨后,再做定夺。"赵堂官站起来说:"回王爷,贾赦、贾政并未分家,我听说他侄儿贾琏现在就是荣国府总管家,不能不全部查抄。"西平王听了,也不言语。赵堂官便准备亲自带人去查抄贾琏、贾赦的院子。西平王忙说道:"不着急,先去通知后宅,请女眷回避,再查不迟。"西平王的话还没说完,赵堂官已经派手下拉着贾府家人领路,分头查抄去了。

　　西平王爷赶紧喝令自己的手下不准轻举妄动,这时有锦衣司官过来禀告说:"查出很多御用衣裙和禁用之物,不敢擅动,回来请示王爷。"过一会,又有人来回报,东边屋子抄出了两箱房契和很多放高利贷的借据。正说着,外面有人来报,北静王过来宣旨了。

　　北静王带了圣上的旨意过来,让锦衣府赵全捉拿贾赦提审,其余事情交西平王遵旨查办。西平王听了,心里高兴,对北静王说道:"我正与老

---

① 忝(tiǎn):羞愧、有愧于。

赵生气。幸得王爷到来降旨，不然这里很吃亏。"北静王说道："我在朝内听见王爷奉旨查抄贾宅，我还很放心，想到这里不致被荼（tú）毒。不料老赵这么混账。不知现在政老及宝玉在哪里，里面又闹成什么样了？"西平王便吩咐人将贾政带了过来。贾政过来后跪着请了安，含泪谢恩。北静王起身扶起了他说道："政老放心。如今政老只需带司员将赦老家产整理出来，也就了事，千万不要再有隐匿。"贾政连忙答应。

　　贾母那边女眷也正摆家宴，凤姐为了讨贾母欢心，生着病也硬撑着过来了。众人正说到高兴处，只听见邢夫人那边的人大声嚷嚷着进来说："老太太、太太，不……不好了！好多穿靴戴帽的强……强盗来了，翻箱倒笼地来拿东西。"贾母等人听了之后还没反应过来，又见平儿披头散发拉着巧姐哭啼啼地说，据说外面的王爷要进来查抄家产，她什么东西都没拿就被赶了出来。王邢二夫人等听了都吓得魂飞魄散。凤姐先前还圆睁两眼听着，后来一仰身昏倒在地。贾母没有听完，便吓得涕泪交流，连话也说不出来。

　　众人是拉这个，扯那个，正闹得翻天覆地，贾琏气喘吁吁地跑进来说："好了，好了，幸亏王爷救了我们了！"众人刚想问他，贾琏就看见凤姐昏死在地下，急得又哭又叫，又怕贾母吓坏了。多亏平儿将凤姐叫醒，令人扶着。贾母也回过气来，哭得气都喘不上，躺在炕上。贾琏定了定神，将两王恩典说明，可没敢告诉贾母她们贾赦被抓之事。说完之后，贾琏便回自己屋内查看。

　　一进屋门，贾琏看到箱开柜破，物件都被抢走了，顿时急得两眼发直，流泪发呆。后来，他听见贾政和司员在外头登记物件，便走了出去。贾琏在旁边悄悄听了一阵，没有听见报自己房里的东西，心里觉得非常疑惑。这时，两家王爷问贾政道："所抄家里有高利贷借据，这属于盘剥，到底是谁做的？政老据实回禀才好。"贾政听了，跪在地下磕头说："犯官平日不理家务，这些事全不知道。要问犯官侄儿贾琏才知。"贾琏连忙走上跪下，说道："这一箱文书是在奴才屋内抄出来的，奴才叔叔并不知道，求王爷开恩。"北静王说道："你父已经获罪，只可并案办理。你现在认了也是正理。如此叫人将贾琏看守。政老，你须小心候旨。我们进内复旨去了，这里有官役看守。"说完，两位王爷都上轿出门。贾政等人就在二门跪送。北静王对贾政把手一伸，脸上大有不忍之色，说道："请放心。"

　　这时，贾政惊魂未定，还在那儿发呆。贾兰跑过来让他赶紧去瞧瞧贾母,然后还得想法打听宁国府那边的情况。贾政一听,急忙起身过去,只见各门上丫鬟婆子都乱糟糟的,他也无心查问,一直到了贾母房中。只见人人泪痕满面,王夫人、宝玉等围住贾母,默默掉泪。唯有邢夫人哭作一团。贾母已是奄奄一息,听到贾政进来了,才微开双目说:"我的儿,不想还能见到你!"话还没说完,便号啕地哭起来。满屋的人都哭个不停。贾政怕贾母哭坏身体,强忍着泪说:"老太太放心。皇上开恩,还有两位王爷的恩典,现在就是大老爷暂时被扣押,等问明白了,就会放出来。"贾母一听贾赦被抓,又伤心起来,贾政再三安慰才好些。

众人都不敢离开,只有邢夫人想回自己那边,看见门已上锁,丫头婆子们也被锁在几间屋内。邢夫人无处可去,不由放声大哭起来,只得过凤姐那边去。只见那边其余的房子也都贴了封条,只剩一个屋门开着,里头呜咽不绝。邢夫人进去,见凤姐面如纸灰,合眼躺着,平儿在旁哭着。邢夫人还以为凤姐死了,又哭起来。平儿迎上来说:"太太不要哭。奶奶刚刚已经缓过来了,太太也请定定神。不知老太太怎样了?"邢夫人也没答话,又走回贾母那边。看到眼前全是贾政家的人,自己这边丈夫、儿子被抓,媳妇病危,女儿受苦,现在连个住的地方都没有,不禁大哭起来。众人赶紧劝慰,李纨让人收拾房屋请她暂住,王夫人又派人去服侍。

贾政在外面,心惊肉跳地等候旨意。就听见一片吵嚷,出去一打听才知道,宁国府也被抄了,贾珍和贾蓉被抓起来了,贾政听了,心如刀绞,想道:"完了,完了!不料我们一败涂地如此!"

贾政正着急听候宫里消息时,只见薛蝌气喘嘘嘘地跑进来说:"总算进来了!姨夫,现在家里情况怎么样?"贾政将抄家之事说了一遍。薛蝌赶紧把打听到的消息告诉贾政,据说有御史参了贾珍引诱世家子弟赌博,强占民女,逼人退亲,因其女不从就凌逼致死,又还拉出一个姓张的来。贾政尚未听完,便跺脚叹气,扑簌簌地掉下泪来。薛蝌宽慰了几句,便又出去打听消息,隔了半日又回来。听他说完,贾琏又顿足道:"都是我们大爷太糊涂,东府也太不成事体。如今老太太与琏儿媳妇是死是活还不知道呢。"正说着,听见里头一阵乱嚷:"老太太不好了!"急得贾政急忙进去探视,安慰了一番,好不容易才让贾母止住了泪。

这时,北静王派人带了口讯过来:"圣上念及贵妃薨逝未久,不忍加罪,贾政仍在工部员外上行走。所封家产,唯将贾赦的入官,其余的退还。

经核查后,属于高利贷利息的银两没收,其余的退还。唯抄出借券,令我们王爷查核。如有违禁重利的,一概照例入官,其在定例生息的,同房地文书,尽行给还。贾琏革去职衔,免罪释放。"贾政听完,赶紧叩谢天恩,又拜谢了王爷恩典。

贾政回到府中,连连叹气,想着:我祖父勤劳王事,立下功勋,得了两个世职,如今两房犯事,都革去了。我瞧这些子侄没一个长进的。老天哪,老天哪!我贾家何至一败如此!只恨我自己为什么糊涂若此!倘或我珠儿在世,尚有膀臂;宝玉虽大,更是无用之物。"想到那里,他不由地老泪纵横。

贾府解封之后,关系好的亲友都来探望安慰。孙绍祖也派人来了,不过是来催贾政替贾赦还银子的。这一举动,让众人都很看不过眼,说道:"令亲孙绍祖果然混账,如今丈人抄了家,不但不来安慰帮忙,倒赶忙来要银子。"正说着,薛蝌进来禀告道:"我打听道锦衣府赵堂官非要按御史参的办,只怕大老爷和珍大爷吃不住。"众人纷纷道:"二老爷,你还是得去求求王爷,看看怎么挽回才好。不然,这两家就完了。"贾政答应去求情,众人才散了。

第二日一早,贾政进宫谢了恩后,又到北静王府、西平王府两处叩谢,求二位王爷照应自己哥哥侄儿,二王应许。贾政还去找了关系不错的同僚帮忙求情。

第五十回
史太君寿终归地府
鸳鸯女殉主登太虚

贾琏虽被放出来了，可想到自己和凤姐这些年积攒的钱物，一夕之间全没有了，还是心疼得厉害。他一回到贾府，就去给贾政报平安。贾政含泪问道："我因官事繁忙，不大管家，所以让你们夫妇总理家事。你父亲固然是个不听劝的性格，但是放高利贷这事到底是谁做的？我们这样的官宦人家，让人知道做这种事情，还有什么脸面？"

贾琏跪下说道："侄儿办家事，并不敢存一点私心，所有出入账目，都有赖大他们做登记，老爷只管叫他们来查问。如今这几年，府内的银子出多入少，很多地方都已经有了亏空。请老爷问问太太就知道了。这些放出去的账，连侄儿也不知道哪里来的银子，要问周瑞、旺儿才知道。"贾政道："按你这么说，你连你自己屋里的事还不知道，那些家中上下的事就更不知道了！我这会也不问你了，你赶紧去打听打听你父亲和你珍大哥的事吧。"贾琏满肚子委屈，含着眼泪出去了。

贾琏托人打听到贾赦和贾珍的情况不太乐观，一时也无计可施，只得先回到家中。看见平儿正守着凤姐哭，贾琏走过去看到凤姐奄奄一息，心中就有再多怨言，这时也说不出口。平儿哭着求贾琏快去请个大夫给凤姐看看。贾琏说道："呸！我的性命都不保，我还管她呢！"凤姐听见，微微睁开了眼，也不说话，眼泪直流。看见贾琏出去了，她才和平儿说道："到了现在，你还顾着我干吗？虽说事情因大老爷而起，但如果我不放高利贷，也不会有我什么事。我一辈子要强，如今全都白费了。我迷糊中听见珍大爷的事，有强占良民妻为妾，不从逼死，有个姓张的在里头，你想想还有谁。要是这件事审出来，咱们二爷脱不了干系，我那时可怎么见人呢？还不如现在立刻死了的好。如果你还能念我的好，我死后你把巧姐抚养大，我在阴曹地府里也会感激你的。"平儿越听越觉得惨，哭得死去活来，生怕凤姐想不开寻了短见，只得紧紧守着她。最后还是贾母听说凤姐病得厉害，就叫鸳鸯拿了些银子过来给平儿，让她找人给凤姐医治，凤姐才缓了过来。

贾母看到祖宗世职被革去，子孙被关押，邢夫人和尤氏她们日夜啼哭，凤姐病得奄奄一息，虽有宝玉和宝钗在一旁安慰，但也不能分忧，所以日夜不宁，思前想后，眼泪都没停过。

这一日，贾政被传入内廷听旨。北静王见了他之后，说道："现在已经查明，御史参贾赦的交结外官之事不属实，所以只判他仗势强索他人财物这一条，从宽发往台站效力赎罪。御史参贾珍强占良民妻为妾不从逼死这一条不实，但贾珍身为世袭职员，罔顾法纪，私埋人命，本应重治，但念他是功臣后裔，所以从宽革去世职，派往海疆效力赎罪，贾蓉年幼，与这些事情没关系，无罪释放。贾政多年在外为官，勤勉谨慎，就不治你治家不严之罪了。"贾政听了，感激涕零，叩首不止。

贾政谢了恩，又叩谢了北静王后，就赶紧回家把事情告诉了贾母。贾母听到贾赦和贾珍没有被判死罪，总算稍微安心些；可一想到两个世职被革去，贾赦和贾珍被发配边疆，忍不住又悲伤起来。邢夫人和尤氏听到这个消息后，更是哭得死去活来。

看着她二人的模样，贾母心中不忍，便问贾政道："我这几年也不管家。如今东府是全抄了，房屋财产全部被没收入官，你大哥和琏儿那边也都抄了去。如今家里到底还剩了多少底子？他两个远行，总得给他们几千银子傍身才好。"

听见贾母问，贾政心知瞒也瞒不住了，只得据实相告，家中不仅没有积蓄，反而还欠了不少外债，看来只能将退回的衣服首饰折现来给贾赦和贾珍做盘缠了。贾母没想到贾府已经到了这步田地，急得眼泪又流了下来。

贾母正在发愁时，被暂时放回家的贾赦和贾珍，带着贾蓉一齐进来给她请安。贾母一手拉着贾赦，一手拉着贾珍，又大哭起来。众人又是哭作一团。后来还是贾政上前劝慰贾母，说贾赦他们一两日后就得上路，要先筹备他们的盘缠。贾母这才强忍了悲伤，让二人去跟自家人话别，她则吩咐邢王二位夫人和鸳鸯，开箱倒柜，把贾母从做媳妇到现在几十年积攒的东西全部都找出来。

贾母把自己的体己全都拿了出来，一份份地分给了众人。贾赦、贾政见母亲如此明断分晰，都跪下哭着说："老太太这么大年纪，儿孙们不仅没能孝顺您，还累您拿自己的钱出来贴补，儿孙们更无地自容！"贾母连忙安慰了一番，又教贾政如何处理剩下的家产田地。贾政本就是不知主持家政、筹划立计的人，听了贾母条目清晰的安排，更是一一遵从。

贾赦、贾珍也不敢在家多耽搁，和家人话别之后，便匆忙上路了。贾政带着宝玉一路送到了城外才回。贾政和宝玉刚刚回到贾府，就有人来报喜，朝廷恩准他承袭荣国公世职。

贾母和王夫人她们听到这个消息，不由喜出望外。只有邢夫人、尤氏心下悲苦，但也不好显露出来。

就在贾府因为抄家闹得人仰马翻的时候，史湘云出嫁了。这日是回门之期，史湘云正好趁此机会到贾府给贾母请安，看望众人。史湘云陪着贾母聊起了她们这些姐妹以及各家亲戚的近况，看到贾母忧愁难过，正好过两天是宝钗生日，她就提议一起给宝钗过个生日，正好大家热闹热闹。贾母本来就喜欢宝钗，又可怜她嫁过来一年尽碰上倒霉事了，所以也很赞同。第二日，贾母就带着众人一起给宝钗办了个生日。尽管贾母和湘云竭力想把气氛弄得热闹开心些，但座上之人特别是邢夫人、尤氏她们都各怀心事，也没几个能真正开心。

这一日，贾母总算有些高兴，就稍微吃多了些，当晚开始有些不舒服，早上起来便觉着胸口胀闷。鸳鸯要去告诉贾政，贾母怕给贾政添麻烦，不准她去，说是自己休息休息就好了。

宝钗生日过后的第二日，宝玉去给贾母请安，贾母送了他一块汉玉玦，那是贾母祖爷爷传给她的。贾母见宝玉的通灵玉掉了，就想把这个送给他护身用。

从这日开始，贾母胸闷的症状就越来越重，慢慢觉得头晕目眩、咳嗽。贾政得知后，立刻请大夫过来诊治。大夫来诊了脉，说感染风寒，吃些药就好了，开的也是普通的药。贾母一连吃了三天药，却不见好。贾政又给她换了好几个医生，都不见好转，反而又添了腹泻。贾政着急，赶紧告假在家，同王夫人日夜照顾。

这日，贾母刚稍微能吃点东西，精神也略好了一些。跟迎春陪嫁到孙家的一个婆子就跑回来报信说，迎春跟孙绍祖大闹了一场后哭了一夜，便被痰堵住喘不上气,现在情况是越来越糟糕,可孙绍祖又不肯请大夫。王夫人不想让贾母听到了忧心,正想让丫鬟带人出去说话,谁知贾母已经听到了。贾母问道:"迎丫头要死了吗?"王夫人便道:"没有,就是病了。婆子是过来问问有没有大夫。"贾母说道:"给我看病的大夫就好,快请过去。"王夫人忙让婆子去找邢夫人帮请医生。

婆子走了后,贾母还是伤心起来,说道:"我的三个孙女,一个享尽了福死了,三丫头远嫁不得见面,迎丫头虽苦,我想总能熬出来,没想到她年纪轻轻地就要死了。留着我这么大年纪的人,活着做什么!"王夫人、鸳鸯劝解了好半天。

孙家来的婆子刚到邢夫人那里,外面就已经有消息传进来:"二姑奶奶死了。"邢夫人只得边哭边让贾琏去孙府看看。看到贾母病重,也没人敢跟贾母说这事。可怜迎春,嫁到孙家不过一年多,就被折磨死了。又遇到贾母病危,众人不能走开,只得让孙家草草将她下葬了。

贾母病得越来越重,一时想起了史湘云,就打发人去瞧她。去的人回来之后告诉鸳鸯:"史姑娘家的姑爷得了暴病,大夫瞧过后,说这病不能好了,最多还能坚持个四五年。史姑娘心里着急,也知道老太太病了,只是不能过来请安,还让不要在老太太面前提起,免得她伤心。"鸳鸯一听,更不敢跟贾母提史湘云的事情了。

贾政看着贾母的病是难好了,赶紧让贾琏去准备贾母的身后之事。可叹堂堂贾府,如今落到一个筹备贾母丧事都要靠贾母自己私房钱的地步。

这日,贾母忽然精神好了些,示意人把自己扶着坐起来,看着众人说道:"我到你们家已经六十多年了。从年轻的时候到老,福也享尽了。自你们老爷起,儿子、孙子也都算是好的。就是宝玉呢,我疼了他一场。"说到这里,拿眼满地下瞅着。王夫人便推宝玉走到床前。贾母从被窝里伸出手来拉着宝玉道:"我的儿,你要争气才好!"宝玉嘴里答应,心里一酸,眼泪便要流下来,又不敢哭,只得站着。

贾母又拉着贾兰嘱咐他要好好读书挣个功名让李纨也风光风光,还叮嘱凤姐以后记得要多多积福才好。贾母又交代了一些事情,埋怨了句"史丫头这个没良心的,怎么总不来看我",再看了看宝钗,叹了口气,脸上开始发红。贾政知道已是回光返照了。贾母已经牙关紧闭,合了一会眼,又睁着满屋里瞧了一瞧。王夫人和宝钗忙上去轻轻扶着她。只听贾母喉间略一响动,脸上带着笑容去了,享年八十三岁。

贾母过世的消息一传出来,贾府上下都赶紧换了孝服,从荣国府大门起至内宅门扇扇大开,全用白纸糊了,孝棚高起,大门前的牌楼也竖了起来。贾政报了丁忧。礼部听说后上报朝廷。皇上念贾府世代功勋,又是元妃祖母,赏银一千两,让礼部主持拜祭。家人们各处报丧。众亲友虽知贾家败落,但看见圣恩隆重,也都来探丧。贾府择了吉时成殓,停灵正寝。

之前凤姐在宁国府办过秦可卿的丧事,这次操持贾母丧事自然而然落到她的头上。再加上,凤姐以前就觉得凭着自己的才干,肯定能在贾母的后事上大有作为,自然不会推辞。

因为刚被抄家,贾政不想将贾母丧事办得太过招摇,以免落人话柄,凡事都要求从简。邢夫人本来就贪钱,又刚刚被抄家,如今一门心思想要攒养老钱,贾政的话是正中她下怀。邢夫人是荣国府长房,担着负责贾母后事的名分;贾政又是最守礼的,便把办丧事的银两都交给邢夫人保管。邢夫人一直都不喜欢凤姐,总觉得她爱耍心机贪钱,所以凤姐去问她要银子办事,十次有九次都不给。

鸳鸯听说贾政想丧事从简,便悄悄去找了凤姐,求她一定要想办法把贾母的丧事办得风风光光的,如果缺钱,可以把贾母留给鸳鸯的那份钱也拿去用。

凤姐如今是要钱没钱,要人没人,反而还不如当初在宁国府办丧事办得顺利。丧事已经办了好几天了,仍是一副乱糟糟的样子。鸳鸯见状,又不知道实情,见凤姐往日做事最泼辣利落,如今却弄成这个样子,就觉得她是办事不用心。王夫人也把凤姐叫过去数落了一顿。

凤姐是满腹委屈没人能说,只得含泪求众人帮忙。众人见状,新仇旧恨加一起,反而更加起劲地落井下石。只有平儿和李纨看出她的苦楚,经常替她解围。

到了出殡前夕守灵夜,事情愈加繁多,凤姐累得有些支持不住,正在着急时,邢夫人派过来找她的一个小丫头说:"二奶奶在这里呢,怪不得大太太说,里头人多照应不过来,二奶奶倒装病躲清闲去了。"凤姐听了这话,气得两眼发黑,一口血喷了出来,顿时就站不住了,幸亏平儿急忙过来扶住。

平儿一边把凤姐扶回房休息,一边让人去告诉邢王二位夫人。邢夫人还不信，就以为凤姐是在躲懒。

凤姐倒下后，没有人负责调度，下人就更是乱作一团。鸳鸯看到丧事实在办得不成样子，早就哭得晕死过去，众人扶着给她拍胸口拍了好一阵才醒过来。她一醒过来就说"老太太疼我一场，我跟了去"的话，众人觉得她是太过悲伤，也没当真。

众人辞灵时，鸳鸯就不见了。等到辞灵之后，贾母另一个丫鬟琥珀才发现她不在，四处去找，这才看到她已经上吊自尽。

原来，鸳鸯想到老太太平日对自己的好，又想到贾赦现在虽人在外面，但以后还是会回来，自己到时也是难逃魔爪，干脆一死了之。

众人知道消息后，都哭着去看。贾政进来瞧见，叹息了一句："好孩子，不枉老太太疼她一场！"又命贾琏出去吩咐人连夜买棺入殓，"明日便跟着老太太的殡送出，也停在老太太棺后，全了她的心愿。"贾琏答应了出去。

贾府史太君的丧事，就这样乱糟糟、闹哄哄地草草了事。

第五十一回
忏宿冤凤姐托村妪
惑偏私惜春誓出家

贾母出殡的那日晚上，周瑞家的干儿子伙同其他贼人，去抢了荣国府，当时被看家的下人打跑了，才没惹出大祸。第二日，这群人还贼心不死，又趁乱去把栊翠庵的妙玉劫走了。

贾珍亲妹子惜春，从小性格孤僻，平日里却和妙玉最为投缘，经常在一起下棋谈佛。听说妙玉被贼人劫走后，惜春想到以妙玉的性格，这一去怕是凶多吉少了。惜春想到自己父母早死，嫂子嫌弃，唯一疼她的老太太又没了，以后还不知道会是个什么结局；又想到迎春、探春和湘云等人的命运，心中更加忧伤，便动了出家的念头。

在铁槛寺守灵的贾政众人，得知家里遭了贼，只得匆匆又赶回去。准备出发时，赵姨娘突然满嘴白沫、眼睛发直地开始胡言乱语。贾政见状，便让贾环留在寺里照看，自己先带着其他人回府。

贾政走了之后，赵姨娘闹得愈发厉害，双膝跪地，说一会，哭一会，有时趴在地下求饶："打死我了！红胡子的老爷，我再不敢了。"有时双手合十，也是叫疼。到了最后，赵姨娘眼睛突出，嘴里鲜血直流，头发披散，吓得人都不敢靠前。到了晚上，赵姨娘的叫声听起来就跟鬼嚎一般，再也没有人敢和她待在一起，只得叫了几个有胆量的男人进来坐着。赵姨娘一会昏死过去，一会又缓过来，整整地闹了一夜。

到了第二天，贾府找来了大夫来看赵姨娘。大夫一摸赵姨娘的手，她已无脉息。贾环听后，顿时大哭起来。众人只顾得上安慰贾环，赵姨娘反而被扔在一旁没人理会。贾府下人回贾府报信后，贾政派人去给赵姨娘办了丧事，又陪着贾环守了三天灵。

赵姨娘的事情，被下人们添油加醋地一传十，十传百，都说她是因为用毒计害人，被阎王爷拷打至死了，还说"琏二奶奶只怕也好不了"。这些话传到平儿耳内，她心里更是着急。凤姐这次病了之后，真的像快要不行了，贾琏对凤姐也不像以前，加上他事情也多，就把凤姐抛下不管不顾。

尽管平儿经常安慰她，但凤姐想着邢王二夫人已经回家几日，却都只打发人来问问，也不亲自过来看，贾琏回来也没有一句贴心的话，心里更加悲苦，只求速死。有了这样的念头，凤姐就开始做噩梦，梦到尤二姐来向自己索命。

这日，刘姥姥得知贾母过世了，带着外孙女青儿过来吊唁。凤姐听见她来了，便让平儿将她领进来。不一会，平儿领着刘姥姥和一个小女孩儿进了屋。刘姥姥看见凤姐便说："请姑奶奶安。"凤姐睁眼一看，不由一阵伤心，问道："姥姥近来可好？你瞧你外孙女儿也长这么大了。"刘姥姥看着凤姐骨瘦如柴，神情恍惚，心里也悲伤起来，说："我的奶奶，怎么才几个月不见，就病到这个份上。我真是糊涂，应该早点来请姑奶奶安！"说完，刘姥姥又叫青儿给凤姐请安。青儿没说话只是笑，凤姐看了倒也十分喜欢，便叫人招呼着。

刘姥姥说道："我们乡下人，一般不会生病。若是病了，也是去求神许愿，从不吃药的。我想姑奶奶这病，怕是撞着什么，不如也去求求神吧。"这句话合了凤姐的意，她挣扎着说："姥姥你是有年纪的人，说得不错。你见过的赵姨娘也死了，你知道吗？"刘姥姥诧异道："阿弥陀佛！好端端一个人怎么就死了？我记得她也有一个小哥儿，这可怎么办？"平儿说道："这怕什么，他还有老爷太太呢。"刘姥姥道："姑娘，你哪里知道，再不好，也是亲娘。隔了肚皮的总是不行。"这句话又勾起了凤姐的愁绪，想到自己死后巧姐的处境，便呜呜咽咽地哭了起来。

巧姐听见她母亲哭，便走到炕前拉着凤姐的手，也哭起来。凤姐一边哭一边问道："你见过姥姥了没有？你的名字还是她起的呢，就和干娘一样，你给她请个安。"巧姐便过去请安，刘姥姥忙拉着道："阿弥陀佛，不要折煞我了！巧姑娘，我一年多不来，你还认得我吗？"巧姐儿说道："怎么不认得。那年在园里见的时候我还小，前年你来，我还问你要蝈蝈。"刘姥姥冲她笑了笑。巧姐见青儿在一旁，便走过去和青儿说话。两个女孩倒说得上，渐渐地就熟起来了。

平儿担心刘姥姥话多，说久了凤姐身体吃不消，便拉了刘姥姥说带她去见王夫人。凤姐说道："忙什么，你坐下，我问你，近来的日子过得好吗？"刘姥姥千恩万谢地说道："多亏了姑奶奶帮衬，要不一家人早饿死了。现在虽然也要每日劳作，但是在我们村里算过得不错的。昨日听说老太太没了，我在地里就狠狠哭了一场。我和女婿说，不管真话谎话，我都要进城瞧瞧去。我女儿、女婿也不是没良心的，听见了也哭了一回子，今儿天没亮就赶着我进城来了。"说着，她又掉下泪来。

平儿见状，赶紧拉着刘姥姥说："你老人家说了半天，口也干了，咱们喝碗茶去。"说着，她就把刘姥姥拉了出来。出来之后，平儿对刘姥姥说道："你瞧着还能不能好了？"刘姥姥说看着是不行了。正说着，凤姐又在屋里叫人。平儿刚进去，贾琏就回来了，让平儿去给他找东西。平儿回屋把箱子刚拿出来，就见小红过来说："平姐姐快走，奶奶不好呢。"平儿也顾不得贾琏，急忙过来。见凤姐两手在空中乱抓，平儿攥住她的手哭叫。贾琏也过来一瞧，把脚一跺道："这不是要我的命吗！"说着，掉下泪来。丰儿进来说："外头找二爷呢。"贾琏只得出去。

刘姥姥听见，也急忙走到炕前，嘴里不停念佛，凤姐又好了些，慢慢清醒了许多，见刘姥姥在旁边，便把丫鬟们都支开了，跟她说自己最近经常做噩梦。刘姥姥便说自己家旁边有个庙里的菩萨很灵，可以去许个愿。凤姐听了，就求刘姥姥替她去祷告。刘姥姥也答应了，准备赶紧带着青儿出城回家办这事。青儿因为和巧姐玩熟了想要留下，巧姐也不愿意她走，凤姐就让青儿留下来住几天。刘姥姥这才自己辞别了凤姐，出城回家拜佛去了。

刘姥姥走后，凤姐一天比一天病得厉害。这日晚间，宝玉和宝钗听说凤姐病危，正要赶过去。王夫人派人过来说："琏二奶奶不好了，还没有咽气，二爷、二奶奶晚点再过去。琏二奶奶病得有些古怪，从三更天起到四更，就一直在说胡话，要船要轿的，说到金陵归入册子去。琏二爷没有办法，只得去糊了纸船、纸轿，还没拿来，琏二奶奶还喘着气等呢。"宝玉说道："她到金陵做什么？"袭人轻轻和宝玉说道："你那年不是做了一个梦，

红楼梦

梦到过什么册子,琏二奶奶是不是也到那里去了?"宝玉听了点头道:"是呀,可惜我都不记得那上头的话了。这么说起来,人都有个定数了。不知林妹妹又到哪里去了?"

两人正说着,王夫人打发人来说:"琏二奶奶咽气了。所有人都过去了,请二爷、二奶奶就过去。"宝玉听了,跺着脚就哭了。宝钗虽然也伤心,看宝玉这样,便赶紧拉着他到凤姐那里,只见好些人围着哭。宝钗走到跟前,见凤姐已经咽气了,就难过地大哭起来。宝玉也拉着贾琏的手大哭。贾琏此时也手足无措,叫人传了赖大来,让他负责办理丧事。

因为如今手头没有什么银两,凤姐的丧事也只能草草了事。见此光景,贾琏想起凤姐往日的好处,又见巧姐哭得死去活来,心里就更加难过。

尽管之前身边人苦苦相劝,但惜春想要出家的念头一直没消。一日,有两个地藏庵的尼姑到贾府请安,又挑唆了一番惜春,惜春更是一天天地不吃饭,只想剪头发出家。伺候她的丫鬟吓得各处去禀告。邢王两位夫人也都过来劝了好几次,惜春还是坚持。

最后闹得实在厉害,尤氏出面取了个折中的法子。她们同意惜春在栊翠庵带发修行。原来伺候惜春的丫鬟不愿意跟着她出家,王夫人正在发愁该让谁去时,紫鹃主动提出自己可以跟着去。紫鹃是见到黛玉和宝玉当初是何等的要好,后来落一个如此下场,自己也灰了心,觉得还不如出家,一了百了,不用再提嫁人之事。

贾府最近发生的事总算处理妥当了,贾政挑了吉日,带着贾母、林黛玉和其他人的棺木回南方安葬。

贾政刚走没多久,贾琏就收到了贾赦的书信,信上说贾赦病重,让贾琏立刻前去见一面。贾琏赶紧去告诉了王夫人,说自己要即刻起程,拜托王夫人替自己照顾一下巧姐。王夫人说道:"她亲祖母在呢,托我做什么。"贾琏跪下恳求王夫人,王夫人平日里也知道邢夫人是什么德行,这才答应了。

贾琏去看贾赦前,将荣国府拜托给贾蔷和贾芸照顾。这两人和贾环勾搭在一起,把荣国府弄得是乌烟瘴气的,只是瞒着邢王二位夫人而已。

贾环一直记恨着凤姐,见凤姐已死,贾琏又不在家时,就想祸害巧姐作为报复。这时,有个进京的藩王想买几个使唤女人,消息传来传去,传到贾环耳朵里时已变成"买个姨太太",贾环立刻跑到邢夫人面前天花乱坠地胡说一通:"这位郡王是非常有地位的。如果应了这门亲事,虽说不是正配,可一过了门,保管大老爷就官复原职,家里又能好起来。"邢夫人本来就是个没有主意的人,又被这番假话哄得心动,就同意了。

邢夫人手下伺候的丫鬟婆子,以前都是跟过平儿的。平儿人缘一直不错,那些人悄悄地将听到的消息全部都告诉了平儿。平儿猜到这肯定不会是什么好事,马上去求王夫人救巧姐。王夫人听了原委之后,也觉得不好,便去找了邢夫人,劝她再考虑考虑。无奈邢夫人就是不听,还怀疑王夫人不是好意。王夫人被气了个半死,可碍于邢夫人是巧姐的亲奶奶,她也没办法阻止。

后来还是多亏了正好来贾府探望的刘姥姥,把巧姐打扮成自己外孙女青儿的模样,趁着王夫人绊住邢夫人聊天的空档,带着平儿一起躲到了乡下,等贾琏回来。邢夫人向来不体恤下人,贾府里下人又都念着平儿的好,便一起瞒着邢夫人,放走了巧姐。

第五十二回
中乡魁宝玉却尘缘
沐皇恩贾家延世泽

凤姐的丧事结束后，宝玉旧病又犯了，整个人变得糊涂了，经常说些旁人听不懂的话，慢慢地开始吃不下饭。众人又着急起来，请大夫来诊治，却也始终不见好。后来大夫都不愿意开药，直接让准备后事。正当贾政以为家中要接着办第四场丧事时，贾府外来了一个和尚，拿着宝玉丢的那块玉来要一万两赏银。

起初贾琏以为又是来骗钱的，让下人赶紧把和尚撵走。贾政突然想起宝玉之前有一次生病就是和尚治好的，这一次又有和尚出现，说不定也能把宝玉治好。于是，他连忙让人把和尚请进来。谁知那个和尚已经直接闯了进来，嘴里还说"迟了就不能救了"。

当时，王夫人等人正围着宝玉哭呢，就见到一个和尚突然闯进了屋里，径直跑到宝玉床前，手拿着玉在宝玉耳边叫道："宝玉，宝玉，你的宝玉回来了。"话音刚落，宝玉的眼睛就立刻睁开了问道："在哪里？"和尚便把玉递到宝玉手里。宝玉接过来后，先是紧紧攥着，然后放在自己眼前细细一看，才说："哎哟，久违了！"众人见宝玉清醒过来，无不高兴。

贾政让人先好好款待和尚，自己进屋里看了看宝玉，见他的确好了，便和王夫人商量怎么筹这一万两赏银。宝玉听了之后，却说："只怕这和尚不是要银子的罢。"贾政准备拿东西出去变卖换银子时，发现和尚已经没了踪影。不过，当时众人的心思全在宝玉身上，也就没有再去理会。

宝玉这次死而复生后，变得神清气爽，身体也渐渐恢复过来了。贾政正是看着他身体复原，家中诸事也安排妥当，这才决定送贾母等人的棺木回南方。

　　出发前，贾政叮嘱要好好看着这些兄弟侄儿。贾环在守孝期间，不能参加科举考试，但宝玉和贾兰必须参加。贾政想着这两人如果能有一个人中举，也好赎一赎罪名。

　　宝玉这场病好后，虽然精神好了许多，但是性情变得愈发古怪，不但依旧厌恶功名仕途，就连儿女情缘也看淡了。

　　有一日，那个莫名消失的和尚又来了，说是来拿一万两赏银的。宝玉听见后，大嚷着："我的师父在哪里？"便朝外跑，见了和尚之后就上前施礼，说道："你也不用要银子了，我把玉还给你。"那和尚听了后笑着说："也该还给我了。"

　　宝玉立刻冲回房中取了那块玉就要去给和尚，后来是被袭人和紫鹃死死抱住才没给成。于是，宝玉又扔下了玉，跑出去跟和尚说没法给他玉，但自己可以跟他走。后来还是和尚自己走了，这事才算了结。

　　不过从此后，宝玉就常常说起出家的事情，还喜欢去栊翠庵和惜春谈佛说道。王夫人见了，急得直掉泪。

　　宝钗见到宝玉这个光景，也不敢硬劝，只得与宝玉谈古论今，慢慢引导。有一日，贾兰带着贾政派人送回来的家书给宝玉看，信中说探春的婆家准备调任回京，所以探春准备回来。贾兰等宝玉看完信后，又和宝玉说起科考的事情，宝玉像是突然开窍了似的，开始认真念书准备下场应考。宝钗看了，虽然心中纳闷，但更多的是欣慰，所以也就没有多问。

　　到了下场考试那日，宝玉、贾兰换了半新不旧的衣服，来向王夫人辞行。因为宝玉和贾兰从未独自出过远门，王夫人担心他们不会照顾自己，拉着两个人千叮咛万嘱咐。王夫人说着说着不免伤心起来。贾兰听一句答应一句，宝玉却一声不哼。待王夫人说完后，宝玉走过来给王夫人跪下，满眼流泪，磕了三个头，说道："母亲生我一世，我也无可报答，只有这一入场用心作了文章，好好中个举人出来。那时让太太喜欢喜欢，儿子一辈的事也完了，一辈子的不好也都遮盖过去了。"王夫人听了，更觉伤心起来，便道："你有这个心自然是好的，可惜你老太太不能见你的面了！"

　　李纨见王夫人如此，一怕勾起宝玉的病来，二也觉得兆头不大吉利，连忙过来说道："太太，这是大喜的事，为什么这样伤心？况且宝兄弟近来既孝顺又肯用功,带了侄儿进去好好地作文章,早早地回来。我们就等着爷儿两个报喜了。"边说边叫人搀起宝玉来。

宝玉却转过身来给李纨作了个揖,说:"嫂子放心。我们爷儿两个都是必中的。日后兰哥还有大出息,大嫂子还要戴凤冠穿霞帔呢。"李纨笑道:"但愿应了叔叔的话,也不枉……"说到这里,李纨怕又惹起王夫人的伤心来,连忙咽住了。宝玉笑道:"只要有了个好儿子能够继承祖业,就是大哥哥不能见,也算了他的后事。"李纨见天气不早了,怕耽误他们起程,只好点点头。

一旁的宝钗早就听呆了,宝玉、王夫人、李纨所说,句句都是不祥之兆,却又不敢认真,只得忍泪无言。宝玉走到她跟前,深深地作了一个揖。众人见他行事古怪,也不知是为了什么,又不敢笑他。只见宝钗的眼泪直流下来。众人更是纳闷。又听宝玉说道:"姐姐,我要走了,你好生跟着太太听我的喜信罢。"宝钗道:"是时候了,你不必说这些唠叨话了。"宝玉道:"你就是不催我,我自己也知道该走了。"回头见众人都在这里,只没惜春、紫鹃,便让宝钗给她们带好。众人听他的话,又像疯话又好像有理。众人都以为他是从没出过门,都是太太那番话招出来的,不如早早催他去了就完事了,便说道:"外面有人等你呢,你再闹就误了时辰了。"宝玉仰面大笑道:"走了,走了!不用胡闹了,完了事了!"众人也都笑道:"快走罢。"独有王夫人和宝钗娘两人像生离死别一般,泪如雨下,几乎失声哭出。却见宝玉嘻天哈地,大有疯傻之状,遂从此出门走了。

宝玉、贾兰出门考试后,贾环在家里又气又恨,一心就想着给赵姨娘报仇。本来他谋划着要把巧姐卖掉,谁知道找好了买主之后,巧姐却不见了。

王夫人又故意虚张声势地逼贾环交人,非说是他逼死了巧姐和平儿,还把尸首藏了起来。邢夫人叫下人来骂,逼问巧姐和平儿的行踪。无论怎么问,那些下人们都是一句话:"大太太不必问我们,问当家的爷们就知道了。"贾环等人急得恨无地缝可钻,又不敢盘问巧姐那边的人。明知众人深恨,是必藏起来了。只得各处亲戚家打听,毫无踪迹。里头一个邢夫人,外头贾环等人,闹得是昼夜不宁。

考试结束之后,王夫人只盼着宝玉、贾兰回来。等到晌午,还不见人。王夫人、李纨和宝钗赶紧派人去打听。到了傍晚,贾兰才回来,哭着说宝玉不见了。王夫人听了这话便傻了,半天说不出话,直挺挺往后栽,幸好被丫鬟扶住了。宝钗急得也快晕过去。李纨忙问贾兰道:"糊涂东西,你同二叔在一处,怎么他就丢了?"贾兰说道:"今儿一早,二叔早就写完了卷子,还等我呢。我们两个人一起去交了卷子,一同出来,走到门口人多了一挤,回头就不见了。我带人四处去找了都没见,所以拖到这个时候才回来。"

王夫人哭得一句话也说不出,宝钗心里已知八九,袭人痛哭不已。贾蔷等人不等吩咐,分头而找。如此一连数日,毫无消息,王夫人哭得饮食不进,命在垂危。

这日,忽有家人来报说,探春明日到京。王夫人听说探春回京,虽不能解宝玉之愁,但也略放心了些。第二日,探春果然回来。

众人远远接着,见探春衣着华丽,出挑得比先前更好看了。探春看见王夫人面色枯黄、身体瘦弱,心里难受,又看见惜春道姑打扮,心里更是不舒服。

众人说起了她远嫁之后发生的事情,不由又哭了起来。幸亏探春口才好,劝慰了许久,王夫人等才略略好些。

过了几日后,外面传来了喜讯,宝玉中了第七名,贾兰中了一百三十名。众人都很高兴,王夫人心里想:若是宝玉也回来,咱们这些人还不知怎样乐呢!只有宝钗心里悲苦,又不好掉泪。

众人边道喜边安慰王夫人,说宝玉既然有中举的命,就肯定丢不了。惜春却说道:"这样大的人了,怎么会走丢?只怕他是看破红尘,入了空门,这就难找着了。"这句话又招得王夫人等人大哭起来。探春也说道:"大凡一个人不可有奇处。二哥哥生来带块玉,都说是好事。现在看来,也不见得是好事。若再有几天还不见,不是我叫太太生气,恐怕是只能当没有生这位哥哥了。以后如果真的修成了正果,也是太太修了几辈子的福分。"宝钗听了不言语,袭人哪里忍得住,心里一疼,就晕过去了。王夫人见了可怜,命人扶她回去。贾环见哥哥、侄儿中了,又为巧姐的事大不好意思,知道探春已经回来,对巧姐之事绝对不会善罢甘休,又不敢躲开,这几日更是过得如芒在背。

皇上在批阅考中的卷子时,看到第七名是金陵贾宝玉,第一百三十名又是金陵贾兰,便传旨询问,两个姓贾的金陵人氏,是否贾妃一族。大臣领命出来问清楚后又一一回奏。皇上圣明仁德,想起贾氏功勋,便赦免了贾赦和贾珍,还让贾珍继续承袭宁国府三等世职。所抄家产,也全部赏回。皇上又看到如今海宴河清,百姓安居乐业,决定要大赦天下。薛姨妈知道后,满心欢喜,准备筹银子给薛蟠赎罪。

刘姥姥带了巧姐和平儿回到自己家,不敢怠慢,好吃好喝地招待着。乡下有几家富户,知道刘姥姥家来了贾府姑娘,都过来瞧,见巧姐生得漂亮,都很喜欢,纷纷送些东西过来。其中有个姓周的富贵人家,家财巨万,良田千顷,只有一个独生子,生得文雅清秀,年纪十四岁,已经中了秀才。他母亲见过巧姐后,很想娶她做自家媳妇,但又觉得高攀不上。刘姥姥看出她的心事,便说自己给他们做这个媒。周妈妈觉得刘姥姥是在哄自己,刘姥姥却笑着说道:"等着看吧。"

刘姥姥惦记着贾府,常常叫外孙板儿进城打听。得知宁荣两府都东山再起,贾琏也已经回到家,刘姥姥赶紧将巧姐和平儿送回贾府。

先前贾琏去探望贾赦,父子重逢,痛哭了一场,贾赦的病反而渐渐好了起来。贾琏接到家书,知道巧姐之事,便禀明贾赦又赶了回来,走到中途,就听到要大赦,更加快马加鞭赶回家。回家没两天,刘姥姥又把巧姐送回来了,贾琏更是感激不尽。刘姥姥便提了周家有意求亲之事。贾琏派人去细细打听之后,才跟贾赦、邢夫人说了此事,又问过贾政的意思,最后和周家结了这门亲。这都是后话了。

再说贾政带着贾母、黛玉等人的棺木回了南方,刚刚安葬好,就收到了王夫人的家书。家书中提到,宝玉和贾兰都已考中,宝玉走失下落不明。贾政看了,是又欢喜又烦恼,只得匆匆坐船往回赶。在途中得知有恩赦的旨意,又接家书,果然赦罪复职,更是喜欢,便日夜赶路。

这一日,来到一处陵驿,天上飘起了雪。贾政让船家停在陵驿一个僻静处,打发众人上岸投帖辞谢朋友,说着急赶路,下次路过再叨扰。贾政自己则在船中写家书,写到宝玉的事时,他无意中抬头看见落满雪的船头上好像有一个人,光着头,赤着脚,身上披着一领大红斗篷,正跪下向贾政叩拜。贾政看不出是谁,急忙出船,想要上前扶起问他是谁。走到那人面前,贾政看清了他的脸不由大吃一惊,忙问道:"可是宝玉吗?"那人却不说话,似喜似悲。贾政又问道:"你若是宝玉,如何这样打扮、跑到这

293

红楼梦

里?"宝玉还没回话,只见船头上又来了两人,一僧一道,夹住宝玉说道:"俗缘已了,还不快走。"说着,三个人飘然登岸而去。贾政顾不上雪天地滑,赶紧去追。只见那三人在前,嘴里唱道:"我所居兮,青埂之峰。我所游兮,鸿蒙太空。谁与我游兮,吾谁与从。渺渺茫茫兮,归彼大荒。"

贾政一面听着,一面赶去,转过一小山坡,就倏然不见了踪影。追得气喘吁吁的贾政一看,惊疑不定,再想往前走,只见白茫茫一片旷野,空无一人。

贾政知道有些古怪,只得回来,在家书中写上了遇到宝玉这事,让王夫人她们不必再派人寻找宝玉,就此罢了。